Vertrag zur Sicherung der Unabhängigkeit von Gelaria

Im Folgenden wird festgehalten, dass das Königreich Gelaria seine Unabhängigkeit vorübergehend an das Königreich Antira abtritt. Bis der wahre Erbe des ermordeten Königs Royland Anspruch auf den Thron erhebt, steht das Königreich Gelaria unter der Regierungsgewalt des Königreichs Antira. Bis zu diesem Tage ist das Parlament Gelarias handlungs- und regierungsunfähig, da es einem Herrscher der königlichen Blutlinie zu unterstehen hat.
Dieser Vertrag wurde zwischen dem Parlament von Gelaria und König Adalmar von Antira am 1. Januar des Jahres 2002 geschlossen und behält seine Gültigkeit bis zur Erhebung des rechtmäßigen Thronerben. Der Thronerbe kann den Thron mit Eintritt seiner Volljährigkeit nur besteigen, wenn er im Besitz seiner vollen geistigen Kräfte ist. Durch die Unterschrift aller 23 Parlamentsmitglieder von Gelaria und König Adalmar von Antira tritt dieser Vertrag in Kraft.

KAPITEL 1

Okay. Jeder hat mal einen schlechten Tag oder einen schwachen Moment. Es kam mir vor, als wäre ich bereits seit Stunden mit eisernen Handschellen an die kleine Bank im Polizeirevier gefesselt, dabei waren es höchstens zwanzig Minuten. Ich hatte die Zeiger der Uhr an der Wand gegenüber beobachtet, wie sie von einer Ziffer zur nächsten sprangen. Es war bereits Viertel vor eins, eigentlich wollte ich längst im Bett sein.

Das Licht der Straßenlaternen vor der Tür des Polizeireviers schimmerte durch die Fenster.

Marina und ich hatten ab dem Moment geschwiegen, in dem man uns die Handschellen anlegte. Sie sah mich nicht an und ich sah sie nicht an. Es war ja nicht so, dass wir Freundinnen gewesen wären. Im Grunde kannten wir uns nicht einmal besonders gut. Vor einem Jahr war ich die Neue in Marinas Klasse gewesen und eigentlich sahen wir uns in der Schule fast nie. Marina war eine notorische Schwänzerin. Sie ging nachts immer zu irgendwelchen exklusiven Underground-Partys, weswegen sie entweder viel zu spät oder eben gar nicht zum Unterricht erschien.

Nach ungefähr einer halben Stunde kam ein älterer Mann zu uns, der alle Polizistenklischees erfüllte. Klein, rundlich und mit einem Muffin in der Hand. Besagten Muffin stellte er kurz auf die Armlehne der Bank und löste dann meine Handschellen. Im ersten Moment dachte ich, ich dürfte gehen.

Falsch gedacht.

Polizist McMuffin brachte mich in ein kleines unordentliches Büro und machte mich wieder mit den Handschellen fest. Dieses Mal aber an einem Stuhl.

Der Raum roch ein wenig moderig, lüften könnte hier wahre Wunder bewirken.

Gleiches Spiel, anderer Ort, dachte ich, bis die Tür aufging. Ein junger Mann betrat den Raum. Es lag eine Strenge in seinem Blick, die mich augenblicklich einschüchterte. Er konnte nicht viel älter sein als ich und doch wirkte er autoritär. Auch auf McMuffin schien er diese Wirkung zu haben und das, obwohl McMuffin mit Sicherheit mindestens zwanzig Jahre länger im Dienst war

»Detective Inspector«, nuschelte er ehrfürchtig.

»McLarren, Sie können jetzt wieder zurück an Ihre eigentliche Arbeit gehen. Vielen Dank.«

McMuffin nickte und verließ den Raum. Der junge Mann war in Zivil gekleidet und sah unverschämt gut aus. Viel zu gut, um Polizist zu sein. Er schien auch zu jung, um Detective Inspector zu sein. Aber bei Scotland Yard war offenbar alles möglich.

Seine hellen braunen Haare waren ein wenig zerzaust.

Eine Strähne tänzelte bei jeder Bewegung, die er machte, vor seiner Stirn.

»Detective Inspector Cosmo Rivers. Ich werde Sie nun befragen. Ich bitte Sie, ehrlich zu sein. Das macht es uns beiden am einfachsten«, sagte er und warf mir ein Lächeln zu.

Ich nickte und rang mir das freundlichste aufgesetzte Lächeln ab, zu dem ich in diesem Moment fähig war.

»Natürlich«.

Er streckte mir eine Hand entgegen, merkte dann aber, dass ich an den Stuhl gefesselt war.

Der Detective runzelte die Stirn. »Einen Moment bitte.«

Er verließ eilig den Raum. Ich konnte seine schnellen Schritte auf dem Flur hören, denn er hatte nicht einmal die Tür geschlossen. Wieso auch? Ich saß schließlich gefesselt an einem alten Stuhl, auf dem bestimmt schon tausend andere Verbrecher gesessen hatten. Es war nicht so, dass ich das typische Verbrecherbild abgab, vielmehr war ich ein dummes Mädchen, das einen noch dümmeren Fehler gemacht hatte. Wenn ich es mir recht überlegte, dann hatte ich es schon irgendwie verdient, hier festzusitzen.

Vermutlich hätte ich sogar eine Nacht in einer kalten Zelle verdient. Bei diesem Gedanken spürte ich eine leichte Übelkeit in mir aufsteigen. Ich meine, ich würde es ja sowieso nicht noch mal machen, den Abschreckungsaufenthalt könnte ich mir also sparen.

Meine Gedanken wurden von der männlichen Stimme des Detective Inspectors unterbrochen, die auf dem weitläufigen Flur hallte.

»McLarren, wieso haben Sie sie an den Stuhl gekettet? Das wäre doch nicht nötig gewesen. Geben Sie mir bitte die Schlüssel.«

»Natürlich, Detective Inspector. Tut mir leid, Detective Inspector«, nuschelte McMuffin. Ich verstand ihn kaum, was wohl an der Wand zwischen uns lag.

Als der Inspektor zurück ins Zimmer kam, schloss er meine Handschellen auf.

»Danke schön«, sagte ich erleichtert und rieb mir die Handgelenke.

Ohne zu antworten, ließ sich der junge Polizist lässig in dem Sessel hinter dem unaufgeräumten Schreibtisch nieder. Sein hölzernes Namensschild lugte unter einem Haufen Akten hervor. Rivers. Ohne hinzusehen, zog er eine frische Akte aus dem chaotischen Stapel. Offensichtlich gab es doch irgendwo ein System.

Er musterte mich mit gleichgültigem Blick.

Ich musste fürchterlich aussehen. Meine langen dunklen Haare hingen stumpf nach unten; mein Oversize-Pullover verdeckte meine Kurven und ließ meine schlanke Figur sicherlich pummelig wirken.

Detective Inspector Rivers schien das nicht zu stören. Die Strenge war einer freundlichen Ausstrahlung gewichen.

»Eigentlich sehen Sie gar nicht wie eine Verbrecherin aus. Die erste Verhaftung?«

Ich nickte und merkte, wie ich rot wurde. Ja, in der Tat, eigentlich war ich immer ziemlich vorbildlich gewesen. Das hier war irgendwie ein Ausrutscher.

»Ihre Freundin war schon öfter hier.«

Das wiederum konnte ich mir wahrhaft vorstellen.

»Ich weiß nicht. Wir sind keine Freunde.«

Der Detective schien verblüfft. »Sie sind keine Freunde? Und wieso dann das Ganze?«, fragte er neugierig, während er die frische Akte aufschlug.

»Für den Kick, würde ich sagen.«

Rivers zog eine Augenbraue hoch, ich brauchte ihm nichts vorzumachen, er wusste genau, dass ich log. Ich versuchte meinen Ton kühl zu halten, damit meine Unsicherheit nicht durchkam. Das klappte nur bedingt, ein leicht zittriger Unterton begleitete meine Worte trotzdem.

»Interessant – und jetzt die Wahrheit«, sagte er noch immer lächelnd.

Er war gut. Er blieb streng, aber die Freundlichkeit wich nicht.

»Letzte Woche haben ihre Eltern ihr ein Ultimatum gestellt. Wenn die Lehrerbeurteilung, die wir immer mitten im Abschlussjahr bekommen, wieder so schlecht wird, darf sie nicht mehr auf Partys gehen und muss Nachhilfeunterricht nehmen. Marina sah nur die Möglichkeit, heil aus der Sache rauszukommen, indem sie ihre bisherigen Klausurnoten und die vorläufige Beurteilung fälscht. Ich weiß nicht, wie sie auf mich gekommen ist, und vor allem weiß ich nicht, weshalb ich eingewilligt habe«, gab ich ehrlich zu.

»Also sind Sie beide nachts in die Schule eingebrochen, um Marinas Beurteilung am Computer des Direktors zu verschönern?« Der Detective formulierte es als Frage, aber ich wusste, dass es bereits eine These war.

»Es konnte ja keiner ahnen, dass sein Büro mit einem stillen Alarm gesichert war.«

Rivers grinste. »Nein, damit war wirklich nicht zu rechnen.«

Er schrieb etwas in die Akte, aber ich konnte nicht erkennen, was genau es war.

»Und Sie? Wollten Sie Ihre Noten oder Ihre Beurteilung ändern?«

»Nein, meine Noten sind gut und die Beurteilung vermutlich auch. Außerdem ist Urkundenfälschung eine Straftat.«

Der Detective lachte. »Und Einbruch nicht?«

Touché. 1:0 für Detective Rivers.

»Also sind Sie mit ihr mitgegangen, weil Sie auf den Kick stehen? Was sprang für Sie dabei raus?«

»Tatsächlich gar nichts. Ich habe noch nie etwas Verbotenes getan. Ich schätze, ich wollte es mal ausprobieren, damit ich später etwas zu erzählen habe. Ich bin sonst eher langweilig.«

Rivers grinste aufrichtig. Ihm schien es besser zu gefallen, wenn man etwas Mumm in den Knochen hatte.

»Wissen Sie was, das glaube ich Ihnen sogar.«

Es klopfte an der Tür und McMuffin trat schüchtern ein.

»Ich habe hier die Aussage von Ms Carmichael. Das wird Sie sicher interessieren, Detective Inspector.«

Rivers schaute McMuffin ernst an. Irgendwie tat mir dieser arme Constable leid. Schnell hastete er zum Schreibtisch des Detectives und drückte ihm die Akte in die Hand. Rivers überflog Marinas Aussage und runzelte wieder die Stirn.

»Das hat sie gesagt, McLarren?«

»Ja, Detective Inspector. Genau das.«

»Und Sie glauben ihr das, Constable?«, fragte Rivers stirnrunzelnd, während er das Protokoll durchblätterte.

»Nein, natürlich nicht, Detective Inspector.«

»Wieso nicht?«

Dem armen McMuffin war seine Nervosität deutlich anzumerken. Er fing an zu schwitzen und zerdrückte seinen Muffin. Die Krümel fielen langsam zu Boden und bildeten einen kleinen braunen Haufen. Schokolade. Hatte er nicht eben noch einen Vanille-Muffin gehabt?

»Na ja, sie klang nicht besonders ehrlich. Es war ein bisschen wie auswendig gelernt. Sie war auch sehr nervös und hat an ihrer Uhr herumgefummelt«, sagte McMuffin.

Rivers klappte die Mappe zu.

»Vielen Dank, Constable. Sagen Sie Ms Carmichael, dass sie gehen kann. Ich werde die Anzeigen morgen weiterbearbeiten. Sie wird postalisch über das weitere Verfahren informiert werden.«

»Natürlich, Detective Inspector. Ich wünsche Ihnen einen schönen Feierabend, Detective Inspector.«

»Ihnen auch, McLarren. Gute Arbeit.«

McMuffin grinste stolz, als er den Raum verließ. Ich hingegen bekam leichte Panik. Mich durchfuhren plötzlich die wildesten Gedanken: Ich in einer engen kalten Zelle, ohne Licht, ohne Strom. Nur Wasser und Brot zu essen.

Okay, das war zwar minimal übertrieben, aber Orange stand mir so gar nicht.

»Werden wir vor Gericht gestellt? Müssen wir vielleicht ins Gefängnis? Muss ich vielleicht ins Gefängnis?«

In diesem Moment wünschte ich mir, ich hätte mich nie darauf eingelassen. Gut, genau genommen hatte ich mir das auch schon vorher gewünscht. Eigentlich war dieser Wunsch zum ersten Mal aufgekommen, als die Alarmanlage des Direktorats in mein Ohr geschrien hatte.

Wie hatte ich nur so dumm sein und keinen Gedanken an die Konsequenzen verschwenden können?

»Beruhigen Sie sich erst mal. Also, eigentlich darf ich mit Ihnen nicht über das sprechen, was in dem Aussageprotokoll Ihrer Mittäterin steht, aber sie hat sich gerade selbst verraten. Gut für Sie, schlecht für Ms Carmichael.«

Ich nickte und versuchte tief durchzuatmen.

»Also, Ihre Freundin ... pardon, Ihre Nicht-Freundin ... ist in der Tat nicht Ihre Freundin. Sie sollten aufpassen, mit wem Sie Ihre Zeit verbringen.«

Sein Blick sagte alles. Das Angebot, welches er mir da gerade unterbreitete, war klar. Er würde es mir sagen, wenn ich schwieg. Ohne seine Hilfsbereitschaft zu hinterfragen, nickte ich stumm und versicherte ihm so meine Verschwiegenheit. Manchmal musste man eben ... wie sagt man? Seinen eigenen Hintern aus der Schlinge ziehen?

»Ihrer Aussage nach haben Sie sie am 8. September 2019 während des Spanischunterrichts erpresst, damit sie mit Ihnen in die Schule einbricht. Ihr Ziel war es, Ihre Beurteilung und ein paar Noten zu verschönern, damit Sie das Abschlussjahr nicht wiederholen müssen«, las Rivers vor.

Ich war schockiert. Nichts von alledem war der Wahrheit auch nur nahegekommen. Zumal die Klausurnoten und die Beurteilung noch nichts mit den eigentlichen Endnoten zu tun hatten. Die Beurteilungen, die unsere Schule verteilte, waren so etwas wie eine Schülerrezension für zukünftige Arbeitgeber, andere Schulen oder Universitäten. Wir bekamen sie in unserem Abschlussjahr als Referenzen.

Leise brachte ich nur ein erschrockenes »Das stimmt nicht! Das ist nicht wahr!« hervor.

»Dessen bin ich mir sicher. Der 8. September 2019 war letzten Sonntag und ich gehe jetzt einfach mal davon aus, dass Sie sonntags keinen Unterricht haben.«

Detective Rivers schien auf meiner Seite zu sein. Er glaubte mir. Immerhin das, ich atmete auf. Allerdings wurde ich wütend, als mir bewusst wurde, dass Marina mich ausgenutzt hatte und jetzt versuchte auf meine Kosten ihren Glitzerarsch zu retten.

»Ja, das ist richtig. Außerdem sind meine Noten gut bis sehr gut. Ich habe es überhaupt nicht nötig, irgendwas daran zu ändern. Und womit soll ich sie bitte erpresst haben?«

Okay, vielleicht war ich etwas zu energiegeladen an die Situation herangegangen.

Rivers sah mich beruhigend an.

»Nun mal ganz ruhig. Ich verstehe, dass Sie sich aufregen. Zu Recht. Aber wir bekommen das schon hin.«

Sein Ausdruck war tadelnd. Augenblicklich schämte ich mich für meinen kleinen Ausbruch.

»Ich werde mit Ihren Lehrern über Ihre Noten reden müssen. Wenn es stimmt, was Sie sagen, dann sollten Sie nichts zu befürchten haben. Zumindest in Sachen Urkundenfälschung.«

Ich schluckte.

»Und in Sachen Einbruch?«

»Aus der Nummer bekomme ich Sie nicht so einfach raus. Den Einbruch kann man Ihnen beiden zur Last legen. Sie beide haben sich immerhin erwischen lassen. Aber das war Ihr erstes Vergehen. Ich rede mit dem Chief. Vielleicht kann ich Sie mit einer Verwarnung und einem Vermerk davonkommen lassen.«

»Danke, das wäre super.«

Ich wusste nicht, was ihn dazu verleitete mir zu helfen, aber ich war dankbar dafür, auch wenn es schon ein wenig seltsam war. Vielleicht hatte er Mitleid mit mir und er half mir, weil ich mein Leben nicht verpfuschen sollte. Er war immerhin selbst noch ziemlich jung. Oder ich erinnerte ihn einfach nur an jemanden, den er sehr mochte. Es gab eine Menge Möglichkeiten.

»Aber, Alpha, ich verspreche nichts. Ich gehe jetzt mal Ihre Eltern anrufen, damit Ihr Vater oder Ihre Mutter Sie abholen kommen.«

Detective Rivers erhob sich aus seinem Stuhl und warf sich lässig die grüne Jacke, die gerade noch auf der Lehne gehangen hatte, über die Schulter.

»Stiefvater«, korrigierte ich ihn. »Und ich fürchte, dass das nicht viel Sinn hat. Er ist auf einer Expedition. Irgendwas mit Inkaschätzen oder so«, sagte ich abschätzig. Ich konnte meinen Stiefvater nicht leiden.

»Und Ihre Mutter?«, fragte Rivers.

Bei dem Gedanken an sie wurde mir ganz kalt und Tränen kündigten sich an. Ich versuchte nicht zu schluchzen und mich möglichst normal zu verhalten. So lief es häufig, wenn jemand von meiner Mutter anfing.

»Sie ist vor einem Jahr gestorben. Beim großen Bürobrand in der Millton Street.«

»Der Brand im Architektenbüro. Davon habe ich gehört. Hat sie dort gearbeitet?« Rivers sah mich mitleidig an.

Ich nickte, eine andere Antwort brachte ich nicht hervor. Der Geruch von Rauch und verbranntem Fleisch schlich sich wie ein böser Geist in meine Nase. Noch immer träumte ich nachts davon. Es war eigenartig, wie schnell die Erinnerungen einen einholen konnten.

Detective Rivers war betroffen, das konnte man ihm ansehen.

»Es tut mir leid. Ich könnte Sie nach Hause fahren, ich habe sowieso Schichtende.«

»Nein, das brauchen Sie nicht. Ich nehme den Bus.«

Sein mitfühlendes Angebot war nett, aber ich wollte ihm keine Umstände bereiten. Er wollte sich schließlich schon für mich einsetzen und er hatte mir geglaubt, mit mehr konnte ich wirklich nicht rechnen. Oder besser gesagt, mit mehr sollte ich besser nicht rechnen.

»Es ist Freitagnacht. Ich bin Polizist, ich weiß, was für Gestalten um diese Zeit durch die Straßen von London wandeln. Ich könnte es nicht verantworten.«

Dass er sich Sorgen um mich machte, rührte mich, machte mich aber auch ein wenig verlegen.

***

Ich folgte Detective Rivers auf den Flur des Polizeireviers. Im Gehen betrachtete ich seine zerzausten hellbraunen Haare. Man sah, dass er eigentlich eine Kurzhaarfrisur trug, die er aber schon länger nicht mehr hatte nachschneiden lassen. Vermutlich arbeitete er zu viel und hatte keine Zeit für derartige Belanglosigkeiten. Vielleicht aber gefiel ihm dieser wilde Look. Mit dem weiblichen Geschlecht hatte der junge Detective Inspector Rivers mit Sicherheit keine Probleme. Er ging zu einer blonden Frau, die hinter dem Empfangstresen stand und ihn mit ihren Augen förmlich auszog.

»Detective Inspector, Ms Carmichael wurde bereits von ihren Eltern abgeholt. Soll ich jetzt auch für Ms van Aerssen zu Hause anrufen?«

Ihre Stimme war zuckersüß, es war offensichtlich, wie sehr sie ihn anhimmelte.

»Nein danke, Ms Flynn, das wird nicht nötig sein. Ich werde Ms van Aerssen selbst nach Hause bringen, wir wohnen in derselben Gegend.«

Das war hundertprozentig eine Lüge, die weitere Fragereien verhindern sollte. Zwar hatte er meine Adresse aus der Akte erfahren, aber die Gegend, in der ich wohnte, kannte kaum einer. Es hätte mich doch sehr stark gewundert, wenn ein, vermutlich gut verdienender, junger Detective Inspector ebenfalls in dieser schäbigen Gegend wohnte. Andererseits kannte ich keinen meiner Nachbarn.

»Natürlich. Wie großzügig von Ihnen, Detective Inspector.«

Ihr Lächeln versuchte einen Hauch von Enttäuschung zu verbergen. Ob sie sich jetzt vorstellte, wie Rivers sie nach Hause fuhr?

Er musste augenscheinlich ein hohes Tier bei der Polizei sein. Alle blickten ihn mit Ehrfurcht und Respekt an und das, obwohl er mit Sicherheit der

Jüngste hier war. Ich musste an den stolzen Ausdruck auf McMuffins Gesicht denken, nachdem der Detective ihn gelobt hatte.

***

Rivers' Auto war ein älterer Land Rover. Rost blätterte von der Stoßstange und auch die Felgen hatten schon bessere Zeiten erlebt. Er erinnerte mich an den alten Transporter meiner Grandma, mit dem sie immer die Bestellungen ins Dorf lieferte.

»Das ist Ihr Auto?«, entfuhr es mir.

Detective Rivers grinste.

»Ja, das ist er. Hat vorher meinem Dad gehört. Als er vor ein paar Jahren starb, brachte ich es nicht übers Herz, ihn wegzugeben. Er erinnert mich jeden Tag an ihn.«

Ich wusste genau, wovon er sprach. Ich hatte nicht viel von meiner Mum behalten können. Das meiste hatte mein Stiefvater Ferkel direkt nach ihrem Tod entsorgt. Ich erinnerte mich daran, wie er zwei Tage nach Mums Beerdigung unsere ganze Wohnung durchwühlt hatte, als würde er etwas Wichtiges suchen. Er hatte alles weggeworfen, mit der Begründung, dass es zu schmerzhaft sei, das alles ständig zu sehen. Danach war er wieder zehn Wochen auf Expedition gefahren.

»Sie müssen ihn sehr gemocht haben, Ihren Vater.«

»Wir haben das Polizeirevier verlassen. Ich bin nicht mehr im Dienst, also hör bitte auf, mich zu siezen. Ich fühle mich sonst so alt, ich bin doch auch erst dreiundzwanzig.«

Es war ihm scheinbar etwas unangenehm, dass ich ihn auf seinen Vater angesprochen hatte, denn er überging meine Aussage. Um die Situation zu lockern, streckte ich ihm meine Hand entgegen und lächelte ihn an.

»Alpha van Aerssen. Achtzehn. Angehende Schwerverbrecherin. Sehr erfreut.«

Er nahm meine Hand und erwiderte das Lächeln.

»Cosmo Rivers. Dreiundzwanzig. Jüngster Detective Inspector, den ein Londoner Revier je hatte. Es freut mich ebenfalls.«

Vermutlich war er auch der attraktivste, aber das sprach ich nicht laut aus.

***

Er hatte gelogen, als er Ms Flynn sagte, dass wir in derselben Gegend wohnen würden, das war mir klar gewesen. Aber damit, dass er für mich ans andere Ende der Stadt fahren würde, hatte ich nicht gerechnet. Er kam aus einer der netteren, angesagteren Gegenden am Stadtrand, zumindest so viel hatte er preisgegeben. Die Fahrt über redeten wir nicht viel. Ab und an blickte er zu mir herüber, als wollte er sich versichern, dass ich noch atmete und er keine Leiche in seinem Privatauto herumfuhr. Nach einer halben Stunde hielt er vor der Filiale einer Fast-Food-Kette, die damit warb, 24 Stunden geöffnet zu haben.

»Ich habe gerade richtig Lust auf einen Milchshake. Willst du auch einen? Ich lade dich ein.«

Cosmo schien mich in der Tat nicht mehr als Teil seiner Arbeit zu betrachten. Was war wohl unhöflicher? Seine Einladung anzunehmen oder sie abzulehnen?

»Den mit Erdbeere, bitte.« Mein Lächeln war dankbar. Ich konnte mich nicht daran erinnern, wann ein Junge oder eher gesagt ein junger Mann mich zuletzt zu etwas eingeladen hatte.

Keine fünf Minuten später kam er mit zwei großen Milchshakes aus dem Laden. Weil die Nacht für September außergewöhnlich warm war, setzten wir uns für eine Weile auf die Ladefläche seines rostigen Land Rovers. Abgesehen von uns war der Parkplatz leer, was nachts um halb drei keine große Überraschung war.

Was für ein seltsamer Abend.

»Lass uns ein Spiel spielen«, sagte er und lächelte mich an.

»Ein Spiel?«

Er stocherte in seinem Milchshake herum, wobei er sein Lächeln nicht verlor.

»Eine Antwort für eine Antwort. Wir stellen uns abwechselnd Fragen und der andere muss sie ehrlich beantworten. Es gibt einen Joker, der einen von der Antwort befreit. Einverstanden?«

»Soll das ein zweites Verhör werden?« Ich war mir nicht ganz sicher, was hier gerade passierte. Wollte er mich kennenlernen oder war er undercover?

»Nein, ich bin nicht im Dienst. Solche Fragen meine ich nicht. Ich meine etwas Persönlicheres. Ich würde gerne wissen, wer du bist.«

»Oh, okay, ein Stalker. Dann fange ich aber an. Wie wird man zum jüngsten Detective Inspector Londons?«

Er nahm einen Zug von seinem Milchshake, um etwas Zeit zu schinden. Dann sah er mich aus warmen braunen Augen an.

»Indem man durch Zufall einen Fall löst, der seit Jahren auf der Ersatzbank lag, weil keiner auch nur einen Ansatz gefunden hat. Und natürlich, indem der Mentor direkt danach in Rente geht und einen nun für überaus fähig hält. Ich kam frisch aus der Ausbildung, sich da den Respekt der anderen zu verdienen ist eine Menge Arbeit.«

»Was war das für ein Fall?«

Er sah auf den Boden. Ich merkte, wie unangenehm es ihm war.

»Mord.«

Nur ein Wort und ich wusste, dass ich besser nicht gefragt hätte. Still hoffte ich, dass er nicht weiter drauf eingehen würde, und meine Gebete wurden erhört.

»Jetzt bin ich aber dran. Wieso nennst du deinen Stiefvater Ferkel?«

Ich holte tief Luft und begann mich mental darauf vorzubereiten, einem mir völlig fremden Polizisten meine gesamte Lebensgeschichte zu erzählen.

»Meine Familie hat nie viel Geld besessen und bestand genau genommen nur aus drei Personen. Meiner Mutter Ceres, meiner Grandma und mir. Wir waren ein unzertrennliches Team, bis eines Tages ein arroganter Mann in unser Leben trat und meine Mutter heiratete. Ich machte nie einen Hehl daraus, dass ich den neuen Mann an der Seite meiner Mutter nicht leiden konnte. Er war zu perfekt, um wahr zu sein. Er war charmant, gebildet und hässlich war er auch nicht, aber wenn ich eins gelernt habe, dann, dass kein Mann, den meine Mutter je mit nach Hause gebracht hat, perfekt war. Seine Haut ist babyrosa, deswegen nenne ich ihn Ferkel. Du kannst dir sicher vorstellen, dass meine Mutter anfangs nicht sehr begeistert davon war.«

Cosmo sah mich gespannt an. »Anfangs?«

»Ja. Erst hat sie ihn blind geliebt. Sie hätte alles für ihn getan. Der erfolgreiche Abenteurer hatte ihr den Kopf ganz schön verdreht. Allerdings stellte sich kurz nach der Hochzeit heraus, dass Ferkel meine Mum nur geheiratet hatte, weil er glaubte, dass unsere Familie reich wäre.«

»Uh, das ist bitter. Wie kam er darauf?«

»Das hat er wegen unseres Nachnamens – van Aerssen – einfach angenommen. Es war von Anfang an Ferkels Ziel gewesen, reich zu heiraten, weshalb er sich im Internet über Adelsfamilien informierte und dabei auf den Namen van Aerssen stieß. Ein altes niederländisches Adelsgeschlecht. Leider war er damals so gepackt von seiner Idee, dass er vergaß den Wikipedia-Eintrag zu Ende zu lesen. So blieb ihm die Information verwehrt, dass dieses Geschlecht längst ausgestorben war und wir definitiv keine Nachfahren sein konnten. Noch bevor er sich von meiner Mum scheiden lassen konnte, starb sie bei dem Brand und machte ihn zum Witwer und alleinerziehenden Stiefvater ihrer achtzehnjährigen Tochter.«

Im ersten Moment war Cosmo sprachlos. Er starrte mich mit offenem Mund an. Etwas Milchshake war auf seine Hose getropft, was er gar nicht bemerkte.

»Wow, das klingt nicht so, als würdest du ihn besonders mögen.«

»Tue ich auch nicht. Ich bin froh, wenn er nicht da ist. Er hat früher auch nie bei uns gewohnt. Im Grunde weiß ich nicht mal, wo er eigentlich wohnt.«

Cosmo legte seine warme Hand auf meinen Rücken, sodass mich ein Schaudern durchfuhr. Er merkte, dass hier der Punkt war, an dem keiner von uns auf weitere Fragen antworten wollte.

»Ich bringe dich jetzt nach Hause, okay? Es ist schon spät und so sehr mir die Zeit mit dir gefällt, ich habe morgen früh einen Termin, den ich leider nicht verpassen darf. Sonst bekomme ich noch einen Heidenärger«, sagte er mit einem leichten Lachen.

***

Wir hielten vor der rostigen Tür meiner Vorstadtwohnung. In der Dunkelheit sah sie zwielichtig und trostlos aus.

»Da sind wir also.«

»Danke fürs Bringen und natürlich den Milchshake.«

Es war eine wirklich eigenartige Nacht und Cosmo war eine wirklich gute Gesellschaft. Es fühlte sich fast so an, als würde ich mich von einem Freund verabschieden und nicht von dem Polizisten, der mich quasi verhaftet hatte.

»Gerne. Schlaf gut und brich nicht wieder irgendwo ein.«

Ich stieg aus und lächelte.

»Ich versuch's. Ist versprochen, Detective Inspector.«

Gerade als ich die Tür des alten Land Rovers zuschlagen wollte, lehnte Cosmo sich über den Beifahrersitz und streckte den Arm nach mir aus. Er hielt eine Karte in der Hand.

»Wenn etwas ist, du jemanden zum Reden brauchst oder in Schwierigkeiten steckst, ruf mich an.«

Ich nahm die Karte. Zuerst hielt ich sie für eine Visitenkarte, aber das hier war persönlicher. Eine Spielkarte, auf der mit Edding seine Telefonnummer gekritzelt war. Wann hatte er das gemacht?

»Egal was.«

»Egal was?«

»Egal was.«

Ich nickte und er nickte zurück. Das war unser Abschied. Mehr Worte hatte es nicht gebraucht.

***

In den darauffolgenden zwei Tagen dachte ich häufig daran, Cosmo anzurufen, einfach, um mit jemandem zu reden. Ferkel hatte durch eine Mail der Polizei von meinem missglückten Einbruch erfahren und war gar nicht erfreut darüber. Er kündigte seinen Rückflug an, was für mich ein Zeichen dafür war, dass ich wirklich große Scheiße gebaut hatte. Normalerweise waren wir froh, wenn wir uns nicht begegnen mussten, so überließ er mich weitestgehend mir selbst. Während ich mich von meinen Gedanken über die Konsequenzen, die mir blühen könnten, ablenkte, wurde mir bewusst, wie unpersönlich meine Wohnung eigentlich war. Zwar war ich schon immer sehr ordnungsfanatisch, dabei aber durchaus kein Freund von Krankenhausmentalität. Trotzdem wirkte mein kleines Zuhause genauso: steril. Wir waren schon immer häufig umgezogen, weshalb ich nie wirklich viel besessen hatte, mit dem man eine Wohnung hätte einrichten können. Ich hatte meiner Mum immer beteuert, dass das okay für mich wäre. Aber dadurch, dass ich nie irgendwo wirklich angekommen war, hatte ich nur sehr wenige Freunde gehabt. Ich hatte mir ehrlich gesagt immer eine Pinnwand mit Erinnerungen gewünscht. Mit Postkarten und Fotos von mir und Freunden. Das hatte sich bisher aber leider nicht erfüllen lassen. Lange Zeit war meine Mum die einzige Konstante in meinem Leben gewesen. Sie war lebhaft und kreativ und das hat es oft besser gemacht, aber nun war es totenstill. Als ich noch mit meiner Mum zusammenlebte, war von überall in der Wohnung etwas zu hören gewesen: Musik, der Fernseher und meine fluchende Mum, wenn sie wieder einmal einen Baum auf ihren Modell-Entwürfen umgeworfen hatte. Momentan musste mir der Fernseher reichen, die Musikanlage hatte Ferkel irgendeiner Organisation gespendet. Ich hatte fast nichts mitgenommen, als ich in diese Übergangswohnung gezogen war. Zwar wusste ich nicht, wie lange ich hierbleiben würde, aber mir war von Anfang an klar gewesen, dass es nicht für lange sein würde.

Am Nachmittag klingelte mein Klapphandy. Ich fand es nicht sofort, da ich es so selten verwendete. Schnell stellte ich die Nachrichtensendung auf lautlos. Es ging um Bürgerproteste auf den Straßen von Antira. In dem Teil, der vor ungefähr zwanzig Jahren noch zu dem Land Gelaria gehört hatte. Die Gelarier wollten mal wieder ihre Unabhängigkeit zurück. Das war in den letzten Wochen beinahe zu einem festen Bestandteil der Nachrichten geworden. Irgendwann würde es dort noch mal knallen.

Als ich auf das kleine Display sah, wurde mir mulmig zumute. Ferkel rief mich sonst nicht an.

»Alpha, endlich erreiche ich dich. Ich habe schon drei Mal angerufen.« Seine Stimme klang vorwurfsvoll und herablassend, aber das war ja nichts Neues.

»Warum rufst du an? Ich dachte, du wolltest herkommen?« Meine Stimme war kühl, wie immer, wenn ich mit ihm redete. Die Distanz zwischen uns war unüberhörbar.

»Mein Flug wurde gestrichen. Hier in Malawi sind derzeit starke Unwetter. Aber ich habe alles für dich geregelt.« Seine Stimme klang abgehackt, das Netz dort musste sehr schlecht sein. Sollte Ferkel doch in diesem Drecksloch verrotten. Eine Sekunde später schämte ich mich bereits für diesen Gedanken. Die ohnehin schon armen Menschen dort konnten schließlich nichts dafür, dass er so ein Arschloch war.

Mir fiel ein, was er gerade gesagt hatte, und begann mich zu wundern. »Was hast du für mich geregelt? Die Angelegenheit mit der Polizei?«

Kurz überkam mich die Angst, er könnte mich zu sich holen. Die Möglichkeit, mein Leben mit Ferkel in einem Entwicklungsland verbringen zu müssen, sorgte für einen kalten Schauder, der mir über den Rücken lief.

»Nein. Im Strafverfahren sind mir die Hände gebunden. Damit musst du selbst fertig werden. Ich habe dein weiteres Leben geregelt, denn so kann es ja offenbar nicht weitergehen. Ich stelle dich unter die Fürsorgepflicht deiner Großmutter.«

Er machte eine kurze Pause, um Luft zu holen. Wir wussten beide, wie sehr sie ihn verabscheute, aber im Gegensatz zu mir gab sie ihm die Schuld an Mums Tod.

»Sie wird sich um dich kümmern und du wirst bei ihr auf dem Hof wohnen. Ich habe durch Beziehungen ein Stipendium am Westby Internat für dich arrangieren können. Immerhin sind deine Noten zu etwas zu gebrauchen. Westby ist, im Gegensatz zu dir, etwas Besonderes, mach mir keine Schande, denn das könnte sehr übel für dich ausgehen. Haben wir uns verstanden?«, fragte Ferkel rhetorisch.

»Ich bin gerade achtzehn geworden, wie kommst du darauf, dass ich noch tue, was du mir sagst?«, fragte ich biestig.

»Weil du noch viel zu unreif bist und nichts selbst hinbekommst. Du kannst von Glück reden, dass es mich noch gibt und ich mich um alles kümmere. Wenn du auf dich angewiesen wärst, würdest du wohl in irgendeiner Gasse liegen und nach Geld für Heroin betteln. Du wirst deinen Abschluss in Westby machen, sonst dreht sich deine Mutter noch im Grabe um. Also, ich frage noch mal, haben wir uns verstanden?«

Ich hasste es, wenn er so tat, als wäre ich nichts wert, aber in seinen Augen war ich das wohl. Dennoch hatte er in einer Sache recht, ich brauchte einen Abschluss. So lange ich diesen noch nicht hatte, war ich von ihm abhängig. Danach würde er mich nie wiedersehen. Ich würde mich absetzen und irgendwo studieren. Wo und was wusste ich noch nicht, aber ich würde schon etwas finden.

»Aber natürlich, Eure Hoheit.« Das bisschen Sarkasmus konnte ich mir in Anbetracht seiner Absichten nicht verkneifen, doch die Provokation schlug fehl.

»Dein Flieger geht morgen um 16 Uhr ab Gatwick. Verpass ihn nicht.«

Dann legte er einfach auf.

KAPITEL 2

Ich hasse diesen Sonntag, dachte ich, während ich aus dem kleinen schwarzen Taxi stieg und meinen fliederfarbenen Regenschirm spannte. Es war ein typischer Septembertag, nass, kalt und windig.

»So, hier sind wir.« Der Taxifahrer holte meine Sachen aus dem Kofferraum und klatschte sie in den Schlamm des schmalen Feldweges.

»Warten Sie mal, das ist aber nicht das Haus meiner Grandma, überhaupt ist hier gar kein Haus«, maulte ich und verschränkte meine Arme.

»Ja, Miss, der Hof Ihrer Großmutter steht am Ende des Feldweges. Das sagt mein Navi. Hier steht ja auch ihr Briefkasten«, sagte der Taxifahrer und zeigte auf das rostige, zerbeulte Ding. Ganz offensichtlich wurde hier schon seit Jahren keine Post mehr eingeworfen. Seit dem Bau der neuen Dorfzufahrt, um genau zu sein.

»Ja. Ich weiß, aber Sie wissen bestimmt, dass auf der anderen Seite des Waldes ein Dorf liegt, von dem aus man direkt zum Hof fahren kann.«

»Das tut mir jetzt aber wirklich leid. Ich habe gleich Feierabend und keine Zeit mehr, sie dort auch noch hinzufahren. Überstunden bekomme ich nämlich nicht bezahlt. Sie müssen dem Weg einfach nur folgen.«

Der wohlbeleibte Taxifahrer zeigte in die Richtung des Waldes am Ende des Weges. Ein kalter Schauer lief mir beim Anblick der in den Himmel ragenden Bäume über den Rücken. Sie türmten sich vor mir auf wie eine bedrohliche schwarze Wand.

»Aber Sie können mich hier doch nicht einfach im Regen stehen lassen. Ich habe Sie für den ganzen Weg bezahlt. Außerdem wird es bald dunkel.« Ich versuchte ruhig zu bleiben und den unsympathischen Mann nicht noch weiter zu verärgern. Mir war klar, so würde er mich nirgendwo hinfahren.

»Bis hierhin führt der Weg und nicht weiter. Es ist zu matschig. Das würde das Taxi nicht sauber überstehen und die Reinigungskosten muss ich selber tragen. Außerdem habe ich keine Lust, so kurz vor meinem Feierabend hier auch noch stecken zu bleiben.« Er war genervt und stapfte zur Fahrertür zurück. »Sie werden es schon finden«.

Als der Taxifahrer einstieg, machte das kleine schwarze Taxi einen Satz. Dann fuhr es davon. Einen kleinen Augenblick lang konnte ich noch das rote Licht seiner Rückscheinwerfer in der Ferne sehen, bevor es in der hügeligen Landschaft vollkommen verschwand. Es dämmerte schon und weit und breit gab es keine Laterne. Ich erinnerte mich meine Taschenlampe in den alten Koffer gepackt zu haben. Doch um diesen öffnen zu können, musste ich ihn wohl oder übel in den Schlamm legen. Ich riss den Koffer auf und durchwühlte ihn schnell in der Hoffnung, dass er nicht komplett durchnässen würde. Schnell fand ich die leuchtend rote Taschenlampe, die mir Grandma zum achten Geburtstag geschenkt hatte. Ich stopfte meine Sachen wieder zurück in den Koffer. Zum Ordnen blieb keine Zeit. Beim Verschließen des Koffers hörte ich ein leise knatterndes Geräusch, das aus der Ferne zu kommen schien. Ich wusste nicht direkt, was es war, und die Hügel versperrten mir die Sicht. Zwar konnte ich es nicht direkt einordnen, doch ich spürte, dass es näher kam. Der Boden vibrierte, das knatternde Geräusch wurde lauter und lauter. Schließlich erkannte ich, was es war: Ein dunkles Motorrad raste mit enormer Geschwindigkeit auf mich zu. Was sollte ich tun? Der Fahrer schien die Kontrolle über sein Gefährt verloren zu haben. Es dämmerte mir, dass der Motorradfahrer mich erfassen würde, wenn er weiter so fuhr. Ich hatte nur den Bruchteil einer Sekunde, um zu überlegen und zu reagieren. Intuitiv machte ich einen Satz zur Seite und fiel in den knöcheltiefen Schlamm. Im selben Augenblick legte ich die Hände schützend über den Kopf. Es fühlte sich so an, als würde die immer stärker werdende Vibration des Bodens durch meine Ohren in meinen Kopf kriechen. Die Reifen dieser Höllenmaschine fuhren keine zehn Zentimeter an mir vorbei. Mein Herz stockte. Dann wurde das Knattern des Motors leiser und die Vibration des Bodens schwächer. Voller Wut sprang ich aus dem Matsch.

»Du Vollidiot, wenn man nicht fahren kann, sollte man es lassen!«

Ich versuchte den Dreck so gut es ging abzuschütteln. Nun hatte dieser Sonntag es endgültig geschafft, der schlimmste Tag in meinem bisherigen Leben zu werden.

Na gut, fast. Kein Tag könnte für mich je schlimmer sein als der Tag, an dem meine Mum starb, oder ihr Hochzeitstag mit Ferkel.

Mein Koffer und ich waren vollkommen durchnässt und von oben bis unten mit Schlamm bedeckt.

»Zwei Meilen, das ist doch unfassbar – dieser Mistkerl!«

In diesem Moment wusste ich nicht, über wen oder was genau ich mich eigentlich ärgerte. Darüber, dass der Taxifahrer mich nicht direkt zu Grandma gefahren hatte? Über den Idioten von Motorradfahrer? Oder Ferkel, meinen Stiefvater, wegen dem ich überhaupt in dieses Drecksloch musste? Vermutlich spielte alles zusammen, auch wenn Ferkel definitiv der Auslöser für diesen schrecklichen Moment war.

Hier stand ich nun, am Ende der Welt. Aber im Grunde war mir alles recht, solange ich nur weit genug von Ferkel weg war. Er war ein schleimiger Kobold, wenn auch nur charakterlich.

Mein neues Leben in Westby würde das komplette Gegenteil zu meinem bisherigen Leben darstellen. Aber alles war besser, als mit Ferkel zusammenzuleben. Meine Mum und ich hatten nie lange an einem Ort gewohnt. Sie war Architektin gewesen und hatte vor allem Stadtwohnungshäuser designt. Deshalb konnte ich sagen, dass ich schon in all den großen europäischen Metropolen gelebt hatte, und Paris, London und Kopenhagen waren nur einige davon. Auch nach New York hatte es uns kurz verschlagen. Westby war im Gegensatz zu all diesen großen Städten nur ein kleines Kaff in einem kleinen unbekannten Land namens Antira, und auch wenn ich mit diesem Ort nicht so viel anfangen konnte, war ich immer gerne auf der Farm meiner Grandma gewesen. Obwohl sie das kleine bisschen Landwirtschaft nur zur Selbstversorgung betrieb, gab es immer eine Menge zu tun. Ich hatte sie ewig nicht gesehen. Der Streit um die Hochzeit hatte Mum und Grandma entzweit, da auch meine Großmutter strikt gegen eine Ehe mit diesem arroganten Lackaffen gewesen war. Wie oft hatte ich mir gewünscht, meine Mum hätte auf Grandma gehört und die Hochzeit abgeblasen, aber das hatte sie leider nicht getan.

***

Mittlerweile war die Sonne untergegangen und Dunkelheit umgab mich. In einiger Entfernung konnte ich die schummrigen Umrisse des alten Bauernhauses erahnen. Es trennte mich nur noch eine alte Weide von meinem neuen Zuhause. Ich warf einen kurzen Blick auf meine blau-goldene Armbanduhr, das Ziffernblatt war voller Schlamm. Als ich es mit dem Zeigefinger abgewischt hatte, sah ich mithilfe meiner Taschenlampe, dass es schon nach 22 Uhr war. Ich war also schon seit fast einer Stunde unterwegs. Mein Koffer hinterließ zwei schmale Spuren im nassen Gras der Weide. Er war nur schwer zu ziehen, da die Räder vom Matsch verstopft waren und sich nicht mehr drehten.

Als ich auf dem alten Hof meiner Grandma ankam, fiel mein erster Blick auf die alte, schwach beleuchtete Scheune. Früher war sie einmal strahlend rot gewesen, doch nun blätterte die Farbe ab. Aber im Grunde war alles noch genau, wie ich es in Erinnerung hatte. An der Haustür des Haupthauses wollte ich auf die kleine Türklingel drücken, doch mein Blick wanderte auf das alte Namensschild darüber, welches ich in der Grundschule getöpfert hatte. Es war furchtbar hässlich und ihr Nachname war nicht richtig geschrieben, aber meine Oma liebte es trotzdem. Ich strich mit meinem Finger über das Schild und konnte mir ein Lächeln nicht verkneifen. Als ich klingelte, riss Grandma sofort die Tür auf, als hätte sie schon seit geraumer Zeit dahintergestanden und gewartet.

»Oh, Alpha, komm doch rein!« Sie drückte mich kräftig. Für eine Zweiundsechzigjährige war sie verdammt stark.

»Kind, du bist ja ganz nass! Komm, setz dich an den Herd und wärm dich auf, ich habe zum Abendessen Suppe gemacht. Ich muss zugeben, ich habe dich früher erwartet. Ist denn alles gut gegangen?«, sagte sie und drückte mir einen noch leicht dampfenden Teller mit Gemüsesuppe in die Hand, während sie meine nasse Regenjacke auf den Kleiderständer hängte, von dem die weiße Farbe schon langsam abblätterte. Ich musste grinsen, denn das vor Freude strahlende Gesicht meiner Grandma und der warme Suppenteller ließen meine schlechte Laune augenblicklich verfliegen.

»Ich freue mich auch, dich zu sehen, Grandma, aber gut gelaufen kann man den Tag heute nicht gerade nennen.«

Wir setzten uns auf die gemütliche kleine geblümte Couch in den offenen Wohnbereich. Die Einrichtung hatte sich nicht besonders geändert. An den rustikalen Balken hingen noch immer die Blumenampeln, die Mum und ich Grandma vor vier Jahren zu Weihnachten geschenkt hatten. Wir hatten sie selbst geknüpft und so sahen sie leider auch aus. Aber Grandma liebte prinzipiell alles, was mit Blumen zu tun hatte, genau wie Mum. Irgendwie lag das in der Familie.

Florale Ölbilder und Fotos zierten die mit dunkelgrünen Holzbrettern vertäfelten Wände.

Es war, wie nach Hause zu kommen. Dies war der einzige Ort, an den ich immer wieder zurückkehrte.

Ich erzählte meiner Grandma von allen Vorkommnissen und merkte, dass es mir guttat.

»Na ja, auf jeden Fall sind alle meine Sachen jetzt dreckig und nass«, schloss ich meinen Bericht.

»Das klingt ja furchtbar, aber das wird schon wieder. Jetzt bist du hier und deine Sachen können wir gleich waschen und trocknen, die Waschmaschine steht nach wie vor in der alten Scheune. Gut, dass du morgen die Schuluniform anziehst, denn bis morgen früh sind die Sachen sicher nicht trocken.«

Mir wurde etwas mulmig bei dem Gedanken, schon am nächsten Tag wieder zur Schule zu gehen. Die Neue zu sein war nie schön, das wusste ich aus Erfahrung. Ich musste immer wieder daran denken, wie alle mich anstarren würden, so wie sie es immer taten, wenn neue Schüler dazu kamen. Ich befürchtete, ich würde wieder einmal die Außenseiterin werden. Natürlich dauerte das Abschlussjahr erst ein paar Wochen und es würden viele neue Schüler dort sein. Zudem waren die Herbstferien gerade vorüber. Vielleicht würde ich zwischen den anderen Neuen gar nicht auffallen. Allerdings waren auch diese Schüler bereits länger hier als ich und hatten sich sicherlich mit anderen neuen Schülern zusammengeschlossen. Ich hasste diese Außenseiterrolle, die sich am Westby Internat nicht ändern würde, zumal ich bei meiner Oma im Dorf wohnte und nicht im Internat selbst. Allein das Schulgeld konnten wir uns nur aufgrund meines Teilstipendiums leisten. Ein Platz im Internat war somit kaum vorstellbar.

Ich löffelte schnell meine Suppe auf und ging dann mit meinem schlammigen Koffer über die Hintertür von der Küche in die alte Scheune. Wenn man aus der kleinen Küche kam, wirkte die Scheune einfach riesig. Rechts lagen Heuballen und Strohhaufen neben einem alten Traktor, der schon ewig nicht mehr fuhr, mir aber als Klettergerüst durchaus treue Dienste erwiesen hatte.

Geradeaus war das alte Scheunentor, welches, wenn es draußen stürmte, immer ein schauerliches Quietschen von sich gab und mir als Kind so manche Stunden Schlaf geraubt hatte. Ich ging nach links, an dem Feuerholz vorbei, in Grandmas kleine Waschkammer. Früher war sie mal eine Sattelkammer gewesen, aber seitdem meine Grandma fast alle Pferde verkauft hatte, lagerten die Sättel, Trensen und was man sonst noch brauchte, in den Ställen. Ich stieß die alte Eisentür mit dem rechten Fuß auf und legte den Koffer auf den Waschtisch neben die alte Waschmaschine aus den 1960er-Jahren. Dann trat ich leicht gegen das Scharnier der Klappe, um sie zu öffnen.

Vor vier Jahren war ich im Sommer eine Woche mit meiner Freundin Lauren hergekommen. Da Lauren und ich die meiste Zeit draußen verbracht hatten, waren wir ständig dreckig gewesen und hatten nach drei Tagen schon all unsere sauberen Klamotten eingesaut. Als wir sie waschen wollten, bekamen wir die bescheuerte Klappe der Waschmaschine einfach nicht auf, sie klemmte fest. Also musste Grandma ständig unsere Wäsche waschen, was nichts daran änderte, dass wir uns immer wieder total einsauten. Das störte uns selbst nicht besonders. Als wir allerdings nach Hause fuhren und Laurens schwerreiche Mutter uns so dreckig, wie wir waren, vom Bahnhof abholte, war sie fuchsteufelswild. Danach durfte Lauren nie wieder mit zu meiner Grandma. Kurz danach waren wir sowieso umgezogen, sodass ich Lauren nie wiedersah. In den Herbstferien darauf zeigte mir Grandma dann diesen kleinen Trick, mit dem sich die Klappe kinderleicht öffnen ließ.

Ich stopfte meine Klamotten in die Waschmaschine, ungeachtet dessen, ob es sich dabei um Bunt- oder Weißwäsche handelte. Eigentlich sortierte ich gerne alle möglichen Dinge, andererseits waren meine Klamotten sowieso schon ziemlich ausgewaschen und ergraut und würden deswegen nicht mehr abfärben. Klamotten waren mir noch nie sonderlich wichtig gewesen. Hauptsache, ich hatte was zum Anziehen, was nicht aussah, als wäre es: tot, aus den 80ern oder einem super angesagten Modekatalog entsprungen. Meine Klamotten sollten immer nur eins aussagen, nämlich gar nichts. Mein Ziel war es, möglichst nicht aufzufallen, denn meiner Erfahrung nach vereinfachte das das Leben ungemein. Deswegen bestand meine Garderobe eher aus gedeckten Farben wie Grau, Grün, Blau, Braun und Schwarz. Natürlich waren auch ein paar Ausnahmen dabei, wie zum Beispiel Weiß oder Rot. Hier galt der Grundsatz: Ausnahmen bestätigen die Regel.

Ich stellte die Maschine an, legte den nassen Koffer geöffnet auf den Wäscheständer und ging zurück in die Küche.

»Ich gehe schlafen, Grandma, der Tag heute hat mich echt geschafft«, sagte ich und täuschte ein Gähnen vor. Denn ich wollte einfach nur nach oben in mein Zimmer und meine Ruhe haben.

»Natürlich, morgen wird es ja auch aufregend genug. Vielleicht triffst du ja deinen Traumprinzen, wer weiß das schon«, zwinkerte sie. Meine Grandma war besessen von märchenhaften Liebesgeschichten, zu denen sie die Beziehung von Mum und Ferkel nicht zählte. Seit ich ein Kind war, erzählte sie mir Geschichten von einsamen Prinzen und hübschen Mädchen. Sie wünschte sich so sehr, dass ich eines Tages meinen Märchenprinzen fand, wenn Mum es schon nicht geschafft hatte.

»Ach, Grandma, das Leben ist kein Märchen; um den Märchenprinzen zu finden, müsste ich vermutlich noch hundert Frösche küssen«, seufzte ich.

Meine Grandma ging zum Kühlschrank und schrieb etwas auf die alte

Schiefertafel, welche für Besorgungen gedacht war. Sie hing schon dort, so lange ich mich erinnern konnte.

»Na wenn das so ist, dann werde ich dir morgen Herpespflaster mitbringen. Du weißt nicht zufällig, ob es Vorratspackungen mit hundert Pflastern gibt, Kind, oder?«, sie grinste mich an.

»Nein, Grandma, weiß ich nicht. Aber ich denke, die werde ich sowieso nicht alle morgen brauchen.«

Sie zog ihre Schultern mit gespielter Enttäuschung nach oben.

»Gute Nacht, ich hab dich lieb«, antwortete ich und lächelte ihr zu.

Meine Grandma war schon immer für jeden Scherz zu haben gewesen. Zugegeben, die meisten ihrer Witze waren flach. Mein Grandpa hatte früher immer behauptet, dass ihre Witze so flach seien, weil sie vom flachen Land kommt. Auch das war natürlich Humbug. Als ich acht gewesen war, hatten Grandma und ich im Dorf viele Hausnummern abgehängt und untereinander vertauscht. Danach hatten wir uns ein Eis gekauft, uns auf den alten Springbrunnen in der Mitte des Dorfes gesetzt und den verzweifelten Postbotenlehrling beobachtet.

Ich ging die alte quietschende Treppe nach oben und dann den Flur entlang in mein Zimmer. Als ich eintrat, war ich etwas erstaunt, es sah hier nicht mehr so kindlich aus wie früher. Natürlich waren es noch dieselben blauen Wände und derselbe Dielenholzboden, aber meine Grandma hatte alles etwas modernisiert. Das alte große Bett sowie der kleine Tisch und die Kommode waren nun weiß und nicht mehr naturfarben. Auch hatte sie zwei weiße Regalbretter über dem Bett angebracht, an denen eine süße Lichterkette befestigt war. Daran hing ein kleiner Zettel auf dem *Schön, dass du da bist, ich hoffe es gefällt dir* stand. Ich musste schmunzeln. Auf dem Tischchen lag ein Paket, in dem sich meine restlichen Sachen aus London befanden. Ich hatte es, direkt nachdem Ferkel mir letzte Woche eröffnet hatte, dass ich hierherziehen würde, losgeschickt. So hatte ich wenigstens direkt alles da, was mir wichtig war. Da es nicht viel auszupacken gab, beschloss ich es gleich zu tun und nicht auf morgen zu verschieben. Ein Karton neben dem Stuhl war voll mit meinen alten Büchern und Filmen, die ich hier einquartiert hatte, nachdem Mum gestorben war, damit Ferkel sie nicht auch noch verschenkte. Diese ordnete ich wie gewohnt nach Genre und Farben auf den Regalbrettern über dem Bett ein. Grandma musste sie vom Dachboden geholt haben, als sie von meinem Umzug hierher erfahren hatte. In einem weiteren Karton waren meine Fotoalben, meine alte Sofortbildkamera sowie die Filme dazu, mein erster Laptop, meine Spardose, Blöcke, mein Wecker, Stifte, mein roter Rucksack, mein Blümchenkissen und meine Bilderrahmen mit den Fotos von Mum, Grandma und mir. Ich verteilte alles im Zimmer und freute mich, dass es nun nach einem Zuhause aussah. All die Dinge erinnerten mich an meine glückliche Kindheit und die Zeit, die ich früher hier verbracht hatte. Als Letztes stellte ich meinen schwarzen Wecker auf die Kommode, die direkt neben meinem Bett stand. Die Zeit war wie im Flug vergangen, es war schon kurz vor Mitternacht. Ich schlich mich leise in das benachbarte Bad, um meine Grandma nicht zu wecken, und öffnete den Spiegelschrank. Für gewöhnlich hatte meine Grandma immer frische Zahnputzsachen sowie Hygieneartikel für mich da, so war es schon immer gewesen und so war es auch heute. Ich putzte schnell meine Zähne und schlich dann zurück ins Bett, wo ich in einen tiefen traumlosen Schlaf fiel.

KAPITEL 3

Ein lautes Scheppern riss mich aus dem Schlaf. Was war passiert? Durch das Fenster schien die Sonne herein. Es war so hell, dass ich meine Augen zusammenkneifen musste, um etwas zu sehen. Wie spät war es? Der kleine Wecker neben meinem Bett zeigte 6:22 Uhr. Ich sank zurück in mein Kissen und schloss erneut die Augen. Einen Moment war es ruhig und dann schepperte es wieder. Langsam ging ich zum Fenster und klappte es auf. Ich musste grinsen, das Scheppern kam von einem kleinen orangen Kater, der auf dem Scheunendach vor meinem Zimmerfenster mit einem Blechtopf spielte.

»Grey«, rief ich und winkte dem Kater zu, ohne genau zu wissen, ob Katzen die Geste des Winkens überhaupt verstanden. Der Kater hatte mich anscheinend gehört oder gesehen, rannte auf mich zu und setzte sich schnurrend auf das Fensterbrett.

»Na alter Freund, lange nicht gesehen. Hast du mich vermisst?«, fragte ich ihn. Er begann zu schnurren, als ich ihn zwischen den Augen kraulte, das mochte er immer am liebsten. Grey legte sich auf das Fensterbrett und nickte ein.

»Dann lass ich dir dein Schönheitsschläfchen und mache mich mal fertig.«

Leider neigte ich von Natur aus zum Trödeln, was dazu führte, dass ich in meinem bisherigen Leben immer nur halbfertig in die Schule gekommen war. Heute sollte das nicht so sein. Auch wenn ich es bevorzugte, in der Menge unterzutauchen, so wollte ich heute, für den Fall, dass mich doch jemand sah, einen guten Eindruck machen. Also föhnte ich meine dunklen Haare, sodass sie in leichten Wellen auf meine Schultern fielen. Ich tuschte meine Wimpern schwarz, um meine Augen zu betonen. Meine Augen waren blau mit karamellfarbenen Sprenkeln. Deswegen hatte meine Grandma früher immer gesagt: »Deine Augen erzählen eine Geschichte. Sie sind blau wie der Ozean, in dem goldene Schätze versunken sind.« Immer wenn sie das sagte, habe ich mir vorgestellt, dass ich eine Meerjungfrau wäre, welche einen geheimnisvollen Schatz bewacht, bis ein Prinz kommt und mich von meinem Fluch befreit.

Ich legte noch einen leichten rosa Lippenstift auf und war mit dem Ergebnis zufrieden. Ein Blick auf die Uhr zeigte mir, dass es schon 7:20 Uhr war – in zwanzig Minuten musste ich los. Ich ging in mein Zimmer und packte Block, Wasserflasche, Bücherschein und Stift in meinen großen Rucksack, die Bücher würde ich später von der Verwaltung bekommen. Die Schuluniform hing gebügelt an der Tür. Sie bestand aus einem dunkelblauen Rock und einer ebenfalls dunkelblauen Jacke. Beide Kleidungsstücke waren mit goldenen Ziernähten veredelt. Doch was trug man unter der Jacke? Einfach ein T-Shirt? Das konnte ich mir beim besten Willen nicht vorstellen.

»Grandma, was trage ich unter der Jacke der Schuluniform?«.

Meine Grandma kam die Treppe hoch.

»Na, die goldene Bluse, die habe ich dir schon gebügelt in die Kommode gelegt, in die unterste Schublade.«

Ich zog die Schublade auf und nahm eine der fünf Blusen heraus.

»Gott, ist die hässlich!«, entfuhr es mir, während ich den mattgoldenen seidenähnlichen Fummel betrachtete.

»Ja, das dachte ich auch schon, aber diese reichen Flegel werden es schon wissen. Wir sind schließlich die, die keinen Modegeschmack haben. Das einfache Volk«, erwiderte meine Grandma sarkastisch, die nun hinter mir in der Zimmertür stand. Ich zog mich schnell an und merkte, dass die Sachen etwas zu eng waren. Der Rock fiel ziemlich kurz aus und die goldene Bluse spannte sich über meine Brust.

»Na das fängt ja gut an. Weißt du noch, welche Größe wir bestellt haben?«, fragte ich.

»36, so wie du gesagt hast, aber die fallen wohl ziemlich klein aus«, meinte sie und runzelte die Stirn. Ich wollte gar nicht wissen, was für Hungerhaken meine Mitschülerinnen waren. Zwar war ich klein und dünn, aber Kurven hatte ich trotzdem.

»Dummerweise sind deine anderen Sachen noch nicht trocken. Du solltest die anderen Uniformen wohl besser auch mitnehmen und umtauschen. Umziehen kannst du dich dann ja in der Schule.« Also stopfte ich die ganzen Sachen in meinen Rucksack, der sich dadurch kaum schließen ließ. Ich blickte auf die Uhr, es war bereits 7:43, ich musste dringend los.

»Ich fahre dich, in dem kurzen Rock kannst du doch nicht mit dem Rad fahren.«

Der Weg war nicht lang, mit dem Rad höchstens zehn Minuten, also war es mit dem Jeep nur ein Katzensprung. Ich hoffte, dass ich früh dran war und mich niemand so sehen würde. Doch meine Hoffnung war vergebens.

***

Ich bemühte mich möglichst so auszusteigen, dass mir niemand unter den Rock schauen konnte. Das war in der Tat gar nicht so leicht. Überall standen Schüler, die mich neugierig begutachteten, als wäre ich ein seltenes Exemplar einer vom Aussterben bedrohten Spezies. Ich verabschiedete mich von meiner Grandma, schnappte mir meinen vollgestopften Rucksack und ging schnellen Schrittes auf das Schulgebäude zu. Erst jetzt fiel mir auf, dass es aussah wie ein weißes Märchenschloss. Es war wunderschön mit all seinen Türmen und den Hecken. Da, wo einmal ein Graben gewesen sein musste, war ein Blumenbeet angelegt worden, welches vermutlich die gesamte Schule umgab.

Als ich das Gebäude betrat, kam ich aus dem Staunen gar nicht mehr heraus. Die Eingangshalle war ziemlich groß und hatte eine gewölbte Decke, die imposanter Stuck zierte und an der ein riesiger Kronleuchter hing. Das Licht brach sich in den Glaselementen und erfüllte den gesamten Raum mit goldenen Punkten, die mich augenblicklich an Sterne denken ließen.

Neben den Durchgängen zu den Fluren standen weiße Steinstatuen in Form von verschiedenen Waldtieren. Es waren ein Fuchs, ein Hirsch, ein Dachs und eine Eule. Sie waren alle auf dem wunderschönen Wappen abgebildet, das so ziemlich alles am Westby Internat zierte. Der Hauptflur sowie die angrenzenden Flure waren ebenfalls groß und hell und an den geschwungenen Stuckdecken hingen große goldene Kronleuchter, welche selbstverständlich mit elektrischem Licht funktionierten. Ich folgte dem Flur mit der Aufschrift *Verwaltung und Direktorat.* Auf dem Weg kamen mir kleine Schülergrüppchen entgegen. Seltsam war, dass alle über dasselbe sprachen. Die Worte »Westby Nobilitas« fielen immer wieder. Ich schlängelte mich an den Schülern vorbei und gelangte schließlich an eine Art Rezeption, über der eine große alte Uhr hing. Bereits in sieben Minuten würde der Unterricht beginnen und ich wusste noch gar nicht, wo ich überhaupt hinmusste. Hinter der Rezeption saß eine ältere Frau mit grauem, streng zurückgebundenem Haar.

»Wie kann ich Ihnen helfen?«, fragte sie mich leicht genervt und ohne von ihrem Computer aufzusehen.

»Entschuldigung. Ich bin neu. Alpha van Aerssen.« Ich streckte ihr die Hand über den Empfangstresen entgegen. Sie warf mir durch ihre Lesebrille einen verächtlichen Blick zu, sodass ich die Hand wieder sinken ließ.

Toller Start.

»Man sagte mir, ich solle hier meine Bücher abholen.«

Ich legte den Bücherschein, den mir Grandma in den Rucksack gesteckt hatte, auf die Rezeption. Ohne etwas zu sagen, nahm sie meinen Schein und ging durch eine Milchglastür in ein Hinterzimmer. In drei Minuten würde mein Unterricht beginnen, das würde ich definitiv nicht schaffen. Ich wurde etwas ungeduldig und begann mit meinen Fingern auf den Holztresen zu klopfen. Eine gute Methode, um den Stress zu kompensieren, der gerade in mir aufstieg.

»Ah, Beethovens Siebenundzwanzigste«, hörte ich plötzlich eine Stimme hinter mir. Leicht erschrocken drehte ich mich um und sagte aus einem Affekt heraus: »Wie bitte?«

Neben mir stand ein junger gut aussehender Vertreter des männlichen Geschlechts und blickte mit einem leichten Lächeln auf meine Hand. Sein blondes Haar und seine Schuluniform saßen perfekt. Seine Augen funkelten in einem tiefen Blau. Ich hätte schwören können, dass man darin ertrinken würde, wenn es keine Augen wären. Als er sich ein bisschen zu mir herüberlehnte, stellte ich fest, dass er angenehm roch.

»Du hast Beethovens Siebenundzwanzigste Klaviersonate mit deiner Hand auf dem Holz gespielt. Na ja, zumindest einen Teil davon.«

Ich stand da wie versteinert, irgendwas hinderte mich daran zu reagieren. Vielleicht wollte mein Unterbewusstsein mich auch einfach nur vor einer Dummheit beschützen. Mir war bewusst, dass ich ihn anstarrte, aber irgendwie verspürte ich nicht den Drang, es zu unterlassen. In diesem Moment kam die Sekretärin mit meinen Büchern und meinem Stundenplan zurück und knallte die Sachen lieblos auf den altehrwürdigen Tresen.

»Kann ich sonst noch was für Sie tun?«, fragte sie genervt. Sie setzte darauf, dass ich Nein sagen würde, und genau das tat ich.

»Nein danke.« Ich quetschte die Bücher zu meinen Uniformen in den prallen Rucksack. Als ich dabei war, mich umzudrehen, hörte ich die männliche Stimme erneut.

»Ich denke schon, dass Sie noch etwas für die liebe Ms van Aerssen tun könnten.«

Ich blieb ruckartig stehen. Woher kannte er meinen Namen?

»Natürlich, Mr Kingston, an was dachten Sie dabei?«, hörte ich die Sekretärin in einem plötzlich überschwänglich netten Ton sagen.

Wieso war sie zu ihm plötzlich so nett?

»Ich weiß nicht, ob es Ihnen aufgefallen ist, aber jemand hat ihr wohl die Uniformen in einer falschen Größe zukommen lassen. So kann sie unmöglich zum Unterricht gehen. Wollen Sie etwa, dass sich das arme Mädchen an ihrem ersten Tag so schämen muss?«, entgegnete er in einem ernsten Ton.

Wie nett von ihm sich so für mich einzusetzen, obwohl er mich gar nicht kannte. Er hatte mich scheinbar genauer betrachtet, als ich zuerst angenommen hatte. Ich spürte, wie ich rot wurde.

»Natürlich haben Sie recht, Mr Kingston, ich werde ihr sofort neue Uniformen bringen lassen!«, beteuerte die Sekretärin.

»Das brauchen Sie nicht, ich weiß ja, wie beschäftigt Sie sind. Ich werde mit Ms van Aerssen zu den Lagerräumen gehen und ihr die neuen Sachen geben. Danach haben wir gemeinsam Unterricht und es ist für sie nicht ganz so peinlich, am ersten Tag zu spät zu kommen, wenn sie nicht allein ist.«

Er gab sich gelassen und ich hätte schwören können, dass er ihr zuzwinkerte. Sie nickte und schob ihm einen Schlüssel mit einem violetten Anhänger über den Tresen. Er nahm ihn und nickte ihr freundlich zu.

»Danke, Mildred.«

Dann wandte er sich an mich. »Komm mit, wir holen dir jetzt mal eine bessere Schuluniform. So kann dich ja keiner ansehen.« Grinsend ging er mir voraus die Flure entlang.

Moment mal, hatte er mich gerade etwa beleidigt?

»Wie meinst du das denn?«, fragte ich ihn in einem säuerlicheren Tonfall als beabsichtigt.

»Ich meine, dass dein Rock ziemlich kurz ist. In der Pause könnten sich einige darüber amüsieren oder ...« Er stockte.

Er hatte mir auf den Hintern gestarrt. *Klasse.*

»Oder was? Anfangen über mich zu lästern?«, unterbrach ich ihn leicht beleidigt.

Er schüttelte den Kopf.

»Nein, so läuft das hier nicht. Vermutlich würde eines der Mädchen ein Foto machen und auf *Westby Nobilitas* veröffentlichen. Den Stempel würdest du nie wieder loswerden.«

Mein Gesicht glich zu dem Zeitpunkt farblich vermutlich eher einer Tomate.

Schon wieder dieses Westby Nobilitas.

»Westby Nobilitas?«, fragte ich.

»Das ist so was wie ein schulinternes Twitter. Ich halte persönlich nicht so viel davon, aber das muss ja jeder selbst wissen«, erklärte er freundlich.

Irgendwie mochte ich ihn direkt. Das war verrückt, ich kannte ihn schließlich nicht und wusste noch nicht einmal seinen Namen. Wir gingen zu einem Fahrstuhl, der in seiner Modernität nicht in dieses Gebäude zu gehören schien.

Als wir ausstiegen, blickte ich mich um, der Flur sah genauso aus wie alle, die ich bisher gesehen hatte, nur, dass er jetzt menschenleer war. Kleinigkeiten unterschieden die Korridore untereinander. Verschiedene teuer aussehende Vasen standen auf weißen Säulen und die hell vertäfelten Wände zierten unterschiedliche Gemälde. Überall standen Tische und Bänke, die entweder gut restauriert oder auf alt gemacht waren. Sie vermittelten ein bisschen Gemütlichkeit in den sonst so großen Fluren. Durch große Fenster fiel helles Tageslicht. Bodenlange, mit Blumen bestickte Vorhänge hingen links und rechts von ihnen. Glitzernde Kronleuchter sorgten zusätzlich für ein angenehmes Licht. Der Marmorboden glänzte tadellos. Es war einfach nur beeindruckend. So eine schöne Schule hatte ich höchstens mal im Fernsehen gesehen. Ich fühlte mich ein bisschen wie erschlagen und konnte mir beim besten Willen nicht vorstellen, wie man sich so schnell in dieser Schule orientieren sollte. Ich war heilfroh hier nicht allein rumirren zu müssen. Es würde wahrscheinlich ein paar Tage dauern, bis ich mich zurechtfand.

»Woher wusstest du eigentlich meinen Namen und dass wir in dieselben Kurse gehen?«

»Das ist ganz einfach. Als Mildred dir die Bücher hingelegt hat, habe ich einen kurzen Blick auf deinen Plan geworfen. Aus Versehen natürlich. Auf dem stand übrigens auch dein Name: Alpha van Aerssen, ganz außergewöhnlich.«

Er blieb vor einer Stahltür stehen.

»Wieso außergewöhnlich?«, fragte ich ihn, doch er reagierte nicht. Stattdessen holte er den alten Schlüssel aus seiner Hosentasche, den Mildred ihm so bereitwillig mitgegeben hatte, und schloss die Tür auf. Wir gingen eine Wendeltreppe hinab und betraten ein gigantisches Kellergewölbe, das nicht wie ein Lagerraum aussah, sondern eher wie eine Edelboutique.

An den Wänden standen weiße, mit Uniformen gefüllte Regale, die bis unter die Stuckdecke reichten. Am anderen Ende des Raumes hingen mit Rosenranken bestickte Vorhänge, welche vermutlich als eine Art Umkleide fungierten.

»Es ist außergewöhnlich, dass du so heißt, meine ich. Ich dachte, dass dieses Adelsgeschlecht ausgestorben sei, aber scheinbar haben sie ja doch noch eine Nachfahrin gefunden«, sagte er nachdenklich.

»Nein, nein, ich bin keine Nachfahrin des Adelsgeschlechts, das ist wirklich ausgestorben«, widersprach ich ihm. Er fasste sich an den Hinterkopf, als er zu einem der Regale mit Mädchenuniformen hinüberging.

»Welche Größe hast du?«, fragte er mich ganz beiläufig, denn er schien noch immer über die Geschichte meines Nachnamens nachzudenken.

»Normalerweise small, allerdings fallen die Uniformen offensichtlich etwas kleiner aus, also würde ich sagen medium.« Noch bevor ich mit meiner Rechtfertigung fertig war, überreichte er mir einen Stapel mit Uniformen.

»Äh, danke?« Fragend blickte ich in sein nachdenkliches Gesicht. Seine blauen Augen schienen abwesend zu sein, fast so, als würden sie sich ein Gemälde vorstellen, welches an einem anderen Ort hing. Er strich mit seiner linken Hand durch seine goldblonden Haare und zerzauste sie. Das gab ihm etwas Rebellisches, Wildes, was ich persönlich noch besser fand als seine akkurate Frisur von vorher. Es war definitiv ein Kontrast zu seiner blauen Uniform, auch wenn er seine Jacke nicht trug. Die Jungenuniformen sahen weniger dekadent aus als die der Mädchen. Sie trugen eng anliegende hellblaue Hemden zu ihren schmal geschnittenen dunkelblauen Hosen, welche nur an den vorderen Hosentaschen goldene Ziernähte hatten. Es erinnerte mehr an ein lässiges Abendoutfit als an eine Schuluniform. Ich ging hinter den Vorhang und zog eine der neuen Uniformen an. Sie passte, auch wenn der Rock nach wie vor ziemlich kurz war. Alle Uniformröcke, die ich bisher an anderen Schulen gesehen hatte, gingen mindestens bis zum Knie. Dieser hier endete eine Hand über dem Knie, aber Gott sei Dank war er gerade lang genug, dass niemand auf einer Treppe darunterschauen konnte. Trotzdem beschloss ich die Uniform nicht ohne schwarze Strumpfhose zu tragen.

»Sie passt!«, sagte ich und zog den Vorhang zur Seite. Er stand mit verschränkten Armen vor mir und runzelte die Stirn. Er schien abgelenkt zu sein.

»Und du bist dir ganz sicher, dass du nicht doch adelig bist?«

Die Frage klang für mich wie ein schlechter Scherz, aber wenn ich mir sein Gesicht so ansah, dann meinte er es wohl ernst.

»Ja, das bin ich, ganz sicher sogar. Ich bin in Zweizimmerwohnungen aufgewachsen. Warum interessiert dich das so?«, fragte ich, gespannt auf seine Antwort.

»Was für eine eigenartige Frage. Dies ist schließlich ein Internat für die Kinder einflussreicher Leute, die später einmal eine sehr wichtige Stellung innerhalb der Gesellschaft haben werden.« Nachdenklich kratzte er sich am Hinterkopf.

War das hier eine dieser Sendungen, in denen gleich jemand hinter einem Vorhang hervorspringt und »Verarscht!« ruft?

»Da du aber weder adelig noch reich bist, ist die Frage, warum du hier bist. Ich möchte nicht unhöflich erscheinen, aber wie kannst du dir das hohe Schulgeld leisten?«

Er sah mich fragend an und ich wusste nicht, was ich darauf sagen sollte. Erst hielt ich es für einen Witz, doch als er nicht anfing zu lachen, wurde mir bewusst, dass er das vollkommen ernst meinte.

»Ich habe ein Teilstipendium, welches das Schulgeld zu einem Großteil übernimmt, wenn ich meinen Notendurchschnitt von 2,0 halte oder verbessere. Den Rest zahle ich. Meine Mum hat für mich, als ich noch klein war, ein Ausbildungssparkonto angelegt. Zufrieden?«

Ich sah ihn mit großen Augen an und versuchte herauszufinden, was gerade in seinem Kopf vorging.

»Vorerst ja. Mildred hat dir vermutlich noch keinen Spind zugeteilt. Der Hausmeister Sergio verwaltet die Codes und der ist montags nie da. Du kannst deine Uniformen in einen der Stoffbeutel tun und bis Schulschluss in meinem Spind lagern, wenn du willst. Dann musst du sie nicht die ganze Zeit mit dir herumschleppen und sie zerknittern nicht so schnell, wenn du sie nicht in deinen Rucksack stopfst.«

Er gab mir einen der weißen Beutel, die überall in den Regalen unter den Uniformen lagen. Ich nickte und war dankbar über sein Angebot, denn ich war wirklich nicht scharf darauf, die ganze Zeit mit einem vollgestopften

Rucksack durch die Schule zu laufen. Er blieb nach wie vor ernst, doch seine Mimik wirkte wieder etwas entspannter. Ich fragte mich, wie spät es wohl war. Leider hatte ich mein Handy zu Hause vergessen und meine Armbanduhr hatte das Wetter vom Tag zuvor nicht überlebt – beim Ablegen meiner Uhr am vorigen Abend war mir aufgefallen, dass sie stehen geblieben war. Als hätte er meine Gedanken gelesen, schaute der junge Mann, dessen Namen ich immer noch nicht kannte, auf seine Armbanduhr und war offenbar überrascht.

»Die Unterrichtsstunde ist fast vorüber, die Zeit vergeht mit dir ja wie im Flug. Dann gehen wir jetzt besser zu meinem Spind. Auf dem Weg dorthin zeige ich dir noch die wichtigsten Räume der Schule. Dann können wir einfach sagen, ich hätte dich schon mal durch die Schule geführt und du musst nachher vielleicht keinen Rundgang mit Ms Cornellis machen. Du kannst froh sein, dass ich dir das erspare, sie ist ein Biest.«

»Ist das so? Und du bist der Schöne, der mich rettet?«

Als mir bewusst wurde, was ich da gerade gesagt hatte, wurde ich rot, aber er lächelte nur freundlich. Auch wenn meine Worte einen leicht sarkastischen Unterton hatten, konnte man sie trotzdem anders interpretieren.

»Ich schätze, dass du das Märchen nicht allzu gut kennst. Ich habe jedenfalls nicht vor Ms Cornellis zu retten, aber danke für das Kompliment.«

***

Er zeigte mir tatsächlich die halbe Schule, was gut war, denn nun wusste ich, wo ich welchen Unterricht hatte, wo die Toiletten waren, wie ich in die Mensa und zur Sporthalle kam. Außerdem zeigte er mir die kleinen Innenhöfe, die es bei jedem der vier Türme gab. Dort oder auf dem großen Schlosshof verbrachte man hier seine Pausen. Abgesehen natürlich von der großen anderthalbstündigen Mittagspause, in der man zum Mittagessen in die Mensa ging.

Die Spinde befanden sich auf den Fluren im zweiten und dritten Stock und waren hellgrau und mit goldenen Nummernschildern versehen, was sie edel erscheinen ließ. Sein Spind war im zweiten Stock und hatte die Nummer 242. Als er ihn öffnete, lugte ich neugierig hinein, in der Hoffnung, dass sein

Spind etwas mehr über ihn preisgab, als er selbst es tat. Leider wirkte sein Spind relativ unpersönlich. Es standen nur ein paar Schulbücher und zwei Thriller eines bekannten Autors darin. Er las King und hörte Beethoven? *Eine eigenartige Kombination,* dachte ich. An der Innenseite der Tür hingen zwei Fotos. Eines zeigte ihn mit zwei anderen Jungen beim Kanufahren. Beide sahen mindestens so gut aus wie er. Sie sahen ihm sogar etwas ähnlich. Nur die Haarfarbe der Jungen auf dem Foto war dunkler. Der eine hatte braunes Haar, das Haar des anderen Jungen war fast schwarz. Ich mutmaßte, dass sie seine Brüder waren. Das andere Bild zeigte eine sehr hübsche blonde junge Frau in unserem Alter. Ich ertappte mich dabei, dass ich ein kleines bisschen enttäuscht war, weil ich davon ausging, dass das Mädchen auf dem Bild seine Freundin sein musste.

Als er meine Uniformen in das obere Regalfach legte, klingelte es zur Pause.

»Wie heißt du eigentlich?« fragte ich ihn, als mir auffiel, dass ich seinen Namen noch immer nicht wusste.

Er sah mich überrascht an. »Ich heiße Nate Kingston. Habe ich mich denn gar nicht vorgestellt? Wie unhöflich von mir. Tut mir leid.«

Er schloss seinen Spind und lächelte leicht, obwohl er nach wie vor angespannt wirkte. Irgendwie kam sein Name mir bekannt vor, aber woher? In diesem Moment kam ich nicht darauf.

»Ist schon ok, du hast mir aus der Klemme geholfen. Damit hast du mir gezeigt, dass du ein wahrer Gentleman bist. Das ist wohl im Eifer des Gefechts untergegangen. Ich verzeihe dir, vorerst.«

»Vorerst?« Seine ebenmäßige Stirn legte sich in nachdenkliche Falten.

»Natürlich, irgendwann wird sich sicher eine Gelegenheit zur vollständigen Wiedergutmachung auftun. Es geht hier schließlich um meine Ehre«, sagte ich frech. Meine Betonung hielt ich absichtlich etwas übertrieben. Das hier war immerhin eine schlossartige Schule. Irgendwie erschien es mir passend. Ich grinste ihn an und hoffte damit die Ernsthaftigkeit aus seinem Gesicht zu vertreiben.

Er verzog seine Lippen zu einem verschmitzten Lächeln.

»Na gut, dann kann ich ja heute Nacht beruhigt schlafen. Jetzt muss ich dich allerdings verlassen und den Schlüssel wieder zurück zu Mildred bringen, damit sie mich später nicht in Stücke reißt. Wir sehen uns nach der Pause im Geschichtsunterricht.«

Danach ging er rasch zurück zur Treppe.

***

Woher kannte ich nur seinen Namen? Während ich überlegte, streifte ich durch die einsamen Gänge des Internats. Alles hier war groß und pompös. Die glänzenden Leuchter warfen filigrane Schatten an die weißen Stuckdecken. In manchen Fluren hingen Gemälde und überall standen auf barock getrimmte Möbel. Alles hier schien geradewegs aus einem Märchen zu kommen. Ich fühlte mich wie ein uneingeladener Gast im Schloss eines Königs. *Des Königs.* Es fiel mir wie Schuppen von den Augen. Nate Kingston war Jonathan Kingston, einer der Thronerben von Antira. Plötzlich kam mir mein Gequatsche von vorhin ziemlich albern vor. Vermutlich hielt Nate mich jetzt für einen Fan. *Na klasse.*

KAPITEL 4

Der Unterrichtsraum war groß und hell mit einer hohen Stuckdecke, an der ein großer Leuchter hing. Die Stühle und Tische standen in Reihen und füllten nicht einmal den halben Raum. Das ganze Schloss war in einem Vintagestil eingerichtet, auch wenn alles nagelneu wirkte, was mich mittlerweile nicht mehr überraschte. Ich setzte mich an den freien Tisch am Fenster. Neben mir war noch ein Platz frei und etwas in mir hoffte, dass Nate sich zu mir setzen würde. Dann hätte ich die Möglichkeit, ihm zu erklären, dass ich kein wahnsinniger Fan war und mich keinesfalls an ihn ranwerfen wollte.

Hatte ich das überhaupt getan? Ich war mir nicht sicher, es war schließlich eine Frage der Interpretation. Aber besser, man entschuldigte sich einmal zu viel als einmal zu wenig. Nicht dass seine Bodyguards mich für eine irre Stalkerin hielten, auch wenn ich hier bisher keine gesehen hatte.

Das Zippen eines Reißverschlusses neben mir riss mich aus den Gedanken.

»Wirklich mutig«, sagte das hübsche blonde Mädchen, das sich zu mir gesetzt hatte.

»Was ist mutig?«

Sie musste meine Verwirrtheit bemerkt haben, denn sie lächelte belustigt.

»Dich hier hinzusetzen. Hier sitzt eigentlich Eris. Sie ist die Anführerin der wichtigsten Clique von Westby.«

»So wie du von ihnen sprichst, gehörst du wohl nicht dazu.«

Sie lachte. Ihre Stimme klang sehr angenehm. Noch nie hatte ich ein so schönes Lachen gehört.

»Und auf den Kopf gefallen bist du auch nicht. Nein, ich gehöre definitiv nicht zu Eris oder C & C.«

Sie lehnte ihr Kinn auf ihren Handrücken, sodass die Wellen ihrer blonden Mähne ihr Gesicht wie ein Gemälde umrahmten. Sie hatte etwas Elfenhaftes und Edles. Wer sie wohl war? Nate hatte ja erwähnt, dass Westby eine Schule für sehr reiche Leute war und er war immerhin ein Prinz.

»Wer sind Eris und C & C? Ich bin hier irgendwie noch niemandem so richtig begegnet.«

Abgesehen von Nate.

»C & C sind Clarissa und Carolina, die beiden Mädchen, die Eris immer Honig ums Maul schmieren. Die mit der Playmobilfrisur ist Clarissa Mulsch, ihre Mutter ist Daphne, Designerin und das berühmte Ex-Model. Das andere C steht für Carolina Wasilow. Sie sieht mit ihrem schwarzen Pixi Cut aus wie eine Gothic Queen. Das macht sie nur, um ihren Vater zu ärgern. Er ist ein russischer Diplomat.«

Das Mädchen strich mit der Hand über ihren violetten Rucksack, den sie zwar geöffnet, aber nicht ausgepackt hatte. Es schien äußerst wichtig zu sein, wer man hier war und wer die eigenen Eltern waren.

»Und Eris ist meine Cousine. Sie ist ein Biest, aber irgendwie lieben sie alle. Es ist wohl mehr eine Hassliebe. Die meisten haben Angst vor ihr. Sie ist eine Baronesse wie ich. Ihr Vater, mein Onkel, ist der Baron von St. Barian, mein Vater ist der Baron von St. Briten – beides sehr kleine Provinzen in Antira.«

Ich sah sie fragend an. Erst jetzt schien sie zu merken, dass wir uns einander noch gar nicht vorgestellt hatten.

»Ach so, ich bin Li. Na gut, eigentlich Linnéa Williams, aber so nennt mich eben keiner. Und du bist die Neue.«

Sie streckte mir die Hand förmlich hin und ließ sie nicht sinken, bis ich ihr die Hand gab.

»Ja, ich bin die Neue. Alpha van Aerssen, einfach nur Alpha.«

»Was für ein außergewöhnlicher Name, kein Wunder, dass du mutig bist. Ich habe gehört, wie einige Jungs heute Morgen über dich geredet haben, aber so kurz kommt mir dein Rock gar nicht vor. Vermutlich haben sie einfach nur übertrieben, das machen Jungs ja ständig.«

Sie strahlte mir mit ihren smaragdgrünen Augen freudig entgegen. Ihre positive Art steckte mich an, sodass das Gefühl, allein zu sein, nach und nach verschwand.

»Na ja, ich denke nicht, dass sie übertrieben haben. Die Schule hat mir die falsche Uniformgröße zukommen lassen. Aber Nate hat mir geholfen. Jetzt sehe ich hoffentlich nicht mehr aus wie eine Edelstripperin«, witzelte ich.

»Soso, dann hast du ja noch mal Glück gehabt. Wenn Ms Cornellis dich so erwischt hätte, hättest du vermutlich direkt nachsitzen dürfen.«

»Ich hab schon von ihr gehört. So wie alle über sie reden, möchte ich sie, glaube ich, lieber nicht so schnell kennenlernen. Nate hat mir schon mal das Schulgelände gezeigt, sodass ich den offensichtlich fürchterlichen Rundgang mit Ms Cornellis nicht machen muss. Sie muss echt eine reizende Persönlichkeit sein.«

»Nate also, wow. Du scheinst etwas an dir zu haben. Normalerweise ist er der Unerreichbare. Alle Mädchen schwärmen für ihn oder seinen Zwillingsbruder Matt.«

Es gab noch jemanden, der so aussah wie Nate? Das war ja wie in einer dieser Teenie-Komödien.

»Das kann ich mir gut vorstellen, so nett wie er ist und bei diesem Aussehen.«

»Ich glaube, mit mir hat noch keiner von beiden ein Wort außerhalb des Unterrichts gewechselt.«

Wie konnten sie noch nie mit ihr geredet haben? Mit jedem Wort, das sie sprach, wünschte ich mir, ein bisschen mehr wie sie zu sein. Ich hoffte, dass wir richtige Freundinnen wurden. So wie ich sie bisher nie hatte.

Über dem großen Whiteboard, das an der Wand vor uns hing und die Tafel ersetzte, war eine große Uhr angebracht. Sie musste mindestens so alt wie das Schloss selbst sein, denn im Gegensatz zum Rest des Mobiliars sah sie wirklich antik aus. Das Ziffernblatt war römisch und der verschnörkelte Rahmen schien aus purem Gold zu sein.

Noch fünf Minuten bis zum Unterricht und Nate war noch nicht da. Zwei große dürre Mädchen betraten nun den Raum, gefolgt von einer unheimlich hübschen Blondine. Die beiden setzten sich an einen der Tische ganz hinten.

Doch die Blondine kam mit zu Schlitzen verengten Augen auf mich zu. Das mussten Eris und C & C sein.

»Das ist mein Platz. Wärst du so freundlich und würdest deinen Hintern woanders hinbewegen?« Sie formulierte es wie eine Frage, aber ihr Ton und das mehr als aufgesetzte Lächeln machten klar, dass es eher ein Befehl war. Mit Freundlichkeit hatte ich zwar nicht gerechnet, aber zumindest mit etwas Anstand. Wir waren doch hier nicht im Kindergarten.

»Was ist jetzt? Bist du da etwa festgewachsen?«, fragte sie in der arrogantesten Stimmlage, die ich je gehört hatte. Das Mädchen verschränkte die Arme und fixierte mich mit ihren grau schimmernden Augen. Ich musste mich innerlich beruhigen, um ihr nicht ein paar zynische Bemerkungen an den Kopf zu werfen. Das hatte Li also gemeint, als sie von *Eris dem Biest* gesprochen hatte. Doch da ich mich an meinem ersten Schultag nicht gleich unbeliebt machen wollte, hielt ich mich zurück. Li überkam eine Art Beschützerinstinkt und ich schätzte, dass sie vermutlich die Einzige war, die Eris etwas entgegenzusetzen hatte.

»Lass sie in Ruhe, Eris, sie hat dir nichts getan.«

»Ihr habt euch an den falschen Tisch gesetzt. Hier sitzen Nate und ich. Für Nate ist dieser Platz sehr wichtig. Er ist ein Prinz und Prinzen sollte man nicht verärgern. Geh nach hinten, Bauernmädchen.«

Was für eine lächerliche Begründung war das bitte?

Offenbar hatte sich schon herumgesprochen, dass ich nicht im Internat wohnte. Aber Eris scheinheiliges Geplapper verriet, worum es ihr wirklich ging. Um Nate und um seinen Titel.

»Erst mal, Eris, ist es ein einfacher Tisch. Jeder kann sich an einen beliebigen freien Tisch setzen. Und gerade Nate hat vermutlich kein Problem damit, seinen Blickwinkel zu ändern. Besonders, wenn er neben Alpha sitzen könnte.«

Da hatte Li sich wohl etwas weit aus dem Fenster gelehnt. Ihre Andeutung in Bezug auf mich war etwas voreilig und sollte Eris vermutlich provozieren, nachdem diese mich so offen beleidigt hatte. Offensichtlich funktionierte es blendend, denn der kühle Blick von Eris erfror geradezu. Ich hatte jedoch keine Lust auf weitere Diskussionen und legte meine Hand auf Lis Schulter. Sie verstand die Geste, wir beide standen auf und gaben den begehrten Tisch frei. Eris' Eisaugen funkelten gebieterisch. Ihre Lippen zuckten zu einem leichten Lächeln. Sie dachte, sie hätte gewonnen.

Allerdings konnte ich mir eine kleine Stichelei dennoch nicht verkneifen.

»Dein Vater bezahlt so viel Schulgeld und niemand hier hat dir beigebracht, wie man Bitte und Danke sagt? Was für eine Verschwendung. Ein Benimmkurs wäre vermutlich wesentlich hilfreicher gewesen und zudem billiger.«

Früher war ich sehr selbstbewusst gewesen und hatte immer auf alles eine humorvolle oder sarkastische Antwort gehabt. Doch seit dem Tod meiner Mum hatte sich das geändert. Ich war normalerweise nicht mehr vorlaut und frech.

Trotzdem lächelte ich nun provozierend, obwohl ich unsicher war. Aber meine Worte verfehlten ihre Wirkung nicht. Eris' Lächeln erstarb. Li und ich drehten uns um und gingen zu den hinteren Reihen, aber es waren nur noch einzelne Plätze frei.

In der vorletzten Reihe gab es noch einen freien Platz neben einem sympathisch wirkenden Mädchen mit geschmeidiger brauner Haut und schwarzen Haaren, die sich in langen Wellen auf ihre Schultern legten. Ich ging auf sie zu.

»Ist hier noch frei?«

»Natürlich, setz dich! Eris kann echt gemein sein. Denk dir nichts dabei, sie ist zu so gut wie niemandem nett.«

Sie lächelte freundlich, während sie ihre bunte Designertasche vom Stuhl nahm, damit ich mich setzen konnte.

»Danke schön, ich bin Alpha.« Ich versuchte mir nicht anmerken zu lassen, dass Eris mich doch ein wenig eingeschüchtert hatte.

Mittlerweile hatte sich Li neben einen relativ gut aussehenden Jungen mit asiatischen Gesichtszügen gesetzt. Damit saß sie fast neben mir, nur der Gang zwischen den Tischen trennte uns. Sie beugte sich zu mir herüber.

»Tut mir leid. Sie ist, wie sie ist. Ich glaube sie interpretiert mehr in ihre

Freundschaft mit Nate, als tatsächlich da ist. Es ist übrigens ein Bild von euch auf *Westby Nobilitas* aufgetaucht.«

Ein Bild von Nate und mir? Das schien mir gar nicht gut zu sein. Ich wollte nicht bereits am ersten Tag so wahnsinnig viel Aufmerksamkeit erregen. Eigentlich war es mein Plan gewesen, mein letztes halbes Jahr bis zu den Abschlussprüfungen unsichtbar durchzustehen. Bisher hatte das ziemlich gut funktioniert. Ich war sogar so unsichtbar gewesen, dass mir niemand außer Grandma vor einem Monat zu meinem achtzehnten Geburtstag gratuliert hatte. Geburtstage waren sowieso überbewertet.

»Ich habe auf dem Flur mitbekommen, wie C & C Eris erzählt haben, dass du dich total an Nate rangeschmissen haben sollst. Sie meinte, du wirst dein blaues Wunder erleben«, sagte das hübsche Mädchen mit den exotischen dunklen Augen neben mir, als ob sie sich wirklich Sorgen um mich machen würde.

»Das ist nicht gut. Hast du noch mehr gehört, Anila?« Li schien das Mädchen neben mir gut zu kennen. Einen Augenblick überlegte ich, ob ich Li anbieten sollte die Plätze zu tauschen.

»Nein, aber sie war nicht sonderlich erfreut über das Foto auf *Westby Nobilitas*. Vielleicht hat sie Angst, dass du ihr den Rang abläufst.« Diese Worte richtete Anila an mich. Es klang fast wie die Warnung, sich nicht mit dem Teufel einzulassen.

»Aber was geht Eris das überhaupt an? Sie ist doch nicht seine Freundin oder irre ich mich da?«

Ich fragte mich, was das zu bedeuten hatte. Diese Eris war auf jeden Fall nicht das Mädchen auf dem Bild in Nates Spind.

»Wegen Nate hast du recht, sie ist nicht seine Freundin, aber sie wäre es gerne, so wie fast jedes Mädchen in diesem Raum ...«

Li unterbrach ihren Satz, als sie sah, dass eine dunkelhaarige Frau mittleren Alters den Raum betrat. Sie trug ein violettes Ballonkleid und Pumps. Das musste Ms Cornellis sein.

»Guten Morgen, liebe Klasse«, sagte sie und blickte sich suchend um. »Wir haben einen Neuzugang. Ms van Aerssen?«

Na ganz toll, das war das, was ich am meisten in der Rolle der Neuen hasste, die Vorstellungsrunde.

Anila boxte mich mit ihrem Ellenbogen leicht in die Seite und flüsterte: »Du musst aufstehen«.

Langsam stand ich auf, ohne etwas zu sagen.

Unsere Lehrerin sah mich an und sagte in einem strengen Ton: »Ach, da sind Sie. Dann kommen wir zum Üblichen. Das Westby Internat ist eines der ältesten und renommiertesten Internate in unserem wunderschönen kleinen Land. Alle Absolventen von Westby haben es in ihrem Leben weit gebracht. Wenn Sie Ihre Schullaufbahn hier beenden, werden Sie hohes gesellschaftliches Ansehen genießen. Deswegen ist es unbedingt nötig, dass Sie sich wie eine Dame verhalten.

Antira ist ein Land mit viel Klasse, so wie Westby eine Schule mit viel Klasse ist. Bitte prägen Sie sich das genau ein.« Sie räusperte sich, sah mich kühl an und fuhr fort: »So, und nun zum Organisatorischen. Sie haben Ihre Bücher und Unterrichtsverlaufspläne erhalten? Dort können Sie jederzeit nachsehen, welchen Stoff wir gerade behandeln, falls Sie einmal krank sein sollten. Außerdem ist mir zu Ohren gekommen, dass Ihnen Mr Kingston bereits unsere schöne Schule nähergebracht hat, weswegen Sie von mir nun keine weitere Führung benötigen. Ist das richtig?«.

»Ja, Ms Cornellis«, antwortete ich zaghaft. Ich hatte Ms Cornellis' Vortrag nur halbherzig verfolgt, da ich viel zu sehr damit beschäftigt war, Eris düsteren Blicken auszuweichen.

Als ich mich umsah, merkte ich, dass mich alle anstarrten, als wäre ich das achte Weltwunder. In diesem Moment ging die Tür auf und Nate trat ein. Ich nutzte den Moment der Ablenkung, um mich schnell wieder zu setzen.

»Tut mir leid, dass ich mich verspätet habe, Ms Cornellis.«

Noch bevor sie etwas sagen konnte, huschte er durch den Raum und setzte sich auf den freien Platz neben Eris, wo vor einigen Minuten noch ich gesessen hatte. Man sah, wie sehr Eris versuchte ihn zu beeindrucken. Sie spielte während der Unterrichtsstunde mit ihren Haaren, lachte leise über seine Bemerkungen und strich ihm immer wieder mit der Hand über den Rücken.

Zwar hatte ich nicht das Gefühl, dass er darauf einging, trotzdem war ich froh, als der Unterricht endlich vorbei war und ich mir dieses Spektakel nicht weiter ansehen musste.

***

Es ärgerte mich, dass jemand wie Eris sich alles erlauben konnte. Gemeinsam mit Anila und Li ging ich zu ihren Spinden. Anila checkte kurz ihr Smartphone, während Li ihre Sachen im Spind deponierte.

»Leute, auf *Westby Nobilitas* steht, dass Mr Vincent krank ist und deswegen der Unterricht nach dem Mittagessen ausfällt.«

Damit war für mich der Unterricht an diesem Tag schon mal geschafft. Nach den verpassten zwei Stunden Geologie und den letzten vier Stunden Geschichte war mir tatsächlich nicht nach Physik gewesen.

»Wollen wir trotz der Freistunde zusammen Mittagessen gehen? Der Hunger plagt mich schon seit heute Morgen. Wir könnten Alpha danach noch ein paar coole Plätze hier auf dem Gelände zeigen. Natürlich nur, wenn Nate dir nicht schon alle interessanten Ecken nähergebracht hat«, witzelte Li. Anila legte daraufhin kurz ihre Hand auf meine Schulter.

»Li macht nur Witze.« Plötzlich verstummten die beiden. Ich wusste nicht, was los war, und drehte mich um. Nate kam geradewegs auf uns zu. Ich versuchte möglichst entspannt zu wirken.

»Darf ich Euch auf ein Wort bitten und einen Augenblick entführen?«, fragte er mich.

»Schon gut, du kannst wieder normal reden. Ich hatte nicht vor das fortzuführen.«

Ich tat so, als wäre ich völlig cool, und hoffte, dass er nicht durchschaute, wie verlegen ich war.

»Ein Glück, wesentlich länger hätte ich das auch nicht ausgehalten.«

Wir gingen ein Stück den Flur entlang, bis wir in einer schmalen Nische standen. Wir waren allein und obwohl es auf allen anderen Gängen von Schülern nur so wimmelte, verirrte sich niemand hierher.

Er legte seine Hand auf meine Schulter und seufzte leicht.

»Es tut mir leid, Alpha, was Eris zu dir gesagt hat, es war nicht besonders freundlich. Ich wollte dir nur sagen, dass ich mit nichts davon konform gehe. Ich werde mit ihr reden. Sie kann auch anders sein, wenn sie will.«

Immerhin das. Aber dass er sie in Schutz nahm, kränkte mich trotzdem.

Einen Augenblick schwiegen wir uns an, bis ich das Wort ergriff, um mein Verhalten von heute Morgen auszuhebeln.

»Hältst du mich für ein Groupie oder Fan oder so?«

»Ein Groupie? Das Outfit könnte hinkommen.«

Sein Lächeln war etwas anzüglich. Offensichtlich rief er sich gerade das Bild von heute Morgen in den Kopf, während ich versuchte es zu verdrängen.

»Aber nein, keine Sorge. Wie kommst du darauf?«

Wie konnte ich ihm das erklären, ohne noch mehr wie eine Verrückte rüberzukommen?

»Na ja, also das alberne Gehabe von vorhin, das schon erwähnte Outfit und die kleine Flirterei. Ich wusste wirklich nicht, wer du bist.«

»Hättest du es anders gemacht, wenn du es gleich gewusst hättest?« Seine blauen Augen funkelten erwartungsvoll.

»Ich weiß nicht, ich schätze schon.« Es klang wie ein Geständnis. In mir keimte das Gefühl auf, dass es nicht das war, was er hören wollte.

Er sah auf den Boden. »Natürlich hättest du das«, flüsterte er mehr zu sich selbst als zu mir. Er klang enttäuscht.

»Ich habe kurz gedacht, du wärst anders. Dass es dich nicht kümmern würde, wer ich bin oder wer ich vielleicht einmal sein werde, einfach weil du keine Stellung wahren musst. Jeder hier ist darauf aus, sich mit mir gut zu stellen, aber nicht um meinetwillen. Die Mädchen wollen mit mir ausgehen, aber nicht um meinetwillen. Jeder hier verfolgt eine bestimmte Absicht und ich bin es leid. Ich bin bloß eine Schachfigur in einer ewig währenden Partie. Die ganze Zeit geht es um mich, ohne dass es dabei wirklich um mich geht. In solchen Momenten wünschte ich, ich wäre jemand anders. Und absolut jeder entschuldigt sich für alles.«

Ich spürte, wie sehr ihn diese Gedanken beschäftigten. Er war ehrlich und ich verstand, wieso er sich so fühlte. Es war irgendwie ironisch, dass ich es ihm nur gesagt hatte, damit er nicht denken würde, ich hätte ein bestimmtes Ziel verfolgt.

»Ich habe mich nicht entschuldigt«, sagte ich knapp.

»Was?« Er sah auf und sein Ausdruck war verwundert.

»Ich habe mich nicht bei dir entschuldigt. Ich wüsste gar nicht wofür.«

Er sah mich an, aber erwiderte nichts.

»Ich wollte nur klarstellen, dass ich keine falschen Absichten habe, falls es so rübergekommen sein sollte, was es offenbar nicht ist, bis ich es angesprochen habe.«

Noch immer sagte er nichts und starrte mich nur an. Das nervöse Gefühl, das ich seit Beginn des Tages in seiner Nähe verspürte, war gewichen. Er kannte mich nicht und ich kannte ihn genauso wenig und doch hatte er mir etwas sehr Persönliches anvertraut.

»Und ja, ich hatte eine Absicht in Bezug auf dich. Du warst der Erste, der mir geholfen hat, der mir alles gezeigt hat. Der sich für mich interessiert hat, obwohl die anderen getuschelt haben. Ich dachte, vielleicht würdest du ein Freund werden.« Meine Worte klangen etwas wehleidig, so als hätte ich die Hoffnung auf eine Freundschaft mit ihm bereits aufgegeben. Vielleicht hatte ich das auch. Nun schwiegen wir beide.

»Wir sollten beide kurz nachdenken. Ich fürchte, wir haben uns missverstanden. Wir treffen uns um kurz vor 15 Uhr an meinem Spind, dann gebe ich dir deine Sachen«, sagte er distanziert, aber er versuchte freundlich zu sein, sodass es mir im Grunde gar nicht möglich war, sein Angebot abzulehnen.

»Wehe, du kommst zu spät, sonst muss ich mir eine Strafe für dich einfallen lassen!«, ermahnte ich ihn gewollt scherzhaft. Ich war mir nicht sicher, ob es unangebracht war oder ob es die Situation lockerte, aber ich konnte es nicht lassen. Nate nickte und ging davon, ohne sich noch mal zu mir umzudrehen.

***

Als ich zu den Spinden von Li und Anila zurückkehrte, standen sie noch immer dort. Sie hatten tatsächlich die ganze Zeit auf mich gewartet. Ich versuchte mir nicht anmerken zu lassen, dass das Gespräch mit Nate nicht besonders gut gelaufen war, und setzte ein nicht ganz so echtes Lächeln auf.

»Wow, was habt ihr so lange gemacht? Wir warten seit zwanzig Minuten auf dich. Hat Nate gerade wirklich mit dir geflirtet oder habe ich mir das gerade dazufantasiert?« Li war vollkommen aufgeregt.

»Nein, Li, das hast du nicht und wir sind auch nicht die Einzigen, die mitbekommen haben, dass ihr zusammen verschwunden seid«, sagte Anila.

»Es ist nicht, wie ihr denkt«, deutete ich an, was gerade passiert war.

Noch bevor sie mich danach fragen konnten, deutete Anila mit ihrem Kopf nach links. »Ich weiß nicht, wie sie das sehen«, sagte sie.

Dort stand Eris mit einer Gruppe Mädchen und blickte finster zu uns herüber.

Die hatten mir gerade noch gefehlt.

Zwei von ihnen konnte ich als Clarissa und Carolina identifizieren, die anderen beiden kannte ich nicht. Um einer möglichen Eskalation mit Eris aus dem Weg zu gehen, machten wir uns auf den Weg in die Mensa.

***

Es gab zwei Hauptgerichte, ein vegetarisches und eins mit Huhn, außerdem hatte man die Möglichkeit, aus sechs Beilagen und drei Desserts zu wählen. Li und ich entschieden uns für die vegetarische Steinpilz-Nudelpfanne, die mit den Spaghetti aus der Dose von meiner alten Schule nichts gemeinsam hatte. Anila nahm das Hähnchen-Curry, was ebenfalls lecker duftete. Auf eine Beilage verzichtete ich aufgrund der überaus großzügigen Nudelportion, ein Himbeerdessert konnte ich allerdings nicht stehen lassen. Wir setzten uns an einen der langen Tische, die Plätze unmittelbar neben uns blieben frei.

»Jetzt sag schon, Alpha, was wollte er?« Li war ganz angetan von ihren romantischen Fantasien und Anila lachte leise.

»Seid nicht albern. Er hat sich bei mir wegen der Dinge, die Eris gesagt hat, entschuldigt. Und wir haben uns für 15 Uhr verabredet, damit ich meine Sachen aus seinem Spind holen kann.«

»Das muss eine wahnsinnig schöne Entschuldigung gewesen sein, wenn sie so lange gedauert hat.« Li zwinkerte und damit war das Thema beendet. Ich hoffte inständig, dass sie nicht darauf zurückkam.

Wir unterhielten uns noch eine ganze Zeit über alles Mögliche, welche Bands wir gut fanden, bei welchen Filmen wir weinten und welche Bücher wir nicht mehr aus der Hand legen konnten. Es kam mir fast so vor, als würde ich die beiden schon ewig kennen und nicht erst seit heute Morgen. Während Li uns davon erzählte, wie gerne sie die Liebe auf den ersten Blick erleben würde, wurde Anila auf einmal ganz ruhig. Ich folgte ihrem Blick und sah ein Mädchen mit einem schwarzen Pixi Cut, es war Carolina.

»Was ist mit ihr?«, fragte ich Anila neugierig, ohne meinen Blick von Carolina abzuwenden.

»Leider war sie vor Li meine Mitbewohnerin. Sie war nicht auszuhalten, ständig nörgelte sie, wenn ich unser Bad aufgeräumt habe, weil sie immer alles liegen gelassen hat. Natürlich waren dann auch noch die ganze Zeit die anderen Mädchen bei uns. Gott sei Dank teilen Li und ich uns seit letzter Woche ein Zimmer«, sagte sie und knuffte Li in die Seite.

»Ja, aber langsam solltest du mal deinen ganzen Kram auspacken. Du machst ja mehr Unordnung als Carolina. Überall stehen Kartons.«

Sie lachten, aber mehr als ein Lächeln konnte ich mir nicht abringen. Meine Gedanken kreisten noch immer um das Gespräch mit Nate. Irgendwie wollte ich ihm später noch mal verdeutlichen, dass es wirklich nicht meine Absicht gewesen war, ihn zu verletzen. Ich verstand seine Bedenken, auch wenn ich natürlich keine Ahnung hatte, wie es sich anfühlte, an seiner Stelle zu sein. Mann, war ich froh, dass ich bisher so ein sorgloses Leben mit meiner Mum geführt hatte, auch wenn es alles andere als einfach gewesen war. Meine Mum war nun mal ein Freigeist gewesen, weshalb man immer mit allem zu rechnen gehabt hatte.

»Wie wäre es, wenn wir gemeinsam auspacken, dann geht es schneller und es ist nicht so langweilig. Ich bin seit gestern auspackerprobt«, schlug ich vor und hoffte, dass ich nicht zu aufdringlich rüberkam.

Anila lächelte. »Ok, gerne. Das ist außerdem eine super Chance, dich besser kennen zu lernen, Alpha«, man spürte ihre Erleichterung. Also aßen wir unser Mittagessen auf und schaufelten noch genüsslich das Dessert in uns hinein, bevor wir uns auf den Weg in Anilas und Lis Zimmer machten.

Li hatte etwas übertrieben, was die Unordnung betraf. Es waren nur drei fein säuberlich gestapelte Kartons. Beim Auspacken fiel mir ein rahmenloses Foto auf, das nur noch mit einer Ecke an einer kleinen Pinnwand hing. Es zeigte Anila in einem umwerfend schönen roten Gewand, das mit unzähligen Silberstickereien verziert war. Sie saß auf einem Elefanten und lächelte in die Kamera. Das Bild hatte etwas Magisches, so als wäre es die Illustration einer alten Geschichte. Als ich das Foto umdrehte, sah ich, dass auf der Rückseite etwas in einer fremden Sprache geschrieben war. Anila musste bemerkt haben, dass ich das Foto betrachtete, denn sie nahm mir das Foto lächelnd aus der Hand und sagte: »Das war letztes Jahr anlässlich meiner Krönung zur Prinzessin von Paras. Das Foto habe ich von meinem Vater bekommen. Auf die Rückseite hat er geschrieben: *Die Krönung – sei frei, mein Vogel*. Die Sprache ist Sanskrit. Meine Heimatsprache.«

Daran hatte ich ja gar nicht mehr gedacht. Aber es war natürlich logisch. Li war eine Baroness, dann musste Anila natürlich auch adelig, reich oder zumindest irgendwie wichtig sein. Sie war also die Prinzessin von Paras. Ich war immer gut in Geografie gewesen und wusste somit ungefähr, wo Paras lag. Paras war eine kleine Insel neben Indien, die nur auf wenigen moderneren Karten zu finden war, aber seit 2010 immer wichtiger geworden war. Während Li Anilas Bettwäsche sortierte und Anila ihre Pinnwand aufhängte, packte ich ihre letzten Fotos aus der Kiste und verteilte sie ordentlich auf dem Regal über dem weißen Bett. Das ganze Zimmer war in einem barocken Stil eingerichtet und sehr geräumig, von dem kleinen Luxusbad mal abgesehen. Den Plüschwecker, den ich aus dem nächsten Karton zog, stellte ich auf den hübsch verzierten Nachttisch. Er zeigte 14:45 Uhr. Ich sollte langsam los, wenn ich pünktlich bei Nate sein wollte. Ich sah mich um, Anilas Zimmerhälfte war nun komplett eingerichtet. Auch Li und Anila sahen zufrieden aus. Als Li sich auf Anilas Bett warf, fiel auch ihr Blick auf den Plüschwecker.

»Alpha, du musst los, sonst kommst du noch zu spät. Wir sehen uns morgen früh bei Mr Hagel in Chemie. Ich hoffe, du stehst auf das Dokumentieren von Versuchsabläufen«, sagte sie und grinste hämisch.

Ich verabschiedete mich und machte mich auf den Weg zu Spind 242, Nates Spind.

***

Ich wartete eine ganze Weile vor dem Spind und ging immer wieder den Flur auf und ab. Die Uhr in einem leeren Klassenraum zeigte 15:22 Uhr. Er war jetzt schon fast fünfundzwanzig Minuten zu spät und der Unterricht hatte auch schon längst begonnen. Entweder hatte er mich vergessen oder er versetzte mich gerade mit voller Absicht. Ich wusste es nicht, aber ich wusste, dass in diesem Spind meine Uniformen lagerten, von denen ich morgen früh eine brauchte. Langsam wurde ich sauer.

Was denkt er sich eigentlich? Verabredet sich mit mir und kreuzt nicht auf?

Zwar war der Ausgang unseres letzten Gesprächs nicht sonderlich positiv gewesen, aber man kam doch normalerweise zu einem Treffen, wenn man sich verabredete, oder? Zugegeben, es war keine richtige Verabredung gewesen, eher so etwas wie eine Geldübergabe, nur eben in Form von Uniformen. Meinen Uniformen. Als Nate nach fünfundvierzig Minuten immer noch nicht erschienen war, ging ich. Wenn das ein Witz sein sollte, dann war es kein guter.

KAPITEL 5

Ich lief den kurzen Weg zu mir nach Hause, auch wenn er mir durch die schweren Bücher in meinem Rucksack länger vorkam, als er tatsächlich war.

Zu Hause angekommen war niemand zu sehen, weder meine Grandma noch Grey. Ich zog meine schwarzen Absatzstiefeletten aus und pfefferte sie frustriert auf die Matte. Das tat mir im nächsten Moment schon wieder leid. Eigentlich trug ich sie gerne, weil sie meine kleine Figur ungefähr 4-5 cm streckten. Also stellte ich die Stiefeletten vernünftig an die Seite und ging nach oben. Um sie zu schonen, zog ich als Erstes die Uniform aus. Dadurch konnte ich sie hoffentlich morgen noch einmal anziehen.

Ich machte meine Hausaufgaben mehr als gründlich, da wir sie am nächsten Tag abgeben mussten. Zwar waren meine Noten bisher immer gut gewesen, aber ich hatte das Gefühl, für Westby wirklich etwas tun zu müssen. Außerdem lenkte mich die Arbeit davon ab, dass Nate mich versetzt hatte. Als ich den Punkt erreichte, an dem ich mich nicht mehr konzentrieren konnte, zog ich meine roten Gummistiefeletten an und stopfte den Saum der Hosenbeine meiner alten Hofjeans hinein.

Ich fand meine Grandma in dem großen Gemüsegarten, in dem sie auch Obst, Kartoffeln und Kräuter anbaute. Sie war gerade dabei, einige Kräuter zu ernten.

»Ah, da bist du ja schon wieder. Na, wie war dein erster Schultag an der Westby?« Dem Tonfall ihrer Stimme nach zu urteilen, freute sie sich auf die Antwort. Offensichtlich ging sie davon aus, dass mein erster Tag klasse gewesen sein musste. Da ich sie nicht enttäuschen und mich vor weiteren Fragen drücken wollte, spielte ich mit.

»Super, alle hier sind furchtbar nett.« Mein freudiges Gesicht wirkte mit an Sicherheit grenzender Wahrscheinlichkeit etwas gezwungen. Sie hätte mich sofort als Schwindlerin entlarvt, wenn sie ihre Brille aufgehabt hätte. Zu meinem Glück trug sie sie nicht.

»Das ist schön, Kindchen! Sag mal, magst du gleich Eier suchen und die Pferde füttern gehen?«

»Klar, Grandma«, ich schnappte mir einen Eimer und war erleichtert meiner Grandma noch rechtzeitig entkommen zu sein, bevor sie mit dem großen Gefrage begonnen hatte. Ich suchte zwölf Eier im großen Hühnerstall zusammen. Der Hühnerstall war für dreißig Hühner gebaut worden, doch meine Grandma hatte nur vierzehn. Sie war der felsenfesten Überzeugung, dass auch Hühner ihren Freiraum bräuchten.

Nachdem ich die Eier ins Wohnhaus gebracht hatte, ging ich nach draußen und brachte die Pferde in den Stall, die ich eigentlich nur füttern sollte. Doch als ich sah, dass sich der Schweif des Schimmelwallachs Wisper total verknotet hatte, kämmte ich diesen erst einmal gründlich durch. Danach fütterte ich Wisper und Amy mit Heu und Möhren aus Grandmas Garten. Sie waren die einzigen der ehemals sieben Pferde, die Grandma nicht hatte verkaufen müssen. Auf Wisper hatten sowohl meine Mum als auch ich reiten gelernt. Nun durfte er bis zu seinem Lebensabend ein friedliches Leben führen.

Als ich zurück ins Haus lief, regnete es in Strömen und dämmerte bereits. Mittlerweile war es recht kalt geworden. Das Wetter schlug offenbar von Sommer zu Herbst um.

Schnell zog ich meine nassen Sachen aus und stellte mich unter die heiße Dusche. Ich genoss das warme Wasser auf meiner Haut. Es fühlte sich fast so an, als könnte es den schwierigen Tag einfach von mir waschen. Um Nate würde ich mich erst morgen kümmern, beschloss ich.

Nach der Dusche warf ich mich schon mal in meine weichen Schlafklamotten. Die Hose war blau getupft und aus einem fließähnlichen Stoff. Dazu kombinierte ich ein Pink Floyd-Bandshirt, was ich Ferkel irgendwann mal aus dem Schrank entwendet hatte, da er die Musik der Band ja sowieso nicht hörte. Gerade als ich meine Haare mit einem Handtuch trockenrieb, kam meine Grandma ganz aufgeregt in mein Zimmer gelaufen.

»An der Tür ist jemand für dich! Geh bitte runter und mach die Tür auf. Ich gehe wieder Wäsche machen, sonst wird die nie fertig«, sagte sie und war auch schon wieder verschwunden.

Was für ein eigenartiges Verhalten.

Ich überlegte kurz, ob ich noch etwas anderes anziehen sollte, entschied mich aber dagegen. Mich umzuziehen würde zu lange dauern. Wenn unten jemand vor der Tür wartete, stand er nämlich ziemlich im Regen. So ging ich schnell hinunter. Vielleicht statteten mir ja Li und Anila einen abendlichen Besuch ab. Es könnte natürlich auch Nate sein, der sich dafür entschuldigen wollte, dass er mich am Nachmittag versetzt hatte. Das waren zumindest die einzigen Leute, die mir einfielen. Anila und Li hatten meine Adresse für Notfälle von mir bekommen und Nate konnte sie auf meinem Stundenplan gesehen haben. Ich ging zur Tür, wobei mir das seitliche Wohnzimmerfenster verriet, dass die Person, die draußen vor der Tür im prasselnden Regen stand, ein junger Mann war.

Also doch Nate.

Ich zögerte einen Augenblick, weil ich nicht wusste, was ich sagen sollte. Als ich von draußen ein leises Husten hörte, öffnete ich doch schnell die Tür. Doch der junge Mann, der dort stand und mich mit seinen grünen Augen musterte, war nicht Nate.

Der mir vollkommen fremde Besucher begrüßte mich: »Hallo. Du bist Alpha, richtig? Nate schickt mich, ich soll dir das hier geben.«

Er drückte mir den weißen Beutel mit meinen Schuluniformen in die Hand. Nate hatte es also nicht vergessen, auch wenn er es scheinbar nicht für nötig gehalten hatte, sie mir selbst vorbeizubringen und sich zu entschuldigen.

Es fing an zu gewittern und wie aus Kübeln zu schütten. Noch immer stand der Fremde in der Tür. Er zog seine Kapuze tiefer ins Gesicht. Die ersten Blitze zogen sich durch den Himmel und hinterließen ein dunkles Donnergrollen.

»Willst du mich nicht hereinbitten?«

»Nein, eigentlich nicht. Wir kennen uns nicht«, sagte ich ehrlich.

Der junge Mann lachte. »Das ist wahr. Ich bin der Bruder von Nate. Reicht dir das? Ich würde wirklich ungern weiter hier draußen bleiben.«

Ein gekünsteltes Niesen und einen Hundeblick von Nates Bruder später warf ich meine Bedenken über Bord und ließ ihn herein. Grandma war ja auch noch da, für den Fall, dass er gefährlicher war, als er aussah.

Nates Bruder hängte seine nasse Jacke an die Garderobe neben der Tür.

»Ich gehe mir mal kurz etwas anderes anziehen. Links geht es in die Küche. Ich komme sofort.«

Schnell lief ich die Treppe hoch in mein Zimmer und zog die Jeans und den Pullover an, die ganz oben auf den Stapeln in meiner Kommode lagen. Als ich zurückkam, saß Nates Bruder bereits an dem kleinen blauen Küchentisch und sah sich in der alten Landhausküche um. Sie erinnerte mich jedes Mal an die Küche einer Kräuterhexe, mit all den Gewürzen und Pflanzen, die überall herumstanden.

»Tee?«, fragte ich ihn kurz und musterte ihn unauffällig von oben bis unten, während er sich umsah. Seine mittellangen Haare waren leicht wellig und glänzten in einem hellen Braun. Irgendwie passte diese Frisur zu ihm, auch wenn ich nicht wusste, ob sie dem Wetter geschuldet war oder ob er seine Haare immer so trug. Er war groß, sogar noch etwas größer als Nate, und der war immerhin einen ganzen Kopf größer als ich.

Ihm war wohl aufgefallen, dass ich ihn musterte.

»Ist es nicht leichtsinnig, jemanden ins Haus zu bitten, dessen Namen man nicht einmal kennt?«

Er hatte recht, ich kannte seinen Namen nicht, aber dass er Nates Bruder war, reichte für den Moment. Es wäre mir mies vorgekommen, ihn bei dem Wetter draußen stehen zu lassen. Mum hatte mir beigebracht jedem zu helfen, der meine Hilfe brauchte.

»Ja, ich liebe eben den Nervenkitzel.«

Tat ich nicht.

Wir lächelten uns stumm an. In diesem Augenblick hielt ich mich tatsächlich für die Gefährlichere von uns beiden. Unweigerlich musste ich an meinen Einbruch in die Schule denken und an Cosmo, der vermutlich immer noch versuchte mich da rauszuboxen. Weshalb auch immer er Nachsehen mit mir gehabt hatte, ich war ihm äußerst dankbar dafür.

»Tee?«, wiederholte ich meine Frage.

»Sehr gerne, danke schön. Habt ihr schwarzen?« Er lächelte etwas schüchtern. Ich nickte, während ich eine Teekanne auf den Herd stellte. Mein Blick fiel auf sein Lächeln. Es war irgendwie außergewöhnlich. Grübchen umspielten seine schmalen Lippen. An der Oberlippe hatte er eine kleine Narbe.

Woher er die wohl hatte? Von einem Unfall? Einer Prügelei? Oder nur vom Rasieren? Letzteres schloss ich gleich wieder aus, denn er war gut rasiert, man sah keine Bartstoppeln, fast schien es, als hätte er keinen Bartwuchs.

Die Teekanne pfiff und ich schenkte uns ein.

»Und dein Name ist? Warum hat Nate dich geschickt und ist nicht selbst gekommen?«

Ich versuchte möglichst freundlich zu klingen, obwohl ich nach wie vor sauer auf Nate war.

»Ich bin Nates älterer Bruder Matt. Er hat mich vorhin kurz angerufen, um mir zu sagen, dass ich dir die Sachen unbedingt vorbeibringen soll. Er meinte nur, dass er noch etwas Wichtiges zu erledigen hätte, was nicht warten könne. Mehr weiß ich allerdings auch nicht.«

»Ich dachte, ihr seid Zwillinge?«

Er trank von seinem dampfenden Tee.

»Sind wir, aber ich bin stolze sechs Minuten älter.«

Das war Matt? Unweigerlich musste ich an das Foto aus Nates Spind denken. Sie waren definitiv zweieiige Zwillinge.

Aber wer war der dunkelhaarige Junge auf dem Foto, der Nate so ähnlich sah? Vielleicht noch ein Bruder? Und was konnte so wichtig gewesen sein, dass er es nicht geschafft hatte, fünf Minuten seiner kostbaren Zeit zu erübrigen, um sich bei mir zu entschuldigen?

»Ist alles okay bei dir? Habe ich etwas Falsches gesagt?«, fragte Matt, dem offenbar die Ratlosigkeit in meinem Gesicht aufgefallen war. Ich nahm seine

Tasse und ging zur Teekanne, um nachzufüllen, ohne ihn gefragt zu haben, ob er überhaupt noch etwas mochte. Da er nicht protestierte, nahm ich an, dass er nichts dagegen hatte.

»Nein, nein, mir geht es gut. Es war nur ein anstrengender erster Tag heute.«

Ich stellte ihm die Tasse hin und hatte plötzlich das Gefühl, mich für das Nachschenken rechtfertigen zu müssen.

»Ich will ja nicht, dass du meinetwegen krank wirst.«

Mit einem gezwungenen Lächeln, das hoffentlich halbwegs charmant wirkte, versuchte ich zu überspielen, wie billig ich meine Ausrede selber fand.

»Du musst dir keine Sorgen um mich machen, ich wurde schon ein paar Mal von Mädchen im Regen stehen gelassen, ich halte das aus«, sagte er in einem gespielt traurigen Tonfall und grinste mich an. Ich war leicht irritiert, da ich mir nicht sicher war, wie wörtlich er das meinte.

»Das kann ich mir aber nicht vorstellen«, erwiderte ich geradeheraus. *Das war zu direkt.* Ich wurde rot.

»So? War das gerade etwa ein Kompliment?« Sein Grinsen war frech, dann fügte er noch an: »Aber es ist wahr. Ich habe keine Ahnung, warum die Mädchen mich nie reinlassen.«

Die Vorstellung, wie er vor verschlossenen Türen im Regen stand, amüsierte mich.

»Du stehst also häufiger im Regen vor irgendwelchen Türen, in der Hoffnung, dass Mädchen dir aufmachen? Schon mal darüber nachgedacht, dass sie dich für einen Stalker halten könnten?«, fragte ich mit dem losen Mundwerk, für das ich früher bekannt gewesen war. Nach dem Tod meiner Mutter hatte es mich allerdings immer öfter verlassen.

»Hast du mich etwa für einen Stalker gehalten? Ich meine, du hast mir ja trotzdem aufgemacht und nun sitzen wir hier und trinken Tee. Wie romantisch«, seufzte er gespielt.

Uns war beiden klar, dass hier überhaupt nichts romantisch war. Von seiner anfänglichen Schüchternheit war nun nichts mehr zu sehen. Wir waren beide aufgetaut und verstanden uns gut. Mir gefiel, dass wir uns auf freundschaftliche Weise neckten, auch wenn es etwas befremdlich war, da wir uns erst seit einer Stunde kannten. Es war anders als mit Nate. Mit Nate war es, als kannten wir uns schon immer, mit Matt war es ein nettes Kennenlernen.

»Ich habe dir nur aufgemacht, weil ich dich für deinen Bruder gehalten habe. Hätte ich gewusst, dass du ein Stalker bist, hätte ich natürlich sofort die Polizei verständigt«, scherzte ich und räumte unsere beiden leeren Tassen in die Spüle.

»Autsch, mein Bruder wäre dir also lieber gewesen«, sagte Matt und wirkte tatsächlich etwas enttäuscht.

»Das habe ich so nicht gesagt. Aber ich schätze, alles ist besser als ein Stalker.«

»Auch ein Mörder?«, fragte er und zog erwartungsvoll eine Augenbraue nach oben.

»Hmm, nein, wohl nicht. Ich glaube, ich hätte lieber von schweren Straftätern allgemein sprechen sollen. Die habe ich sehr ungern um mich.«

Auf meine Antwort grinste er zufrieden.

»Na dann besteht ja vielleicht noch Hoffnung für dich.«

»Aber nur vielleicht.«

Mein Blick wanderte zu der gelben Uhr, die über dem alten Herd hing, ich war überrascht, denn es war bereits 22:20 Uhr. Matt war also schon fast anderthalb Stunden hier. Doch auch er hatte die Uhrzeit gesehen und war schon aufgestanden.

»Dann werde ich dich mal nicht weiter belästigen. Danke für den Tee«, sagte er höflich und zog sich seine immer noch feuchte Jacke an.

»Ach so und kann ich noch ein Paket Eier kaufen? Eure sind die besten in ganz Westby, nein, in ganz Antira«, scherzte er, während er sich die Kapuze über seine welligen Haare zog. Ich gab ihm eine Packung von den Eiern, die ich heute gesammelt hatte.

»Die schenke ich dir als kleine Entschädigung dafür, dass ich es auch nur in Erwägung gezogen habe, dich draußen stehen zu lassen.«

Prüfend öffnete Matt die Schachtel und warf einen Blick hinein. Er lächelte. »Es besteht also wirklich noch Hoffnung für dich«, murmelte er.

Es blieb mir keine Zeit zu hinterfragen, wie er es dieses Mal gemeint hatte. Mit den Eiern unterm Arm verließ er das Haus und verschwand in der regnerischen Nacht.

KAPITEL 6

Schon beim ersten Augenaufschlag spürte ich den anstrengenden Vortag deutlich. Erst verschlief ich und dann fand ich meine Uniformen nicht, bis mir einfiel, dass sie wohl noch unten lagen.

Seit Langem hatte ich keinen so unmotivierten Morgen gehabt.

Ich hatte keine Lust Nate zu begegnen und so dachte ich schon auf dem Weg zur Schule darüber nach, wie ich ihm nach Matts Besuch entgegentreten wollte.

***

In der Schule angekommen musste ich mich regelrecht durch die Unterrichtsstunden quälen. Es fiel mir schwer, mich auf Ms Cornellis' Unterricht zu konzentrieren. Ich war müde und wusste nicht genau, ob es an Ms Cornellis' einschläfernder Stimme oder an der Aufregung vom Vortag lag. Auch Li war müde, das war ihr deutlich anzusehen. Anila hingegen wirkte fit. Sie schrieb alles mit, was Ms Cornellis sagte, und heftete es direkt ab. Es war, als seien all ihre Notizen wertvolle Bankunterlagen. Bei dem Gedanken musste ich schmunzeln. Die Prinzessin von Paras wäre sicher eine großartige Bankangestellte. Mein Blick schweifte gedankenverloren durch den Raum und immer wieder huschte er hinüber zu dem leeren Platz neben Eris. Nate war nicht zum Unterricht erschienen. Eris hatte zu Beginn der Stunde verkündet, dass er sie angerufen und ihr mitgeteilt habe, dass er sich krank fühle und deswegen nicht kommen würde. Ms Cornellis bat sie daraufhin, ihm ihre Unterrichtsmaterialien zukommen zu lassen und ihm gute Besserung zu wünschen. Eris hatte mir ein triumphierendes Lächeln zugeworfen und sich wieder hingesetzt. Ich war mir sicher, dass sie sich damit aufspielen wollte. Das war wohl ihre kindische Reaktion auf die übertriebenen Gerüchte, die seit dem Vortag in der Schule herumgingen und besagten, dass Nate und ich uns bereits in den Ferien gedated haben sollen. Dass Eris mich für eine ernst zu nehmende Konkurrenz hielt, brachte mich zum Lächeln, auch wenn ich noch nicht sicher war, was ich überhaupt von Nate halten sollte. Ich wusste, dass ich ihn erst seit vierundzwanzig Stunden kannte, aber so fühlte es sich nicht an. Er ging mir einfach nicht aus dem Kopf. Das war ein Umstand, mit dem ich nicht umzugehen wusste, da ich bisher noch nie einen Jungen wie ihn getroffen hatte. Nate faszinierte mich und natürlich fühlte ich mich irgendwie zu ihm hingezogen, aber das schob ich erst mal darauf, dass er attraktiv war und der Erste, den ich hier kennengelernt hatte.

»Ms van Aerssen, hören Sie überhaupt zu?«

Ms Cornellis lehnte in ihrem orangen Tulpenkleid steif am Pult und verschränkte die Arme. Da ich nicht wusste, ob es schlauer war, ehrlich zu sein oder so zu tun, als ob ich ihrem Unterricht folgen würde, sagte ich gar nichts. Ich starrte sie ertappt an, in der Hoffnung, dass sie es dabei beließ.

»Nun gut, da ich jetzt Ihre Aufmerksamkeit habe, bitte ich Sie, uns den Aufsatz vorzulesen, den Sie bis heute schreiben sollten.«

Ich zog meine Mappe aus der Tasche, aber ich konnte den Aufsatz nicht finden. Hastig blätterte ich sie erneut durch, doch er war offenbar nirgends zwischengerutscht. Ich lehnte mich zur Seite und kramte in wachsender Verzweiflung in meinem Rucksack. Nichts. Ich musste den Aufsatz in der Eile heute Morgen vergessen haben. Anila bemerkte meine Panik und schob mir ihren Aufsatz rüber. Ich guckte einen Moment auf das Blatt, aber das konnte ich nicht machen, dann würde sie nachher nichts abgeben können.

»Tut mir leid, Ms Cornellis, ich habe meinen Aufsatz leider nicht dabei«, gab ich beschämt von mir und schob Anila ihren Aufsatz wieder zurück.

»Ms van Aerssen, wo sind Sie bisher zur Schule gegangen?«, fragte Sie mich streng.

»Paris, London, Hamburg, Kopenhagen und Groningen«, sagte ich in der Hoffnung, dass ich Ms Cornellis damit irgendwie beeindrucken könnte. Vielleicht hoffte ich auch, damit ihr Mitleid für meine heimatlose Vergangenheit zu wecken.

»So, Ms van Aerssen, Sie haben in all diesen großen Städten gelebt und trotzdem nicht gelernt Ihre Hausaufgaben zuverlässig zu erledigen? Das spricht weder für die Schulen, die sie besucht haben, noch für Ihre Erziehung. Dass Sie neu sind, ist keine Ausrede. Westby ist für die Elite konzipiert und wenn Sie dazugehören wollen, sollten Sie anfangen sich auch so zu verhalten«, sagte Ms Cornellis und briet mich quasi mit ihren Augen, von denen ich sicher war, dass hinter ihnen das Höllenfeuer loderte. Nate hatte recht, sie war ein Biest. Ich merkte, wie Wut in mir aufstieg, weil meine Lehrerin gerade meine tote Mutter beleidigt hatte. Als ich gerade beschlossen hatte zu protestieren, unterbrach sie meinen Gedankenablauf.

»Aber ich bin der Ansicht, dass Sie hier in Westby genau richtig sind, um diese Defizite auszugleichen und Zuverlässigkeit zu lernen. Deswegen haben Sie nun bis zu den Weihnachtsferien Zeit, um einen 25-seitigen Aufsatz über die Geschichte unseres wunderschönen Antiras zu verfassen. Außerdem werden Sie nach den Ferien eine Unterrichtsstunde mit Ihren gesammelten Erkenntnissen abhalten.«

Diese Strafe kam mir unverhältnismäßig hart vor. Ich würde definitiv nie wieder auch nur eine einzige Hausaufgabe vergessen.

Den Rest der Stunde verbrachte ich damit, so zu tun, als würde ich aufpassen, während ich mich davon abzuhalten versuchte, einfach aufzustehen und diese Schule für immer zu verlassen. Nach der Pausenklingel war ich die Erste auf dem Flur.

Nun stieg alles in mir auf, die demütigende Zusatzarbeit für Ms Cornellis und die Trauer über den Verlust meiner Mum – außerdem waren meine Gefühle in Bezug auf Nate noch ganz durcheinander.

Ich merkte, wie mir die Tränen in die Augen schossen. Aus Angst, dass mich jemand weinen sehen könnte, kniff ich die Augen zusammen und lief schnell in den zweiten Stock, an den Spinden vorbei, zu den Toiletten. Dort wollte ich meinen Gefühlen freien Lauf lassen wie diese Mädchen in den amerikanischen Sitcoms. Doch so weit kam ich nicht. Ungefähr auf der Höhe von Nates Spind rammte ich einen Jungen und fiel gegen eine der vertäfelten Wände.

»Hey, was ist denn mit dir los? Ist alles in Ordnung bei dir?«, fragte der Junge mit einer mir wohlbekannten Stimme. Ich blickte auf, vor mir stand Matt. Ich wusste nicht, wie ich mich verhalten sollte.

»Oh, Matt, du bist es.«

»Ja, ich bin es. Und jetzt musst du mir erklären, was los ist. Alpha, geht es dir nicht gut?«

Er schaute mich mit seinen grünen Augen sorgenvoll an.

»Dich interessiert das wirklich, oder?«

Ich war überrascht von seinem ehrlichen Interesse für meine Gefühlslage. Er legte eine Hand sanft auf meine Schulter. Augenblicklich wurde ich ruhiger.

»Ja, Alpha, das tue ich und damit du mir keinen Bären aufbindest, gehen wir jetzt zusammen in die Mensa. Ich lade dich auf ein Mittagessen ein und du erzählst mir, was los ist oder du lässt es. Aber auf jeden Fall gehen wir, denn ich sterbe vor Hunger.«

Ein Lächeln legte sich auf meine Lippen, da das Essen in der Mensa für alle Schüler von Westby kostenlos war und auch mich mittlerweile der Hunger plagte. Es konnte definitiv nur besser werden.

***

Wir setzten uns mit unserer Pilz-Lasagne an den freien Tisch mit der besten Aussicht auf den Springbrunnen in der Mitte des Schlosshofs. Matt war wirklich witzig, er hatte es tatsächlich geschafft, mich ein Stück weit von meinen Sorgen zu befreien und meine Stimmung zu heben. Es hatte nämlich nicht lange gedauert, bis ich ihm mein Herz ausschüttete. Wir verstanden uns wirklich, es gab mir ein gutes Gefühl, mit ihm zu reden. Er schien mich zu verstehen und war tatsächlich sehr feinfühlig.

Bei Nate hingegen war ich mir nicht so sicher, ob er sich nach einer Woche überhaupt noch an mich erinnern würde. Der Gedanke daran kränkte mich irgendwie, also beschloss ich nicht weiter an Nate zu denken und mich beim

Mittagessen vollkommen auf Matt zu konzentrieren. Ich genoss die Zeit mit ihm, seltsam war nur, dass wir ständig von irgendwelchen tuschelnden Mädchengruppen beäugt wurden. Klar saß ich, die Neue, mit dem Bruder von Nate Kingston an einem Tisch und hätte mit verwunderten Blicken rechnen müssen, aber das, was hier rund um uns abging, grenzte an Stalking. Nach einiger Zeit näherten sich uns zwei Jungs und ein hübsches Mädchen. Mein Blick blieb an ihr hängen, sie trug eine edle Cheerleading-Uniform mit dem Westby-Wappen und hatte ihre roten Haare zu einem strengen Pferdeschwanz gebunden. Ihr Gesicht wirkte so hart, als wäre sie versteinert worden, auch wenn ihr die Sommersprossen etwas Elfenhaftes verliehen. Man sah sofort, welcher Sorte Mädchen sie angehörte: reich, zickig und beliebt, obwohl reich in Westby ja keine Seltenheit war. Sie musterte mich argwöhnisch, bevor sie sich neben Matt setzte und ihn überschwänglich auf den Mund küsste. Ich war mir nicht sicher, ob ich mich deswegen plötzlich unwohl fühlte oder ob es daran lag, dass sich die beiden Jungs gleichzeitig sehr nah neben mich gesetzt hatten. Ich empfand es irgendwie als unhöflich, das Mädchen weiter anzustarren, wie sie sich über Matt hermachte. Bei dem Versuch, meinen Blick abzuwenden, betrachtete ich den Jungen, der sich links neben mich gesetzt hatte. Er war sehr trainiert und trug eine Westby-Sportjacke, deren Blau fast so dunkel war wie sein schwarzes Haar. Scheinbar war ihm die Kussszene, die sich vor unseren Augen abspielte, genauso unangenehm wie mir, denn er schaute peinlich berührt auf die leeren Teller, die vor uns auf dem Tisch standen.

»Aileen, du solltest von Matt noch etwas übrig lassen. Dem armen Billy wird schon ganz übel«, scherzte der Junge rechts neben mir. Ich drehte mich zu ihm um und starrte direkt in smaragdgrüne Augen. Mich durchschoss ein Gefühl, das ich nicht direkt deuten konnte, ein Mix aus Unbehagen und der Unfähigkeit, wieder wegzusehen. Die hypnotische Wirkung wurde durch die zickige Stimme von Matts Freundin unterbrochen.

»Ach halt doch die Klappe, Aaron, du bist doch nur eifersüchtig, dass ich nicht mit dir ausgehen wollte. Versuchst du das jetzt zu kompensieren?«

Autsch, das musste verletzend gewesen sein. Ich wartete gespannt ab, wie dieser Aaron reagierte. Dabei fiel mir auf, dass er der dunkelhaarige Junge auf dem Bild in Nates Spind war, den ich für seinen Bruder gehalten hatte. Aaron hieß er also. Er sah aus wie eine ältere Version von Nate, obwohl er nicht viel älter sein konnte, da er offenbar noch hier zur Schule ging. Seine Gesichtszüge blieben locker, die Stichelei von Matts Freundin schien ihn nicht verunsichert zu haben. Aaron grinste das Mädchen frech an.

»Aileen, das war in der achten Klasse. Es hat sich seitdem einiges geändert, du zum Beispiel. Nicht jeder ist immer gleich an dir interessiert. Woran das liegt, kann ich dir aber auch nicht sagen. Ich vermute allerdings, dass es an deinem Verständnis von Höflichkeit liegt. Es war nicht besonders nett von dir, dich gleich auf Matt zu stürzen, bevor wir diese reizende junge Dame begrüßen konnten. Matt, möchtest du sie uns nicht vorstellen?«

Nun blickte Aaron mich an und lächelte im Gegensatz zu Aileen freundlich. Matt holte tief Luft, so, als müsse er das eigenartige Streitgespräch zwischen Aaron und seiner Freundin noch kurz verdauen.

»Also, Leute, das ist Alpha van Aerssen. Sie wohnt im Dorf bei ihrer Großmutter. Sie ist neu hier und mag keine Stalker.«

Alle bis auf Aileen lachten.

Dann drehte Matt sich zu mir und zeigte auf seine Freunde.

»Alpha, das hier sind Aileen, mein Freund Billy und sein Mitbewohner Aaron. Aaron ist übrigens ein ziemlich egozentrisches Großmaul, was du ja gerade hautnah erleben durftest.«

»Du hast vergessen zu erwähnen, dass ich außerdem dein bestaussehender Cousin bin«, grinste Aaron verschmitzt.

»Und ich vermute, dass du sein einziger Cousin bist«, fügte ich an und erntete dafür schallendes Gelächter.

Nur Aileen sah noch immer finster in die Runde. »Ja, Matt, und du hast auch vergessen zu erwähnen, dass ich deine Freundin bin, das schien dir ja keine besonders wichtige Information zu sein.«

In diesem Moment hatte ich nur einen Gedanken: *Gott, bitte mach, dass es aufhört!* Und als hätte mich der große Allvater tatsächlich erhört, geschah es, dass Aileen aufstand und beleidigt von dannen zog.

»Tja, Matt, das solltest du vielleicht regeln, bevor sich auf *Westby Nobilitas* verbreitet, dass der begehrteste Thronprinz in ganz Antira wieder zu haben ist.«

Aaron zeigte in die Richtung, in die Aileen aufgebracht verschwunden war. Matt nickte nur kurz zum Abschied und hastete ihr eilig hinterher.

Keine zehn Sekunden später erhob sich Billy und schwang sich seinen blauen Sportrucksack lässig über die linke Schulter. »Na gut, dann gehe ich auch mal. Eris wollte, dass ich ihr bei Physik helfe. War nett, dich kennenzulernen, Alpha.«

Noch bevor ich dazu kam, darauf zu antworten, war er gegangen.

»Und so waren's nur noch zwei. Aber keine Angst, ich habe nicht vor dich die restlichen zehn Minuten der Mittagspause hier allein sitzen zu lassen. Dann geben wir unseren herzallerliebsten Mitschülern etwas, das sie auf *Nobilitas* posten können. Außerdem habe ich jetzt sowieso frei.«

Aaron nahm sich das unbenutzte Wasserglas von Matts Tablett und trank einen Schluck. Abgesehen von den Gerüchten, was Nate und mich betraf, hatte ich von dem Tratsch hier noch nicht besonders viel mitbekommen, da ich kein Smartphone besaß. Bisher hatte mich das nicht sonderlich gestört.

»Dieses *Westby Nobilitas* scheinen ja irgendwie alle hier zu benutzen.«

»Das ist so eine Art internatsinternes Facebook. *Nobilitas* ist Latein und spielt dabei auf den hohen gesellschaftlichen Rang der Schüler an. Das hätte von mir sein können, aber da war wohl jemand schneller. Du solltest dir auch einen Account zulegen, auch wenn du selbst nicht vorhast etwas zu posten. So bekommt man alles Wichtige mit, wie Freistunden zum Beispiel oder was alle so über einen reden. Du bist momentan gerade übrigens das Thema Nummer eins.«

Aaron beugte sich dicht zu mir rüber und zeigte mir die Nobilitas-Einträge, die mit meinem Namen verlinkt waren. Das waren überraschenderweise relativ viele, sogar Fotos waren dabei. Fotos von Nate und mir beim Schulrundgang und welche, die mich mit Matt in der Mensa und auf dem Flur vorhin zeigten. Sogar eins von mir in meiner zu engen Schuluniform war dabei.

Na klasse, so viel zum gelungenen Nicht-Auffallen.

Ich war erst zwei Tage hier und schon war ich laut *Westby Nobilitas* zum männermordenden Flittchen mutiert. Dieser Gedanke löste etwas zwischen Unbehagen und Angst bei mir aus. Ich war kein großer Freund von Social Media und der damit verbundenen Zurschaustellung. Nur bei Pinterest hatte ich mich mal angemeldet, um für meine Grandma schöne Blumenideen zu finden.

In diesem Moment tauchten ein paar neue Posts auf Aarons *Nobilitas*-Profil auf. Auf dem Foto sah es so aus, als würde ich in diesem Moment an seiner Schulter lehnen. Instinktiv rutschte ich ein Stück von Aaron weg, danach drehte ich mich um, um zu sehen, wer das Bild gemacht hatte. Doch am Tisch hinter uns saß niemand mehr.

»So hattest du dir den Start hier vermutlich nicht vorgestellt.« Aaron steckte das Smartphone verlegen zurück in seine Hosentasche. »Aber Gott sei Dank hat deine liebe Freundin Li nicht nur gepostet, dass sie jetzt Cheerleaderin ist, sondern auch, dass Mr Hagel noch immer krank ist. Das heißt, dass du jetzt Schluss hast, wenn ich mich nicht irre.«

»Bist du etwa auch ein Stalker? Nate, Matt und jetzt du. Alle hier scheinen ein großes Interesse am Nachstellen von Leuten zu haben«, sagte ich leicht verärgert.

»Nein, keine Sorge, ich bin nur auf Social Media unterwegs.«

Immerhin eine gute Nachricht. Trotzdem steckte mir der Rest des Tages noch merklich in den Knochen, sodass meine sarkastische Seite Überhand gewann.

»Immerhin, wenn ich jetzt nach Hause gehe, dann kann mein Ruf ja zumindest heute nicht noch mehr beschmutzt werden.«

»Oder du nimmst es hin, wie es ist. Du bist neu, in zwei Wochen ist das alles wieder vergessen, weil Matt und Aileen sich vermutlich mal wieder getrennt haben werden oder Clarissa einen Eifersuchtsanfall bekommt, weil Billy dann wahrscheinlich eine neue Freundin hat. So läuft das hier nun mal, man gewöhnt sich dran.«

Ich wusste, dass er recht hatte und dass es immer neue Gerüchte geben würde, die sich gegenseitig ablösten. So war es immer und überall und so würde es immer sein. Doch irgendwie beruhigten mich seine Worte in keiner Weise. Nun blickte er mir mit Absicht tief in die Augen. Hatte er vorhin etwa bemerkt, welch hypnotische Wirkung das unglaubliche Smaragdgrün auf mich hatte?

»Jede Münze hat zwei Seiten, Alpha. Durch *Westby Nobilitas* weiß ich zum Beispiel von deiner Strafarbeit bei Ms Cornellis und ich habe beschlossen dir dabei zu helfen.«

Ich wusste gar nicht, was ich sagen sollte. Zwar kam mir sein Hilfsangebot sehr gelegen, da ich nicht das Geringste über Antira wusste, aber trotzdem drängte sich mir die Frage nach dem Warum auf. Wir kannten uns nicht. Tat ich ihm leid, weil ich das neue Schlachtlamm von Westby war? Andererseits waren bisher fast alle Mitschüler aufgeschlossen und hilfsbereit gewesen, vielleicht waren die Menschen hier einfach so. *Das könnte vielleicht mit ihren gesellschaftlichen Positionen zusammenhängen*, überlegte ich.

Mehr als ein »Öhm ja, danke« bekam ich jedenfalls nicht über die Lippen.

»Super, passt dir nächste Woche Freitag?«

Ich nickte nur kurz, um seine Frage zu beantworten.

»Gut, dann nächste Woche Freitag um zwölf Uhr im Foyer der Bibliothek. Ich will dir da was zeigen. Bis dahin habe ich ein Date mit Jeanne d'Arc. Und nur damit du mich richtig verstehst, diesen Freitag bin ich nicht zugegen. Hier ist meine Nummer, dann kannst du mich erreichen.«

Aaron schob mir eine Serviette mit seiner Nummer zu und hob zum Abschied die Hand. Er nahm Matts Tablett und ging.

Nach einem Augenblick, den ich noch perplex auf meinem Platz saß und mich darüber wunderte, wie schnell das gegangen war, nahm auch ich mein Tablett und stellte es an die Ausgabe zurück. An der Tür der Mensa standen Li und Anila und winkten mich zu ihnen hinüber.

»Na, du Aufreißerin, wie war das Mittagessen?«

Li zwinkerte mir zu.

Anila schien die Begrüßung von Li nicht gefallen zu haben.

»Li, reiß dich zusammen! Für Alpha ist das bestimmt nicht so toll, wenn alle hinter ihrem Rücken tratschen. Auch wenn wir wissen, dass an den Gerüchten nichts dran ist!«

»Die ganze Schule hält mich also für die absolute Femme fatale.«

Li lächelte. »Also, wenn du mich fragst, dann sind alle nur eifersüchtig. Fünfundneunzig Prozent der Mädchen hier träumen davon, nur eine Minute von Aaron, Nate oder Matt beachtet zu werden. Eris besonders.«

»Ich verstehe ehrlich gesagt nicht, was so toll an denen ist. Das sind doch auch nur Menschen wie du und ich und keine Hollywood-Filmstars.«

Anila und Li sahen mich entgeistert an.

Ich musste an Nates Worte von gestern denken:

Die ganze Zeit geht es um mich, ohne dass es dabei wirklich um mich geht.

Die sonst so gesprächige Li schien sprachlos zu sein. Die schüchterne Anila hingegen wollte meine Aussage scheinbar nicht so stehen lassen.

»Alpha, ich glaube du bist dir noch immer nicht ganz bewusst, wo du hier eigentlich bist. Die Kingston-Brüder sind die Thronerben Antiras. Sie sind hier quasi die Stars.«

Anila hatte recht, daran hatte ich gar nicht mehr gedacht. Es war das, was Nate versucht hatte mir zu erklären.

»Wenn Nate und Matt die Thronerben sind, was ist Aaron dann?«

Ohne es zu merken, hatte ich diese Frage laut ausgesprochen und bekam auch prompt von Li eine Antwort.

»Aaron steht an dritter Stelle der Thronfolge. Er gehört quasi zur schwarzen Seite der Familie. Sein Vater und dessen Bruder, der König, haben Gerüchten zufolge ein schwieriges Verhältnis zueinander. Aarons Vater steht nicht in der Öffentlichkeit, kaum einer weiß, wie er aussieht. Manche glauben, dass er sehr krank ist, aber Aaron redet nie über ihn.«

»Ich kann ihn ja nächsten Freitag mal fragen, wir sind zum Lernen verabredet. Mir gefallen Gerüchte nicht sonderlich.«

»Ihr habt ein Date?« Anila schaute mich besorgt an.

»Bitte pass auf dich auf. Keiner weiß viel über Aaron. Nur so viel ist sicher: Er ist ein Herzensbrecher.«

Ich musste grinsen. »Anila, komm runter. Er ist wirklich ganz nett, auch wenn er mir etwas selbstverliebt vorkommt. Du guckst ja, als hätte er jemanden umgebracht.«

Meine beiden neuen Freundinnen schauten ausweichend auf den Boden. Irgendwas verschwiegen sie mir und ich wollte wissen, was es war.

»Was ist los, Leute?«

»Also, die Kingstons sind sehr sportlich. Anfang dieses Jahres waren Nate, Matt und Aaron mit ein paar Mädchen Ski fahren in der Schweiz. An einem Tag haben sie sich aufgeteilt. Nate und Eris wollten lieber im Chalet bleiben. Deswegen sind Matt, Aileen, Aaron und unsere Mitschülerin Linsey allein auf den Berg hochgefahren. Am Lift haben sie sich dann angeblich verloren, aber alle vermuten, dass Aaron und Linsey sich absetzen wollten um ... na du weißt schon, etwas intim zu werden. Linsey stand schon sehr lange auf ihn, aber Aaron ist ein ziemlicher Playboy und nutzt das ganz gern mal aus. Die beiden sind dann jedenfalls in eine private Berghütte eingebrochen. Vermutlich wurde es Linsey dann zu krass und sie wollte nicht mehr. Vielleicht ist sie vor ihm geflohen. Sie ist in der Hütte halb nackt die Treppe runtergefallen und hat sich das Genick gebrochen. Der Fall wurde als Unfall bezeichnet und abgeschlossen, aber natürlich hat Aaron jetzt einen zweifelhaften Ruf weg.«

Das, was Li gerade erzählt hatte, klang wie eine der Schauergeschichten, die wöchentlich auf den Titelseiten der großen Zeitungen zu lesen waren. Es wirkte so weit entfernt. Jetzt verstand ich ihre Reaktion auf das Treffen mit Aaron. Ich war mir nicht sicher, ob ich dieser Geschichte Glauben schenken sollte. Natürlich waren das harte Anschuldigungen, die man genauestens prüfen sollte, was die Polizei vermutlich längst getan hatte. Es erinnerte mich an diese bösen Gerüchte, die abgewiesene Verehrerinnen streuten, um sich zu rächen. Als ich noch in Paris zur Schule ging, waren solche Rufschädigungen an der Tagesordnung. Vermutlich hatte ich deshalb nicht das Bedürfnis, alles zu glauben, was man mir erzählte.

»Leute, man sollte nicht jedes Gerücht glauben. Ich denke, ich werde mir mein eigenes Bild von ihm machen. Ich fand sein Angebot, mir zu helfen, sehr nett«, sagte ich, obwohl mir nun doch etwas in mir riet mich von ihm fernzuhalten, wenn er mich auch neugierig gemacht hatte. Ich ignorierte dieses Gefühl und schob es beiseite. Wenn etwas dran war, wäre Aaron ganz bestimmt nicht hier.

Li und Anila sahen nicht besonders begeistert aus. Auch wenn ich wusste, dass es nicht so war, hatte ich das Gefühl, ihre Erlaubnis zu brauchen, sie überzeugen zu müssen.

»Okay, ich verspreche, dass ich aufpasse. Wir gehen nur in die Bibliothek, da sind vermutlich massenhaft Schüler. Er wird ja wohl kaum in der Öffentlichkeit über mich herfallen und mich umbringen.«

Ich versuchte es möglichst scherzhaft rüberzubringen, um die angespannte Stimmung zu lockern. Anila war scheinbar immer noch unsicher, doch Li schien nun etwas entspannter zu sein.

»Na gut, aber wenn er dir zu nahe tritt, gehst du und rufst uns an.«

»Sollte ich dann nicht lieber die Polizei rufen?«, fragte ich.

»Normalerweise schon, aber die treten ihm nicht so hart zwischen die Beine wie ich. Mit Prada-Pumps ist nicht zu spaßen«, sagte Li, zog ein zerknittertes Kaugummipapier aus der Tasche ihrer Uniform und schrieb ihre Nummer für mich drauf.

»So und jetzt besorgen wir dir erst mal einen Spind von Sergio, dann musst du nicht weiter deine kompletten Bücher mit dir rumschleppen. Wir wollen schließlich, dass du auf dem Halloween-Kostümball eine gute Figur machst und nicht aussiehst wie eine bucklige Hexe.«

»Aber das wäre doch ziemlich passend«, antwortete ich.

»Nicht in dieser Welt. Hier geht es darum, attraktiv aufzufallen. Das werden wir schon hinbekommen.«

Ich konnte gerade noch sehen, wie Anila nach Lis Aussage mit den Augen rollte. Sie war der absolute Gegensatz zu Li, die manchmal wie ein Serien-It-Girl wirkte.

Und so besuchten wir Sergio, den korpulenten Hausmeister von Westby. Er war etwas mürrisch, aber so war man wohl, wenn man sein Büro im Keller hatte. Er gab mir den Code für den Spind 312, gegenüber von Anilas und Lis Spinden.

***

Erleichterung durchströmte mich, als ich endlich zu Hause war. Ich kam etwas zur Ruhe und half meiner Grandma auf dem Hof. Natürlich machte ich auch die Arbeiten für den Unterricht fertig, denn eine Extraaufgabe reichte mir.

Danach kochten wir zusammen Abendessen. Die Zeit mit meiner Grandma tat mir gut, sie lenkte mich von der komischen Situation in der Schule ab. Die Gerüchte über mich nahmen mich doch mehr mit, als ich zuerst gedacht hatte. Wie das mit Grandmas so ist, wusste sie sofort, dass etwas nicht in Ordnung war. Sie war von Natur aus eine äußerst besorgte, aber auch neugierige Person. Es war so gut wie unmöglich, Geheimnisse vor ihr zu haben. Man konnte nur etwas vor ihr verbergen, wenn sie ihre Brille nicht trug. Als ich das Curry umrührte, konnte sie sich nicht länger zurückhalten, das zeigten ihre sorgenvollen Augen.

»Du weißt, dass du mir sagen kannst, wenn etwas nicht in Ordnung ist. Manchmal fühlt man sich besser, wenn man seine Sorgen mit jemandem teilt.«

Sie hatte recht, das hatte sie meistens.

»Es ist nur … ich bin anders. Ich meine, alle in Westby sind reich oder adelig oder sonst irgendwie wichtig. Ich bin nichts davon, also warum bin ich hier?«

Das war zwar im Grunde nicht das primäre Problem, das mich beschäftigte, gelogen war es dennoch nicht. Meine Grandma sah mich überrascht an, es hatte ihr die Sprache verschlagen. Mit dieser Frage hatte sie augenscheinlich nicht gerechnet. »Also das war die Idee von Ferdinand, deinem Stiefvater, er wollte, dass du aus der Stadt rauskommst. Er fand, es sei eine gute Idee, dass du dort zur Schule gehst, wo deine Mutter zur Schule gegangen ist.«

Diese Antwort verblüffte mich. Ich hielt es nicht für möglich, dass Ferkel sich auch nur im Entferntesten dafür interessierte, was aus mir wurde. Aber ich gab mich vorerst mit dieser Erklärung zufrieden.

»Mum war auch auf diesem Nobelinternat in Westby?«

»O nein, sie ist hier im Ort zur Schule gegangen, das Internat konnten wir uns nicht leisten, auch wenn sie in der alten Bäckerei deines Grandpas mitgearbeitet hat. Die örtliche Schule ist allerdings schon seit Jahren geschlossen. Heute gibt hier nur noch das Internat.«

Grandma war in der Zwischenzeit dazu übergegangen, den Tisch zu decken. Während des Abendessens redeten wir nicht weiter darüber, auch wenn ich das Gefühl hatte, dass sie mir etwas verschwieg.

Das Curry schmeckte großartig, Grandma war wirklich eine gute Köchin. Deswegen freuten sich vermutlich auch immer alle über ihre Einladung zum Weihnachtsessen.

Das Weihnachtsessen war eine wunderbare Tradition, zu der Grandma immer am dritten Weihnachtstag für Mum und mich und die Nachbarn aus dem Ort gekocht hatte. Im letzten Jahr waren wir leider nicht da gewesen, da sich Mum und Grandma vorher wegen Ferkel gestritten hatten.

Der dritte Weihnachtstag wurde von Grandma immer zelebriert, da Antira das einzige Land auf der Welt mit diesem Feiertag war. Ich hatte überlegt Li und Anila dieses Jahr einzuladen, wenn sie über die Ferien nicht nach Hause fuhren.

Nach dem Essen wusch ich das Geschirr und die Töpfe ab und machte mich bettfertig. Den Rest des Abends wollte ich mit meinem Agatha Christie-Krimi gemütlich im Bett verbringen. Nach einer Weile piepte mein Mobiltelefon. Ich stand auf und guckte auf das alte Display meines roten Klapptelefons. Zwei Nachrichten waren eigegangen, eine von Li, deren Nummer ich bereits am Nachmittag gespeichert hatte, und eine von einer unbekannten Nummer. Wer konnte das sein? Aus Neugier überging ich die Nachricht von Li direkt, da ich wusste, dass es sowieso nur eine Testnachricht war, und öffnete die andere Nachricht.

Hier ist Matt. Das heute Mittag tut mir wirklich leid, ich wollte dich nicht allein sitzen lassen. Aileen ist sehr eigen. Ich hoffe, Aaron war nicht zu sehr er selbst.
P.S.: Ich hab deine Nummer von Li, nicht dass du wieder denkst, dass ich dich stalke. Hab sie auch Nate gegeben. Er sagte, er muss dir was sagen.
Liebe Grüße Matt

Auch wenn Matt sich nicht hätte entschuldigen müssen, empfand ich es als eine nette Geste. Allerdings interessierte mich eher die Tatsache, dass Nate mir etwas zu sagen hatte. Ich konnte mir beim besten Willen nicht vorstellen, worum es dabei gehen könnte. Vielleicht wollte er sich doch noch persönlich für das versäumte Treffen entschuldigen? Ein anderer Grund kam mir nicht in den Sinn. Während ich weiter darüber nachgrübelte, schlief ich ein.

KAPITEL 7

Die Tage der darauffolgenden anderthalb Wochen fühlten sich alle gleich an und liefen auch so ab. Ich stand auf, ging in die Schule, aß mit Anila und Li zu Mittag, ging wieder nach Hause, machte Hausaufgaben, fütterte die Tiere und half Grandma bei allem, was so anlag. Nate war seit unserem kleinen Disput nicht zum Unterricht erschienen. Mittlerweile war meine Wut auf ihn verflogen und durch Sorge und Mitgefühl ersetzt worden.

Die unterwürfige Art, mit der die Leute ihn behandelten und über ihn sprachen, war mir in der bisherigen Zeit an der Westby deutlich aufgefallen. Vielleicht konnte ich ihm zeigen, dass ich ihn nicht so sah. Ich glaubte jedenfalls nicht, dass er krank war. Irgendwas war eigenartig. Was mich aber am meisten beschäftigte, war, dass er sich noch immer nicht bei mir gemeldet hatte. Ich hatte Matts Nachricht mehrfach gelesen und war mir vollkommen sicher sie nicht falsch verstanden zu haben. Ich hatte zwar darüber nachgedacht, Matt danach zu fragen, allerdings ging unser Kontakt zurzeit nicht über einen freundlichen Gruß auf dem Flur hinaus. Das mochte daran liegen, dass seine liebreizende Freundin Aileen sich jedes Mal in einen feuerspuckenden Drachen verwandelte, wenn wir uns in der Schule begegneten. Wenn ihre Blicke töten könnten, dann wäre ich ziemlich tot.

***

Der Freitag begann wie jeder andere Tag auch. Ich machte mich fertig, frühstückte und zwängte mich in die körperbetonte Schuluniform. Ich war schneller fertig als erwartet, sodass ich beschloss mich auf mein Treffen mit Aaron genauestens vorzubereiten. Dies beinhaltete nicht nur das Einpacken von Materialien, sondern auch die Recherche über meinen Lernpartner. Zwar glaubte ich nicht an das Gerücht, aber Vorsicht war schließlich besser als Nachsicht. Ich setzte mich noch schnell an meinen alten Laptop und gab seinen Namen in die Suchmaschine ein. 22.013 Ergebnisse wurden mir direkt angezeigt. Das waren wirklich viele Ergebnisse, von Telefonbucheinträgen über Zeitungsartikel bis hin zu den sozialen Netzwerken. Vermutlich durfte man das Westby Internat im Regelfall nur besuchen, wenn man mindestens 20.000 Interneteinträge vorweisen konnte.

Über mich gab es nur zwei Artikel, die vermutlich auch nur in den Pariser Zeitungsarchiven zu finden waren. Damals war ich die drittschnellste Läuferin im Zuge unseres Schulsportfestes gewesen und wurde zum Thema Umweltschutz interviewt, weil meine Klasse an einem gemeinnützigen Projekt mitgearbeitet hatte.

Schon keimte in mir die Frage auf, ob Nate und Matt mehr Suchergebnisse hatten als Aaron, weil sie die Thronerben wahren, obwohl sie vermutlich aufgrund polizeilicher Ermittlungen nie in das Sichtfeld der Presse geraten waren. Um das herauszufinden, hatte ich aber keine Zeit. Ich beschloss meine Recherche aus Zeitmangel auf einen Artikel zu beschränken und öffnete den erstbesten, in dem die Worte *Autopsiebericht* und *Aaron Kingston* auftauchten. Er war nicht besonders lang und circa zwei Monate alt. Außerdem war er von der ANA, der Antira-News-Agency, Antiras größter Presseagentur. Dies schien mir eine halbwegs seriöse Quelle zu sein. Der Artikel beinhaltete Zusammenfassungen der Interviews mit dem zuständigen Pathologen, der Putzfrau des Chalets und dem leitenden Ermittler in diesem Unglücksfall. Alle äußerten sich entlastend für Aaron. Der Pathologe fand keine Spuren oder Verletzungen, die auf einen Mord hinwiesen. Die Polizei hatte auch keine Auffälligkeiten am Tatort finden können, die einen Mord vermuten ließen. Ein Motiv war auch nicht zu finden gewesen.

Bei dem Wort *Mord* schweiften meine Gedanken zu Cosmo. Ich hatte mich seit unserem gemeinsamen Abend nicht mehr bei ihm gemeldet. Die Spielkarte mit seiner Nummer steckte nach wie vor in meiner Geldbörse und wartete darauf, eingetippt zu werden. Ich beschloss mich in den nächsten Tagen bei ihm zu melden und mich nach dem Verfahren zu erkundigen, das mir eventuell blühen könnte. Jetzt hatte ich jedoch keine Zeit dazu.

Ich überflog den Artikel so schnell ich konnte. Zum Schluss gab die Putzfrau an, die ganze Zeit im Chalet gewesen zu sein und bis zu Linseys Sturz nichts Auffälliges gehört zu haben. Das Auf- und Zuschlagen der Türen hatte sie für ein Resultat des windigen Wetters gehalten und nicht für einen Einbruch. Sie schloss einen Kampf aus, da niemand um Hilfe geschrien habe, und vermutete, dass das Mädchen auf dem glatten Parkettboden ausgerutscht und gefallen war. Alle Interviewten nahmen einen Unfall an. Aaron wurde nicht mal zu Sozialstunden verurteilt, da ihm keine Schuld nachgewiesen werden konnte. *Er muss einen wirklich guten Anwalt gehabt haben,* dachte ich und musste ein wenig schmunzeln. Ich hatte den Eindruck, dass es richtig gewesen war, auf mein Gefühl und nicht auf einen Verdacht zu hören.

Ich schwang mich auf Grandmas altes Fahrrad und fuhr zur Schule. Das Wetter war grau und nass. Es kam mir so vor, als wäre mit mir der Herbst nach Westby gekommen. Die Tage wurden kälter und dunkler. Das hieß aber auch, dass Halloween immer näher rückte.

Halloween war eines der Feste, die in Antira groß gefeiert wurden, da es eine mittelalterliche Sage gab, in der es hieß, dass vor langer Zeit eine Hexenfamilie hier gelebt hatte, die dann aber verbannt wurde. Aus Wut sollen diese Hexen einen Fluch über Antira ausgesprochen haben, der besagte, dass kein Kürbis in diesem Land mehr gedeihen sollte. Es war tatsächlich so, dass Kürbisse in Antira nicht besonders gut wuchsen, was ich allerdings eher auf den Boden hier schob als auf einen mittelalterlichen Fluch. Meine Grandma hatte mir diese Geschichte früher oft erzählt. Ich hatte als Kind sogar ein Kinderbuch mit dieser Sage gehabt. Da ich früher häufig in den Herbstferien mit Mum hier gewesen war, gab es viele Fotos von mir in selbst gebastelten Halloween-Kostümen, die überall im Haus verteilt hingen. Vielleicht würde ich dieses Halloween mit meiner Grandma auf der Couch sitzen, Popcorn essen und einen Horrorfilm schauen. Der Gedanke brachte mich zum Lächeln. Grandma und ich gehörten zu den Menschen, die zwar gerne Gruselfilme schauten, unsere Gesichter dabei aber regelmäßig unter die Sofakissen steckten.

***

Die ersten zwei Stunden Kunst bei Ms Solerei vergingen schnell. Ich kannte in diesem Kurs niemanden, weshalb ich mich vollkommen auf mein Bild fokussieren konnte. Ich malte ein Regal im Stil von Hundertwasser, das ich persönlich für sehr gelungen hielt.

In der Pause traf ich mich mit Li und Anila bei unseren Spinden und wir gingen gemeinsam in die Aula. Da die Hauptgerichte aber eher nicht so meinem Geschmack entsprachen, entschied ich mich lediglich für ein kleines Schälchen Joghurt. Während wir aßen, kam Li auf die Halloweenparty zu sprechen, die im großen Ballsaal der Schule stattfinden würde.

»Ich freue mich schon total auf die Halloweenparty. Das ist vermutlich die einzige Nacht im Jahr, an dem das Direktorat nicht spießig ist. Also ich werde das sexy Vampir-Kostüm tragen, das meine Schwester entworfen hat. Sie ist eine ziemlich talentierte Modedesignerin. Die Manolo-Heels aus der neuen Saison passen einfach so gut dazu. Was habt ihr euch für Kostüme überlegt?«

Anila strahlte, so als hätte sie bereits darauf gewartet, dass Li uns diese Frage stellte. »Also ich werde mich auf jeden Fall als Elfe verkleiden. Halloween ist hier immer richtig cool. In Paras feiern wir es leider gar nicht«, lächelte Anila.

»Du kannst es ja einführen, wenn du Königin wirst«, schlug Li vor. Wir lachten.

»O ja, das wird meine erste Amtshandlung«, scherzte Anila. Sie freute sich offensichtlich sehr auf das anstehende Fest. Ich hingegen war mir unsicher, denn ich war noch nie auf einer Feier mit so vielen reichen Leuten gewesen. Mit einem meiner selbst genähten Kostüme würde ich in Westby vermutlich auffallen wie ein bunter Hund.

Hmm, ich könnte als bunter Hund gehen, dachte ich gerade, als ich bemerkte, dass Anila und Li mich erwartungsvoll ansahen.

»Ich weiß noch nicht, ob ich überhaupt hingehen werde, ich muss eigentlich meiner Grandma auf dem Hof helfen und außerdem habe ich überhaupt kein Kostüm für so eine Party.«

»Hmm, irgendwas wird sich sicher auftreiben lassen. Notfalls können wir ja auch noch mal nach Wirden fahren, in der Stadt findet sich vermutlich eher was als im Ort«, überlegte Anila.

»Ich glaube nicht, dass ich dafür Zeit habe, ich bin doch noch mit Aaron verabredet. Ich möchte diese Hausarbeit möglichst schnell hinter mich bringen.«

»Stimmt, aber Anila und ich können ja gucken, ob wir nicht vielleicht noch ein Kostüm für dich haben und du überlegst dir einfach, ob du mitkommen möchtest und gibst uns Bescheid. Abgemacht?«

Li und Anila waren offensichtlich überzeugt von der Idee und nickten sich zufrieden zu.

»Okay, ich überlege es mir – versprochen.«

Das »versprochen« kam mir nur noch halbherzig über die Lippen, da etwas anderes meine Aufmerksamkeit auf sich zog. Nate. Er betrat die Aula mit Aaron, Billy und dem asiatisch aussehenden Jungen, der im Geschichtskurs neben Li saß. Plötzlich schoss mir, wie so oft in den letzten Tagen, Matts SMS durch den Kopf. *Er muss dir etwas sagen.* Ich wusste, dass mich dieser Satz den Rest des Tages verfolgen würde, wenn ich es nicht endlich klären würde. Ich beschloss Nate an seinem Spind vor der Geschichtsstunde abzufangen und ihn danach zu fragen, in der Hoffnung, dass ich die Möglichkeit bekam, allein mit ihm zu sprechen. Ich wandte mich wieder den Gesprächen mit Li und Anila zu, die scheinbar gar nicht gemerkt hatten, dass ich kurzzeitig abgeschweift war. Es ging immer noch um die Halloween-Party nächsten Monat. Trotz meiner Bemühungen, meine Aufmerksamkeit meinen beiden Freundinnen zu schenken, verlor ich immer wieder den Faden. Meine Versuche, Nate in der Aula zu ignorieren, scheiterten immer wieder, da er zwei Tische vor uns saß. Er hingegen hatte die ganze Zeit nicht einen Blick an mich verschwendet und schien sich mit den anderen köstlich zu amüsieren. Zwischenzeitlich hatten sich auch Matt und Aileen zu den anderen gesellt. Aileen hing an Matt wie eine Zecke an einem Hund.

Zehn Minuten vor dem Ende der Pause machten wir uns auf den Weg zu unseren Spinden, um unsere Sachen für die kommende Geschichtsstunde zu holen. Als Li und Anila zu unserem Geschichtsraum gingen, setzte ich mich von der Gruppe ab. Mein schnelles »Ich muss noch kurz was Wichtiges erledigen« wurde nicht hinterfragt. Es dauerte noch fünf Minuten, bis Nate aufkreuzte und nur noch zwei bis Unterrichtsbeginn. Ohne groß zu fackeln, nahm ich meinen Mut zusammen und sprach ihn an.

»Hey, Nate. Matt hat mir mitgeteilt, dass du mir was sagen musst. Worum es geht, hat er mir leider nicht verraten. Was ist los?«

Das ging ja besser, als ich gedacht hatte.

Meinen Versuch, lässig zu klingen, betrachtete ich als geglückt. Diese neu gewonnene Lässigkeit verflog allerdings in der Sekunde, in der Nate mir antwortete.

»Ich weiß nicht, was Matt gemeint hat. Ich habe dir nichts zu sagen. Der Unterricht fängt gleich an.«

Er klang kühl und ignorant, aber ich glaubte ihm nicht.

»Ach und wegen nichts fragst du ihn nach meiner Handynummer?«

Offensichtlich hatte Nate gehofft, dass ich es dabei beließ.

»Ich habe ihn nicht nach deiner Nummer gefragt, er hat sie mir aufgeschrieben, falls ich dich nach den Hausaufgaben fragen will. Da ich das nicht vorhabe, brauche ich sie nicht.«

Was für eine lahme Ausrede. Ich war neu hier, warum sollte Matt annehmen, dass er gerade mich nach Hausaufgaben fragen wollte? Es musste einen anderen Grund geben.

Er schlug seinen Spind zu und ging in Richtung Raum 3.12., unserem Geschichtsraum.

»Was ist nur mit dir los? Vor ein paar Tagen hast du noch mit mir geflirtet und nun verhältst du dich wie der Oberarsch der Galaxis. Was zum Geier habe ich dir denn bitte getan?«, fragte ich biestig, während ich neben ihm herlief. Er sah mich nicht einmal an und beschleunigte seine Schritte, sodass ich Mühe hatte, ihm zu folgen.

Ungefähr drei Meter vor dem Klassenraum blieb er dann plötzlich stehen und sah mich an. Seine Augen zeigten eine Traurigkeit, die ich nicht zu deuten vermochte. Mein Herz raste, als er zu sprechen begann.

»Hör zu, du warst neu und ich hab versucht nett zu sein. Ich habe kein Interesse an dir, okay? Es war nicht meine Absicht, dir irgendwelche Signale zu vermitteln. Ich wollte nur nicht, dass du dir schon an deinem ersten Tag den Ruf eines Flittchens aneignest.«

Wie konnte er so was sagen? Es stieg eine nach Freiheit lechzende Wut in mir auf.

»Gut, dann haben wir das ja auch endlich geklärt. Wie praktisch, dass du dich als Idiot entpuppst, so sparst du dir auf der Halloween-Party das Kostüm, Mr Hyde.«

Meine Worte schienen ihn tatsächlich verletzt zu haben. Er neigte sich in meine Richtung.

»Du solltest nicht zu der Party kommen. Ich denke nicht, dass diese Veranstaltung oder Westby dir in irgendeiner Weise entspricht – oder du ihr.«

Autsch, das hatte gesessen.

In der Hoffnung, dass er nicht merkte, wie verletzt ich war, stieß ich ihn zur Seite und ging geradewegs auf unseren Klassenraum zu. Nate folgte mir langsam. Bevor ich die Tür öffnete, holte ich noch einmal tief Luft, um die Tränen zu unterdrücken. *Ich bin nicht gut genug für all das hier,* dröhnte es in meinem Kopf. Das war es doch, was er versuchte mir klarzumachen. Als ich das Klassenzimmer betrat, sahen mich alle mit großen Augen an. Erst jetzt merkte ich, dass ich den Raum betreten hatte, ohne vorher anzuklopfen. Dies galt in den Augen der meisten hier offenbar als Todsünde. Ich nuschelte ein leises »Entschuldigen Sie die Verspätung« und setzte mich auf meinen Platz neben Anila. Einen Augenblick bevor die Tür zufiel, betrat auch Nate den Raum. Die Blicke der anderen wanderten neugierig von mir zu ihm. Ich konnte mir denken, was in den Köpfen meiner Mitschüler vorging.

»Mr Kingston und Ms van Aerssen, weshalb sind Sie zehn Minuten zu spät?«

Ms Cornellis verschränkte ihre Arme, sodass ihr grünes Kostüm Falten schlug. Bevor ich etwas sagen konnte, meldete sich Nate zu Wort.

»Entschuldigen Sie, Ms Cornellis. Alpha ist auf der Treppe umgeknickt. Deswegen haben wir uns einen Augenblick hingesetzt, um zu gucken, wie schlimm es ist. Gott sei Dank scheint es nichts Ernstes zu sein, so was kann ja auch ganz anders ausgehen.«

Seine Ausrede war mies, aber immerhin war ihm eine eingefallen. Ich nickte wortlos, um seine Geschichte zu bestätigen. Ms Cornellis schien diese Ausrede zu genügen. Sie schrieb die Hausaufgaben zur nächsten Stunde an und fuhr mit ihrem Unterricht fort. Ich versuchte mich auf den Unterricht zu konzentrieren, aber meine Wut gewann immer wieder die Oberhand. Ich war die Erste, die nach dem Pausenklingeln den Raum verließ. Ruhe war das, was ich jetzt brauchte.

***

Auf dem Weg zur Bibliothek versuchte ich mit meinen Gefühlen klarzukommen. Dass Aaron mich so aufgelöst sah, war das Letzte, was ich wollte. Von Weitem konnte ich sehen, wie er lässig an der Tür der Bibliothek lehnte und auf mich wartete. Im Gegensatz zu Nate war er tatsächlich aufgetaucht. Sein Versprechen, mir zu helfen, schien er ernst gemeint zu haben, was mich etwas beruhigte. Immerhin einer, der sich nicht zu schade dafür war, sich mit mir abzugeben. Es war gemein von mir, das auch auf Matt zu beziehen, da ich eigentlich wusste, dass es nicht an ihm, sondern an Aileen lag, dass er nicht mehr mit mir redete. Andererseits dachte ich auch, dass, wenn er wirklich mit mir reden wollte, er sicher einen Weg finden würde. Unweigerlich musste ich an unseren gemeinsamen Abend bei mir zu Hause denken. Daran, dass wir Tee getrunken und uns auf Anhieb verstanden hatten. Ich wurde innerlich ruhiger. Ich nahm mir vor mich nur auf die Hausarbeit zu konzentrieren und die Gerüchte, die Ignoranz von Matt und die verletzenden Worte von Nate auszublenden.

Als ich bei Aaron ankam, war ich die Ruhe selbst, zumindest versuchte ich mir das einzureden.

»Bist du bereit für das Stück Geschichte, das uns erwartet?«, fragte er mit einem breiten Grinsen. Ich nickte. Augenscheinlich hatte er gute Laune –

wenn die auf mich überging, wäre mein Freitag gerettet. Wir betraten das Foyer der altehrwürdigen Bibliothek. Alles war mit Stuck und Holz verkleidet und überall standen stützende Holzsäulen mit offensichtlich handgeschnitzten Verzierungen, es gab viele goldene Akzente und alte Gemälde schmückten die Wände. Dieser Raum hatte eher etwas von einer Kunstgalerie als von einem Foyer. An einer der Wände hing auch ein gerahmtes Replikat von einem van Gogh. Als wäre ich geschlafwandelt, stand ich urplötzlich vor dem Bild und sah es mit großen Augen an. Es hieß *Blühende Mandelbäume* und ich kannte es noch aus meiner frühen Kindheit. Auch bei meiner Grandma hing ein Replikat davon im Wohnzimmer. Damit hatte meine Liebe zu den Werken von van Gogh begonnen. Es war eins meiner liebsten Bilder, wenn auch nicht das allerliebste. Ich hatte gar nicht bemerkt, dass Aaron neben mir stand. Erst als er anfing zu reden, erwachte ich aus meinem tranceartigen Zustand.

»*Blühende Mandelbäume* von van Gogh. Er hat es 1890 gemalt, kurz vor seinem Tod. Momentan hängt es in …«

»In Amsterdam im Van Gogh Museum. Ich weiß, ich war da«, unterbrach ich ihn, ohne den Blick von dem Gemälde abzuwenden.

»Es ist eins seiner schönsten Werke.«

Als ich mich zu ihm umdrehte, fiel mir auf, dass er mich lächelnd ansah. Vermutlich hatte er nicht damit gerechnet, dass ich mich so für van Goghs Kunst interessierte. Ich hatte ihn offenbar positiv überrascht.

»Als ich acht war, habe ich es das erste Mal kopiert. Vermutlich war es besser als das Original.« Auf seine offensichtlich gespielte Prahlerei hin musste ich schmunzeln.

»Ah, der arrogante Idiot interessiert sich für die schönen Künste.«

Aaron lachte. Mir war gar nicht aufgefallen, wie nah er mir gekommen war.

»Der arrogante Idiot interessiert sich auch noch für ganz andere Dinge«, sagte er gewollt zweideutig.

»Für was denn so?« Ich versuchte übertrieben neugierig zu klingen.

»Geschichte zum Beispiel. Die Geschichte von Antira ist dabei mein ganz persönliches Spezialgebiet. Wusstest du, dass der Piratenkapitän Sandro der Schreckliche 1718 Bürgermeister unserer Hauptstadt Wirden war?«

Gute Ablenkung, das musste ich ihm lassen. Später würde ich sicher mehr über ihn erfahren.

»Ach, was du nicht sagst«, antwortete ich.

»Wir sollten reingehen und anfangen.«

Aaron wurde wieder ganz sachlich und öffnete eine Tür, die groß und schwer aussah. Nach einem letzten Blick auf die blühenden Mandelbäume trat ich durch die Bibliothekstür. Die Bibliothek sah dem Foyer sehr ähnlich, mit dem Unterschied, dass statt der Gemälde deckenhohe Bücherregale die Wände zierten. An langen dunklen Tischen saßen Schüler und machten ihre Hausaufgaben. An einem Tresen neben der Eingangstür saßen zwei Bibliothekarinnen. Es waren nicht gerade wenige Leute in diesem Raum und doch war es totenstill. Aaron lehnte sich so nah zu mir herüber, dass ich seinen warmen Atem an meiner Wange spürte.

»Folge mir«, flüsterte er mir leise ins Ohr. Ich bekam eine Gänsehaut.

Er ging voraus. Wir durchquerten einige Regalgänge und Zwischentüren, bis wir in einen etwas kleineren Raum kamen. Aaron schloss die Zwischentür und sah sich um. Als er sicher war, dass wir allein waren, sprach er wieder in normaler Lautstärke.

»Okay, hier sind wir in der Abteilung, die komplett der Geschichte von Antira gewidmet ist. Hier findest du absolut alles. Also was weißt du über die Geschichte von Antira?« Wir setzten uns. Ich dachte nach, aber mir wollte nichts Gescheites in den Sinn kommen.

»Hmm, den dritten Weihnachtstag und die Halloween-Hexenlegende kenne ich, aber das war es eigentlich auch schon«, gab ich zu.

Aaron runzelte die Stirn und verschränkte die Arme.

»Was ist mit dem Attentat auf den König von Gelaria? Seitdem gehört Gelaria immerhin zu Antira.«

Ich schüttelte vorsichtig den Kopf. Zwar wusste ich von den Aufständen der letzten Wochen, aber das wusste wohl jeder.

»Okay, das ist wirklich nicht sehr viel. Im Grunde eigentlich gar nichts, aber Gott sei Dank bin ich ja da, um dir zu helfen. Ich wusste, irgendwann würde sich der zusätzliche Unterricht für die potenziellen Thronfolger auszahlen.«

Ich war mir nicht sicher, ob er gerade arrogant war oder ob er versuchte witzig zu sein. Jedenfalls war ich dankbar für seine Hilfe. Wir erstellten einen Plan für die strukturierte Suche nach Informationen. Ich wollte meine Hausarbeit in einer Art ausgeschriebenem Zeitstrahl aufschreiben, von der Unabhängigkeit um circa 1500 bis heute. Wir hatten eine Menge Arbeit vor uns, mehr, als ich ursprünglich angenommen hatte. Aber was tat man nicht alles für eine gute Note und einen guten Abschluss. Denn ein guter Abschluss war mein Ticket, um weit weg von Ferkel zu kommen, und dafür war mir alles recht.

Die Zusammenarbeit mit Aaron klappte gut, so, als wäre es nicht die erste Hausarbeit, bei der er mir half. Ich sagte ihm, was ich brauchte, und er gab mir die Bücher, da er genau wusste, in welchem Buch was zu finden war und wo dieses stand. Wenn ich etwas aus den Büchern nicht direkt verstand, erklärte er es mir. Er wusste wirklich viel. Ich musste mir eingestehen, dass ich ihn unterschätzt hatte.

So verging die Zeit wie im Flug. Schon lange hatte mir das Lernen nicht mehr so viel Spaß gemacht.

»Alpha, wir sollten aufhören oder zumindest eine Pause einlegen.«

Ich sah auf mein altes Klapptelefon, es war bereits achtzehn Uhr vorbei.

»Ja, na klar, lass uns aufhören. Ich wollte nicht so viel deiner Zeit beanspruchen. Es ist schließlich Freitag, du hast bestimmt noch was anderes vor, als hier mit mir Bücher zu wälzen.« Es war mir wirklich etwas unangenehm, ihn so lange aufgehalten zu haben. Es war nett, dass er mir half, und ohne ihn wäre ich vermutlich nicht mal halb so weit gekommen.

»Schon okay, eigentlich wollte ich heute Abend noch ins Kino, aber das kann ich auch ein andermal. Jetzt ist mein Gehirn jedenfalls erst mal in Wartung.«

Jetzt hatte ich wirklich ein schlechtes Gewissen, ich wollte ihn nicht um seinen Freitagabend oder die Verabredung bringen, die er vermutlich hatte. »Nein, alles gut. Wir sind ja schon fast hundert Jahre weiter. Ich will dich nicht aufhalten. Nachher ist mir deine Verabredung noch genauso böse wie Aileen. Ich kann nicht noch mehr Leute gebrauchen, die eine Abneigung gegen mich haben.«

Ich versuchte es scherzhaft rüberzubringen, obwohl ich es eigentlich nicht als Scherz meinte. Ich konnte wirklich nicht noch mehr Leute gebrauchen, die mir das Leben hier schwermachen würden.

Wir packten die Sachen zusammen und räumten unsere Notizen, meine Notizen, ein. Während ich meine Westby-Jacke anzog und mir meinen Rucksack über die Schulter schwang, stellte Aaron die Bücher zurück an ihre Plätze. Er machte es sorgsam und vorsichtig. Ich spürte den Respekt, den er vor diesen Büchern hatte.

»Na ja, man kann niemanden versetzen, wenn man nicht verabredet ist, oder?« In seinem Lächeln war ein leichter Hauch von Traurigkeit zu erkennen.

»Du hast gar keine Verabredung? Der Mädchenschwarm von Westby geht allein ins Kino?«

Das überraschte mich wirklich. Aaron war mir die ganze Zeit wie ein Frauenheld vorgekommen. Li hatte ja auch so was in der Richtung angedeutet. Dass er verabredungslos ins Kino ging, konnte ich mir gar nicht so richtig vorstellen. Es schien mehr hinter diesem attraktiven dunkelhaarigen Egozentriker zu stecken, als ich angenommen hatte.

»Ja, ich gehe durchaus manchmal allein ins Kino. Viele Mädchen heutzutage können einen guten Schwarz-Weiß-Film einfach nicht würdigen. Außerdem sind Verabredungen im Kino immer eher kontraproduktiv, zumindest bei Filmen, die man wirklich sehen möchte. Dann ist man ja doch etwas abgelenkt, wenn du verstehst, was ich meine.«

Ich wusste genau, wovon er sprach, und er offenbar auch. Mir waren diese Paare, die den gesamten Film am Rumknutschen waren, immer schon zuwider gewesen.

»Klar, ich meine, ich hatte auch schon mal ein Date.«

Hatte ich das gerade wirklich gesagt?

Aaron zog eine Augenbraue hoch. »Das habe ich auch nicht bezweifelt, aber du wirkst nur nicht gerade, als gehörst du zu der Sorte Mädchen, die jedes Wochenende einen Mann im Kino verführen.«

»Zu dieser Sorte Mädchen gehöre ich wirklich nicht. Ich gehe ins Kino, esse Popcorn, gucke den Film und dann fahre ich wieder.«

Er lächelte. »Gibt's einen Abschiedskuss?«

»Nein, meistens nicht«, erwiderte ich und lächelte auch. Wir waren auf dem Weg zurück ins Foyer. Die meisten Leute waren bereits aus der Bibliothek verschwunden, nur vereinzelt saßen noch Schüler an den alten massiven Tischen.

Während wir durch die Tür zum Foyer gingen, sagte er: »Gut, dann hätten wir das ja geklärt. Falls du heute Abend noch nichts vorhast, hättest du nicht zufällig Lust mitzukommen, oder?«

Mein Blick fiel direkt auf Nate, der auch mich anstarrte. Ich war nach wie vor sauer, enttäuscht und gekränkt über sein Verhalten, nur dass Aaron mir in den letzten Stunden erfolgreich geholfen hatte es zu verdrängen.

Ich denke nicht, dass diese Veranstaltung oder Westby dir in irgendeiner Weise entspricht – oder du ihr.

Der Knall der ins Schloss fallenden Bibliothekstür hatte mich aus meiner Schockstarre befreit.

Innerhalb von Sekunden entschied ich mich ihm keine Beachtung zu schenken.

Nates Blick wanderte von mir zu Aaron.

»Hallo, Cousin, du in der Bibliothek?« Nate schien nicht besonders überrascht, auch wenn er offenbar versuchte diesen Anschein zu erwecken.

»Ja, unglaublich was? Ich helfe Alpha bei ihrer Hausarbeit.« Aaron war nach wie vor gut gelaunt. Ich war mir nicht sicher, ob er die angespannte Situation überhaupt bemerkte.

»Du hast recht, das ist unglaublich. Dass du noch mal jemandem ohne Hintergedanken Nachhilfe gibst, hätte vermutlich keiner von uns erwartet.«

Nate grinste Aaron an. Man merkte, dass sie sich sonst gut verstanden, nur in diesem Augenblick war ich so was wie ein Stimmungskiller.

»Ja, irgendwann ist immer das erste Mal, aber wer weiß, vielleicht habe ich ja doch Hintergedanken.«

Nun sahen mich beide an. Von einem Gefühl der Verwirrtheit erfüllt, versuchte ich so schnell wie möglich hier rauszukommen.

»Also wenn wir noch ins Kino wollen, sollten wir jetzt gehen. Ich müsste nämlich vorher noch kurz nach Hause.«

Aaron freute sich anscheinend darüber, dass ich sein Angebot annahm. Nate hingegen wirkte nicht so zufrieden damit.

»Ihr beide geht zusammen ins Kino?« Sein Tonfall war kühler als vorher, es schien ihm nicht zu gefallen.

»Ja, wir gucken einen alten Hitchcock und sollten jetzt tatsächlich los. Wir sehen uns.«

Aaron und ich verließen das Foyer.

»Ich hole dich gleich bei deiner Grandma ab. Ich war ewig nicht auf ihrem Hof.«

Ich hinterfragte seine Aussage nicht, denn so ziemlich jeder hier kannte meine Grandma, wie ich immer häufiger feststellte.

Wie Matt schon sagte, es waren eben die besten Eier in ganz Antira.

KAPITEL 8

Was sollte ich nur anziehen?

Es war zwar kein Date, aber wenn ich zu lässig ging, hielt er mich vermutlich für bieder oder langweilig. Im Gegensatz zu Li, Anila und den anderen Mädchen hier, die in ihrer Freizeit Chanel und andere teure Designermode trugen, machte ich mir nichts aus Markenkleidung. Mir war nur wichtig, dass ich mich darin wohlfühlte und es mir stand.

Ich durchforstete meine ordentliche Kommode und fand einen weinroten Pullover. Meine Schuluniform zog ich schnell aus und warf den Pullover über. Dazu wählte ich eine enge schwarze Hose und die Absatzstiefeletten, die ich sonst nur zur Schuluniform trug.

Ich zog eine schlichte schwarze Umhängetasche aus der Kommode und packte Taschentücher, Geldbörse und Handy ein. Dann hörte ich den röhrenden Motor eines Autos auf der Hofeinfahrt. Das musste Aaron sein. Er war wirklich mehr als pünktlich. Schnell lief ich ins Bad und trug meinen Lieblingslippenstift auf. Die Farbe war etwas ganz Besonderes, ein etwas dunklerer Beerenton mit einem leichten Rosastich. Meine Mum hatte ihn sich damals gekauft und festgestellt, dass ihr die Farbe nicht stand. Sie hatte ihn mir für besondere Tage überlassen. Ich stopfte den Lippenstift noch schnell in meine Tasche und zog meine dunkle Jacke über.

»Grandma, ich fahre mit einem Freund ins Kino, ich bin gegen 23 Uhr zurück.«

Meine Grandma trat aus der Küche und winkte mir zum Abschied. »Alles klar, bis nachher. Fahrt vorsichtig!«

Während ich die Tür schloss, rief ich ihr noch ein »Machen wir!« durch den Türspalt hinterher.

Aaron lehnte an einem 90er-Jahre-Mustang. Die Farbe konnte ich bei der Dunkelheit nicht genau erkennen, vielleicht war es ein dunkles Violett oder Blau.

»Wow, du hast ja in den letzten zehn Minuten noch richtig was aus dir gezaubert. Hätte ich das gewusst, dann hätte ich nicht einfach Jeans und T-Shirt angezogen.«

Ich schätzte mal, dass er das nett gemeint hatte, und setzte mich auf den Beifahrersitz. Der Mustang war edel, aber nicht das, was ich bei einem Mitglied der Königsfamilie, so wie Aaron eins war, erwartet hatte. Die Sitze waren aus braunem Leder. Das Leder war faltig und weich. Man sah, dass er es pflegte, aber gegen den Zahn der Zeit kam auch die beste Lederpolitur nicht an. Das Armaturenbrett war aus schwarz lackiertem Holz. An wenigen Stellen blätterte der Lack bereits ab. Nirgends lag Kram herum, wie ich es von anderen Autos her kannte. Aaron stieg ein, löste die Handbremse und startete den Motor. Dann fuhren wir los.

»Gefällt er dir?«

Aaron war aufgefallen, wie interessiert ich das Auto vorhin betrachtet hatte.

»Ja, sehr, es ist schön, aber …«, ich unterbrach mich, um meine Wortwahl zu überdenken, doch er kam mir zuvor.

»Aber du siehst mich eher in einem Porsche.«

»Ganz so wollte ich es nicht sagen.«

»Aber ich habe recht, oder?«

Aaron wusste, dass er recht hatte. Sein Lächeln verriet ihn. Natürlich hatte er das. Niemand kannte seine Ausstrahlung so gut wie er selbst.

»Ich hätte nur nicht erwartet, dass der König dich in so einem protzigen Aufreißerschlitten herumfahren lässt.«

»Er weiß es nicht.«

»Er weiß es nicht?«, wiederholte ich seine Aussage ungläubig.

»Er ist mein Onkel, nicht mein Vater. Ich bin nicht der zukünftige Thronfolger, also gönne ich mir diesen Playboy-Status. Außerdem lässt er mich verwegen wirken, viele Frauen stehen auf so was. Nicht dass ich es nötig hätte.«

»Du bist ganz schön arrogant, weißt du das?«

»Man lernt mit sich zu leben. Und du bist eine ganz schöne Nervensäge, weißt du das?«

»Ja, ich weiß, man lernt mit sich zu leben.«

Aaron lachte. Ich wusste, dass mehr in ihm steckte als diese oberflächliche Arroganz, und ich würde ihn schon dazu bringen, es mir zu zeigen.

»Warum bist du so nett zu mir?«

»Wie meinst du das?«, fragte er mich, ohne den Blick von der Straße abzuwenden.

»Na ja, du hast mir deine Hilfe angeboten und das nicht als Scherz gemeint. Du hilfst mir wirklich. Du hast mich gefragt, ob ich dich ins Kino begleite, obwohl du vermutlich lieber allein gegangen wärst. Und du glaubst offensichtlich auch nicht diese komischen Gerüchte, die über mich erzählt werden. Wieso?«

Es kostete mich ein bisschen Mut, das laut auszusprechen, aber es schien ihm zu gefallen.

»Ich könnte dich dasselbe fragen. Du bist mit mir mitgekommen, trotz der Gerüchte, die über mich im Umlauf sind, und die haben nun ein wahrlich anderes Kaliber.« Er sprach es nicht laut aus, aber ich wusste, dass er Linsey meinte, und er wusste, dass ich es wusste.

Mir fiel das Spiel ein, das Cosmo mit mir gespielt hatte. Es könnte ein Eisbrecher zwischen uns sein oder den Abend ruinieren, noch bevor er überhaupt angefangen hatte. Dennoch schlug ich es vor.

»Okay, lass es uns so machen. Wenn du mir eine Frage beantwortest, dann beantworte ich dir eine. Es gibt einen Joker für jeden, der einen von einer Antwort befreit. So lernen wir uns ein bisschen kennen. Ich will nämlich wissen, mit wem ich so meine Zeit verbringe. Abgemacht?«

Ich wollte etwas über ihn wissen. Ich wollte hinter die arrogante Fassade blicken, die er allen zu sehen gab. Er zog mich an wie ein Buch mit einem schönen Einband. Ich musste einfach wissen, welche Geschichte hinter seinem Einband drauf wartete, entdeckt zu werden

»Na gut, aber nur unter einer Bedingung. Wir machen diesen Abend nicht kaputt, sobald es komisch wird, hören wir damit auf.« Aarons Worte waren bestimmt. »Und ich fange an.«

»Na dann mal los.« Ich war gespannt und doch etwas ängstlich in Bezug auf die Frage, die er mir stellen würde.

»Gut, ich fange mit etwas Einfachem an. Was ist dein Lieblingsbuch?«

Er fing tatsächlich mit was Einfachem an, was vielleicht keine schlechte Idee war, um das Eis zu brechen.

»*Ein unerwarteter Gast* von Agatha Christie. Und deins?«

»Das weiß ich nicht so genau, wenn ich ehrlich bin. Früher war es immer *Oliver Twist*, aber ich habe es ewig nicht mehr gelesen. Ich werde es tun und dir sagen, ob es immer noch mein Lieblingsbuch ist. Abgemacht?«

Ich hatte ihn nicht für einen Leser von Klassikern gehalten. Eigentlich wirkte er auf den ersten Blick mehr wie jemand, der lieber den Playboy durchblätterte, als jemand, der ein gutes Buch zu schätzen wusste. Es wunderte mich trotzdem nicht, denn er hatte längst bewiesen, dass er viel mehr war als eine attraktive Hülle.

Also fragte ich das Nächste, was mir in den Sinn kam.

»Was ist deine Lieblingsfarbe?«

»Hey, du bist nicht dran!«, sagte Aaron mit gespielter Empörung und einem atemberaubenden Lächeln auf den Lippen.

»Doch, bin ich, du hast gefragt, ob wir eine Abmachung haben.«

»Das ist nicht fair, du Schummlerin.«

Aaron lachte lauthals, er wirkte im Gegensatz zu Nate einfach locker und fröhlich.

»Also raus mit der Sprache, welche Lieblingsfarbe hast du?«

»Na gut, Schummlerin. Das ist eine gute Frage. Vermutlich das Blau, das so dunkel ist wie Meerwasser bei Nacht.« Seine Antwort war so poetisch, fast schon romantisch. Ich stellte mir vor, wie er nachts an der Küste von Wirden saß und das Meer malte. Ich musste schmunzeln.

»Aber ist Meerwasser nachts nicht schwarz?«

»Nicht, wenn der Mond scheint. Dann liegt so ein leichter Schimmer auf dem Meerwasser. Sieh dir van Goghs *Sternennacht* über der Rhône an, dann weißt du, was ich meine. Aber ich lasse mich nicht austricksen, jetzt bin ich dran. Welches war dein schlimmstes Date?«

Ah, die Fragen wurden persönlicher. Wir arbeiteten uns vor.

»Ganz klar, Jules Bernard. Damals war ich in der neunten Klasse und lebte in Paris. Es war ein ganz klassisches Date, wir gingen zum Eiffelturm. Leider blieb der Fahrstuhl stecken. Da fing er an wie ein Mädchen zu heulen. Seine Heulerei dauerte fast eine Stunde. Ich habe nichts dagegen, wenn Jungs weinen, aber eine Stunde lang? Das war der Horror. Danach hat er mich in der Schule ignoriert und das Gerücht gestreut, dass ich furchtbaren Mundgeruch hätte. Und deins?«

Aaron lachte. »O Mann, das klingt nach einem total romantischen Abend.«

»Lenk nicht ab, ich will dein schlimmstes Date auch wissen«, sagte ich.

»Na gut, na gut. Ich war Anfang des Jahres mit einer Freundin von Eris aus, Carolina Wasilow. Du kennst sie vermutlich, kurze dunkle Haare. Na ja, jedenfalls bin ich nur Nate zuliebe mit ihr ausgegangen, aufgrund des Doppeldates mit Eris.«

Bei diesem Namen zog sich mein Magen zusammen. Wie konnte nur irgendjemand mit ihr ausgehen wollen?

»Wir waren gemeinsam im *La Belle*, einem edlen Lokal in Wirden, das Eris ausgesucht hatte. Das ist übrigens gar nicht weit vom Kino entfernt, nur falls wir später noch Hunger bekommen.«

»Hör auf abzulenken.« Ich grinste. Er hatte ein Date mit der Königin der Untoten gehabt. Das hatte ich ihm gar nicht zugetraut.

»Du hast mich durchschaut.« Er neckte mich, was die Stimmung weiter lockerte.

»In dem Lokal musste ich leider feststellen, dass Carolina eine unheimliche Nervensäge ist. Sie hat die ganze Zeit von der Modelinie erzählt, die sie für ihren Hund designt hat. Ihr Hund ist übrigens ein Chihuahua und heißt Chihuahua. Kreativität wächst nicht auf Bäumen.«

Ich lachte. »Es kann ja nicht jeder so begabt sein wie du, der mit acht schon einen van Gogh kopiert hat.«

»Oder wie du. Dein Hundertwasser ist ziemlich gut.«

»Wann hast du den denn gesehen?«

»Heute Morgen. Ich bin an deinem Unterrichtsraum vorbeigekommen und habe einen kurzen Blick durchs Fenster riskiert. Ich wollte natürlich eigentlich nur wissen, ob du in der Schule bist, wegen des Referats.«

»Natürlich. Du bist mir einer.«

Es war mir nicht peinlich, aber es schmeichelte mir. Rot wurde ich so oder so. Aber damit es ihm nicht direkt auffiel, wendete ich mich kurz und ganz interessiert dem Seitenfenster zu und beobachtete, wie die Bäume am Rand der Landstraße an uns vorbeizogen. Mittlerweile war es dunkel geworden, sodass uns die hellen Lichter der Stadt schon von Weitem entgegenzukommen schienen.

»Und was ist dann passiert?«, versuchte ich das Gespräch wieder hin zu seinem Date zu lenken.

»Dann bin ich zum Unterricht gegangen.«

»Ich meinte eigentlich dein Date.«

»Sag das doch gleich. Als ich sie nach diesem furchtbaren Abend zu ihrem Zimmer zurückbrachte, zog sie mich ins Zimmer, schubste mich auf ihr Bett und begann sich auszuziehen. Darauf war ich nicht vorbereitet, auch wenn ich meine Wirkung auf das andere Geschlecht natürlich kenne. Aber ich war nicht in der Stimmung. Erst mal finde ich den Gothic-Look nicht besonders anziehend und Carolinas Charakter schon gar nicht. Entgegen der allgemeinen Gerüchte schlage ich keine Kerben in meine Bettpfosten. Die sind aus Mahagoni.«

Er war gut darin, mich zum Lachen zu bringen. Seit dem Tod meiner Mum hatte ich mich nicht mehr so gut gefühlt wie heute Abend. Mit Aaron konnte ich abschalten und meine Probleme einfach in den Hintergrund drängen.

»Dann hat sie sich einfach auf mich geworfen und angefangen mich zu küssen. Dem armen Mädchen hätte mal jemand das Küssen beibringen sollen, sie hat sich angestellt wie eine Waschmaschine. Bei dem Versuch, sie von mir runterzuwerfen, stieß sie sich den Kopf an einem Bettpfosten. Ich entschuldigte mich natürlich bei ihr und sagte, dass ich jetzt losmüsse. Dabei sah ich, dass ihre Schranktür offen stand. Da drinnen klebten überall Fotos von mir, es sah fast aus wie ein Schrein. Ich meine, auf den meisten davon sah ich schon ziemlich gut aus, aber das war echt gruselig.«

Ich lachte herzhaft los. »Okay, Aaron, dein Date war schlimmer als meins, definitiv!«

»Ja, das sehe ich auch so. Gut, ich bin wieder dran. Wieso gehst du eigentlich auf unser Internat?«

Das war eine Frage, die ich nicht erwartet hatte.

»Es ist dir also aufgefallen. Ich meine, dass ich weder reich noch sonst irgendwie etwas Besonderes bin. Das Gleiche habe ich meine Grandma vor Kurzem auch gefragt. Sie sagte, da meine Mutter auch hier aufgewachsen sei, hätte es mein Stiefvater nach ihrem Tod für eine gute Idee gehalten, wenn ich auch hier leben würde. Ich glaube ja ehrlich gesagt, dass Ferkel mich einfach loswerden wollte, wir haben keinen besonders guten Draht zueinander. Er ist sowieso die meiste Zeit auf irgendwelchen Expeditionen. Ich glaube, er ist Kunsthistoriker oder Archäologe. Zumindest etwas in der Art.«

Aaron sah kurz zu mir rüber.

»Das tut mir leid für dich. Ich kenne das nur zu gut. Mein Vater ist auch selten zu Hause, er ist halt der Bruder des Königs, da hat man viel zu tun. Er ist auch viel auf Reisen und führt Verhandlungen für den König, aus der Öffentlichkeit hat er sich aber schon vor meiner Geburt zurückgezogen. Du bist übrigens dran.«

»Okay, dann kommen wir jetzt zu der Frage, mit der alles begonnen hat. Wieso bist du so nett zu mir?«

»Du hast mein Interesse geweckt, als ich gemerkt habe, dass dir diese Welt vollkommen fremd ist. Du wusstest ja nicht einmal, was *Westby Nobilitas* ist. Ich weiß nicht, wo ich dich einordnen soll. Außerdem hast du mir leidgetan, Ms Cornellis kann ziemlich einschüchternd sein. Jetzt sind wir hier und ich bereue bisher nicht dich kennengelernt zu haben. Also vermassle es nicht. Ach so, und du bist hübsch, das ist gut für mein Playboy-Image.«

Seine humorvolle Antwort klang aufrichtig. Dass er mich hübsch fand, machte mich etwas nervös.

»Für dein Playboy-Image also, soso.«

»Natürlich, in einer Familie aus lauter perfekten Menschen muss man ja irgendwie rebellieren. Aber ich bin dran, für eine letzte Frage ist noch Zeit, bevor wir aus dem Auto aussteigen.«

Ich sah aus dem Fenster, wir standen bereits auf dem Parkplatz des Kinos. Aufgrund des intensiven Gesprächs mit Aaron hatte ich gar nicht mitbekommen, dass wir schon da waren. Die Fahrt hatte nur eine halbe Stunde gedauert.

»Okay, frag!«, sagte ich.

»Was ist da los zwischen Nate und dir? Ich habe die Anspannung vorhin sehr wohl bemerkt und dass es ihm missfiel, dass du mit mir ausgehst, habe ich auch gesehen.«

Das war eine wirklich unangenehme Frage. Ich überlegte kurz den Joker einzusetzen, entschied mich aber dagegen. Vielleicht wusste Aaron ja mehr über Nates mysteriöses Verschwinden.

»Nate war die erste Person, die ich in Westby kennengelernt habe. Er hat mir alles gezeigt, ist mit mir die Uniformen umtauschen gegangen und hat sie dann für mich in seinem Spind aufbewahrt. Ich hatte den Eindruck, dass wir uns gut verstehen und Freunde werden könnten. Er war so nett und freundlich. Es gab allerdings einen kleinen Disput zwischen uns, bei dem er mir, vielleicht versehentlich, etwas sehr Persönliches anvertraut hat. Dann wollte ich meine Uniformen abholen, aber er ist nicht aufgekreuzt. Matt hat sie mir später gebracht. Danach ist Nate auch nicht mehr zur Schule gekommen. Schließlich hat Matt mir mitgeteilt, dass Nate mir was zu sagen hätte. Deswegen bin ich heute Morgen zu ihm gegangen und habe ihn gefragt, aber er hat mich nur ziemlich dumm stehen lassen.«

Aaron runzelte die Stirn.

»Das klingt so gar nicht nach Nate. Eigentlich ist er immer zu allen nett, deswegen ist er ja auch so ein Mädchenschwarm, abgesehen davon, dass er der Kronprinz ist.«

Wir stiegen aus Aarons Mustang und machten uns auf den Weg ins Kino.

»Also zu mir war er heute Morgen so gar nicht nett. Er hat sogar zu mir gesagt, dass ich nicht zu der Halloween-Party gehen solle, weil ich hier ja nirgends reinpassen würde.«

»Und gehst du trotzdem hin?«, fragte Aaron und sah mich neugierig an.

»Ich weiß nicht, vielleicht hat er recht. Ich meine, ich war noch nie mit so vielen wichtigen Leuten auf einer Party. Vielleicht breche ich unabsichtlich irgendwelche Regeln und löse damit den dritten Weltkrieg aus. Außerdem habe ich kein Kostüm.«

***

Wir kauften am Eingang des nostalgischen Kinos zwei Karten für Hitchcocks *Die Vögel* und je eine kleine Portion Popcorn mit Eistee. Unsere Plätze waren in der letzten Reihe des kleinen Kinosaales. Das Kino war fast leer, außer uns waren nur zwei weitere Menschen hier und die saßen weiter vorne. Während des Werbeblocks lehnte Aaron sich zu mir rüber, wie er es bereits in der Bibliothek getan hatte. Ich spürte seinen warmen Atem auf meiner Haut und wieder bekam ich Gänsehaut. Sein dunkles Haar roch nach Sanddorn und kitzelte an meiner Wange. Er war mir so nah, dass mein Herz einen Schlag aussetzte.

»Ich finde, du solltest zu der Party gehen, egal was Nate sagt. Ein Kostüm wird sich sicher auftreiben lassen. Ich könnte dich begleiten, wenn du dich dann wohler fühlst.«

Momentan würde ich mich mit ihm an meiner Seite vermutlich wirklich wohler fühlen.

»Fragst du mich gerade nach einem Date?«

Hatte ich das gerade laut gefragt?

»Es wäre kein Date. Ein Date wäre etwas Privateres, wie das hier zum Beispiel«, flüsterte er.

»Ist das hier denn ein Date?«

»Wenn du möchtest, dass es eins ist …« Er beendete seinen Satz nicht, was mich innerlich schier wahnsinnig machte.

»Aber ich dachte, du magst keine Kino-Dates? Und was wäre es dann?«

Im schwachen Licht der Leinwand konnte ich ein leichtes Lächeln auf seinen Lippen erkennen.

»Es wäre eine zwanglose Verabredung unter Freunden, die beide zu einer

Party wollen, aber nicht allein. Und ich habe nie gesagt, dass ich Kino-Dates nicht mag. Ich habe nur gesagt, dass man keine haben sollte, wenn man den Film sehen möchte.«

»Na gut, wir gehen zusammen hin.«

»Ich hole dich am Abend der Halloween-Party um 20 Uhr ab.« Er flüsterte so leise, dass ich ihn kaum verstand.

»Dann sind wir aber zu spät.«

»Niemand kommt vor halb 9.«

»Aber wehe, du kreuzt nicht auf.« Es war mein voller Ernst, denn langsam begann ich mich auf die Party in drei Wochen zu freuen.

»Keine Angst, diesen Fehler mache ich nicht«, hauchte er sanft in mein Ohr. Dann wandten wir uns dem Film zu.

Ab diesem Moment war es schwierig, mich auf den Hitchcock zu konzentrieren.

***

Nach dem Film verließen wir das Kinogebäude und gingen zu Aarons parkendem Auto. Seit dem Verlassen des Kinosaals hatte ich das seltsame Gefühl, verfolgt zu werden. Vermutlich war es nur die Nachwirkung des Filmes. Und obwohl es total albern war, drehte ich mich ab und zu um. Aber hinter uns war niemand, der Parkplatz war bis auf Aarons Mustang leer.

»Ist alles okay bei dir?«, fragte Aaron, als wir vor seinem Auto standen.

»Ja, alles gut, ich dachte nur, da wäre jemand. Ich hab mich wohl geirrt.«

Wir stiegen in seinen Ford Mustang und fuhren los.

»Hast du Hunger? Ich könnte noch was vertragen.« Aaron sah kurz zu mir rüber, während er ausparkte. Als ich genauer darüber nachdachte, hielt ich es für eine gute Idee. Schließlich hatten wir nicht zu Abend gegessen und die kleine Portion Popcorn war auch nicht besonders sättigend gewesen.

»Ja, ich habe auch Hunger. Woran dachtest du denn?«

Aaron überlegte kurz, bevor er antwortete.

»Vielleicht das *Carollo,* die haben tolle Fajitas. Oder das *Roma,* die Pasta da ist super.«

»Aaron, ich muss dich daran erinnern, dass ich im Gegensatz zu dir normalsterblich bin und mir diese teuren Läden nicht leisten kann.«

Aaron lachte kurz. »Stimmt, ich vergaß, aber ich könnte dich ja auch einladen?«

Das Angebot war zwar verlockend, da ich noch nie in einem Nobelladen war, aber ich wollte mich von ihm nicht aushalten lassen.

»Nein, das geht nicht. Das hier ist schließlich kein Date. Warst du schon mal im *Biăo*? Das ist ein kleiner Laden im Industrieviertel von Wirden. Die machen da die besten Jiaozi.«

Aaron guckte skeptisch.

»Okay, dann lass uns dahinfahren. Ich bin gespannt, denn ich habe nicht die leiseste Ahnung, was Jiaozi sind.«

Ich lotste ihn zu dem kleinen Seitengassenrestaurant, in dem meine Mum und ich früher so oft gegessen hatten, wenn wir Grandma besuchten. Der Laden war nicht größer als ein Friseursalon. Es passten nur vier Tische in das kleine Lokal, was definitiv für Gemütlichkeit sorgte. Der Laden war bis unter die Decke mit chinesischem Krimskrams dekoriert, sodass man davon fast erschlagen wurde. Außer uns waren keine anderen Gäste da, was wohl dem Lieferdienstmodell dieses Ladens geschuldet war. Ich bestellte zwei Mal Jiaozi und eine doppelte Portion Wan Tan für uns beide. Wasser gab es hier zu jedem Essen kostenlos. Wir setzten uns an einen der kleinen Holztische.

»Du warst noch nie in so einem Laden, oder?«, fragte ich ihn, denn seine Skepsis war ihm deutlich anzumerken.

»Da hast du recht. Bisher bin ich nicht mit chinesischem Fastfood in Berührung gekommen. Das hier ist eigentlich ein Lieferdienst, oder?«

Ich nickte grinsend und hoffte ihm ein bisschen seiner Unsicherheit nehmen zu können.

»Aber du wirst sehen, das Essen hier ist klasse. Einmal haben wir an Ostern den Braten im Ofen vergessen, sodass er kohlrabenschwarz war. Um das Osteressen zu retten, hat Grandma hier noch ganz schnell was zu essen bestellt. Seitdem lassen wir uns jedes Ostern was von *Biăo* liefern.«

»Ihr esst an Ostern Chinesisch? Das würde meine Familie nie mit sich machen lassen. Bei uns sind alle überaus traditionell.«

Aaron lockerte seine Schultern, offenbar schien er sich langsam mit der eigentümlichen Art dieses Ladens anzufreunden. Wir unterhielten uns, während wir auf das Essen warteten, noch weiter über die Bräuche unserer Familien. Als ich ihm gerade von unserem dritten Weihnachtstag erzählte, sah ich aus dem Augenwinkel jemanden am Laden vorbeihuschen. Erst hielt ich es für eine Reflektion auf dem Fensterglas, doch plötzlich überkam mich wieder das Gefühl, verfolgt zu werden. Ich wollte wissen, wer das war.

»Ich muss mal kurz ... wohin«, sagte ich und stand auf.

Aaron nickte. »Ich warte hier.«

Was sollte Aaron auch sonst tun?, dachte ich, während ich schnellen Schrittes zu der Tür lief, die auf den schmalen Flur führte, an dem sich die Toiletten und der Notausgang befanden. Die Toiletten waren gar nicht mein Ziel, ich wollte zu dem Notausgang, der auf den kleinen Hinterhof führte. Wenn uns tatsächlich jemand gefolgt war, dann würde ich ihn schon erwischen. Als ich die leicht klemmende Metalltür öffnete, kam mir ein Schwall kalter Luft entgegen. Es war eiskalt draußen und mein roter Pullover war nicht besonders warm. Ich hielt mich im Schatten des Gebäudes und ging möglichst leise den Hinterhof entlang, bis ich bei einer weiteren dunklen Gasse angelangt war. Ich stellte mich an die Wand und spähte vorsichtig um die Ecke. In der Gasse stand ein großer Mann vor einem Motorrad. Ich konnte nur seine Umrisse erkennen, für mehr war das fahle Licht einfach zu schwach. Mein Atem stockte, diese Gegend war eigentlich nicht für kriminelle Übergriffe bekannt. War dies der Mann, der mich verfolgte? Ich verließ für einen winzigen Augenblick meine Deckung, um zu versuchen etwas von dem Kennzeichen zu sehen, doch mehr als die ersten zwei Buchstaben konnte ich nicht erkennen. Doch dann spürte ich einen plötzlichen Griff von hinten. Jemand zog mich nah an sich heran. Ehe ich schreien konnte, presste der Angreifer seine Hand auf meinen Mund und erstickte so jeden Laut im Keim. In diesem Moment gingen mir die schlimmsten Szenarien durch den Kopf. War dies der Partner des bewaffneten Verfolgers? Hatten sie mir eine

Falle gestellt? Was wollten sie von mir? Wollten sie mich etwa entführen oder ermorden? Mein Herz klopfte wie verrückt. Ich hatte Schweißperlen auf der Stirn. Jede Sekunde hoffte ich, dass Aaron sich fragte, wo ich blieb, und mich finden würde. Die Person, die mich festhielt, zog mich langsam hinter einen hohen Müllcontainer. Ich biss und schlug wild um mich, konnte mich aber nicht aus den starken Armen des Angreifers befreien. *Das war es jetzt,* dachte ich, bis sich der Griff um meinen Oberkörper lockerte. Die Person nahm die Hand von meinem Mund und drehte mich ruckartig zu sich um. Sie zog mich schützend an ihre Brust und ich wusste nicht, wie mir geschah. Der Pullover, an den ich gedrückt wurde, verströmte einen angenehm lieblichen Duft. Was war hier los? Ich war so verwundert, dass ich vergaß zu schreien. Aus dem Gefühl der Angst wurde so etwas wie Geborgenheit.

Die Person, die mich fest an sich presste, hauchte mir ein leises »Geht es dir gut?« ins Ohr. Ich erkannte die Stimme. Urplötzlich löste ich mich aus der Umarmung und starrte fassungslos in sein Gesicht. Es war Nate. Er hielt sich seinen Zeigefinger vor die Lippen und signalisierte mir so, dass ich ruhig sein sollte. Seine Berührung löste ein warmes Gefühl in mir aus. Ich versuchte es zu unterdrücken, da ich noch immer wütend auf ihn war. Mehr denn je. Dann ging er langsam zu der Gasse, in der eben noch der Mann gestanden hatte, und lugte um die Ecke. Nach einem Augenblick kam er zu mir zurück. Er schien besorgt.

»Er ist weg. Ist alles okay bei dir?«

»Was sollte das gerade? Was machst du überhaupt hier? Bist du mir gefolgt?« Ich war wütend auf ihn und zeigte es ihm deutlich. Er hatte mich nicht nur zu Tode erschreckt, sondern mich offensichtlich auch noch verfolgt.

»Jain, meine Bodyguards und ich sind deinem Verfolger gefolgt. Sie überprüfen gerade, ob sich noch mehr verdächtige Fahrzeuge in der Nähe befinden. Du bist nicht sicher. Irgendwer hat es auf dich abgesehen und ich kann dir nicht sagen wer oder warum. Sei vorsichtig! Du solltest jetzt wieder reingehen, sonst schöpft Aaron noch Verdacht. Ich erkläre dir alles später.«

»Nein, du erklärst es mir jetzt! Erst benimmst du dich wie ein Vollarsch und dann tauchst du hier auf!«

»Es tut mir leid, ich wollte dich nicht verletzen. Ich war durcheinander. Du bist ganz anders als all die anderen, ich habe dir jedes Wort geglaubt – und ja, ich möchte mit dir ausgehen. Aber jetzt ist deine Sicherheit wichtiger. Du musst zu Aaron zurück, bei ihm bist du momentan am sichersten.«

Das waren viele Informationen. Zu viele Informationen, um sie auf einmal zu verarbeiten.

Nate brachte mich zu der klemmenden Metalltür und hielt sie mir auf.

»Ich erkläre es dir später, versprochen!«

Ich wusste nicht, was ich von alldem halten sollte, und ging wortlos zurück in das Lokal. Über unserem Tisch hing eine Uhr, ich war keine zehn Minuten weg gewesen, obwohl es mir wie Stunden vorkam. Aaron hatte keinen Verdacht geschöpft und in dem Moment, in dem ich mich setzte, kam unser Essen. Er spürte meine Aufregung und griff nach meiner Hand. Ein warmes Schaudern durchfuhr mich. *Geborgenheit.* Das war es, wovon Nate gesprochen hatte.

»Geht es dir nicht gut? Deine Hand ist ja eiskalt!«

»Doch, doch, alles bestens, in dem Bad war nur das Fenster auf«, log ich und lächelte ihn an, in der Hoffnung, dass er den Schwindel nicht bemerken würde. Er lächelte zurück. Entweder er hatte wirklich nichts bemerkt oder er war ein verdammt guter Schauspieler.

»Gut, dann würde ich vorschlagen, dass wir das jetzt essen, bevor es kalt wird. Was war das noch gleich? Sieht ein bisschen aus wie Ravioli.«

Er nahm eine der Teigtaschen mit den Stäbchen auf und steckte sie sich in den Mund.

»Das sind Jiaozi, das ist so was wie die chinesische Variante von Ravioli.«

Ein Grinsen konnte ich mir nicht verkneifen, da es ihm offenbar gut schmeckte. Ich kam mir vor, als wäre ich in ein ganz neues Universum gezogen worden. Ich saß mit einem Prinzen bei einem Lieferservice und aß chinesisches Fastfood, während ein anderer Prinz meinem Verfolger nachjagte. In Paris hätte mir das keiner geglaubt, aber hier?

***

Kurz nach 23 Uhr brachte Aaron mich auf den Hof meiner Großmutter zurück.

Bevor er mit mir ausstieg, speicherte er seine Nummer in meinem Handy ein. Dann begleitete er mich noch bis zu der alten Haustür, neben der mein selbst gemachtes Namensschild hing.

Ich stieg auf die Stufe vor der Tür und drehte mich um. Aaron stand nur ungefähr eine Handbreit von mir entfernt, sodass sich unsere Nasen fast berührten. Seine geheimnisvollen Augen funkelten wie wertvolle Smaragde. Sie bannten meinen Blick mit ihrer hypnotischen Wirkung. Ich spürte seinen warmen Atem auf meinen Lippen, so nah stand er vor mir. Es war eine Spannung zwischen uns, die ich nicht erklären konnte. Wie im Kino und in der Bibliothek bekam ich Gänsehaut. Er strich mit seiner rechten Hand langsam über meinen linken Arm. Das Kribbeln spürte ich durch die Jacke, als würde er meine nackte Haut berühren.

»Wäre das hier ein Date, dann würde ich dich jetzt küssen«, raunte er.

Etwas in mir wollte, dass er es tat. Etwas in mir flehte sogar nach dieser Berührung, nach dieser Sinnlichkeit, die er ausstrahlte. Seine Anziehungskraft war enorm. Ich verstand, warum er ein Frauenheld war. Und obwohl ich in dieser Situation das Verlangen verspürte, ihn zu küssen, siegte die Vernunft.

»Das hier ist aber kein Date«, wisperte ich kaum hörbar und doch war ich mir sicher, dass er mich verstanden hatte. Er trat einen Schritt zurück und löste so die Spannung zwischen uns. Im nächsten Moment bereute ich meine Worte auch schon.

»Wie wäre es, wenn wir uns in Zukunft mittwochs und freitags in der Bibliothek treffen? Für dein Referat, meine ich«, schlug er vor. Sein Tonfall wirkte verlegen.

»Das fände ich schön.« Bei dem Angebot machte mein Herz einen Schlag mehr. Meine Gefühlswelt stand Kopf.

Zum Abschied hob er noch mal seine Hand, dann stieg er in sein Auto und fuhr vom Hof.

Als ich seine Rücklichter nicht mehr sehen konnte, zog ich mein Handy aus der Tasche und gab die Nummer ein, die in schwarzen Buchstaben über die Herz 7 gekritzelt war. Es dauerte nicht einmal drei Freizeichen, bis Cosmo den Hörer abnahm.

»Cosmo, hier ist Alpha. Irgendwas stimmt nicht, ich brauche deine Hilfe.«

»Wie kann ich dir helfen?«

Im Schnelldurchlauf erzählte ich ihm, was passiert war, sparte aber Nates Rettung aus. Er gab immer wieder ein leises »Hmm« von sich, aber nie mehr als das.

»An den Anfang des Kennzeichens erinnere ich mich. K und ß.«

»Das ist vage. Und du weißt nicht, wie das Motorrad aussah? Erinnerst du dich an die Farbe?«

»Nein, es muss etwas Dunkles gewesen sein, vielleicht Blau, Schwarz oder ein dunkles Rot. Ich konnte es nicht genau erkennen. Die Form war sportlich.«

»Das ist doch was. Ich lass es morgen mal durch die Datenbank laufen. Du solltest jetzt schlafen gehen, es ist spät.«

»Danke, du auch. Gute Nacht!«

»Ich gehe später, ich habe noch was zu erledigen. Ich sehe, was ich tun kann, aber bitte bring dich nicht in Gefahr.«

»Ich versuche es, du kennst doch meinen Hang zum Kriminellen.«

Cosmo lachte, es tat gut, seine Stimme zu hören.

»Schlaf gut, Alpha, ich melde mich, wenn ich was weiß.«

Dann legte er auf. Immerhin eine Last weniger, zumindest für heute Abend.

***

Als ich im Bett lag, schwirrte mir der ganze Tag durch den Kopf. Warum wurde ich verfolgt? Warum war Nate beim *Biǎo* gewesen? Woher kam plötzlich diese Spannung zwischen Aaron und mir? Warum hatte ich mich dem Gefühl nicht hingegeben und ihn geküsst? Fragen über Fragen und heute Nacht würde ich keine davon mehr beantworten.

KAPITEL 9

In den nächsten zwei Wochen verbrachte ich die meiste Zeit in der Bibliothek, die mir mehr und mehr ans Herz wuchs. Ich setzte mich immer in den Raum, den Aaron mir gezeigt hatte, denn dort war ich ungestört.

Ab und an kam er vorbei, um zu gucken, wie weit ich schon war, mir ein bisschen zu helfen und mir einen Cappuccino vorbeizubringen. Essen und Trinken war in der Bibliothek eigentlich nicht erlaubt, aber irgendwie schaffte er es doch immer wieder, das flüssige Gold hineinzuschmuggeln. Wir trafen uns mittwochs und freitags und verbrachten dann häufig den ganzen Tag zusammen. Die elektrisierende Spannung zwischen uns war nicht von der Hand zu weisen. Mein Körper kribbelte, wenn ich nur daran dachte, Zeit mit ihm zu verbringen.

Die Strafarbeit machte mit ihm richtig Spaß. Er hatte mein Interesse für die Geschichte Antiras geweckt und seine humorvollen Imitationen von wichtigen Persönlichkeiten halfen mir mich an ihre Namen zu erinnern. Regelmäßig schlich sich ein schwaches Gefühl von Angst ein. Angst davor, wie es werden würde, wenn das Projekt erst einmal fertig war. Die Wochen vergingen wie im Flug.

Manchmal kamen Li und Anila dazu, um ihre Hausaufgaben zu erledigen. Ich hätte mir denken können, dass es in eine Tratschrunde ausarten würde. Es war mir ein Rätsel, wie Anila, während sie über Schuhe und Kostüme quatschte, ihre Hausaufgaben fein säuberlich erledigen konnte.

***

Das größte Thema war diese Woche die Halloween-Party, die am kommenden Samstag vor der Tür stand. Überall in Westby wurden Plakate und Girlanden aufgehängt sowie Kürbislaternen positioniert und alle redeten über Kostüme. Die heißeste Frage auf *Westby Nobilitas* war, mit wem die Kingstons wohl zur Party gehen würden. Da Matt mit Aileen hingehen würde, was allen klar war, lag der Fokus eher auf Nate und Aaron. Auch ich fragte mich, in wessen Begleitung Nate wohl auf der Party erscheinen würde. Still hoffte ich, dass es nicht Eris wäre. Jeder anderen hätte ich es mehr gegönnt als ihr. Zwar hatte er sich anfangs wie ein Idiot verhalten, aber er war in den letzten Wochen trotzdem höflich, wenn auch distanziert zu mir gewesen.

Es war ein Wunder, dass noch niemand wusste, dass Aaron mit mir zur Halloween-Party gehen würde.

Ich hatte es bisher nicht einmal Li und Anila erzählt, obwohl ich es mir vorgenommen hatte. Ich war sicher, dass eine von beiden es posten würde. Besonders Li verbrachte jede freie Sekunde auf dieser Plattform und war immer bestens informiert. Ein Gutes hatte es ja, denn so bekam selbst ich mit, was gerade aktuell war, und das, obwohl ich selbst kein Smartphone hatte. Wenn Li etwas besonders interessant vorkam, bekamen Anila und ich sogar eine Sprachnachricht von ihr.

***

An diesem Mittwochmorgen war ich voller Tatendrang. Aaron und ich hatten schon einiges herausgefunden und heute wollte ich damit beginnen, eine grobe Zeitleiste zusammenzustellen. Anhand dieser würde ich dann meine Ausarbeitung verfassen. Ich wollte Ms Cornellis beweisen, dass ich mehr war als ein naives Bauernhofmädchen ohne Eltern, aber vor allem wollte ich es mir selbst beweisen. Die Unterrichtsstunden am Vormittag vergingen rasend schnell. In der großen Mittagspause setzten Anila, Li und ich uns an einen Fenstertisch in der Mensa. Ausnahmsweise schien heute einmal die Sonne. Seit ich in Westby angekommen war, war es beinahe die ganze Zeit trist und grau gewesen, aber an diesem Tag war es anders. Das Sonnenlicht brach sich in den Fensterscheiben und warf eigentümliche Muster auf die Tische. Dennoch merkte man, dass Halloween unmittelbar vor der Tür stand, was nicht zuletzt an den vielen Kürbisgerichten lag, die es seit Tagen in der Mensa gab. Irgendwas musste mit dem Inhalt der Kürbislaternen schließlich passieren.

»Ich freue mich ja auf die Party, aber ich bin froh, wenn Halloween vorbei ist. Ständig diese Kürbispasteten.« Li stocherte genervt in ihrer Pastete herum. Das Ergebnis war nicht besonders appetitlich, passte aber thematisch durchaus zu Halloween.

»Ach, Li, jetzt hör doch mal auf damit, du verdirbst uns noch den Appetit«, sagte Anila. Missmutig sah Li auf. Irgendwas stimmte ganz und gar nicht mit ihr. Anila wusste offensichtlich mehr, wollte ihr Wissen aber nicht offenlegen und versuchte abzulenken.

»Also, Alpha, dein Kostümproblem könnten wir lösen. In meiner Heimat habe ich Bauchtanz gelernt und meine Mum hat mir wohl eines der Tanzkostüme eingepackt, für den Fall, dass man es hier auch machen kann. Es ist superschön und müsste dir ungefähr passen. Falls nicht, hat Li noch ein sexy Robin Hood-Kostüm vom letzten Jahr. Das heißt, kostümtechnisch hast du die Wahl.«

»Danke, dass ihr noch mal nachgesehen habt. Meine Grandma war nicht besonders begeistert, als ich sie gefragt habe, ob sie mir eine Gardine leiht.«

Anila schmunzelte, während sie ihre Pastete mit dem goldenen Besteck schnitt. Vermutlich waren Messer und Gabel mehr wert als mein gesamtes Hab und Gut.

Selbst beim Essen machte sie eine gute Figur, aber das taten wohl alle hier, wenn man in diesem Moment mal von Li absah, die nach wie vor ihr Essen verstümmelte. Zwangsläufig dachte ich an das Weihnachtsessen bei meiner Grandma und verwarf den Gedanken, Anila und Li dazu einzuladen. Sie waren zwar meine Freundinnen und ich hatte nicht den Eindruck, dass es sie scherte, woher ich kam und dass ich weder reich noch adelig war, aber zwischen dem Bauern, dem Metzger, dem Bäcker und der Floristin aus dem Dorf würden sie sich vermutlich nicht besonders wohlfühlen.

»Habt ihr eigentlich mittlerweile eine Verabredung für die Halloween-Party am Samstag?«, fragte ich in die Runde und hoffte, dass ich nicht die Einzige war.

»Nein, ich zumindest nicht, aber ich hoffe, dass ich in meinem Kostüm nicht tanzpartnerlos bleiben werde. Hast du etwa eine?«, fragte Anila neugierig und brachte Li so dazu, von ihrer Matschpastete aufzusehen.

Jetzt musste ich es ihnen sagen.

»Ja, irgendwie schon, aber es ist kein Date. Es ist eine zwanglose Verabredung unter Freunden.«

Li und Anila sahen sich überrascht an.

»Na los, wer ist es? Nate?« Meine beiden Freundinnen sahen mich gespannt an und Li legte sogar ihre Gabel zur Seite.

Ich schüttelte den Kopf und machte mich auf ein paar Warnungen bezüglich meiner Tanzpartnerwahl gefasst. Zwar wussten sie, dass wir uns seit Wochen trafen, aber von dem Herzklopfen, das dabei entstanden war, hatte ich ihnen nichts erzählt. Sie waren keine großen Fans und misstrauten ihm nach wie vor.

»Na ja, Aaron holt mich vor der Party um 20 Uhr bei meiner Grandma ab.«

Die Pupillen der beiden weiteten sich deutlich, sie waren schockiert.

»Was, du gehst mit Aaron hin? Wie hat sich das denn ergeben?«

»Wir arbeiten doch seit ein paar Wochen zusammen an meiner Hausarbeit. Einmal sind wir danach noch ins Kino und was essen gegangen. Er ist ganz in Ordnung, wenn man ihm näherkommt.« In der Sekunde, nachdem ich es ausgesprochen hatte, bereute ich meine Wortwahl auch schon. Ich hatte zwar versucht entspannt und gleichgültig zu klingen, aber ich war noch nie eine begnadete Schauspielerin gewesen.

»Ihr seid euch *nähergekommen*? Was heißt das? Wie viel näher? Ihr habt doch nicht etwa ...?«

Lis Ausdruck war eine Mischung aus Schock und Eifersucht. Das war also ihr wunder Punkt. Sie hatte kein Date für die Party.

»Um Gottes willen, Li! Doch nicht so, wie du denkst. Wir sind als Freunde ausgegangen und nicht als Date. Es ist nichts passiert.«

Unweigerlich schoss mir die Erinnerung an die spannungsgeladenen Momente der letzten Wochen durch den Kopf. Besonders oft dachte ich in letzter Zeit an unseren Beinahe-Kuss vor meiner Haustür. Ein Kribbeln legte sich auf meine Haut. Ich hatte gewollt, vielleicht sogar gehofft, dass er mich küssen würde, und doch hatte ich mich zusammengerissen. Seitdem hatte es einige Situationen gegeben, in denen ich kurz davor gewesen war, Aaron zu küssen. Seine Anziehung auf mich wurde mit jedem Lächeln und jedem seiner Witze größer und schwerer zu ignorieren. Aber wir arbeiteten immer noch zusammen an dem Projekt und ich hatte die Befürchtung, dass es zwischen uns komisch werden könnte, wenn ich meinen Gefühlen jetzt nachgab. Das verschwieg ich natürlich, genau wie die Rettungsaktion von Nate. Ich wusste noch genau, wie es sich angefühlt hatte. Jetzt, wo die Angst weg war, blieb nur die Erinnerung an Nates feste Umarmung. Wieso hatte er mir geholfen? Er war mir seitdem wieder aus dem Weg gegangen und hatte alle meine Versuche, mit ihm zu reden, abgeschmettert.

»Da du noch lebst, kann er ja so schlimm nicht sein. Habt ihr über Linsey gesprochen?«, unterbrach Li meine Gedanken.

Li war neugierig geworden, aber noch immer war ihr Ton von Neid geprägt.

»Nein, er hat am Anfang nur kurz angedeutet, dass er beeindruckt war, dass ich trotz des Gerüchts mit ihm ausgehe. Er sah ein bisschen niedergeschlagen aus, da wollte ich dann doch nicht weiter drauf rumhacken.«

Li und Anila nickten beide. »Ja, vermutlich wäre das etwas unsensibel gewesen. Und du vertraust ihm?«

Es war die Frage aller Fragen, die mir Anila gerade stellte. Vertraute ich ihm wirklich? Oder ignorierte ich unterbewusst Alarmsignale, weil irgendwas an ihm mich magisch anzog? Ich hatte keine Antwort, was die Zerstreutheit in mir nur noch verstärkte.

»Ich denke schon. Wenn man erst mal etwas mehr über ihn weiß, bekommt man, glaube ich, einen ganz guten Eindruck davon, wie er tatsächlich ist.«

Mein Blick schweifte durch den Raum und blieb an Nate hängen, der mit Billy, Matt und Aaron an einem Tisch in der Nähe saß. Im Gegensatz zu Aaron, der mich anlächelte, als er mich sah, ignorierte Nate mich wieder. Was war nur mit ihm los? Aaron stand von seinem Platz neben Nate auf und kam zu uns herüber. Anila guckte im ersten Moment etwas überrascht, als er sich auf den leeren Platz neben ihr setzte. So saß er mir direkt gegenüber.

»Es tut mir leid, wenn ich euch so auf die Pelle rücke. Ich wollte nur kurz in

Erfahrung bringen, ob unsere liebe Alpha hier mittlerweile ein Halloweenkostüm hat.«

Aaron lächelte charmant in die Runde und zumindest Li musste er irgendwie beeindruckt haben.

»Ja, hat sie, aber wir verraten dir nicht welches. Dann hätte sie ja gar keinen großen Auftritt mehr. Und als was gehst du?«

Li warf Aaron laszive Blicke zu. Es war offensichtlich, dass er auch auf sie äußerst anziehend wirkte. Sie gab sich, als hätte sie die Gerüchte über ihn niemals ausgesprochen. Sie verhielt sich plötzlich wie ausgewechselt.

»Wenn ihr mir nichts verratet, dann verrate ich es euch auch nicht. Nicht dass mein großer Auftritt dann hinfällig ist. Ich wollte nur sichergehen, dass sie wirklich kommt.« Er lächelte Li charmant an, was mich zugegeben nicht ganz kaltließ. Ein winziger Hauch von Eifersucht überkam mich, verflog aber fast so schnell, wie er gekommen war.

»Ich werde auch da sein, vielleicht lässt sich ja ein Tanz einrichten.« Dass Li eine Meisterin der Verführung war, war nicht zu übersehen.

Ich war ein bisschen neidisch auf sie. Nicht weil sie mit Aaron flirtete, sondern eher darauf, dass sie so selbstbewusst war. Gut, vielleicht auch ein bisschen, weil sie mit Aaron flirtete. Es war nur natürlich, dass Männer ihr verfielen. Wie schnell sie ihre Prinzipien und Warnungen verwarf, überraschte mich dennoch.

»Bestimmt lässt sich da was machen.« Aarons Blick wanderte zu mir.

Er wollte sehen, wie ich auf die Flirterei mit meiner Freundin reagierte. Ich versuchte mir möglichst nichts anmerken zu lassen. Diese Genugtuung wollte ich ihm nicht verschaffen. Mehr als ein scharfes Lächeln und eine hochgezogene Augenbraue bekam er von mir nicht. Er wusste, wie gut er aussah, aber ich würde ihm so leicht nicht verfallen. Dafür müsste er sich ein wenig mehr anstrengen. Zumindest versuchte ich mir das einzureden.

»Ich denke, ich sollte wieder rübergehen. Wir sehen uns nach dem Unterricht in der Bibliothek. Ich freue mich darauf.« Aaron zwinkerte frech und bekam von Li zum Abschied noch ein verheißungsvolles »Und ich mich erst«, obwohl ihr klar sein musste, dass er mich gemeint hatte.

Anila hingegen hatte ihre Prinzipien und vor allem ihre Skepsis ihm gegenüber nicht so bereitwillig über Bord geworfen wie Li.

»*Und ich mich erst?* Li, du kannst doch nicht so schamlos mit Aaron flirten, er ist Alphas Date!«

»Reg dich ab, Anila, das war nur eine harmlose Verabredung zum Tanz. Aaron ist so geheimnisvoll. Wir können Alpha doch nicht einfach mit ihm allein lassen, ohne auch nur das Geringste über ihn zu wissen. Wir wären schlechte Freundinnen, wenn wir das täten. Und außerdem ist er ja gar nicht ihr Date. Wie nanntest du es noch gleich? *Eine zwanglose Verabredung unter Freunden.*« Li grinste, man sah ihr an, dass Aaron ihr Interesse geweckt hatte. Sie würde nichts anbrennen lassen, da war ich mir sicher.

Ich versuchte mir einzureden, dass es mir nichts ausmachte, da zwischen uns noch nichts Richtiges gelaufen war und Li nicht wusste, wie sehr ich mich zu ihm hingezogen fühlte, aber ein kleiner Teil meines Unterbewusstseins war eifersüchtig. Ich hätte ihnen davon erzählen sollen.

***

Nach dem Essen holte ich noch schnell die blaue Tiffany-Tüte mit den Kostümen aus dem Zimmer von Anila und Li.

»Danke schön. Ohne euch müsste ich als ich selbst oder als Gardine zu der Party gehen.«

Die beiden lachten.

»Das konnten wir dir und den anderen nicht antun, du wärst der langweiligste Partygast aller Zeiten«, scherzte Li und ich konnte mir ein Lächeln nicht verkneifen. Sie war meine Freundin, aber würde unsere neue Freundschaft einen jungen gut aussehenden Mann, den wir beide anziehend fanden, überleben?

***

Nachdem der Unterricht an diesem Tag beendet war, machte ich mich direkt auf den Weg in die große Bibliothek. Jedes Mal, wenn ich durch die Eingangstür in die galerieartige Halle trat, schwang mein Blick zu dem van Gogh-Gemälde. Ich lächelte und ging durch die weiten Räume voller Bücherregale, die kein Ende zu haben schienen. In dem kleinen Raum mit den historischen Büchern über Antira angekommen setzte ich mich auf den Stuhl am Ende des Tisches und breitete mein Material aus.

Obwohl Aaron und ich schon seit einiger Zeit an meiner Strafaufgabe arbeiteten, konnte ich mir noch immer nicht merken, wo die richtigen Bücher standen. Er hingegen brauchte das Regal nicht einmal ansehen, um zu wissen, wo er fand, wonach er suchte. Jedes Mal, wenn er ein Buch einfach herauszog, zog ich ihn mit seinem fotografischen Gedächtnis auf und jedes Mal hatte er einen anderen originellen Konter parat. Es hatte sich zu einem Selbstläufer entwickelt, der uns beiden Spaß machte. Mit jedem Treffen freute ich mich mehr über seine Hilfe und jedes Mal, wenn er lachte, huschte ein leichtes Kribbeln durch meinen Bauch.

Meine ausgearbeiteten Notizen lagen ordentlich gestapelt vor mir und warteten nur auf Aarons hämische, aber durchaus hilfreiche Kommentare. Ich nahm meinen grünen Schal ab und legte ihn gefaltet auf den Tisch.

Als es an der Tür klopfte, musste ich grinsen.

»Seit wann machst du dir die Mühe und klopfst an?«

Die Tür öffnete sich langsam und ohne einen Laut zu machen.

»Eigentlich immer. Das ist ein Zeichen von Höflichkeit.«

Als ich die blonde Mähne erblickte, stand ich unweigerlich auf. Die Tür fiel leise klickend ins Schloss.

»Nate, was tust du hier?«

»Aaron schickt mich. Er musste dringend zu seinem Vater.«

Aaron war nicht der Typ, der einen einfach versetzte, so viel hatte ich schon herausgefunden. Es musste etwas Wichtiges sein, wenn er so schnell wegmusste, ohne etwas zu sagen.

»Hat er gesagt weshalb?«

Nate kratzte sich nachdenklich am Hinterkopf und brachte damit seine perfekt sitzende Frisur durcheinander.

»Nein, nur dass er sich später bei dir meldet.«

»Ich hoffe, dass nichts Schlimmes passiert ist«, gab ich zurück.

»Ja, das hoffe ich auch.«

Es wurde peinlich still im Raum. Es schwebte so viel Unausgesprochenes zwischen uns, dass keiner wusste, wie er anfangen sollte. Besonders lehrreich würde dieser Nachmittag wohl nicht werden.

Nate räusperte sich und machte ein paar Schritte auf mich zu. Mit jedem Schritt breitete sich ein lieblich holziger Duft in meiner Nase aus, sein Geruch.

»Es tut mir leid, Alpha. Wirklich.«

Ich verschränkte die Arme, um eine Distanz zwischen uns zu schaffen. Doch es gelang mir nicht.

»Was genau tut dir leid?«

»Ich weiß, dass du Antworten willst, und glaub mir, die will ich auch. Noch kann ich dir aber nicht geben, was du verlangst. Nicht, solange ich nicht vollkommen sicher bin. Denn es würde absolut alles ändern.«

»Was meinst du mit *alles*, Nate?«

»Mein Leben, dein Leben, das Leben aller Menschen in Antira, das, was zwischen uns ist, einfach alles.«

Ich wusste nicht, worauf er hinauswollte oder eher worauf er eben nicht hinauswollte. Er schien das Gefühl zu haben, mich vor etwas beschützen zu müssen, doch wovor?

»Was meinst du mit *das zwischen uns*, was ist denn zwischen uns? Du ignorierst mich, beleidigst mich, um mich dann vor irgendeinem unheimlichen Verfolger zu retten? Ich bin jedenfalls total durcheinander.«

Er strich mir sanft eine Haarsträhne aus dem Gesicht.

»Ja, das verstehe ich. Ich wünschte, du würdest mir glauben, wenn ich dir sage, dass ich es für dich getan habe und nicht, um dich zu verletzen. Ich dachte, es wäre besser für dich, wenn wir nicht zusammen gesehen werden. Einfach, um dich nicht noch mehr in die Schusslinie derer zu rücken, die es auf dich abgesehen haben.«

Es machte mich wütend, wie er meinen Fragen auswich. Wenn er mir nicht sagte, weshalb ich in Gefahr war, wie sollte ich mich dann schützen? Zumal seit Freitagabend nichts weiter vorgefallen war.

»Meine Güte, Nate! Es ist total ehrenhaft, dass du mich vor einer mir unbekannten Gefahr beschützen möchtest, aber solange du mir nicht sagst, was hier eigentlich los ist, ist es wohl besser, wenn du dich einfach von mir fernhältst.«

Meine eigenen Worte versetzten mir einen Stich. Ich mochte Nate, aber ich hatte nur diese eine Möglichkeit, wenn ich nicht weiter verletzt werden wollte. Ich trat einen Schritt zurück und wandte mich meinem Stapel Notizen zu. Gerade als ich sie zurück in meinen Rucksack stecken wollte, spürte ich, wie Nates Hand sich auf meine Schulter legte. Wärme durchfuhr mich. Das Gefühl glich beinahe dem Trinken eines heißen Tees an einem kalten Wintertag.

»Ich bitte dich, Alpha.«

Ich drehte mich schlagartig um, denn der Tee in meinem Inneren drohte überzukochen.

»Worum bittest du mich, Nate? Worum?«

»Geh mit mir zum Halloweenfest.«

Damit hatte ich nicht gerechnet, besonders nicht, nachdem er mir so überaus deutlich gemacht hatte, dass er mich für ungeeignet hielt diese Veranstaltung zu besuchen.

»Wenn das ein Scherz ist, dann ist er nicht lustig. Erst sagst du mir, dass ich hier nicht hineinpasse und nicht hingehen sollte. Eben sagst du mir, dass du es für sicherer hältst, wenn wir nicht gemeinsam gesehen werden. Und nun fragst du mich nach einem Date?«

»Ja, ich schätze, das kann man so sehen. Aber ich glaube nicht, dass ich mich weiter von dir fernhalten kann, so wie du es verlangst. Bitte begleite mich.«

»Nein, das geht nicht.« Ich trat zum Tisch zurück und schaffte es dieses Mal, meine Notizen in meinen Rucksack zu stecken. Nate lehnte sich gegen den Tisch und fuhr sich mit der Hand durch die blond glänzenden Haare.

»Aaron, richtig?«

Ich nickte zaghaft.

»Ja, er war schneller als du. Und im Gegensatz zu dir ist er kein Idiot. Er ändert nicht ständig seine Verhaltensweisen mir gegenüber. Tut mir leid.«

»Das ist meine eigene Schuld. Wenn ich mir nicht vorgemacht hätte, dass es besser wäre, wenn man uns nicht miteinander in Verbindung bringt, wäre ich jetzt vielleicht an seiner Stelle. Wer weiß, wohin das führt.«

Seiner Stimmlage war eine Mischung aus Sorge und Eifersucht zu entnehmen. Dachte er dabei an Aarons Ruf?

Ich war mir mittlerweile mehr als sicher, dass dessen Mahagonibettpfosten nicht eine Kerbe schmückte. Er war witzig, aufrichtig, hilfsbereit und charmant. Außerdem sah er unverschämt gut aus mit seinen dunklen Haaren und den durchdringenden smaragdfarbenen Augen. Bei dem Gedanken daran, wie er mich bei unserer Verabredung angesehen hatte, durchfuhr mich ein warmer Schauder. Beinahe hätte er mich geküsst und insgeheim bereute ich es immer noch, dass ich es nicht zugelassen hatte. Diesen Fehler würde ich nicht wiederholen.

»Ich mag ihn, Nate.«

»Ich mag ihn auch, aber ich weiß, wie er sein kann. Wenn ich mit meiner Vermutung über dich recht habe, dann solltest du aufpassen, wem du was über dich erzählst. Sei einfach vorsichtig, Alpha. Nicht dass du verletzt wirst.«

»Schließt das dich nicht mit ein?«

Nate lachte, was den Ernst und die angespannte Situation der letzten Minuten vergessen ließ.

»Prinzipiell schon. Allerdings bin ich der mit den Geheimnissen, zumindest momentan noch.«

»Okay und ganz theoretisch gefragt … Wie bekomme ich dich dazu mir das große, weltbewegende Geheimnis über mich zu verraten?«

Ich hielt meinen Ton sarkastisch, damit sich die Situation nicht weiter anspannte. Mir war durchaus bewusst, dass Nate nicht vorhatte mir etwas zu sagen. Jedenfalls noch nicht. Aufgeben wollte ich trotzdem nicht und so wartete ich gespannt auf seine Antwort, denn ich war im Gegensatz zu ihm noch immer der Meinung, dass ich sehr wohl ein Recht darauf hatte, es zu erfahren.

»Rein theoretisch könntest du mit mir ausgehen, heute Abend zum Beispiel.«

»Das ist Erpressung.« Ich lachte, denn sein Versuch, Aarons Arroganz zu imitieren, war kläglich.

»Nein, das ist staubtrockene Theorie. Ich habe bereits offenbart, dass ich gerne mit dir ausgehen würde.«

Das hatte er, nachdem er mich rücklings überrumpelt hatte, damit mich mein Verfolger nicht sah. Allerdings galt mein erster Gedanke Aaron, was würde er davon halten, wenn ich mit Nate ausging? Würde es ihn überhaupt interessieren?

»Ich sollte darüber nachdenken. Gib mir ein bisschen Zeit, okay?«

Wenn er Zeit von mir einforderte, dann war es mein gutes Recht, es ihm gleichzutun. Ich war mir nicht sicher, ob es eine gute Idee war, mit ihm auszugehen, in Anbetracht meines unüberschaubaren Gefühlschaos. Eine solche Verabredung könnte entweder meine Gefühlswelt in Ordnung bringen oder – was viel wahrscheinlicher war – sie endgültig durcheinanderbringen.

»Ja, natürlich. Ich schätze, dir ist nicht mehr nach Recherche, oder?«

»Nein, nicht so richtig. Tut mir leid.«

Erst jetzt wurde mir bewusst, dass er eigentlich nur hergekommen war, um mit mir zu reden. Nate hätte mit Sicherheit Wichtigeres zu tun, als hier mit mir zu lernen. Dinge, die zukünftige Könige eben so taten. Bündnisse schließen oder wichtig aussehenden Leuten bei öffentlichen Auftritten die Hand schütteln.

»Mir ist, nachdem ich jemanden als Idioten betitelt habe, auch nie nach Lernen.«

Mir war gar nicht aufgefallen, wie ausfallend ich geworden war. Als ich es realisierte, lief ich rot an.

Er zwinkerte mir zu, was meine peinliche Berührtheit noch etwas steigerte.

Ich nahm meinen Rucksack und warf ihn mir über die Schulter.

»Dann sehen wir uns morgen im Unterricht.«

»Bis morgen, Alpha«, antwortete Nate knapp.

***

Ich machte mich auf den Weg zum Ausgang der Bibliothek. Die Schüler, an denen ich schnellen Schrittes vorbeilief, starrten mich mit großen Augen an.

Als ich das galerieartige Foyer durchquerte, vernahm ich noch einmal Nates Stimme.

»Warte!«

Ich drehte mich um, aber da hatte er mich bereits eingeholt. Egal was ich erwartet oder gehofft hatte, aber in diesem Moment stand da einfach nur ein junger Mann, der mir meinen grünen Schal zurückbrachte.

»Den hast du vergessen.«

»Danke.«

Draußen holte mich das spätherbstliche Wetter ein. Ich schlang mir meinen weichen Schal um den Hals und atmete den vertrauten Geruch von Regen und feuchtem Gras ein.

KAPITEL 10

Ich lief eine Allee entlang. Laub fiel von den Bäumen, es war Herbst. Ich kam von der Schule. Steve Carrey, der heißeste Typ des Jahrgangs, hatte mich um eine Verabredung gebeten, ich hatte eine gute Note in Mathe bekommen und in ein paar Tagen war Halloween. Dieser Tag hätte der beste Tag meines jungen Lebens werden sollen, doch er änderte alles. Ich nahm einen Umweg. An dem kleinen Starbucks in der Church Street machte ich halt und holte zwei heiße Schokoladen mit Zimt. So mochten wir sie am liebsten. Dann ging ich weiter, an dem kleinen roten Hydranten und dem mit Graffiti besprühten Postkasten vorbei und bog ab in die Millton Street. Etwas war anders.

Es roch eigenartig verbrannt. In meinem Kopf schrillten die Alarmglocken. Ich rannte los, kam dem Büro meiner Mutter immer näher und doch bewegte ich mich nicht von der Stelle. Ich sah, wie uniformierte Einsatzkräfte mühsam eine mit einem weißen Laken bedeckte Trage die Stufen hinuntertrugen. Eine verbrannte Hand ragte unter dem Laken hervor, die Fingernägel waren rot lackiert. Ich schrie, aber niemand hörte mich. Der süße Duft der heißen Schokolade verschmolz mit dem ekelerregenden Geruch von verbranntem Fleisch. Ich drückte die Becher zusammen und während ich versuchte zu der Trage zu kommen, lief die dampfend heiße Flüssigkeit über meine Hände und steckte sie in Brand. Die Flammen breiteten sich über meinen gesamten Körper aus und verbrannten ihn gänzlich. Nach und nach zerfiel ich zu Asche und niemand hörte meine Schreie. Hasserfüllte Schreie voll Schmerz und Schuld. Meine Schreie verstummten erst, als von mir nichts mehr übrig war und meine Asche sich leise im Wind verteilte.

***

Ich schreckte schweißgebadet auf. Diesen Albtraum hatte ich seit dem Tod meiner Mutter oft, obwohl seine Häufigkeit in den letzten Wochen deutlich abgenommen hatte. Meine Therapeutin meinte damals, mein Unterbewusstsein mache sich selbst Vorwürfe, weil ich erst am Büro angekommen war, als es bereits zu spät war. Vielleicht hatte sie recht, vielleicht war ich aber auch einfach nur traumatisiert von dem Anblick der verbrannten leblosen Hand meiner Mutter. Ich sah auf meine linke Hand. Nur eine kleine Narbe verriet, dass ich mich damals tatsächlich an der heißen, nach Zimt duftenden Schokolade verbrannt hatte. Seitdem hatte ich keine mehr angerührt. Immer, wenn Panik in mir aufstieg, nahm ich den Geruch von heißer Schokolade mit Zimt und verbrannter Haut wahr – wie ein Fluch, der mich immer wieder einholte. Nichts ließ darauf schließen, dass sich daran jemals etwas ändern würde.

Als ich aufstand und die kleine Lampe auf der Kommode neben meinem Bett anschaltete, fiel mein Blick auf den Wecker. 3:31 Uhr nachts. In vier Stunden würde ich schon wieder aufstehen müssen.

Ein Quietschen drang von draußen ins Zimmer und lockte mich zum Fenster. Langsam zog ich meine Gardine zur Seite. Draußen war es stockdunkel. Gerade als ich die Gardine wieder zuziehen wollte, leuchtete ein kleines Licht auf dem Hof auf. Ich konnte nicht erkennen, was es war oder woher es kam. In den Kopf schoss mir aber direkt ein Gedanke: Feuer. Ich eilte die Treppe hinunter, durch die Küche in die Scheune. Ich nahm einen alten Eimer und füllte ihn schnell mit Wasser. Als ich durch die Scheunentür auf den Hof treten wollte, bemerkte ich, dass die Tür bereits offen stand. Sie war nur leicht angelehnt und nicht abgeschlossen. Wie war das möglich?

Langsam öffnete ich die Tür und es erklang erneut ein Quietschen. Es war jemand im Haus gewesen. Den Griff des Eimers umklammerte ich mit aller Kraft. Als ich auf den Hof trat, war nichts zu erkennen außer dem kleinen Licht, das ich schon vom Fenster aus gesehen hatte. Ich konnte nicht direkt ausmachen, woher es genau kam, und ging einfach darauf zu. Dabei hielt ich den Eimer fest vor der Brust umklammert, als wäre er das Einzige, was mich in diesem Moment noch retten könnte.

Meine Schritte wurden schneller und schneller, sodass das Wasser überschwappte und ich nass wurde.

Der nächtliche Herbstwind und mein triefender Schlafanzug ließen mich frösteln. Barfuß lief ich durch das feuchte Gras der Weide, bis ich bei der kleinen Lichtquelle ankam. Vor meinen Füßen lag eine flackernde Taschenlampe. Was machte sie hier? Ich hob sie auf und leuchtete vorsichtig die Umgebung ab. Obwohl weit und breit niemand zu sehen war, fühlte ich mich beobachtet. Es war wie an dem Abend mit Aaron, nachdem wir das Kino verlassen hatten.

Ich spürte die Augen meines unsichtbaren Verfolgers in meinem Nacken.

Als ich hinter mir ein Knacken vernahm, ließ ich den nur noch halb vollen Eimer fallen und rannte zurück zum Hof. In der Scheune angekommen knallte ich die Tür hinter mir zu und schob den Riegel vor.

Ich lief von Tür zu Tür, um nachzusehen, ob alle Türen verriegelt waren, aber keine war offen. Fast schon paranoid zog ich alle Vorhänge zu und lief ins Wohnzimmer. Selbst die Tür zwischen Küche und Scheune hatte ich abgeschlossen. Der verbrannte Geruch, der sich immer in meine Nase stahl, wenn ich Panik bekam, wurde stärker.

Nicht ausflippen, Alpha.

Als ich im Wohnzimmer eine kleine Lampe anmachte, hielt ich den Atem an.

Nicht ausflippen, Alpha!

Auf dem Boden lagen die Papiere und Fotos verteilt, die sich sonst in den violetten Pappkartons unter der Treppe befanden. Offenbar hatte der Einbrecher etwas Bestimmtes gesucht. Bargeld oder Wertsachen waren sicher nicht sein Ziel gewesen.

***

Nachdem ich meine Grandma geweckt hatte, rief ich die Polizei. Zwei übermüdet aussehende Polizisten und ein Mann von der Spurensicherung aus Wirden trafen nach ungefähr einer halben Stunde bei uns ein, sicherten den Tatort und nahmen unsere Aussagen auf.

»Und Sie sind sicher, dass Sie niemanden gehört oder gesehen haben?«

»Ich bin ganz sicher. Ich bin aufgewacht, weil ich ein Quietschen gehört habe. Als ich aus dem Fenster sah, fiel mir das seltsame Licht auf. Ich hatte es fälschlicherweise für Feuer gehalten, deshalb bin ich rausgerannt. Es war aber niemand zu sehen.«

Der große schlaksige Polizist fragte mich das jetzt schon zum dritten Mal. Man sah ihm an, dass er in letzter Zeit wenig geschlafen hatte. Unter seinen traurig aussehenden grauen Augen stachen seine dunklen Tränensäcke deutlich hervor.

»Okay, das wäre dann alles. Vielen Dank für Ihre Kooperation, wir müssen abwarten, in welche Richtung sich die Ermittlungen nun entwickeln. Halten Sie alle Türen und Fenster verschlossen. Heute Nacht wird Ihr Einbrecher es sicher nicht noch einmal versuchen. Gute Nacht.«

Die Leute von der Polizei verließen unser Haus und ließen uns mit der unheilvollen Unordnung zurück. Während wir aufräumten, stellte ich den Fernseher an, damit diese unheimliche Stille uns nicht erdrückte. Immer wieder kam mir Nate in den Sinn und ich wurde das Gefühl einfach nicht los, dass er mehr wusste, als er zugab.

»Grandma, was glaubst du, weswegen der Einbrecher hier war?«

Meine Grandma brachte gerade einen Stapel Dokumente wieder in die richtige Reihenfolge, als ich ihr diese Frage stellte. Sie hielt kurz inne, als müsste sie die Worte ihrer Antwort weise wählen.

»Ich weiß es nicht, Kind. Es gibt Dinge zwischen Himmel und Erde, die wir nicht verstehen.«

Ich wusste, dass sie log. Doch warum? Gab es ein schmutziges Familiengeheimnis, von dem ich nichts wissen sollte? Vielleicht war mein Vater ein Krimineller, ein Drogenbaron oder ein Waffenhändler. Natürlich waren meine Befürchtungen völlig aus der Luft gegriffen, was ich auf die beängstigende Situation und die daraus resultierende Übermüdung schob. Ich sah meine Grandma an und fragte mich im Stillen, seit wann wir Geheimnisse voreinander hatten, früher hatten wir uns alles erzählt. Seit ich denken konnte, gab es nur uns drei. Grandma, Mum und mich, aber eine echte Vaterfigur hatte ich nie gehabt. Alle, die es versucht hatten, waren kläglich gescheitert.

Letztendlich hatte ich in dieser Nacht keine Kraft mehr, um nach der Wahrheit zu suchen.

Als ich mich zurück in mein Bett legte, rechnete ich nicht mehr damit einzuschlafen, und doch sank ich für den Rest der Nacht in einen tiefen traumlosen Schlaf.

KAPITEL 11

Der nächste Tag begann furchtbar. Ich kam kaum aus dem Bett. Die letzte Nacht war viel zu kurz ausgefallen. Der Einbruch erschien mir wie ein Hirngespinst, was sich mit einem Blick auf mein Handy jedoch schlagartig änderte. Matt, Anila und Li hatten mich mit SMS bombardiert, in denen sie mich nach dem Einbruch und meinem Befinden fragten. Offenbar hatte der Einbruch in ein kleines Farmhaus in Westby es in die Internetnachrichten geschafft. Aaron hatte sogar mehrfach versucht mich anzurufen. Nur Nate hatte sich nicht gemeldet.

Ohne irgendjemandem zu antworten, warf ich das Handy in meinen Rucksack, machte mich fertig und ging in die Küche. Der Duft von frischem Kaffee stieg mir in die Nase.

Eigentlich trank Grandma keinen Kaffee, aber harte Nächte erforderten harte Maßnahmen.

»So schlimm?«, fragte ich und deutete auf die dampfende Tasse in ihrer Hand.

Ich nahm die Kanne und goss mir ebenfalls eine Tasse ein.

»Du hast ja keine Ahnung«, gab Grandma zurück. Ihr waren die Strapazen der letzten Nacht ebenso deutlich anzusehen wie mir.

Ich zog eine Augenbraue hoch und verzog den Mund zu einem gequälten Grinsen. »Doch, ich schätze schon«, sagte ich.

Grandma sah auf. Ihre sonst so fröhlichen Augen wirkten müde und ihre dunkelgrauen Haare waren unfrisiert. Insgesamt sah sie älter aus als sonst.

»Vermutlich hast du recht.«

Grandma hatte den Artikel, den auch schon meine Freunde gelesen hatten, auf ihrem Tablet vor sich auf dem Tisch liegen. Ich zog es zu mir hinüber und setzte mich.

»Mädchen überrascht Einbrecher auf frischer Tat. In der Nacht von Mittwoch auf Donnerstag kam es zu einem Einbruch auf der Grodir Farm in Westby. Laut Zeugenaussagen wurde nichts gestohlen. Vermutlich konnte die mutige Enkelin der Eigentümerin dies gerade noch verhindern, denn sie verfolgte den Eindringling noch meilenweit«, las ich laut vor.

Grandma nahm einen kräftigen Zug aus ihrer Kaffeetasse und verzog den Mund. »Entweder einer der Polizisten oder einer unserer direkten Nachbarn hat geredet. Die Polizisten wollten sie ja noch befragen.«

»Ich tippe auf Ms Greengras, sie hat doch zu allem was zu sagen.«

Grandmas Lippen formten sich zu einem müden Lächeln. Ms Greengras war die örtliche Floristin. Ich mochte sie wirklich, sie war eine ganz zauberhafte Person, zu der man immer mit seinen Problemen gehen konnte. Sie hatte die außergewöhnliche Fähigkeit, auf alles eine passende Antwort zu haben. Allerdings musste man mit dem Preis leben, denn ihr Mundwerk war mindestens genauso offen wie ihr Ohr.

Ich trank einen winzigen Schluck Kaffee und machte mich auf den Weg zur Schule. Das Wetter hatte sich seit der letzten Nacht nicht verändert. Es war kalt und nass. Der Herbstwind wehte den blauen Rock meiner Schuluniform regelmäßig hoch, was das Radfahren nicht unbedingt vereinfachte. Trotz der dicken schwarzen Strumpfhose froren meine Beine. Wie würde das nur im Winter werden?

Als ich mir vorstellte, wie ich in diesem wirklich kurzen Rock durch den Schnee watete, begann ich zu zittern. Wenn der Gedanke an heiße Schokolade mit Zimt keine Übelkeit bei mir auslösen würde, wäre er vermutlich hilfreich gewesen.

***

Der Unterricht verlief einigermaßen normal. Natürlich hatte jeder von dem Einbruch der letzten Nacht gehört. Es wurde wild getuschelt und getratscht und ständig wurde ich von wildfremden Leuten gefragt, wie es mir ginge.

Gerüchte verbreiteten sich in Westby wirklich wie ein Lauffeuer. Li und Anila hatte ich nur kurz gesehen, denn bis auf Geschichte hatten wir an diesem Tag keinen gemeinsamen Unterricht.

Nach der Schule trafen wir uns zu dritt in der Bibliothek. Ich wollte weiter für meinen Aufsatz recherchieren und Anila und Li hatten sich vorgenommen an ihren Hausaufgaben zu arbeiten. Statt jedoch ihre Hausaufgaben zu machen, malte Li kostümierte Figuren in ihren Louis Vuitton-Planer.

»Ich frage mich, als was Aaron sich wohl verkleidet. Hat er es dir eigentlich mittlerweile gesagt, Alpha?«

»Nein, er verrät nichts. Aber ich zweifle nicht daran, dass es ausgefallen sein wird.«

Ich hatte mir seit unserem letzten Treffen tatsächlich wenig Gedanken über die Halloween-Party gemacht. Genau genommen hatte ich noch nicht einmal die Kostüme anprobiert, die mir die beiden gegeben hatten.

»Es ist egal, was er trägt, er wird in jedem Fall auffallen. Er kann doch gar nicht anders«, sagte ich.

Meine Gedanken wanderten zu Aarons violettem Mustang und entlockten mir ein leises Lächeln. Er konnte einen auch überraschen, wenn er wollte.

»Sag niemals nie. Nachher kommt er in einem schlichten schwarzen Anzug als James Bond.«

»Aber selbst darin würde er den meisten Jungs hier die Show stehlen. Die sind doch keine Konkurrenz für ihn.«

Warum interessierte sich Li plötzlich so für Aaron? Sie und Anila waren es doch, die mich so eindringlich vor ihm und seiner unwiderstehlich dunklen Seite gewarnt hatten.

»Ja, vermutlich hast du recht«, sagte ich und versuchte nicht weiter drüber nachzudenken. Als ich mich wieder dem Buch vor mir widmen wollte, begann Li weitere Fragen zu stellen.

»Hast du gar keine Angst, dass eure Kostüme nicht zusammenpassen und ihr nicht als Paar erkannt werdet?«

»Nein, Li, wir gehen nur als Freunde hin. Aber selbst wenn es anders wäre, könnte er sich als das verkleiden, was er möchte.«

»Ach ja, genau. Da war ja was. Angenommen, er fände jemanden, mit dem er sich mehr als Freundschaft vorstellen könnte, dann wäre das doch sicher kein Problem für dich, oder?«, fragte sie mit einem leicht provokanten Unterton.

Was sollte das hier eigentlich werden?

Seit wann stand Li auf Aaron? Ich konnte es ihr eigentlich nicht verübeln und doch tat ich es. Aaron war freundlich, zuvorkommend und attraktiv. Natürlich war er auch selbstverliebt und ein bisschen arrogant, aber das hatte für mich wenig Einfluss auf seinen Sexappeal.

Auch Anila schien die Richtung, die dieses Gespräch annahm, nicht zu gefallen. Sie versuchte abzulenken, wofür ich ihr in diesem Moment sehr dankbar war.

»Wie war das eigentlich mit dem Einbruch heute Nacht? Das muss doch total unheimlich gewesen sein.«

»Das war's auch. Ich muss zugeben, dass die Zeitung ganz minimal übertrieben hat, was meinen Einsatz oder Mut angeht. So richtig begriffen, dass bei uns jemand eingebrochen ist, habe ich erst, als ich wieder im Wohnzimmer stand.«

»Und weshalb bist du dann um diese Uhrzeit überhaupt nach draußen gelaufen?«

Anilas Neugierde war berechtigt, denn bisher hatte ich ihnen noch nichts über den Tod meiner Mum erzählt. So konnte sie von meiner Paranoia in Bezug auf Feuer und der damit verbundenen panischen Angst nichts wissen. In diesem Augenblick wollte ich das aber auch nicht ändern, dafür schwirrte mir im Moment zu viel anderes im Kopf herum. Ich musste unbedingt mit Nate sprechen. Er wusste bestimmt etwas darüber und jetzt, wo es wirklich ernst wurde, musste er es mir erzählen.

»Ich dachte, es brennt. Ich hatte ein flackerndes Licht gesehen, was sich allerdings als Taschenlampe herausgestellt hat. Der Einbrecher muss sie fallen gelassen haben.«

Obwohl ich die Situation etwas entschärft dargestellt und nichts über meine Gefühlslage verraten hatte, fühlte ich mich, als hätte ich ihnen gerade mein größtes Geheimnis offenbart.

Anilas Blick war eine Mischung aus Bewunderung und Mitleid. Li hingegen kritzelte weiterhin unbeeindruckt in ihrem Planer herum. Ich konnte nicht sagen, was mir in diesem Moment mehr missfiel.

»Das klingt, als hättest du vorgehabt die Heldin zu spielen. Steht Aaron auf so was? Hat er sich eigentlich danach bei dir gemeldet und bekundet, wie beeindruckt er von deiner leichtsinnigen Verfolgungsaktion ist, oder ist er mehr der Typ, der sich dann in seiner Männlichkeit gekränkt fühlt?«, fragte Li plötzlich in die jäh entstandene Stille hinein.

Was war nur in sie gefahren?

Ich hatte keine Lust, mich vor ihr rechtfertigen zu müssen, für nichts. Es war offensichtlich, dass sie wegen Aaron eifersüchtig war.

»Li, ich weiß nicht, was mit dir los ist oder was das hier werden soll, aber ich will mich nicht mit dir streiten.«

Ihr Gesichtsausdruck verhärtete sich. Trotzig pfefferte sie den Stift auf den Tisch und stand auf.

»Du fragst dich allen Ernstes, was los ist? Seit du hier bist, hat sich alles geändert. Aus irgendwelchen unerfindlichen Gründen stehen die Jungs auf dich. Ich weiß nicht, woran es liegt, vielleicht an deinem Ruf, aber wohl kaum an deinem durchschnittlichen Aussehen. Ach, und übrigens, dein Ruf färbt ab. Bevor wir zusammen rumgehangen haben, war ich beliebt und begehrt, die Jungs haben mir hinterhergesehen, aber jetzt? Jetzt sind Anila und ich bloß noch deine Anhängsel. Ich will nicht wie C & C sein. Ich wünschte, wir hätten uns nicht angefreundet!«

Autsch, das tat weh und ich wusste nicht, was ich darauf antworten sollte. Ich war erst ein paar Wochen an der Westby, obwohl es sich nicht mehr neu anfühlte. Die Wochen waren an mir vorbeigezogen wie die Vögel, die sich nun auf den Weg in ihr Winterquartier machten, und ich war froh gewesen Freunde gefunden zu haben. Zum ersten Mal hatte ich das Gefühl dazuzugehören. Ich hatte meine Barriere ein Stück weit fallen lassen, da ich dieses Mal nicht direkt wieder umziehen musste. Mir war nicht bewusst, dass Li so über mich dachte, und augenblicklich fragte ich mich, wie es dazu gekommen war. Tränen stiegen mir in die Augen, ihre Worte trafen mich genau dort, wo sie es sollten. Ohne ein Wort zu sagen, stand ich ebenfalls auf und warf meine Sachen in den Rucksack, die Unordnung war mir in diesem Augenblick herzlich egal. Ich sah noch einmal in Lis wütendes Gesicht und nickte stumm. Anila war so perplex, dass sie dasaß wie versteinert. Ohne ein weiteres Wort verließ ich den Raum in der Bibliothek, in dem ich mich bisher so sicher gefühlt hatte.

***

Der Weg zu meinem Spind kam mir elendig weit vor, aber ich musste die Bücher, die ich für meine Hausaufgaben brauchte, noch holen. Als ich die Spindtür öffnete, fiel mein Blick auf den kleinen Spiegel im Inneren der Tür. Die Tränen hatten meine Wimperntusche verschmiert und meine helle Haut wirkte noch blasser als sonst. Ich wischte die Ränder in den Ärmel meiner Bluse und griff schnell nach den Büchern. Beim Herausziehen fiel ein kleiner Briefumschlag auf den Boden. Schluchzend hob ich ihn auf und riss vorsichtig den Verschluss auf. Auf dem edlen Papier stand nur ein Satz.

GEH, SO LANGE DU NOCH KANNST!

Ich flüsterte ihn leise vor mich hin und mit jedem Wort durchfuhr mich ein Schaudern. Das war definitiv eine Drohung. Mein erster Verdacht fiel auf Li. Diesen Gedanken verwarf ich aber direkt wieder, unsere Auseinandersetzung war noch keine halbe Stunde her. Oder hatte sie ihn schon vorher durch die Lüftungsschlitze in meinen Spind gesteckt? Das konnte und wollte ich mir einfach nicht vorstellen. Sie war sauer und eifersüchtig, aber das machte sie noch nicht zu einem schlechten Menschen. Mein zweiter Verdacht fiel auf meinen mysteriösen Verfolger.

Wieder hatte ich das unheimliche Gefühl, beobachtet zu werden. Ich wusste, dass ich paranoid wirken musste, und doch würde ich diese Empfindung nicht so bald loswerden. Langsam sah ich mich um, doch die Flure waren leer. Ich ärgerte mich über mich selbst, dass ich mich so leicht aus der Ruhe bringen ließ. Die Spindtür schloss ich mit einem kräftigen Schlag, der vermutlich meiner aktuellen Laune geschuldet war. Ich wollte einfach nur noch nach Hause und ging schnellen Schrittes um die Ecke, auf die Treppe zu. Immer noch in Gedanken lief ich in jemanden hinein und fiel zu Boden.

»Pass doch auf!«, motzte ich, während ich auf dem Boden kniend all meine Sachen wieder in den Rucksack zurückstopfte.

»Tut mir leid, ich habe dich nicht gesehen.«

Meine Augen weiteten sich, als ich die Stimme erkannte und aufsah. Matt streckte mir seine Hand entgegen, um mir aufzuhelfen. Sein Blick war freundlich, obwohl ich ihn gerade so angeblafft hatte, weshalb sich direkt mein schlechtes Gewissen meldete. Neben ihm stand eine boshaft dreinschauende Aileen. Na klasse.

Trotz ihres tödlichen Blickes griff ich nach seiner Hand und ließ mich schwungvoll zurück auf die Beine ziehen.

»Nein, es war meine Schuld, ich war in Gedanken. Tut mir leid, heute ist nicht mein Tag.«

»Ja, das kenne ich. Manchmal gibt es Tage, an denen man glaubt, dass man nirgends hingehört.«

Er wusste gar nicht, wie recht er hatte.

»Das ist wahr. Danke noch mal.«

»Kein Problem. Mach's gut, Alpha.«

Ich lächelte gezwungen zum Abschied und ging zu der großen protzigen Treppe. Auf den ersten Stufen hielt ich inne und drehte mich noch einmal zu Matt und Aileen um.

»Ach, Matt, kannst du Nate bitte sagen, dass er sich dringend bei mir melden soll? Es ist wirklich wichtig«, rief ich ihnen hinterher.

Matt drehte sich kurz um. »Klar, richte ich ihm aus.«

Dann legte er seinen Arm um Aileens Schultern und die beiden verschwanden in einen anderen Korridor.

***

Zu Hause versuchte ich mich mit aller Kraft auf andere Gedanken zu bringen. Ich machte meine Hausaufgaben extra gründlich, sortierte die Wäsche und räumte die Küche auf. Doch nichts half. Meine Gedanken kreisten ununterbrochen um Aaron, Nates Geheimnis, den Einbruch, Li und den Brief. Während ich das Badezimmer putzte, erklang ein leises Klingeln. Ich zog mein Handy aus der Hosentasche, in der Hoffnung, dass es Li war, doch es war Cosmo.

»Hey, Rivers, was gibt's?«

»Van Aerssen, ich habe gute und schlechte Nachrichten für dich. Was willst du zuerst hören?«

»Definitiv die guten, das brauche ich jetzt.«

»Du bekommst in den nächsten Tagen ein Schreiben. Ich habe dich, so gut es geht, aus der Einbruchgeschichte rausgeboxt. Du musst nur eine geringfügige Geldstrafe zahlen. Die ist aber nicht hoch genug, um in dein Führungszeugnis aufgenommen zu werden. Du kommst also mit einer Verwarnung davon.«

Das waren tatsächlich die besten Neuigkeiten, die er mir an diesem furchtbaren Tag hätte überbringen können. Ein Stein fiel mir vom Herzen. Immerhin blieb meine Weste so nun offiziell weiß.

»Oh, Gott sei Dank! Danke, Cosmo. Vielen, vielen Dank.«

»Jetzt übertreib mal nicht. Ich habe nur meinen Job gemacht. Und wo wir gerade bei Einbrüchen sind, ich habe von einem Einbruch bei einer Farm in Westby gehört und einer überaus mutigen Enkelin, die den Einbrecher verfolgt hat. Das warst nicht zufällig du, oder?«

»Doch, heute Nacht, aber ich war nicht wirklich überaus mutig. Als ich rausgerannt bin, wusste ich noch gar nicht, dass es einen Einbruch gegeben hat. Das habe ich erst gesehen, als ich wieder reinkam.«

Für einen kurzen Augenblick herrschte Stille zwischen uns.

»Mach das nie wieder, Alpha. Du bringst dich noch selbst in ernsthafte Gefahr.«

»Es war keine Absicht, ich dachte, es brennt draußen, aber es war nur eine Taschenlampe.«

»Wurde die Taschenlampe der Polizei übergeben?«

»Ja, sie wird jetzt auf Spuren untersucht.«

»Okay, das ist gut. Ich werde die Ermittlungen mal im Auge behalten.«

»Und was war die schlechte Nachricht?«

»Das Kennzeichen der Maschine, die dich verfolgt hat, gehört zu einer dunkelroten Harley Davidson Street ROD.«

»Und?« Ich ahnte, dass die Sache einen Haken hatte.

»Die Maschine wurde vor Wochen als gestohlen gemeldet. Der Besitzer ist ein Roger Ferguson. Kennst du ihn?«

»Nein, noch nie gehört.«

»Das habe ich mir gedacht. Ferguson gehört zu den engsten Beratern von Adalmar Kingston, dem König von Antira. Die ersten beiden Buchstaben sind den Regierungsmitgliedern und der königlichen Familie in Antira vorbehalten, weshalb ich relativ schnell einen Treffer gelandet habe.«

Ich schluckte. Die Maschine, die mich verfolgte, gehörte einem Berater von Nates Vater. Damit war Nate mir nun definitiv eine Antwort schuldig.

***

Den restlichen Nachmittag verbrachte ich damit, darüber nachzudenken, mit welchen Argumenten ich Nate überzeugen konnte mir zu sagen, was los war.

Nummer 1: Ich werde verfolgt.

Nummer 2: Jemand ist bei uns eingebrochen und hat unsere privaten Dinge durchwühlt.

Nummer 3: Die Drohung aus meinem Spind.

Nummer 4: Der Verfolger fuhr das Motorrad eines engen Beraters von Nates Vater.

Nummer 5: Geheimniskrämerei ist scheiße.

Im Kopf ging ich diese Liste immer wieder durch und suchte nach der logischsten Reihenfolge. Ich hatte mir vorgenommen offen zu ihm zu sein, wenn er offen zu mir war. Sonst hatte eine Freundschaft zwischen uns keine Chance.

Nach dem frühen Abendessen machte ich mich auf den Weg in den Stall. Ich wollte ausmisten und neues Heu vom Boden holen.

Nachdem ich mit der ersten Box fertig war, griff ich zu der vollen Wasserflasche auf dem Putzkasten und nahm einen kräftigen Schluck. Das Wasser war erfrischend nach dieser schweißtreibenden Arbeit. Als ich hörte, wie die Stalltür sich leise öffnete, bekam ich Panik und warf meine Flasche intuitiv in ihre Richtung. Meine müden Arme griffen automatisch zu der spitzen Mistgabel, die an der Boxentür lehnte.

Nate konnte der fliegenden Flasche gerade noch ausweichen, ihrem Inhalt allerdings nicht. Das weiße eng anliegende T-Shirt, das er unter der offenen Sweatshirt-Jacke trug, war ziemlich nass geworden und klebte nun halb durchsichtig an seinem trainierten Oberkörper. Wie gelähmt stand ich auf der Stelle und starrte ihn an.

»Du kannst die Heugabel jetzt runternehmen. Okay?«

»Was?«, fragte ich irritiert.

»Die Heugabel, die du auf mich richtest. Es wäre toll, wenn du sie ablegen könntest.«

Langsam löste sich mein Blick von den Muskeln, die sich unter seinem durchscheinenden Shirt mehr als deutlich abzeichneten, und glitt zu der Mistgabel in meiner Hand. Lässig versuchte ich sie zurück an die Box zu lehnen.

»Oh, ja natürlich, tut mir leid. Ich hatte nur nicht mit Besuch gerechnet.«

»Matt meinte, dass ich mich bei dir melden soll.«

»Ja, das ist wahr. Ich wusste nicht, dass du direkt herkommen würdest. Ich dachte da mehr an anrufen oder etwas in die Richtung.«

»Es war nicht meine Absicht, dich zu erschrecken. Matt sagte nur, dass es dringend sei. Deswegen bin ich nach dem Fechttraining direkt zu dir gefahren.«

»Alles okay, du hast mich nicht erschreckt. Ich war nur überrascht.«

Das war eine glatte Lüge und ich war sicher, dass er es bemerkt hatte.

Seit dem Einbruch zuckte ich bei jedem noch so leisen Geräusch, das aus den Ecken unseres Hauses drang, zusammen. Ganz schön anstrengend, wenn man bedachte, dass die Gebäude auf unserem Hof um die hundertfünfzig Jahre alt waren und es ständig irgendwo rauschte, klapperte oder quietschte.

»Verzeih mir, aber du siehst nicht aus, als würde es dir gut gehen«, sagte Nate und machte ein paar Schritte auf mich zu. Sein Blick fiel auf das Stroh, das in meinen Haaren hing. Als er es sachte herauszog, berührte seine warme Hand meine Wange. Mein Körper zuckte unter seiner Berührung zusammen. Augenblicklich zog er seine Hand zurück und steckte sie in die Hosentasche seiner Jeans.

»Mir geht es gut. Es war nur etwas viel in letzter Zeit.«

Nate nickte verständnisvoll. Er ging zu der Mistgabel, die ich zuvor auf ihn gerichtet hatte, zog seine Jacke aus und hängte sie an einen der Strickhaken. Er nahm die Mistgabel in die Hand und betrat die zweite, noch unfertige Box. Wieder stand ich nur da und starrte ihn an.

Was machte er da nur?

»Was ist jetzt? Je eher wir hier fertig werden, desto eher können wir in Ruhe reden. Ich vermute, dass ich nicht hier bin, weil du mich um eine Verabredung bitten möchtest. Zumindest hätte Matt dann nicht von Dringlichkeit gesprochen.«

Nate versuchte seine Worte humorvoll klingen zu lassen, aber den ernsten Unterton konnte er nicht verbergen. Er wusste genau, was ich wollte.

Ich nickte und griff nach der älteren, nicht ganz so stabilen Mistgabel, die für gewöhnlich hinter der Stalltür stand.

»Der Mist und das Stroh müssen auf die Schubkarre. Alles muss raus auf den Misthaufen hinter der Scheune. Schaffst du das?«

Nate lachte und schüttelte den Kopf. »Meinst du, ob ich das schaffe oder ob ich damit klarkomme?«

Verlegen zuckte ich mit den Schultern. »Ich weiß ja nicht, wie viel Erfahrung du mit solch gefährlichem Gerät wie der Mistgabel hast.«

»Ahh, daher weht der Wind. Du zweifelst daran, dass ich mir als Prinz die Hände schmutzig machen kann. Na dann pass mal auf.«

Nate versuchte die Anstrengung zu verbergen, die das Aufladen und Wegfahren des Mistes verursachte. Die glänzenden Schweißperlen auf seiner Stirn verrieten ihn aber. Zugegeben, ich war überrascht, dass er so bereitwillig und ohne zu murren mit anpackte. Auch der Geruch schien ihm nichts auszumachen. Er wirkte fast so, als hätte er nie etwas anderes gemacht.

In der Zwischenzeit war ich dazu übergegangen, frisches Stroh vom Heuboden zu holen.

Nate lehnte gut gelaunt an der Boxentür. Vor ihm stand die leere Schubkarre. »So, ich bin fertig, was kommt als Nächstes?«

Wie konnte man an so einem beschissenen Tag wie diesem nur so motiviert sein?

»Einstreuen, dann sind wir fertig.«

Die letzten Handgriffe liefen wie geschmiert. Ich holte das Futter und wusch noch schnell die Tränken aus, während Nate das Stroh wild in den Boxen umherwarf. Er schien seinen Spaß damit zu haben und entlockte mir damit ein Schmunzeln.

Schließlich ließen wir uns in einen weichen Heuhaufen sinken. Mit dem Rücken lehnten wir uns an die Boxenwand und verschnauften einen Augenblick.

»So, jetzt reden wir.«

Nate nickte und stand auf. »Okay, du hast recht, wir sollten reden.«

Als er dann mit einer eleganten Bewegung sein feuchtes T-Shirt über den Kopf zog, klappte mir die Kinnlade runter. Nate, der Prinz von Antira, stand in diesem Moment oberkörperfrei bei uns im Stall. Meine Augen wanderten von seinem Gesicht immer wieder zurück zu seiner trainierten Brust. Er sah stark aus, aber nicht bullig. Sein Bauch war flach und fein definiert. Kurz kam mir der Gedanke in den Sinn, aufzustehen und ihn zu berühren, nur um zu sehen, ob er wirklich echt war. Seine gesamte Ausstrahlung strotzte nur so vor Kraft und Selbstbewusstsein. Ich schüttelte meinen hochroten Kopf, um wieder einen klaren Gedanken fassen zu können.

Denk an die Liste, Alpha!

Ich zwang mich meinen Blick abzuwenden und versuchte krampfhaft mich an die Liste zu erinnern. »Punkt 1. Ich werde verfolgt, Punkt 2. –«

»Ist alles in Ordnung bei dir?«, unterbrach Nate mein undeutliches Genuschel. Das Lächeln, das auf seinen Lippen lag, war geradezu schelmisch. Ihm war mein Starren nicht entgangen.

»Ja klar, ich war nur nicht darauf vorbereitet, dass du lieber nackt reden möchtest. Das ist doch sehr ungewöhnlich.«

Nate kam langsam auf mich zu, bis er letztendlich direkt vor mir stand. Mein Gesicht befand sich auf der Höhe seines Bauchnabels. Hätte ich mich nur ein wenig nach vorn gebeugt, dann hätte meine Nase seinen Bauch berührt. Ich saß wie versteinert im weichen Heu. Als er sich über mich beugte, lehnte ich mich, soweit es ging, an die Wand hinter mir und hielt den Atem an. Meine Augen wanderten seine Brust entlang, bis ich in sein grinsendes Gesicht sah, das nun direkt über mir war.

Dann zog er seine Jacke von dem Haken an der Wand und machte ein paar Schritte zurück. Beim Ausatmen entfuhr mir versehentlich ein beruhigter Seufzer.

»Ich wusste gar nicht, dass ich dich so nervös mache.«

»Tust du auch nicht. Es ist nur … ich … Warum hast du das überhaupt gemacht?«

Nates Gesichtsausdruck spiegelte Belustigung und Freude über meine Reaktion. Er genoss seine Wirkung geradezu. Langsam streifte er seine graue Sweatshirt-Jacke über seinen nackten Oberkörper und zog den Reißverschluss hoch. Dabei ließ er mich keine Sekunde aus den Augen.

»Ich musste aus dem nassen Shirt raus, denn ich habe keine Lust, vor der Halloween-Feier krank zu werden.«

Das klang zwar einleuchtend und dennoch hörte es sich gleichzeitig wie eine faule Ausrede an. Nate setzte sich neben mich ins Heu und zog langsam etwas kleines Braunes aus der Tasche seiner Jacke. Es war ein Notizbuch, verziert mit goldenen Schnörkeln und einem ledernen Band. Die Ränder wellten sich und es verströmte einen wunderbar alten Geruch.

Er hielt mir das alte Notizbuch geöffnet vor die Nase. Nates Gesichtsausdruck wurde ernst.

»Jetzt reden wir.«

KAPITEL 12

Erschrocken sprang ich ruckartig aus dem Heu.

Um ein Haar wäre das alte Notizbuch, das Nate mitgebracht hatte, von meinem Schoß in den Dreck gefallen, doch Nate war schneller.

»Das ist ein verdammter Scherz, oder?«, fragte ich.

Nates Ausdruck war ernst. Seine Augen hingen an meinen. Egal wie oft ich in den letzten zwei Stunden versucht hatte, ihnen auszuweichen, sie fanden meine immer wieder.

»Sehe ich etwa aus, als mache ich Scherze?«

»Nein, tust du nicht.«

»Ich mache für gewöhnlich auch keine so unangebrachten Scherze.«

Für einen Moment zuckten seine Mundwinkel und seine Mimik wurde weicher. In der nächsten Sekunde hatte sich sein Gesicht jedoch wieder in sein Pokerface verwandelt.

»Das kann unmöglich wahr sein! Ich kann unmöglich die Nichte des Königs von Gelaria sein!«

»Das Tagebuch von Gren van Aerssen legt dies aber nahe«, sagte er und wedelte mit dem braunen Notizbuch vor meiner Nase herum. »Er hat deine Mutter geliebt, Alpha. Das steht alles hier drinnen. Wie er sie kennengelernt hat, wie er sich in sie verliebte, alles. Er ist dein Vater, du trägst seinen Namen. Deine Mutter trug seinen Namen. Das würde so vieles erklären. Eure ständigen Umzüge oder das spurlose Verschwinden von Gren nach dem Attentat auf seinen Bruder, König Royland. Deine Mutter muss gewusst haben, dass du in Schwierigkeiten geraten könntest, wenn davon jemand erfahren hätte.«

Er hatte recht, es passte perfekt. Zu perfekt. Wer war ich, Aschenputtel?

Meine Mum und ich waren tatsächlich oft umgezogen, aber das lag an ihrem Job als selbstständige Architektin. Obwohl ich nie wirklich daran gedacht hatte, konnte unser Nachname nur bedeuten, dass meine Mutter einmal verheiratet gewesen war. Daran, dass sie den Bruder des Königs von Gelaria geheiratet haben könnte, konnte ich einfach nicht glauben. Ich wäre die Nichte des Königs. *Ich wäre wie Aaron,* schoss es mir durch den Kopf.

»Gut, nehmen wir an, ich wäre die Tochter von Gren van Aerssen. Was würde das ändern? Soweit ich weiß, gibt es Gelaria nicht mehr. Wozu also das Theater?«

»Oh, ich sehe, die Nachhilfestunden meines Cousins haben gefruchtet. Wie viel weißt du über Antira und Gelaria?«

»Nicht viel, so weit sind wir eigentlich noch nicht. Er hatte es nur mal erwähnt.«

»Am dritten Weihnachtstag, dem 27. Dezember 1999, wurde König Royland auf einem öffentlichen Empfang von einem Soldaten seiner Leibgarde erschossen. Der Gardist wurde nicht gefunden. Zwei Tage später verschwand Gren van Aerssen, der Bruder des Königs, also dein Vater, spurlos. Er hätte die Thronfolge angetreten, wenn er nicht verschwunden wäre. Royland war ein sehr junger König, er hatte noch keine Kinder, die das Amt übernehmen konnten, und er war noch nicht verheiratet, nur verlobt.«

»Hat man noch mal von Gren gehört, nachdem er verschwunden ist?«

Nate schüttelte den Kopf und lehnte sich kaum merklich nach vorn. Mit seinem Zeigefinger begann er feine Linien in den Staub zu ziehen, der den Boden bedeckte. Ein Stammbaum.

»Nein, weitere zwei Tage nach dem Verschwinden deines Vaters hat das Parlament von Gelaria die Handlungsunfähigkeit des Landes erklärt. Am Tag darauf, dem 1.1.2000, wurde der Vertrag zur Sicherung der Unabhängigkeit von Gelaria geschlossen. Und da kommst du ins Spiel.«

Der letzte Name, den Nate in den Stammbaum schrieb, war meiner:

Alpha van Aerssen

Ich kniete mich vor Nate auf den Boden. Der Staub auf meiner Hose und das Stroh in meinen Haaren machten mir nichts aus, aber müsste es das nicht, wenn ich die war, für die Nate mich hielt? Mit meinem kleinen Finger zog ich eine leichte Linie unter meinen Namen. Dabei berührte ich seinen Zeigefinger, der auf dem letzten Buchstaben meines Nachnamens verweilte. Ein Stromschlag durchzuckte mich, es war beinahe wie ein Zeichen.

»Alpha, wenn du die Tochter von Gren van Aerssen bist, dann bist du es, die den Vertrag erfüllen kann. Du bist es, die ein Anrecht auf den Thron von Gelaria hat. Du bist es, die Gelaria wieder in die Unabhängigkeit führen könnte.«

Nate brach ab, doch ich wusste, dass es nicht alles war, was er zu sagen hatte.

»Und es gibt sicherlich eine Menge Leute, die es nicht so toll fänden, wenn Gelaria wieder eigenständig werden würde«, beendete ich seine Ausführungen.

Ich sah in seinen Augen, dass ich ins Schwarze getroffen hatte. Sein Blick war beinahe mitleidig.

»Deswegen sind sie hinter dir her, Alpha.«

»Wer ist hinter mir her?«

Nate antwortete nicht. Seine Augen waren starr auf mich gerichtet. Er schluckte schwer. Er wusste etwas.

»Nate, du weißt, wer es ist. Sag es mir. Bitte.«

»Das ist nicht so leicht, weißt du.«

Nate stützte sich am Boden ab und stand elegant aus dem Heu auf. Ehe ich mich versah, reichte er mir eine Hand. Ich nahm sie, dann zog Nate mich an sich. Er legte meine Hand auf seine Brust. Sein Herz schlug schnell und ließ Wärme in meine Finger kriechen.

»Erinnerst du dich an meinen Ratschlag, niemandem zu vertrauen? Du hattest mich gefragt, ob dieser Rat mich einschließt.«

Verwirrt nickte ich. Worauf wollte er hinaus?

»Ich nehme an, dass ich dein Feind bin«, sagte Nate und sah mir tief in die Augen.

»Du nimmst an mein Feind zu sein?«

Ich merkte, dass meine Ratlosigkeit mir deutlich ins Gesicht geschrieben stand. Schon immer war meine Gefühlswelt ein offenes Buch, für alle sichtbar. Meine Mum hatte früher immer sofort gewusst, wenn etwas los war. Ich brauchte nicht einmal versuchen etwas zu verheimlichen. Jedes Geheimnis, jede Lüge, jede Schwärmerei war mir an der Nasenspitze anzusehen.

»Matt und ich sind Zwillinge. Einer von uns wird einmal König von Antira werden, auch wenn unser Vater mich momentan bevorzugt. Als Antira die Regierungsgeschäfte für Gelaria übernommen hat, war Gelaria durch seine Handlungsunfähigkeit so geschwächt, dass dies die einzige Möglichkeit war, es zu retten. Mittlerweile kommt es immer wieder zu Aufständen innerhalb von Gelaria. Die Gelaren fordern ihre Eigenständigkeit zurück.«

»Du fürchtest, dass eine Spaltung die aktuelle Regierung schwach aussehen lassen könnte«, kombinierte ich.

»Nicht ich habe diese Befürchtung. Mein Vater hat sie. Ich denke, dass er hinter dem Einbruch und der Beschattung steckt.«

Und der Nachricht in meinem Spind, fügte ich in Gedanken hinzu, obwohl ich mir kaum vorstellen konnte, dass der antiranische König Briefchen in irgendwelche Spinde steckte. Da steckte vermutlich mehr dahinter, als ich zu diesem Zeitpunkt erahnen konnte.

Schon im nächsten Augenblick kam ich mir blöd vor, weil ich Li verdächtigt hatte. Am liebsten wäre ich rausgestürmt, hätte mich auf mein Rad geschwungen und wäre zu meinen beiden Freundinnen ins Internat gefahren, um ihnen alles zu erzählen. Aber das ging nicht. Li war sauer auf mich. Und außerdem waren es bisher nur Vermutungen, für die Nate die stichhaltigen Beweise fehlten.

»Aber was kann ich tun? Ich meine, ich habe keine Ahnung, wie ich in dieses Bild passen soll.«

»Das verstehe ich, das alles kommt sehr plötzlich für dich. Du wirst, ohne zu fragen, in eine Verantwortung gezogen, von der du noch nichts verstehst, aber ich glaube, dass du nur zwei Möglichkeiten hast.«

Mir wurde mulmig zumute. So musste sich ein Wal fühlen, der im Begriff war, gefangen zu werden. Hilflos und einsam.

»Welche wären das?«

Meine Frage klang vorsichtiger als beabsichtigt.

»Möglichkeit eins. Du könntest weitermachen wie bisher. Dann würdest du dich verstecken und wärst weiterhin auf der Flucht, bis du dich dafür bereit fühlst, dich alldem zu stellen.«

Bis dato war mir nicht bewusst gewesen, dass meine Mum und ich uns mein ganzes Leben lang auf der Flucht befunden hatten. Ab jetzt würde es gewiss so sein.

»Und Möglichkeit zwei?«

»Für Möglichkeit zwei bedarf es großen Mutes. Du müsstest den Titel anerkennen lassen und dich unseren Völkern offenbaren. Dann könnten wir alles Weitere regeln, du könntest vielleicht sogar regieren und Gelaria so zurück in die Selbstständigkeit führen.«

»Ich soll mich anerkennen lassen und ein Land regieren, über das ich überhaupt nichts weiß?«

Ich fühlte mich unsicher. Jetzt, wo ich Nates Geheimnistuerei verstand, wünschte ich, er hätte es mir nicht gesagt. Eigentlich war ich immer lieber die unauffällige graue Maus und nun sollte ich eine Regentin werden?

Das war doch alles Wahnsinn.

Er legte seine Hände sanft auf meine Schultern. Ein warmer Schauer durchflutete mich und eine Gänsehaut legte sich über meinen Körper. Geborgenheit flammte auf und ließ die Unsicherheit, die in mir aufgestiegen war, verblassen.

»Das ist viel, ich weiß. Ich möchte, dass du über beide Möglichkeiten nachdenkst.«

Zwei Möglichkeiten und keine von beiden gefiel mir besonders gut. »Aber, Nate, ich bin ein Niemand. Ich bin so normal wie jeder andere, den ich getroffen habe, bis ich hierhergekommen bin. Ich bin gerade erst achtzehn geworden, habe meine Mutter verloren und gehe auf eine Eliteschule, auf die ich nicht gehöre. Selbst Eris wäre eine vernünftigere Wahl.«

Nate schmunzelte leicht. Er streichelte sanft meine Wange und zog langsam ein weiteres Stück Stroh aus meinen Haaren. Das Schmunzeln wandelte sich zu einem Lächeln. Mit einer gekonnten Bewegung zwirbelte er eine meiner losen Strähnen um seinen Zeigefinger und strich sie hinter mein Ohr.

»Du bist kein Niemand, Alpha. Sag so etwas bitte nicht noch einmal. Und außerdem, wenn du ein Niemand wärst, dann wäre mein Vater nicht hinter dir her.«

Bevor ich etwas darauf erwidern konnte, legte Nate eine Hand auf meinen Rücken, zog mich ruckartig an seine Brust und küsste mich. Seine Lippen schmeckten süß und schienen die meinen mit jeder Bewegung zu streicheln. Der Kuss war anfangs sanft, fast schon unschuldig, doch dann wurde er fordernder. Er drückte mich mit dem Rücken gegen die Boxentür und ich klammerte mich an ihn. Ein gestöhntes Lachen entwich ihm und noch bevor ich rot werden konnte, vergrub er seine Hände in meinen Haaren. Wie lange war ich schon nicht mehr geküsst worden? Ich wusste es nicht und es war mir auch egal. Ich genoss die Nähe, die Wärme zwischen uns. Es lenkte mich ab von all den Offenbarungen, die mein Leben so nachhaltig verändern würden. Über die Konsequenzen würde ich mir später Gedanken machen, zumindest war das mein Plan, bis ein anderer Gedanke kam.

Aaron.

Ich stellte mir vor, dass es Aaron war, den ich da gerade küsste. Damit verflog die Schönheit des Moments und wurde durch ein schlechtes Gewissen ersetzt. Augenblicklich löste ich mich von Nate und schob ihn von mir.

»Es gibt eine dritte Möglichkeit!«, sagte er etwas außer Atem. »Ein Vaterschaftstest könnte ebenso ergeben, dass du nicht die Tochter von Gren van Aerssen bist und alles ein großer Irrtum war.«

Nate fasste sich an den Kopf. Seine blonden Haare saßen nun nicht mehr so perfekt. Noch immer spürte ich die Hitze in meinen Wangen.

»Glaubst du, eine Haarbürste reicht?«

Nate lachte und schüttelte seinen Kopf.

»Ich glaube, eine Zahnbürste ist zuverlässiger, was DNA angeht.«

***

Nachdem ich Nate meine in Frischhaltefolie verpackte Zahnbürste überreicht hatte, verließ er eilig den Hof. Gott sei Dank hatte Grandma eigentlich immer alles im Haus, so musste ich mir die Zähne jedenfalls nicht mit einem Schwamm putzen.

Ich legte mich in mein Bett und starrte an die Decke. *Das wird eine lange Nacht werden,* dachte ich. Dann schlief ich ein.

KAPITEL 13

Den ganzen Vormittag konnte ich an nichts anderes denken als an den vorangegangenen Abend mit Nate. Im Nachhinein wirkte er noch viel unwirklicher. Ich war der felsenfesten Überzeugung, dass der DNA-Test negativ ausfallen würde. Niemals könnte ich die Tochter eines Adligen sein. Das war mehr als unwahrscheinlich und doch stellte ich mir ständig vor, wie es wohl gewesen wäre, in einem Palast aufzuwachsen statt in immer wieder wechselnden miefigen Zweizimmerwohnungen. Gerne hätte ich meinen Freundinnen von dem gestrigen Abend erzählt, doch das ging nicht. Li war nach wie vor sauer auf mich und Anila versuchte sich weitestgehend rauszuhalten. Ich konnte sie verstehen, immerhin war Li ihre Mitbewohnerin.

Nachdem ich die anstrengenden Unterrichtsstunden mehr oder weniger erfolgreich überstanden hatte, setzte ich mich zum Essen in die prächtige Mensa. Ich hatte mir einen kleinen Ecktisch in Fensternähe ausgesucht, statt mich wie sonst an eine der längeren Tafeln zu setzen.

Um mich herum saßen jede Menge Schüler und beachteten mich ausnahmsweise nicht. Sie unterhielten sich über Baseball, aktuelle Kinofilme und die Hausaufgaben. Thema Nummer eins blieb jedoch die kommende Halloween-Party.

Aus jeder Ecke waren Wörter wie *Kostüm, Punsch* oder *Date* zu vernehmen. An einem der Cheerleader-Tische sah ich Aaron, Matt und Aileen sitzen. Die drei waren offenbar in eine hitzige Diskussion mit den anderen, viel zu knapp bekleideten, Mädchen vertieft. Li und Anila konnte ich jedoch nirgendwo entdecken. Auch Nate war nirgends zu sehen. Ich war ihm ein paar Mal auf dem Flur begegnet, aber er beachtete mich nicht. Es machte mich sauer, da ich dachte, wir wären über den ganzen Ich-schütze-dich-durch-Ignoranz-Mist hinaus. Auch auf meine SMS antwortete er nicht. Mich weiter damit zu beschäftigen, kostete mich momentan einfach zu viele Nerven. Also hatte ich beschlossen möglichst nicht mehr daran zu denken.

Gerade als ich meine Kürbiscremesuppe aufgegessen hatte und nach dem Erdbeermuffin griff, der mich unweigerlich an McMuffin erinnerte, stellte sich jemand vor meinen Tisch.

»Den solltest du lieber nicht essen, nachher passt du nicht mehr in dein Kleid, Aschenputtel.«

Diese Stimme verabscheute ich fast so sehr wie die von Ferkel. In den letzten Wochen hatte ich es erfolgreich geschafft, ihr aus dem Weg zu gehen. Es grenzte an Glück, dass sie bisher nicht die Chance gehabt hatte, mich öffentlich zu demütigen. In diesem Moment war meine Glückssträhne jedoch weitergezogen.

»Was willst du, Eris?«

Eris trug auch eines der äußerst freizügigen Cheerleader-Kostümchen von Westby. Ich hatte gar nicht mitbekommen, dass sie im Team war. Das Gleiche galt für C & C, die sich wie zwei Wachhunde im Karnevalskostüm neben Eris postiert hatten und schwiegen. Wenn man so darüber nachdachte, war das aber zu erwarten gewesen. Waren nicht alle schönen, biestigen und beliebten Mädchen in Cheerleaderteams? Abgesehen von Li, aber Ausnahmen bestätigen ja bekanntlich die Regel. Obwohl diese Attribute momentan auch auf sie zutrafen. Ich hoffte inständig, dass sie sich bald beruhigen würde.

»Mein Gott, jeder weiß mittlerweile, dass du leicht zu haben bist. Aber wirklich, sich gleich zwei Kingstons zu angeln ist mehr als billig.«

»Dann passe ich ja eigentlich ziemlich gut zu deinen platinblonden Extensions, die sind nämlich ebenfalls mehr als billig.« Da war es wieder. Das lose Mundwerk, das mich in meiner Vergangenheit in jede Menge Schwierigkeiten gebracht hatte.

Eris' Augen verengten sich zu Schlitzen. Sie lehnte sich auf meinen Tisch. »So, Schlampe, pass auf. Du lässt deine verdammten Wurstfinger von Nate, er ist viel zu gut für dich. Er ist ein Prinz und du bist nicht mehr als ein winziges Stückchen Dreck unter seinem Fingernagel. Daran solltest du dich langsam gewöhnen. Bleib lieber bei Aaron, er ist genauso unwichtig wie du.«

Eris machte eine Pause und sah mir in die Augen. Sie wollte meine Reaktion testen, also gab ich ihr genau, was sie wollte, eine Reaktion. Ich lehnte mich zurück, verschränkte die Arme, zog eine Augenbraue hoch und warf ihr einen Blick zu, der die Frage »Was sonst, Miststück?« beinhaltete. Über meine Lippen kam jedoch nur ein unbeeindrucktes »Aha«.

»Du bist ein elendes Nichts. Früher oder später wird Nate das auch merken und dann wird er dich wegwerfen wie ein benutztes Taschentuch. Er weiß genau, dass nur die Elite von seinen Eltern toleriert wird, und das zu Recht.«

Ihr Lächeln war süffisant, aber nicht so sehr wie das in meinem Kopf. Ich musste an den Abend mit Nate denken, an das, was er mir offenbart hatte. In diesem Moment wünschte ich mir, dass seine Annahme stimmte, einfach, um ihr eins auszuwischen. Aber das war völlig albern. Das Einzige, was am gestrigen Abend real gewesen war, real gewesen sein konnte, war der Kuss.

»Eris, ich habe ihn nicht darum gebeten, mich zu küssen. Er hat es aus freien Stücken getan und ich schätze, dass es ihm gefallen hat. Er scheint mich zu mögen, immerhin hat er mich zur Halloween-Party eingeladen. Aber was das angeht, kannst du ganz beruhigt sein, ich gehe mit Aaron. Wir Nichtsnutze müssen schließlich zusammenhalten. Wenn du Nate jetzt fragst, hast du vielleicht noch die Chance, sein Plan B zu werden.«

Eigentlich war mir das zu kindisch, aber manchmal konnte ich nicht alles einfach nur runterschlucken.

Ich wollte sie provozieren, auch wenn es mir leidtat, Nate dafür zu benutzen. Ihr sollte klar werden, dass es unklug war, mich zu reizen und dass ich niemand war, der das mit sich machen ließ. Diese Runde hatte ich gewonnen.

»Nur dass du es weißt, da bist du nicht die Einzige. Nate hat schon viele Mädchen geküsst. Damit bist du nur eine von vielen. Aber wenn du dich nicht von ihm fernhältst, sorge ich persönlich für deinen sozialen Tod.«

Sie lächelte gezwungen, als sie diese Worte sprach. Ich hatte es geschafft, sie zu verunsichern. Vermutlich war sie auch nur eines dieser Mädchen, die seit Ewigkeiten unglücklich in den Prinzen von Antira verliebt waren. Da konnte sie einem fast leidtun.

Mein Mitleid verflog in der Sekunde, in der sie ein Feuerzeug aus ihrer Rocktasche zog und meinen Muffin anzündete. Das kleine Gebäckstück fing an zu brennen. Rauch. Feuer. Mir stockte der Atem.

Der Geruch von heißer Schokolade mit Zimt und verbrannter Haut stieg mir wieder in die Nase. Panisch wollte ich nach dem Wasserglas greifen, doch Eris schob es auf die andere Seite des Tisches, sodass ich es nicht erreichen konnte. Irgendwie musste ich das Feuer doch löschen können?

In diesem Moment war ich mir sicher, dass ich sonst an meiner Panik ersticken würde. *Ersticken, natürlich.* Ich griff in meinen Rucksack, zog meinen grünen Baumwollschal heraus und warf ihn mit einer hektischen Bewegung über mein in Flammen stehendes Dessert. Nach einem Augenblick verzog sich der Qualm. Mein Blick wanderte von meinem Schal zu Eris und ihren Jüngern. Sowohl Eris als auch C & C lächelten triumphierend, was mich total wütend machte.

»Was sollte das denn? Bist du noch ganz dicht?«

Eris schob mir, ohne ein Wort der Reue, das Wasserglas zurück.

»Du solltest mir danken. So verbrennt man Kalorien richtig. Wir sehen uns auf der Party, Aschenputtel.«

Ohne ein weiteres Wort verließen Eris und C & C die Mensa. Ich spürte die erstaunten Blicke meiner Mitschüler auf mir. Nun war ich mir nicht mehr so sicher, ob ich tatsächlich gewonnen hatte.

***

Nach dem Unterricht war ich mit Aaron verabredet. Wir wollten an meinem Referat weiterarbeiten, das langsam eine vernünftige Gestalt annahm. Wenn es fertig war, würde ich Aaron zum Essen einladen, um mich zu bedanken. Das hatte natürlich gar nichts damit zu tun, dass er so überaus charmant war und meine Magengegend jedes Mal kribbelte, wenn er lachte.

Auf dem Weg in die Bibliothek kam ich unweigerlich durch den von Schülern dicht besiedelten Innenhof von Westby. Wenn der Unterricht vorbei war, trafen sich die Schüler, die im Internat wohnten, häufig hier. An Freitagen war der Innenhof für gewöhnlich leer, da fast alle Schüler das Gelände an den Wochenenden verließen, um etwas zu unternehmen.

Heute jedoch hielten sich viele Schüler dort auf, was vermutlich an der bevorstehenden Halloween-Party lag. Es wurde geschmückt, was das Zeug hielt. Die Schüler verteilten Lichterketten, Laternen und Lampions zwischen den Bäumen, die um den alten Brunnen herumstanden. Auf dem steinernen Beckenrand des Brunnens saßen ein paar Halloween-Kürbisse, wie sie bereits im ganzen Schloss verteilt waren. Die Location wirkte gemütlich, auch wenn die Stimmung mehr als unbehaglich für mich war.

Meine Mitschüler starrten mich offen an, tuschelten und kicherten. Ich konnte schwören, dass es dabei um Eris' Auftritt in der Mensa und meinen Kuss mit Nate ging. Es musste sich wie ein Lauffeuer verbreitet haben.

Normalerweise hatte ich wenig Probleme damit, wenn die Leute über mich sprachen. Nicht dass ich mich in den letzten Wochen daran gewöhnt hätte, denn das hatte ich nicht. Aber eigentlich interessierte ich mich nicht sonderlich für die Auffassungen, die andere von mir hatten. Nicht so in diesem Moment. Wenn sich mein Kuss mit Nate herumgesprochen hatte – und das hatte er mit Sicherheit –, dann würden auch Li, Anila und Aaron davon erfahren haben. *Westby Nobilitas* war immer up to date.

Li würde sich in ihrer neu gewonnenen Antipathie mir gegenüber bestärkt fühlen oder vielleicht sogar noch eifersüchtiger werden. Das wäre nicht besonders gut für unsere Freundschaft. Um Anila machte ich mir in der Hinsicht eher weniger Sorgen. Sie war eine zu gute Seele, um mich gleich zu verurteilen, zumindest nahm ich das an. Aaron hingegen bereitete mir Kopfzerbrechen. Unweigerlich begann ich mich zu fragen, wie er wohl reagiert hatte, als er es erfuhr, falls er es überhaupt schon wusste. Irgendwie hoffte ich, dass es ihm nicht egal war und er sich trotzdem noch genug für mich interessierte, um das Feld nicht zu räumen. Innerlich betete ich, dass die Stimmung zwischen uns genauso ungezwungen blieb wie bisher. Ich mochte Aaron und auch wenn ich es mir noch nicht ganz eingestand, waren meine Gefühle für ihn nicht bloß Schwärmerei. Ungeduldig wartete ich vor der Bibliothek. Als ich ihn zwischen den herbstlichen Bäumen des Innenhofes entdeckte, wie er den Weg in Richtung Bibliothek nahm, schlug mein Herz doppelt so schnell. Warum musste ich gerade heute so aufgeregt sein?

Als Aaron mich sah, verzogen sich seine Lippen schelmisch. Mit einer Hand strich er sich durch sein Haar, das in einem warmen, fast schwarzen Braun schimmerte. In der andern hielt er eine Pappe mit zwei Kaffeebechern. Als ich den leichten Zimtgeruch wahrnahm, den der Herbstwind zu mir herübertrug, rutschte mir mein Herz in die Hose.

Bitte, Alpha, übergib dich nicht. Nicht jetzt. Nicht hier, flehte ich mich selbst stumm an.

Mit jedem seiner Schritte kam auch der Zimtgeruch näher und als er dann vor mir stand und mich mit diesem wundervollen Lächeln betrachtete, versuchte ich es zu erwidern. Es sah vermutlich ziemlich gequält aus, da ich mit aller Kraft versuchte das Bild der leblosen Hand meiner toten Mutter zu verdrängen.

»Es ist mittlerweile ganz schön herbstlich, also habe ich uns etwas Passendes mitgebracht. Die heiße Schokolade wird uns sicher aufwärmen und der hohe Zuckergehalt für ausreichend Endorphine sorgen. Fast so gut wie Sex. Es reicht, wenn du mir sagst, dass ich der Beste bin.«

Unter normalen Umständen hätte ich vermutlich gelacht, ihn arrogant genannt und mich bedankt, aber die Umstände waren nicht normal. Der Geruch von heißer Schokolade mit Zimt verwandelte sich langsam, aber sicher in den Geruch von verbranntem menschlichem Fleisch.

Ich spürte, wie die in mir aufsteigende Panik sich immer schneller den Weg durch meinen Körper bahnte. Ich musste handeln, sofort.

»Ich … Zimt … Warte …« Mehr brachte ich nicht heraus.

Wie von einer Tarantel gestochen sprang ich die Stufen hinab und lief ein ganzes Stück in Richtung der Bäume, wo niemand mehr war. Die schrecklichen Bilder vom Tod meiner Mutter krabbelten wie Käfer in meinem Kopf herum. Mein Herz hämmerte in meiner Brust und das Gefühl zu ersticken überkam mich. Feuchte Tränen rannen über meine Wangen. Ich geriet ins

Straucheln und fiel ins nasse Gras. Doch anstatt aufzustehen, blieb ich rücklings liegen, schloss die Augen und atmete tief durch.

Einatmen. Ausatmen. Einatmen. Ausatmen.

Der Geruch von Gras, Nadel- und Laubbäumen überlagerte die heiße Schokolade und ließ die Übelkeit abklingen. Auch mein Atem wurde ruhiger.

Reiß dich zusammen, Alpha, ermahnte ich mich selbst.

In der letzten Zeit hatte ich fast keine Panikattacken mehr bekommen. Jedoch war ich seit dem Einbruch wieder etwas aufgewühlter. Was in Anbetracht der derzeitigen Situation vermutlich nicht besonders verwunderlich war.

Ich bemerkte, wie sich mir jemand näherte, und schlug die Augen wieder auf. Über mir kniete Aaron und sah mich mit einem sorgenvollen Blick an. Sein Stirnrunzeln verlieh ihm einen gewissen Ernst und seine Lippen waren leicht geöffnet. Aaron war etwas außer Atem und sein dunkles Haar war noch verwuschelter als vorher. Er war gerannt.

»Alpha! Gott, was ist passiert?«

Seine Stimme riss mich aus meiner Trance. Ich setzte mich langsam auf, sodass uns nur ein paar Zentimeter trennten. Eine ganze Weile sahen wir uns nur an. Mein Herzschlag verlangsamte sich wieder. Dort, wo in meinem Körper eben noch Panik geherrscht hatte, spürte ich jetzt nur noch ein zittriges Kribbeln.

»Alles gut. Es geht wieder.«

»Ich will mich ja nicht aufdrängen, aber für mich sah das nach einer Panikattacke aus.«

Sein Gesichtsausdruck war noch immer besorgt. Verlegen zupfte ich etwas Laub und Gras aus meinen Haaren.

»Gut beobachtet, Watson.«

Aaron zog eine Augenbraue hoch und lächelte.

»Wieso nennst du mich nicht gleich Holmes?«

»Weil du den Fall nicht gelöst hast. Du hast lediglich das Offensichtliche festgestellt.«

Sein Lächeln wurde breiter. Ein leichtes Prickeln durchfuhr meinen ganzen Körper und sorgte dafür, dass ich zumindest für einen Augenblick nicht mehr an den Zimtkakao denken musste.

»Soso. Und du bist also Holmes?«

»Natürlich, ich kenne die Lösung.«

Aaron lachte laut und streckte mir die Hand entgegen, um mir aufzuhelfen. Als ich sie ergriff, zog er mich sanft auf die Beine und hielt mich noch einen Augenblick fest.

»Das ist nicht fair, du bist auch das Opfer.«

»Na gut, wenn du den Fall löst, darfst du Holmes sein. Du hast drei Versuche.«

»Hmm, du bist eine tugendhafte Jungfrau und warst etwas erschrocken, als du einen unglaublich attraktiven dunkelhaarigen Mann auf dich zukommen sahst? Da kann einem schon mal die Luft wegbleiben.«

Ich zog die Augenbrauen hoch. »Falsch.«

»Was von beidem?«, hauchte er und strich mir mit seinen warmen Fingern eine Haarsträhne hinters Ohr. Von der Berührung bekam ich eine Gänsehaut, die sich über meinen ganzen Körper ausbreitete.

»Das verrate ich dir nicht. Versuch Nummer zwei.«

Langsam gingen wir zurück in Richtung Bibliothek.

»Du hast einen Geist gesehen, der dich von nun an in deinen Träumen verfolgen wird.«

»Wieder falsch. Letzter Versuch.«

Wir standen nun ungefähr vier bis fünf Meter von der Treppe zum Eingang der Bibliothek entfernt. Auf den Stufen standen unsere Taschen und zwei dampfende Becher mit heißer Schokolade. Aaron sah mich an.

»Gib mir einen Moment. Wir lernen heute bei mir. Ich bringe noch schnell die heiße Schokolade rein, die Bibliothekarinnen freuen sich bestimmt mehr darüber als du. Keine Angst, ich werde sie dir nicht mehr unter die Nase halten, Holmes.«

Aaron schnappte sich die beiden Becher und betrat eilig die Bibliothek. Wenige Minuten später kam er mit zwei Geschichtsbüchern unter dem Arm wieder heraus und griff nach unseren Taschen. Auf dem Weg zum Haus der

Jungen, das auf der anderen Seite des Campus lag, schwiegen wir eine ganze Zeit.

Aaron beobachtete mich aus seinen Smaragdaugen. Ich konnte nicht sagen, ob er nachdenklich, besorgt oder einfach nur ungeheuer verständnisvoll war. So oder so war er grandios darin, mich abzulenken, wofür ich ihm sehr dankbar war.

»Wieso der Kakao?«

Himmel, was sollte ich darauf nur antworten? Ein Teil von mir wollte es ihm erzählen, aber der andere hatte Angst, dass er sich danach übergeben würde.

»Ich bin mir nicht sicher, ob du das wirklich wissen willst.«

»Aber ich bin mir sicher. Ich mag dich und ich mag diesen Kakao. Aber du magst ihn nicht, das könnte in Zukunft zu Problemen führen.« Sein Lächeln war entwaffnend charmant. Gott, mit jeder Sekunde verfiel ich ihm mehr.

»Was denn für Probleme?«

»Na ja, zum einen könnte die Dame aus dem Chips & Chocolate-Shop eifersüchtig werden, weil ich wegen dir nicht mehr zu ihr komme, um mein Lieblings-Heißgetränk bei ihr zu bestellen. Sie schreibt mir immer so nette Zettelchen mit ihrer Handynummer. Bevor du fragst, ich habe nie angerufen, sie ist nicht ganz mein Typ.«

Ich zog meine Augenbrauen hoch und versuchte ein quiekendes Lachen zu unterdrücken.

»Wirst du es mir erzählen?«, fragte Aaron erneut.

Er war gut, das musste man ihm lassen, aber ich war noch nicht so weit. Zumindest glaubte ich das. Ich wusste nicht, wie ich reagieren sollte, also sagte ich nichts. Das erschien mir in diesem Moment am sinnvollsten.

»Es ist okay, wenn du es mir nicht erzählen möchtest. Mir ist nur wichtig, dass du weißt, dass ich da bin, wenn du irgendwann doch darüber reden möchtest.«

Ohne auf eine Antwort zu warten, nahm er meine Hand und zog mich in das Jungenhaus.

Es war genauso edel wie das Mädchenhaus, in dem meine Freundinnen wohnten. Hohe Decken, Stuck, lange Flure und Türschnitzereien. Wie hoch wohl die Miete hierfür war? Er entführte mich in die dritte Ebene ans Ende des Flures und öffnete die verschnörkelte Tür.

***

»Hier wohnst du also.«

»Ja, ich entschuldige mich jetzt schon für die Unordnung.«

Aaron hielt mir die Tür auf und ließ mich zuerst eintreten. Zwei Betten in einem rötlichen Holz standen im Raum. Das Zimmer war groß, sodass jeder seine Zimmerhälfte hatte. Beide Hälften wurden durch ein Regal getrennt, anders als bei Anila und Li.

An der linken Wand hing ein van Gogh-Druck, was mich zum Grinsen brachte.

»Das Bild hat mich verraten, oder?« Aaron lehnte hinter mir an der Wand. Seine Haare waren noch immer durcheinander, aber es schien ihn nicht zu stören.

»Ja, ich schätze schon.«

Wie ein Gentleman zog er mir den Mantel von den Schultern und hängte ihn über einen Stuhl.

»Danke schön. Wer ist dein Mitbewohner?«

»Billy Furbisch. Aber *Mitbewohner* ist vermutlich zu viel gesagt. Er ist eigentlich nie hier, falls du verstehst, was ich meine.«

Aaron warf mir ein übertriebenes Zwinkern zu.

»Er ist ein Aufreißer«, schlussfolgerte ich. »Komisch, so hätte ich ihn nicht eingeschätzt.«

»Ach nein? Wie hättest du ihn denn eingeschätzt?«

Während er mir die Frage stellte, zog er seinen Sweatshirt-Pullover über den Kopf. Dabei rutschte sein marineblaues T-Shirt ein Stück nach oben und gab die Sicht auf seinen trainierten Oberkörper frei. Aaron war nicht so muskulös wie Nate, er war eher der Athlet, weniger der Bankdrücker. Ein Sixpack deutete sich unter dem Shirt an.

Gott, wann hatten die Jungs hier so viel Zeit für Sport? Erst als Aaron den Pullover aus- und das Shirt wieder vernünftig angezogen hatte, konnte ich wieder klar denken. Wir waren immerhin zum Lernen hier, also packte ich meine Bücher schnell auf seinen Schreibtisch und breitete unsere Notizen aus.

»So, wir sind schon ziemlich weit. Jetzt fehlen uns nur noch die letzten fünfzig Jahre. Ich schätze, recherchieren werden wir in der Bibliothek, also schlage ich vor, dass wir an meiner Präsentation arbeiten. Ich würde gern eine Collage machen. Wenn es dir nichts ausmacht.«

Aaron setzte sich auf den Stuhl, über dem mein Mantel hing, und beobachtete mich still.

»Ist was?«

»Nein, ich mag es nur, wenn du das Ruder in die Hand nimmst. Du lässt dir nichts sagen. Das ist eine gute, wenn auch anstrengende Eigenschaft.«

Sein Lächeln war ansteckend.

»Du magst es also herrisch, was?«

»Ja schon. Ich stehe auf Frauen mit eigener Meinung, die den Mut haben, sie einem auch zu sagen.«

Irgendwie bekam ich das Gefühl, dass er damit auf die Situation mit Eris in der Mensa anspielte. Das würde bedeuten, dass er von meinem Kuss mit Nate wusste. Darüber wollte ich jetzt lieber nicht nachdenken.

»Sehr gut, dann komm her und gib mir mal ein Lineal«, befahl ich scherzhaft.

»Aye, aye, Sir.«

***

Einige Stunden, zwei Flaschen Eistee und vier Collagen später lehnten wir uns zurück. Mein Kopf brummte wie der Motor eines Lastwagens. Ich konnte schon seit einer Stunde keinen klaren Gedanken mehr fassen, was aber zum Teil auch dem immer wieder aufkeimenden Bild von Aarons Sixpack geschuldet war. Sein Zimmer wurde nur noch vom Schein seiner Stehlampe erhellt, da die Sonne längst untergegangen war.

»Wie spät ist es?« Aaron drehte sich um und kramte einen Wecker aus seiner Nachttischschublade hervor. »Oh, schon nach 22 Uhr.«

»Wieso versteckst du deinen Wecker in dem Nachttisch?«

Ich konnte mir ein leichtes Schmunzeln nicht verkneifen. Er überraschte einen doch immer wieder aufs Neue.

»Ich wollte, dass wir uns die Zeit nehmen, die wir brauchen. Gilt das?«

Ich nickte anerkennend. »Das gilt. Und jetzt?«

Aaron erhob sich von seinem Stuhl, griff nach meiner Hand und zog mich auf die Beine. Sie kribbelten. Ich konnte nicht genau sagen, ob das Gefühl von ihm oder meinen eingeschlafenen Füßen herrührte. »Wir gehen jetzt was essen, ich habe Hunger und wenn ich das richtig deute, dann du auch.«

Er hatte recht, mein Magen grummelte schon seit einer Weile. Ich hatte es aber ignoriert, in der Hoffnung, dass er es dann auch nicht wahrnahm. Hatte offenbar nicht geklappt.

***

Wir liefen die Treppe nach unten. Im Erdgeschoss gab es links neben dem Eingang eine weitere Tür. Sie führte in den Keller. Aaron lief voraus, sodass ich keine andere Wahl hatte, als ihm zu folgen.

»Moment, du suchst dein Essen im Keller? Aaron, warte, es ist ganz schön dunkel hier.«

Ich konnte die Hand vor Augen nicht sehen. Es war stockdunkel und von irgendwoher kam ein leises unheimliches Klopfen.

»Aaron? Wo bist du?«

Ich hatte keine Orientierung in diesen dunklen Gewölben. Wenn er einfach vorausgelaufen war, würde ich ihn eigenhändig erwürgen, beschloss ich. Ich wollte zur Wand gehen und mich daran entlangtasten, da merkte ich, wie breit der Kellergang war. Hier konnten locker zwei Autos nebeneinander durchfahren. Plötzlich erschien ein Licht hinter mir. Ich drehte meinen Kopf, um einen Blick über die Schulter zu werfen, sah dabei versehentlich direkt in den Lichtkegel und war für einen Augenblick blind. Da packte mich jemand an der Schulter. Es jagte mir einen ziemlichen Schrecken ein, sodass ich reflexartig mit meinem Ellbogen nach hinten schlug und traf.

Ein schmerzerfülltes Stöhnen drang in meine Ohren.

»Du hast einen harten linken Haken.«

O Gott, das war Aaron. Als meine Augen sich kurz darauf an das Licht gewöhnt hatten, sah ich ihn. Seine Nase blutete. Mit einer Hand hielt er sich das Shirt vor die Nase, in der anderen eine Taschenlampe.

»O verdammt, tut mir leid. Ich wollte dich nicht … Es war nicht meine Absicht, dass … Ich dachte du wärst vor mir.«

»Schon gut, Alpha, kann passieren. Ich bin nach links und habe nach der Taschenlampe getastet, die normalerweise am Fuß der Kellertreppe liegt. Vielleicht hätte ich dir das vorher sagen sollen, damit du nicht vorläufst und mir eine verpasst. Das verkrafte ich schon. Ich bin ein Mann. Wir müssen nur noch ein Stück geradeaus.«

Er hatte mich unterbrochen, bevor ich angefangen hatte wirres Zeug zu brabbeln. Wer weiß, was ich sonst noch gesagt hätte?

Wir liefen den nun spärlich beleuchteten Kellergang entlang, bis wir eine alte hölzerne Tür erreichten, die definitiv schon bessere Zeiten gesehen hatte. Aaron zog einen rostigen Schlüssel aus seiner Tasche. Als er die Tür öffnete und sie quietschend aufschwang, traute ich meinen Augen nicht. Wir standen mitten in einer hell erleuchteten Gastronomieküche.

»Wo zum Teufel sind wir, Aaron?«

Aaron schloss die Tür hinter uns und ging direkt zu dem Waschbecken auf der anderen Seite des Raumes. Ich folgte ihm und erschrak ein wenig, als ich in sein Gesicht sah.

»Gott, du siehst aus, als kämst du direkt von einer Messerstecherei.«

»Schlägerei trifft es wohl eher.«

Gerade als ich mich erneut entschuldigen wollte, zog Aaron sein blutverschmiertes T-Shirt aus und hielt es unter den Wasserhahn.

»Was tust du da?«

»Ich mache mich sauber. Oder möchtest du den Abend so mit mir verbringen?«

»Okay, dann leg das Shirt zur Seite. Nachher schmierst du dir noch Dreck in die Wunde. Ich suche dir ein sauberes Handtuch. Hier muss es doch irgendwo eins geben.«

Ich lief schnell durch die große Küche und zog absolut jede der metallenen Schranktüren auf, bis ich einen Stapel weißer Handtücher gefunden hatte.

»Hier, ich hab welche.«

Ich machte das Tuch nass und begann Aaron vorsichtig das Blut aus dem Gesicht zu wischen. Er hielt still und machte nicht einen Mucks. Seine Nase hatte längst aufgehört zu bluten.

»Deine Nase sieht gut aus. Ich glaube, sie ist nicht gebrochen.«

Aarons Lächeln war undurchschaubar. Was dachte er in diesem Moment?

»Ich glaube auch, dass sie nicht gebrochen ist. Sie tut zwar weh, aber nicht so stark. Glück für dich, ich mag mein Spiegelbild.«

»Du bist so eitel. Wie oft guckst du eigentlich täglich in den Spiegel?«, gluckste ich, während ich sein T-Shirt und das blutige Handtuch über eine der Heizungen hängte.

»Uh, einen Durchschnittswert kann ich dir nicht nennen, aber ich verspreche, morgen mal zu zählen. Obwohl ich bestimmt öfter in den Spiegel sehen werde. Einfach, um sicherzugehen, dass die Nase nicht doch gebrochen ist.«

Aaron durchwühlte ein paar Schränke und holte Töpfe, Geschirr, Holzlöffel, Nudeln und noch ein paar weitere Zutaten hervor.

»Du willst kochen? Jetzt? Hier?«

»Gut beobachtet, Holmes, und jetzt komm rüber und hilf mir. Ich bin nicht zum Spaß in die Küche der Schulmensa eingebrochen. Nein, hier geht es um ein ernsthaftes Hungerproblem, das dringend nach einer Lösung verlangt.«

Ich nahm ein paar der Töpfe und ging zu ihm an den Herd. Er kochte die Spaghetti und setzte eine helle Soße an, die wahnsinnig gut roch.

»Was gibt's denn?«

»Spaghetti Carbonara. Mein Lieblingsessen.«

»Du lügst doch. Du bist ein Prinz, dein Lieblingsessen kann nicht so etwas Einfaches wie Spaghetti Carbonara sein. Was ist mit Kaviar, Hummer oder Lachstartar?«

Aaron lachte, wandte seinen Blick aber nicht von der Soße ab. Ich strengte mich an zu ignorieren, dass er oberkörperfrei vor dem Herd stand und für uns kochte. »Klischees, alles Klischees. Ich bin enttäuscht von dir, Holmes.

Was ist denn mit dem Leitspruch, alles auszuschließen, um zu gucken, was übrig bleibt, egal wie unglaublich das Ergebnis ist?«, fragte Aaron.

»Touché. Du hast es dir für heute Abend verdient, Holmes zu sein. Gratulation«, antwortete ich, während ich meinen imaginären Hut vor ihm zog.

»Oh, womit komme ich zu der Ehre?«

Irgendwie hielt ich diesen Augenblick für den richtigen, um ihm von meiner Mum zu erzählen. Ich holte tief Luft und schwang mich auf die metallene Ablagefläche neben dem Herd.

»Du hattest recht, es war der Kakao. Heiße Schokolade mit Zimt. An dem Tag, an dem meine Mum starb, war ich auf dem Weg zu ihr. Ich hatte gerade heiße Schokolade mit Zimt geholt, die mochten wir am liebsten. Beim Büro war alles voll mit Feuerwehrleuten, Polizisten und Rettungskräften. Sie haben ihren leblosen Körper gerade aus dem Büro geholt, auf einer Trage. Alles roch verbrannt. Seitdem ist heiße Schokolade mit Zimt so was wie mein Kryptonit. Im negativen Sinne natürlich. Ich bilde mir dann automatisch ein verbranntes Fleisch zu riechen.«

Während ich ihm meine Geschichte offenbarte, hatte ich die ganze Zeit auf meine baumelnden Füße gestarrt. Ich ließ die Tatsache aus, dass ich ihre verbrannte Hand gesehen hatte und mich dieses Bild in meinen Albträumen verfolgte. Es war nicht leicht, so etwas Tiefsitzendes, Persönliches preiszugeben. Ich war es nicht gewohnt, mich angreifbar zu machen. Mum und ich waren in der Vergangenheit so oft umgezogen, dass ich mich mit niemandem näher anfreunden konnte.

Als ich wieder aufsah, merkte ich, dass Aaron mich aus traurigen Augen ansah. Sein Blick war mitfühlend. Als wüsste er, wie es ist, jemanden zu verlieren.

Ohne etwas zu sagen, nahm er die Nudeln und die Soße vom Herd. Dann wusch er sich die Hände und holte Besteck. All das machte er ganz ruhig, ohne etwas zu sagen. Seine Stille verunsicherte mich. Woran dachte er? War ich zu weit gegangen? War er doch noch nicht bereit dafür gewesen? Fragen über Fragen schossen durch meinen Kopf, die sich augenblicklich in Luft auflösten, als Aaron zu mir kam.

Er nahm mich wortlos in den Arm und strich sanft über meinen Rücken. Er tat das Richtige, denn er bemitleidete mich nicht. Er war einfach nur für mich da.

Als er sich von mir löste, schenkte er mir ein sanftes Lächeln und wischte mir eine Träne vom Kinn.

»Das musste raus, oder? Fühlst du dich besser?«

Ich nickte. »Ja, ich denke, es wurde mal Zeit.«

Aaron nahm die Nudeln aus dem Topf und schwenkte sie in der duftenden Soße. Dann griff er nach den Tellern und tat uns auf. Er wirkte so normal, als würde er nie etwas anderes machen. Aaron war unbeschwert, zumindest wahrte er diesen Schein.

Er reichte mir einen der dampfenden Teller und setzte sich zu mir auf die Ablagefläche.

»Weißt du, ich würde dir gerne sagen, dass es mir leid für dich tut. Denn das tut es. Aber ich weiß, dass du es nicht hören möchtest. Ich wollte es auch nicht hören, als meine Mutter gestorben ist. Ich war neun, als sie an Krebs erkrankte. Es ging alles sehr schnell. Matt und Nate waren damals für mich da. Mein Vater hat sich von da an zurückgezogen und viele Termine außerhalb des Palastes wahrgenommen. Er sah sie vermutlich zu Hause in jeder Ecke und wollte dem entfliehen. Ich schätze, wir haben alle unsere tragischen Geschichten. Nate zum Beispiel muss sich immer perfekt geben, weil alle Augen auf ihm ruhen. Jeder weiß, dass er einmal König werden wird. Das bedeutet eine Menge Druck für ihn, er kann sich keine Fehler erlauben. Matt steht immer in seinem Schatten. Offiziell heißt es, jeder der beiden kann König werden, aber Nate ist der Favorit des Volkes und seines Vaters. Da dürfte es Matt bewusst sein, dass er kaum eine Chance hat.«

»Was ist mit dir? Du stehst an dritter Stelle der Kette, wärst du nicht gern König?«

Aaron unterbrach seine Mahlzeit und stellte den Teller zur Seite. Offenbar hatte ich gerade ein sensibles Thema angeschnitten.

»Das ist eine schwierige Frage, Alpha. Ich glaube, Nate wäre ein guter

König, er ist fair und aufrichtig. Er tut immer das Richtige. Ich würde lügen, wenn ich behaupten würde, nicht gern wie er zu sein, aber König? Ich meine, ich liebe unser Volk und würde das Beste für es wollen, aber wäre das genug? Ich weiß es nicht. Dass ich König werde, ist ziemlich unwahrscheinlich, vielleicht werde ich ein politischer Berater.«

Wow, das war ehrlich. Mir war bewusst, dass Aaron eine sanfte Seite hatte, die er nur selten zeigte, aber dieses Gespräch kam einem Geständnis gleich. Wenn er diese Seite allen zeigen würde, dann wäre er ein ebenso guter König, wie Nate es sein würde.

»Warum wärst du eigentlich dritter in der Thronfolge, was ist mit deinem Vater?«

»Mein Vater steht nicht gern in der Öffentlichkeit. Er verzichtete auf seinen Platz in der Thronfolge, als er Berater wurde.«

Aaron öffnete die Tür zur Kältekammer der Küche und holte eine Flasche Orangensaft hervor. Er drehte den Deckel ab und trank einen Schluck. Aaron sah aus wie ein Model aus einer Werbung. Ich würde vermutlich alles kaufen, was er bewarb.

Auf einmal war mir heiß. Mein Herz schlug schneller und meine Gedanken fingen an in meinem Kopf herumzuschwirren.

Er ist freundlich, hilfsbereit, liebevoll, kann kochen und unglaublich gut aussehend ist er auch. Irgendeinen Haken muss er doch haben?

Na gut, er war auch arrogant und selbstverliebt, aber wenn man so aussah, war das wohl kaum verwerflich. Er kannte seine Vorzüge und war sich auch seiner Wirkung auf Frauen bewusst, dessen war ich mir sicher. Dieses schamlose Lächeln, mit dem er mich gerade bedachte, verriet ihn.

»Willst du auch was trinken? Die Spaghetti waren salzig.«

»Nein danke. Aber du kochst nicht schlecht für einen Prinzen.«

Aaron zog süffisant eine Augenbraue nach oben. »Nicht schlecht also. Ich hatte den Eindruck, dass es dir geschmeckt hat.«

»Oh, das hat es, danke. Aber irgendwie werde ich das Gefühl nicht los, dass Spaghetti Carbonara das Einzige sind, was du kochen kannst. Das ist bestimmt so eine Masche, um Frauen aufzureißen.«

Er schüttelte lachend den Kopf und begann das dreckige Geschirr in die Spüle zu räumen.

»Und funktioniert's?«, fragte er amüsiert.

»Ich bin noch nicht sicher. Du brichst bestimmt häufig mit verschiedenen Mädchen hier ein, kochst ihnen Spaghetti Carbonara, dann sind sie völlig wehrlos und tun alles, was du willst.«

»Wow, das klingt nach dem Traum aller Männer, aber nein, bisher ist es nicht so gelaufen. Ich arbeite daran. Und für gewöhnlich breche ich nirgends ein. Na gut, momentan komme ich häufiger nachts hierher und koche. Aber eigentlich nur für mich selbst. Enrico, der Koch im Palast, hat mir früher ein bisschen was gezeigt. Er meinte damals, die Mädchen stehen auf Köche. Seine Frau ist der beste Beweis dafür.«

»Ganz schön durchtrieben«, sagte ich lächelnd.

Aaron lehnte sich mit dem Rücken an den metallenen Schrank gegenüber von mir und verschränkte seine starken Arme vor der nackten Brust.

»Ich dachte, ihr Mädchen steht auf Bad Boys. Und was für Leichen hast du im Keller?«

Oh, er wusste nicht, wie recht er hatte. Er reizte mich und mit meinem Einbruch in die Schule hatte ich definitiv eine Leiche im Keller. Außerdem hatte ich mich von Nate küssen lassen und begehrte Aaron, was nicht unbedingt eine unschuldige Mischung war.

»Ich glaube nicht, dass du auf böse Mädchen stehst. Sonst hättest du Carolina, unsere Gothic Queen, doch genommen.«

Ich sah ihn verschmitzt an.

»Vielleicht stehe ich nur auf bestimmte böse Mädchen?«

»Na, wenn das so ist, dann muss ich mir ja keine Sorgen machen, dass der Einbruch in meine alte Schule dich abschreckt.«

Aaron lachte laut los und machte zwei Schritte auf mich zu. Er roch noch nach den würzigen Carbonara. Seine dunklen Haare waren nach wie vor durcheinander und verliehen ihm einen verruchten Charme.

Seine Arme stützte er an meinen Seiten ab und lehnte sich vor. Sein Atem streifte meine Lippen, sodass mein Atem stockte. Wenn das so weiterging, würde ich noch irgendwann in Aarons Nähe an Sauerstoffmangel verenden. Ich stellte mir vor, wie seine Lippen sanft über meine fuhren. Dieser Gedanke sorgte für einen prickelnden Schauer auf meiner Haut.

»Ich warne dich nur kurz vor, Alpha, ich werde dich jetzt küssen.«

Dann hob er eine Hand, strich mir eine Strähne aus dem Gesicht und zog mich an sich. »Ist das okay für dich?«

Ich nickte, unfähig etwas zu sagen. Meine Kehle wurde trocken und mein Herz machte einen Satz. Meine Knie wurden weich. Im Stehen wäre ich mit Sicherheit zusammengesackt. Gott sei Dank saß ich immer noch auf der metallenen Arbeitsplatte.

Seine Hand schob sich langsam in meinen Nacken. Sein Griff zog mich sanft in seine Richtung. Ich schloss die Augen, als ich seine Lippen auf meinen spürte. Hitze wie von glühenden Kohlen brannte sich durch meinen ganzen Körper und raubte mir das letzte bisschen Verstand. Ich schlang meine Arme um ihn und fühlte die warme nackte Haut seines Oberkörpers. Meine Finger zogen feine Linien über seinen Rücken, sodass auch er Gänsehaut bekam. Ein Kribbeln durchzuckte mich und blieb in meiner Magengegend hängen. Ein leises Lachen entwich ihm und entlockte mir ebenfalls eins.

Seine Hand strich durch meine dunklen Wellen, um dann an meinem Körper entlangzufahren. Von meinem Rücken über meinen Hintern, meine Oberschenkel bis zu meinen Knien. Jede Berührung löste ein weiteres loderndes Feuer in mir aus, das mich irgendwann vollständig verzehren würde. Er packte meine Schenkel und zog mich noch näher an sich heran.

Aaron wusste um seine Wirkung, das war mir schon vorher klar gewesen, aber dies hier konnte man doch nicht steuern, oder? Er küsste selbstbewusst und arrogant, mal sanft und mal fordernder. Diese Abwechslung war es, die mich um den Verstand brachte, die mich absolut besinnungslos werden ließ.

Als seine warmen Lippen sich von meinen lösten, war ich noch ganz durcheinander. Es war der vermutlich intensivste Kuss, den ich je erhalten hatte. Wir sahen uns schweigend an. Offenbar wussten wir beide nicht, was wir tun oder sagen sollten. Nachdem wir uns einen Augenblick lang verlegen angestarrt hatten, ergriff Aaron doch das Wort: »Wow, das war ... wow.«

Er kratzte sich verlegen am Hinterkopf. Ich errötete. Mein Bauch kribbelte noch immer und meine Beine fühlten sich an wie kiloweise Götterspeise.

Dieses wunderbare Gefühlshoch wurde schon kurz darauf von meinem schlechten Gewissen verdrängt. Ich hatte Aaron nichts von Nate gesagt. Auch wenn er es sicher schon wusste, hätte er es von mir hören sollen.

Besser spät als nie, oder? Ich holte tief Luft und setzte an. »Aaron, ich glaube, ich sollte dir etwas sagen.«

Alpha, verbock das jetzt nicht.

Sein Blick war überrascht und neugierig, aber gleichzeitig spiegelte sich Besorgnis darin wider. Er rückte ein bisschen von mir ab und ließ mich los. Er steckte die Hände in die Hosentaschen und sah mich auffordernd an.

»Okay? Ich bin mir nicht ganz sicher, was das heißt.«

Gott, wenn ich das wüsste, wäre es mit Sicherheit leichter.

»Ich denke, du solltest wissen, dass Nate mich auch geküsst hat.«

Aaron nickte stumm. Er warf dann den Kopf in den Nacken und seufzte enttäuscht.

Verdammt. Ich war sicher gewesen, dass er bereits davon gewusst hatte, doch da lag ich wohl falsch.

»Okay, ich verstehe schon. Es war ein Fehler. Es tut mir leid. Ich wusste ja, dass du Gefühle für Nate hast. Es war nur ... ich dachte, da wäre was zwischen uns.«

Wenn mir gerade etwas klar geworden war, dann dass meine Gefühle für Nate nur ein Hirngespinst waren. Nate und mich verbanden Geheimnisse, aber das anhaltende Kribbeln in meinem Bauch machte mir klar, dass Aaron mehr in mir auslöste. Der Kuss mit Nate war schön gewesen, aber nicht wie erwartet. Ich glaube, ich war unterbewusst einfach nur froh gewesen für einen Moment von dem ganzen Chaos in meinem Leben abgelenkt worden zu sein.

»Das wollte ich damit nicht sagen. Ich wollte nur, dass du es von mir hörst, bevor du es von Eris oder sonst jemandem erfährst. Besonders hiernach. Ich dachte, dass du bereits davon wüsstest.«

»Nein, ich wusste nichts von eurem Kuss. Hätte ich es gewusst, hätte ich dich sicher nicht geküsst. Mein Ruf in allen Ehren, aber so ein Arschloch bin ich nicht.«

Er hatte recht, das hätte ich mir denken können. Aaron war arrogant, aber er war loyal. Natürlich glaubte ich, dass an seinen Aufreißer-Geschichten was dran war, schließlich hatte jede Geschichte einen wahren Kern. Aber ich glaubte auch, dass, wenn Aaron liebte, er es mit Herz und Seele tat. Mittlerweile hoffte ich unterbewusst, dass er mich so lieben würde.

Er schaffte es, mich abzulenken von meinem verrückten Leben. Aaron hatte es verdient, aufrichtig behandelt zu werden, doch das konnte ich zu diesem Zeitpunkt noch nicht, wenn ich ihn und mich nicht in Gefahr bringen wollte. Mir kam der Gedanke, dass eine Beziehung zwischen uns vielleicht nicht funktionieren könnte, falls Nate mit meiner Abstammung recht behielt. Wenn ich wirklich in ernsthafter Gefahr war, dann war Aaron es auch.

In diesem Moment verstand ich Nates Verhalten der letzten Wochen. Zugegeben, Nate war nicht besonders gut darin und ich wollte nicht die gleichen Fehler machen.

»Ich weiß ehrlich gesagt nicht, was ich sagen soll«, gab ich ehrlich zu. Ich konnte ihn nicht einweihen, solange ich selbst nichts Genaueres wusste. Vorläufig würde das Geheimnis über meine vermeintliche Herkunft also ein Geheimnis bleiben. Ich würde Aaron aber nicht von mir stoßen, so wie Nate es mit mir getan hatte. Zumindest nahm ich mir das vor.

»Ich auch nicht. Dann sind wir zur Abwechslung mal beide sprachlos.« Der Tonfall, mit dem Aaron das sagte, wurde von einem aufgesetzten Lachen unterstrichen. Er war nervös und verwirrt, ebenso wie ich.

Und dann stellte er mir die Frage, vor der ich mich die ganze Zeit gefürchtet hatte.

»Hast du Gefühle für Nate?«

Mein Magen verkrampfte sich. Ich wollte ihn nicht verletzen, denn ich mochte ihn wirklich.

»Ich schätze, dass ich das momentan nicht erklären kann, aber es ist anders, als du denkst. Es ist kompliziert.«

Ja, das traf es so in etwa.

Wenn ich die Frage verneint hätte, dann stünde einem »Uns« nichts mehr im Wege. Falls ein »Uns« überhaupt in Aussicht stand. Ich hatte Gefühle für ihn, doch wie viel lag ihm an mir? Ich kannte sein Image und ich glaubte nicht daran, aber vollständig ausblenden konnte ich es auch nicht. Egal wie sehr ich ihn wollte, so weit war ich noch nicht. Solange ich nicht wusste, wer ich wirklich war, konnte ich mich sowieso nicht auf mehr einlassen.

Ich wünschte mir in diesem Moment nichts sehnlicher, als Aaron von Nates Vermutung zu erzählen, aber irgendwas hinderte mich daran.

Vertraue niemandem.

Dies war der Augenblick, in dem die Vernunft über mein Herz siegte. Es schien mir das Richtige zu sein, auch wenn es sich so furchtbar falsch anfühlte. Ich wollte Aaron nichts zumuten, von dem ich selbst noch nichts verstand.

Abzuwarten erschien mir also sinnvoll.

Ich würde es ihm erklären, sobald ich mehr wusste.

KAPITEL 14

Der Abend hatte nach dem Kuss recht schnell geendet. Wir waren beide etwas durcheinander gewesen und hatten kaum noch ein Wort geredet. Das Schweigen zwischen uns war für mich nur schwer auszuhalten gewesen, da wir uns eigentlich immer etwas zu erzählen hatten.

Wir einigten uns darauf, das Kuss-Thema erst einmal ruhen zu lassen und zu sehen, was geschehen würde. Zu der großen Halloween-Party heute Abend wäre er trotzdem meine Begleitung. Wir würden, wie geplant, als Freunde einen zwanglosen Abend verbringen, auch wenn ich mir tief in meinem Inneren etwas anderes wünschte.

***

Den Nachmittag über half ich meiner Grandma den Hof winterfest zu machen. Es lenkte mich von all dem Chaos in meinem Leben ab, von dem keiner außer mir wusste.

Wir räumten alle Gartengeräte und Maschinen in die Scheune. Danach kümmerten wir uns um die Reparaturen und Instandsetzung der Lagerorte. Schon als Kind hatte ich meiner Grandma bei solchen Arbeiten geholfen und war froh darüber, dass ich handwerklich nicht ganz ungeschickt war. Zum Schluss nagelten Grandma und ich die Löcher im Holz der Scheune und des Stalls zu.

Als es anfing zu dämmern, ging ich ins Haus, um mich fertig zu machen. Mein Herz klopfte bei dem Gedanken, Aaron zu sehen, mit ihm gemeinsam zu der Party zu gehen und mit ihm zu tanzen. Falls er nach dem gestrigen Abend überhaupt noch mit mir tanzen wollte.

Ich hatte jetzt noch etwas über eine Stunde Zeit, bis Aaron in seinem Ford Mustang auf den Hof fahren würde. Die Freude auf eine ausgiebige Dusche sorgte für gute Laune. Es gab nichts Besseres, um sich nach so einem anstrengenden Tag zu erholen. Erst unter der Dusche bemerkte ich, wie durchgefroren ich wirklich war. Das heiße Wasser brannte auf meiner Haut, bis mein Körper sich an die Temperatur gewöhnte. Danach föhnte ich meine Haare so, dass sie in voluminösen Wellen auf meine Schulter fielen.

Auf meinem Bett breitete ich den Inhalt der blauen Plastiktüte aus und musste feststellen, dass beide Kostüme nicht aus besonders viel Stoff bestanden.

Lis Robin Hood-Kostüm zog ich als Erstes an. Die Farbe war ein dunkles Grün, was mich unweigerlich an einen Weihnachtsbaum denken ließ. Es saß sehr körperbetont und hatte einen tiefen V-Ausschnitt, den ich mit meinem kleinen B-Körbchen nicht ausfüllte. Der Rock reichte mir kaum über den Po. Li musste in dem Outfit umwerfend ausgesehen haben, an mir wirkte es leider unvorteilhaft.

Bei dem Gedanken an meine Freundin wurde ich traurig.

Sie hatte recht, ich sorgte für Chaos und das nicht nur in meinem Leben. Ich hoffte, dass sie heute Abend mit mir redete. Anila und Li waren hier meine einzigen Freundinnen und das wollte ich mir nicht kaputtmachen lassen. Ich würde ehrlich zu ihnen sein. Egal was Nate sagte, ich würde ihnen von unserer Vermutung erzählen. Es gab die Möglichkeit, dass Li dann noch saurer war als vorher oder dass sie verstand, warum einiges so seltsam gelaufen war. Ich zog ihr Kostüm aus, faltete es sorgfältig wieder zusammen und steckte es in die Tüte zurück.

Das wird es definitiv nicht werden.

Als Nächstes schlüpfte ich in das Bauchtanz-Kostüm von Anila. Es war einfach wunderschön.

Noch nie hatte ich einen so schönen Stoff auf meiner Haut gefühlt. Das Kostüm bestand aus einer türkisen Pumphose und einer bauchfreien Corsage, die mit glitzernden Steinen bestickt war und mir perfekt passte. Dabei lag auch noch ein seidiges Tuch, das in demselben Türkis wie die Hose glänzte.

Ich band es mir um die Hüfte. Obwohl das Kostüm sehr freizügig war, fühlte ich mich wohl. Mein Bauch war zwar flach, sah aber nicht sportlich aus, was mich in diesem Moment aber eher weniger störte.

Ich schminkte meine Augen etwas dunkler als sonst und trug meinen beerigen Lippenstift auf. Mein Anblick war elegant, fast wie Scheherazade aus 1001 Nacht.

Die digitale Anzeige meines alten Klapptelefons sagte mir, dass Aaron in zehn Minuten hier auftauchen würde, um mich abzuholen. Also hatte ich noch zehn Minuten, um mein letztes Problem zu lösen. Schuhe. Ich wusste, dass ich irgendwo meine dunklen Sommerballerinas hatte. Die würden zwar nicht zum Outfit passen, aber immerhin müsste ich dann nicht barfuß zu der Halloweenparty. Ich durchkramte meine Kisten. Nichts. Noch fünf Minuten. Also hastete ich nach unten in die Küche. »Grandma, weißt du, wo meine Ballerinas sind?« Meine Grandma saß lesend am Küchentisch. Sie löste ihren Blick von den Seiten und sah zu mir.

»Du siehst umwerfend aus, Kind! Wie eine orientalische Prinzessin.«

Sie lächelte breit, dann stand sie auf und ging zu einem kleinen Karton unter der Treppe. Sie zog ein paar goldene Absatzsandaletten heraus.

»Die hier würden doch viel besser passen.«

Sie hatte recht. Diese Schuhe hatte ich auf der Hochzeit meiner Mutter mit Ferkel zu einem roten Cocktailkleid getragen. Weil ich die Hochzeit so furchtbar fand, hatte ich das Kleid und die Schuhe in den Karton gepackt, um mich nie wieder daran erinnern zu müssen. Grandma hatte ihn offenbar aufbewahrt, ohne es mir zu verraten.

»Danke, Grandma, die hatte ich vollkommen vergessen.«

Ich hörte ein Auto. Die fünf Minuten waren um.

***

»Aber du bist kostümiert, oder?« Aaron war sehr neugierig auf das Kostüm, das sich unter meinem langen Herbstmantel verbarg. Die ganze Hinfahrt über hatte er versucht es aus mir rauszukriegen. Eigentlich hatte ich gar nicht vorgehabt mein Kostüm zu verstecken, aber irgendwie machte es mir Spaß.

Die Stimmung war gut, besser als ich nach gestern erwartet hatte, aber nicht zwanglos.

»Ja, bin ich, wie oft willst du mich das noch fragen? Du siehst es doch gleich.«

»Aber ich kann nicht warten. Findest du nicht, dass ich als deine Begleitung wissen sollte, wie du aussiehst?«

Ich grinste ihn frech an. »Nein.«

»Und wenn ich dir zehn Mäuse gebe?«, überlegte Aaron laut. Ein Lachen konnte ich mir nicht verkneifen.

»Was, nur zehn Mäuse? Mein Geheimnis ist locker zwanzig wert«, scherzte ich.

»Du bist eine harte Verhandlungspartnerin. Ich hab leider nur zehn dabei. Was käme dir denn alternativ in den Sinn?«

Ich strich verräterisch über meinen Mantel. »So läuft das nicht. Sei kreativ.«

Aaron schüttelte lächelnd den Kopf. »Wie wäre es, wenn ich dein Lieblingsessen für uns koche. Zu Hause, im Schloss der Kingstons, meine ich.« Seine Frage war beinahe schüchtern.

Obwohl es keine vierundzwanzig Stunden her war seit unserem Kuss und dem Durcheinander danach, machte mir Aaron dieses Angebot. Mein Herzschlag beschleunigte sich, während sich die Schmetterlinge in meinem Bauch verdoppelten. »Einverstanden. Wenn du noch eine Schlossführung drauflegst.«

Aaron schnaubte amüsiert. »Das dürfte machbar sein. Aber jetzt spann mich nicht länger auf die Folter.«

»Ich bin Scheherazade.«

»Oh, eine orientalische Märtyrerin. Nicht schlecht.«

Sein überraschtes Schmunzeln trieb mir die Röte in die Wangen. Eins war sicher, ich musste schnell Klarheit in mein Leben bringen.

***

Wir standen bereits in der Schlange vor der Garderobe, die direkt vor dem

Eingang zum Ballsaal aufgebaut worden war. Es würde keine Minute mehr dauern, bis wir unsere Jacken abgaben. Die Marken hatten wir schon beim Betreten des Internats erhalten.

»Ihr Name?«

Eine korpulente Frau hinter der Garderobe schielte mich über den Rand ihrer Brille hinweg an.

»Alpha van Aerssen.«

Die Frau durchsuchte ihre Liste und fand mich schließlich auf der zweiten Seite. Sie machte ein Häkchen hinter meinen Namen.

»Alles klar, dann können Sie Ihren Mantel nun Paulin geben, sie hängt ihn dann für Sie weg.«

Ich nickte und sah kurz zu Aaron hinüber, der gerade dieselbe Prozedur durchlief. Dann zog ich meinen Mantel aus und reichte ihn der hageren Frau, die Paulin sein musste. Augenblicklich wurde es etwas frisch, was mir klarmachte, dass ich wirklich wenig anhatte.

Nachdem auch Aaron Paulin seine Jacke gegeben hatte und sich zu mir umdrehte, weiteten sich seine Pupillen.

»Wow, du siehst fantastisch aus.«

Ich war mir fast sicher, dass er damit nicht gerechnet hatte. Wieder war diese peinliche Stille zwischen uns. Wo waren nur seine auflockernden Sprüche geblieben?

»Oh, danke schön, das Outfit gehört eigentlich Anila. Du siehst aber auch nicht schlecht aus.«

Und das ist noch ziemlich untertrieben, hängte ich gedanklich noch hinten dran. Er sah perfekt aus in seinem Robin Hood-Kostüm. Es war kein billiges von der Stange, das sah man sofort. Sein waldgrünes Hemd war aufwendig bestickt, genau wie sein Hut, den er vorhin noch aus seiner Manteltasche gezogen hatte. Statt Strumpfhosen trug er eine schwarze Hose. Wenn ich Lis sexy Robin Hood-Kostüm angezogen hätte, hätten wir wunderbar zusammengepasst.

Aaron nahm meine Hand und führte mich durch die hohe Bogentür in den Ballsaal. Mein ganzer Körper vibrierte unter seiner Berührung. Ich merkte, wie meine Hand in seiner anfing zu schwitzen. Der Versuch, Aaron nicht anzusehen, scheiterte kläglich. Ich konnte meinen Blick, angezogen wie von einem Magneten, einfach nicht von ihm lösen.

Erst als er am Fuß der wahnsinnig großen und pompösen Treppe stehen blieb, konnte ich mich wieder auf die Umgebung konzentrieren. Es verschlug mir die Sprache, alles hier war sehr aufwendig geschmückt worden. Überall standen gruselige Bäume, die den Raum wie einen Wald aussehen ließen. Die ganze gewölbte Decke war zugehängt mit orangen Lampions, die den Saal in ein angenehmes Licht tauchten. Auf den Tischen, die wie lange Reihen aufgestellt worden waren, standen goldene Kerzenleuchter auf weinroten Tischdecken.

Es sah fantastisch aus, wie eine edle Version von Halloween.

Wir gingen an das Buffet mit den Snacks und nahmen uns jeder was von den kleinen Köstlichkeiten. Die Portionen erinnerten mich größentechnisch an die Gerichte der ganzen Fernseh-Sterneköche. Es waren kleine Appetitanreger, mehr nicht. Vermutlich hieß es deswegen nur *Snackbuffet.*

»Möchtest du auch ein Glas von dem Hexengebräu?«

Aaron lächelte charmant, er konnte die Augen nicht von dem auffälligen Kostüm abwenden, das all meine körperlichen Vorzüge betonte. Ich mochte es, wenn er mich so ansah.

»Ja, gerne, danke schön.«

Gerade als Aaron sich ein Glas greifen wollte, drängelte sich jemand zwischen uns.

»Darf ich? Der alte Träumer hier braucht sonst noch eine Ewigkeit und bekleckert sich am Ende selbst.«

Der als Pirat verkleidete Matt nickte mit seinem Kopf in Aarons Richtung. Er hatte bereits ein leeres Glas in der Hand und füllte mir etwas von dem süßlich riechenden Punsch ein. Er überreichte mir das Glas zwinkernd und ich nahm einen Schluck, während Aaron verlegen dreinsah. Mir gefiel es, wenn er mich so ansah, und doch erinnerte es mich an den Zwiespalt in meinem Inneren.

Wir standen noch eine ganze Weile mit Matt vor dem Snackbuffet und unterhielten uns. Mit der Zeit füllte sich der Ballsaal und damit auch die Tanzfläche. Mich wunderte nur die Musikauswahl. Ich hatte tatsächlich mit einer Party gerechnet und nicht mit einem Ball. Auf der schmuckvoll verzierten Bühne war ein Orchester und spielte Musik. Es klang schön, war nur nicht ganz das, was ich erwartet hatte.

»Darf ich um den ersten Tanz bitten?«

Aaron hielt mir seinen rechten Arm hin und sah mir gebannt in die Augen, so als rechnete er mit einer Abfuhr. Die würde er von mir nicht noch mal bekommen.

»Aber nur, wenn du versprichst, dass du mich nicht auslachst, wenn ich dir auf die Füße trete. Ich bin keine große Tänzerin.«

Ich war etwas verlegen wegen meiner bescheidenen Tanzkünste. In Westby lernte man das Tanzen vermutlich bereits, bevor man richtig laufen konnte.

»Keine Angst, ich würde eher schreien als lachen. Die Schritte sind nicht schwer, es handelt sich um einen Wiener Walzer. Ich führe ja, du musst eigentlich nur auf meine Bewegungen reagieren.«

Er zog mich auf die Tanzfläche, bevor ich auch nur die Möglichkeit hatte, mich zu wehren. Im letzten Augenblick schaffte ich es, mein noch fast volles Punschglas auf einem Tisch abzustellen. Um ein Haar hätte ich das Glas über sein Kostüm gekippt.

Er lächelte, es war ihm bewusst, dass er mich soeben frech überlistet hatte und nur knapp einer Punschattacke entgangen war.

»Eins, zwei, drei. Eins, zwei, drei.«

»Wieso zählst du?«

»Damit du im Takt bleibst. Ich dachte, das hilft dir vielleicht. Es funktioniert doch ganz gut.«

Nach ein paar Minuten klappten die Tanzschritte wie von selbst. Der Wiener Walzer war wirklich nicht besonders schwer und machte sogar ein wenig Spaß. Die Verbindung, die der Tanz zwischen uns hervorrief, hatte etwas Kraftvolles. Aaron zog mich etwas näher an sich heran, jetzt trennten uns nur noch wenige Zentimeter. Die Hitze zwischen uns war deutlich spürbar.

So konnte es doch nicht ewig weitergehen. Ich nahm mir vor Nate noch heute nach dem Ergebnis des Testes zu fragen. Falls er es noch nicht hatte, würde er das Verfahren etwas beschleunigen müssen. Er war der zukünftige König, er konnte so was doch bestimmt.

Ich war gerade dabei, mich Hals über Kopf, ernstlich und unwiderruflich, in Aaron zu verlieben.

Aaron strich mir eine Strähne aus dem Gesicht und holte mich so aus meinen Gedanken. Er sah mir verheißungsvoll in die Augen. Sein Blick traf mich unvorbereitet. So, als hätte er einen Schalter umgelegt, war die Spannung vom vorigen Abend wieder da.

»Ich bin mir sicher, dass dieser Tanz nicht so eng getanzt wird«, sagte ich frech.

Sein linker Mundwinkel zuckte leicht nach oben, mein Kommentar amüsierte ihn. Augenblicklich zog er mich noch etwas näher an sich heran, sodass sich unsere Oberkörper während der Drehungen leicht berührten.

»Wie unverschämt von mir und ich dachte, du hättest vom Tanzen keine Ahnung«, flüsterte er.

Seine Worte hatten einen verführerischen Unterton. Ich war mir sicher, dass ich ihn nicht abweisen würde, wenn er mich jetzt noch einmal küsste. Gleichzeitig war ich entsetzt von mir selbst, wie schnell ich bereitwillig meine Prinzipien verwarf. Er hatte in diesem Moment leichteres Spiel mit mir, als mir lieb war. Meine Hormone spielten verrückt, seitdem ich in Westby zur Schule ging. Vorher hatte ich nie ein Problem damit gehabt, standhaft zu bleiben oder einen Jungen abzuweisen, aber Aaron machte es mir echt nicht leicht. Aber erst einmal musste ich wissen, wer ich war, bevor ich herausfand, was Aaron für mich werden könnte.

Konzentrier dich einfach auf den Tanz, Alpha.

Das Tanzen wurde immer einfacher. Wir schwebten über die Tanzfläche, als hätten wir nie etwas anderes getan. Erst als mein Atem schwerer wurde, nahm ich wahr, dass unser Tanz sich über ganze drei Stücke hingezogen hatte.

»Wir sollten eine Pause machen, du bist ja schon ganz außer Atem.«

Er lächelte und löste unsere Tanzposition, was das Nähegefühl zwischen uns durchbrach. Schweigend nickte ich und folgte ihm zum Punsch.

»Ich glaube, ich muss mich einen Moment hinsetzen«, sagte ich zu ihm.

»Na gut, du kleine Sturmtänzerin, dann bringe ich dir einen Punsch mit.«

Ich wankte zu einem fast leeren Tisch am Ende der Halle. Die vielen Drehungen hatten mich in eine Art Rauschzustand versetzt, den mein Gleichgewicht erst mal wieder ausgleichen musste. Nach ein paar Minuten sah ich Aaron und Li auf mich zukommen. Li sah superheiß aus. Sie trug ein hautenges Kleid aus glitzernder dunkler Spitze und darüber eine edel wirkende Brokat-Corsage. Ihr Outfit umspielte ihre weiblichen Kurven perfekt. So wie sie dastand, hätte Victoria's Secret sie mit Handkuss genommen. Offenbar war auch Aaron Lis aufreizendes Kostüm aufgefallen, denn es sah so aus, als ob sie wieder miteinander flirteten. Ich versuchte mich innerlich zu beruhigen.

Das ist schon ok, Alpha, er ist nicht dein Date, er kann machen, was er will, sagte ich mir selbst.

Sie kamen zu mir an den Tisch, setzten sich aber nicht. Aaron stellte zwei Gläser Punsch auf den Tisch und verschüttete dabei etwas der blutroten Flüssigkeit.

In der roten Tischdecke verschwanden die Tropfen, als wären sie nie da gewesen. Auf dem glänzenden Tuch, das ich mir um die Hüfte gebunden hatte, waren sie hingegen deutlich sichtbar. Automatisch sprang ich auf.

»O Mist! Das ist Anilas Tuch. Ich hoffe, das Zeug ist nicht so hartnäckig wie Wein!«, brach es aus mir heraus. Ich wusste, dass es nicht nur der Ärger über den Fleck auf Anilas kostbarem Kostüm war, der in mir diese kleine Szene ausgelöst hatte. Es war die Eifersucht auf meine Freundin Li, die es binnen Sekunden geschafft hatte, den Jungen, mit dem ich gekommen war, so von mir abzulenken, dass er mich vollkleckerte und es nicht einmal bemerkte. Ich war nicht sauer auf Li, sie konnte schließlich nichts für ihre weibliche Schönheit. Es war klar, dass sie alle verzauberte, denn sie war nicht nur schön, sondern auch wirklich nett. Nett, wenn sie mich nicht gerade für alles Schlechte verantwortlich machte. Die Eifersucht auf meine Freundin entstand mehr aus Selbstzweifeln heraus als aus Neid. Lis Blick hingegen war triumphierend. Sie hatte mir das ganze Chaos also immer noch nicht verziehen.

»Das tut mir wirklich leid, kann ich dir irgendwie helfen?« Aaron sah ernstlich bestürzt aus. Er zog eine Packung Taschentücher aus der Hosentasche. Ich nahm das befleckte Tuch von meinen Hüften.

»Schon gut, aber ich sollte es Anila sagen. Hat sie jemand gesehen?«

»Ja, aber sie tanzt die ganze Zeit mit dem Jungen, der in Geschichte neben mir sitzt. Du solltest sie lieber nicht stören, die beiden scheinen sich sehr gut zu amüsieren. Ich warne sie später vor, du kannst es ihr dann am Montag mitbringen.« Lis Reaktion war unerwartet freundlich. Wenn man es denn freundlich nennen mochte.

»Ach so und Aaron hatte mir ja einen Tanz versprochen, den wir jetzt einlösen werden. Nur falls du dich fragst, wo wir sind.«

Bei keinem dieser Worte hatte sie mich auch nur angesehen, geschweige denn mit mir gesprochen. Es war derselbe verführerische Tonfall, den ich bereits kennengelernt hatte, und er galt einzig und allein Aaron. Noch bevor ich darauf antworten konnte, hatte Li ihn bereits auf die Tanzfläche gezogen. Er drehte sich noch einmal zu mir um. In seinen Augen lag ein entschuldigender Blick. Stumm formte er die Worte »Es tut mir leid.«

Er war genauso überrumpelt worden wie ich.

In den nächsten zwanzig Minuten schwebten sie nur so durch den Saal, während ich mich am Rand aufhielt, nach Matt, Anila oder Nate Ausschau hielt und mein Glas wieder auffüllte. Aaron und Li sahen aus wie ein Paar aus dem Märchen und damit konnte ich schlechter umgehen, als ich dachte. Ich hätte kotzen können, was allerdings auch daran liegen konnte, dass ich mittlerweile bei meinem dritten Glas Punsch war. Er war supersüß und ließ mich Aaron und Li zusammen etwas besser ertragen. Zwangsläufig keimte die Frage in mir auf, ob bei ihnen die gleiche Harmonie bestand wie bei unserem Tanz. Meine Augen wollten diesem Spektakel nicht länger folgen. Ich hatte das Gefühl, dass es besser wäre, wenn ich den Ballsaal verließ. Also nahm ich das befleckte Tuch und meinen Punsch und machte mich auf den Weg zur Damentoilette.

Der Versuch, den Punsch rauszuwaschen, scheiterte. Also brachte ich es zurück zu der Garderobe, an der ich meine Jacke abgegeben hatte. In einer Ecke sah ich, wie Billy Furbisch wild mit einer als Biene verkleideten Clarissa rumknutschte. Dieser Moment der Ablenkung ließ mich in einen Jungen hineinlaufen, den ich nicht kannte. Ein paar Spritzer meines Punsches verteilten sich auf seinem Green Lantern-Anzug.

»Pass doch auf!«, sagte der verkleidete junge Mann unhöflich. Mehr als ein leises »Oh, tut mir leid« brachte ich nicht heraus.

Vor der Garderobe trank ich das gesamte Punschglas in einem Zug leer und stellte es in einen Blumenkübel. Paulin war so freundlich das Tuch in meinen Mantel zu stecken, damit ich es später nicht vergaß.

»Du willst doch nicht etwa schon gehen? Die Party hat doch noch gar nicht begonnen«, sagte eine bekannte Stimme hinter mir. Ich wusste, dass es Nate war, doch wie sollte ich reagieren? Seit dem eigenartigen Kuss in der Scheune vor ein paar Tagen hatten wir uns nicht gesehen. Gut, genau genommen hatten wir uns gesehen, aber er hatte mich ignoriert. Langsam hatte ich diese ganze Charade satt.

Was konnte ich also sagen, ohne dass dieses Gespräch direkt wieder ausartete?

Der Gedanke, ihn nach dem Testergebnis zu fragen, schoss mir als erster in den Sinn, verflog aber, als ich mich umdrehte. Ich erblickte Nate in einem Aufzug, den ich nicht erwartet hatte. Er trug eine weiße Military-Jacke mit goldenen Nähten und Knöpfen. Darüber hing eine Schärpe in einem dunklen Blau. Zu seiner roten Hose trug er lackschwarze Schuhe.

»Offensichtlich bist du nicht als Mr Hyde gekommen.« Ich verschränkte die Arme. Scheinbar hatte er gute Laune und nicht vor sich die Party von mir vermiesen zu lassen, denn er antwortete: »Nein, die Idee war gut, aber leider hatte ich mein Kostüm da schon. Vielleicht nächstes Jahr. Gefällt es dir denn nicht?«

Doch es gefiel mir, er sah hinreißend aus, aber das konnte ich ihm ja nach der Abfuhr auf seine Einladung, ihn hierher zu begleiten, schlecht sagen. »Ein Prinz verkleidet als ein Prinz? Das ist aber nicht besonders originell.

Und wenn du mich jetzt entschuldigen würdest, ich gehe zu meinen Freundinnen.«

»Ich denke, dass deine Freundinnen gerade beschäftigt sind. Stattdessen könntest du einen Punsch mit mir trinken.« Er deutete auf Li und Anila, die weiterhin die Tanzfläche beehrten.

Dass Aaron und Li immer noch tanzten, stieß mir etwas sauer auf, doch das wollte ich mir auf gar keinen Fall anmerken lassen und schon gar nicht vor Nate.

»Danke, Punsch hatte ich schon genug heute Abend. Dein lieber Cousin hat schon meinen Schal damit bekleckert.«

Seine Augen weiteten sich überrascht. »Du bist wirklich mit Aaron hier?«

Verwirrt sah ich ihn an. Das wusste er doch, deshalb hatte ich ihm doch schließlich einen Korb gegeben.

»Ja, bin ich, das weißt du doch?«

»Ja, aber ich gebe zu, dass ich es für einen Scherz gehalten habe.«

»Einen Scherz?«

Dem sonst so selbstbewussten Nate sah man in diesem Augenblick seine Nervosität deutlich an. »Ja, weil du sauer auf mich warst, wegen der ganzen Geheimnistuerei. Ich dachte, du wolltest mir damit eins auswischen und hättest es erfunden. Ich hätte nicht gedacht, dass er tatsächlich mit dir herkommt.«

»Wie bitte ist das denn gemeint, Nate? Ist er etwa nicht gut genug für mich oder ist es andersherum?«

Okay, ich war sauer, aber das durfte er ruhig spüren. Nate wusste auf meine direkten Worte offenbar keine Antwort.

»Nein, also doch, schon, aber …«

Dass ich ihn so aus der Reserve gelockt hatte, hob meine Laune etwas, da es mir kurzzeitig das Gefühl von Stärke vermittelte.

»Aber was?«

Allerdings dauerte es nicht lange, bis Nate sein Selbstbewusstsein wiedergefunden hatte.

»Aber wieso tanzt er dann mit einem anderen Mädchen und nicht mit dir?«

Es schien in unserer Natur zu liegen dem anderen Fragen zu stellen, die er nicht hören wollte.

»Weil ich mich ausruhen wollte. Mir war etwas schwindelig von den ganzen Drehungen.«

Meine Ausrede war mies, aber immerhin war mir direkt etwas halbwegs Brauchbares eingefallen. Unser Gespräch war so distanziert, dass es mir wie eine Lüge vorkam.

»Du kannst also tanzen? Und ich rede da nicht von Breakdance oder Hip-Hop.«

Ich hasste es, wenn er das tat. In einem Moment war ich ihm egal und ging ihm auf die Nerven, im nächsten war er charmant, und dann beleidigte er mich wieder.

»Ich kann Walzer tanzen.«

Um mich nicht vor ihm zu blamieren, verschwieg ich ihm, dass ich es erst seit ungefähr einer Stunde konnte. Nate griff nach meiner Hand und hauchte mir einen zarten Handkuss auf den Handrücken. »Prinzessin Scheherazade, darf ich um diesen Tanz bitten?«

Meine Verblüffung war offensichtlich. Bevor ich die Möglichkeit bekam, mir weitere Gedanken zu machen, hatte Nate mich schon vom Flur auf die Tanzfläche gezogen. Mir war bewusst, dass mich in dieser Sekunde alle ansahen, aber ich spürte nicht einen Blick davon. Dieser Augenblick gehörte nur mir. Wir harmonierten sehr gut miteinander – es kam mir vor, als würden wir über die Tanzfläche schweben.

»Du siehst traumhaft aus, wie eine wahre Prinzessin.«

Nates Augen verschlangen mich. Ich musste lachen, denn ich fühlte mich so gar nicht wie eine Prinzessin. Ich trug ein bekleckertes Kostüm, wurde von meiner Verabredung stehen gelassen und wusste noch immer nicht genau, was hier eigentlich gespielt wurde. Ich musste meinen kühlen Kopf zurückbekommen. Sonst würde ich irgendwann in meinem Chaos ertrinken.

»Scheherazade war genau genommen gar keine Prinzessin.«

Nates erstaunter Gesichtsausdruck verwandelte sich schnell in ein charmantes Lächeln.

»Ja, das ist richtig. Sie war die Tochter des Wesirs. Du scheinst dich ja mit deinem Kostüm näher auseinandergesetzt zu haben.«

»Ich dachte immer, Prinzen dürfen nur mit Prinzessinnen tanzen.«

Nate lächelte. »Heute ist Halloween, wir sind kostümiert. Da darf ich mit jedem tanzen, mit dem ich tanzen möchte.«

»Aber du bist als Prinz verkleidet.«

Mein Verstand riet mir diese Konversation zu beenden, bevor ich etwas noch Bescheuerteres sagte als ohnehin schon. Doch mein Mund plapperte einfach weiter: »Ehrlich, wie bist du auf diese kreative Idee gekommen? Ein Prinz verkleidet als ein Prinz. Nur zu deiner Info, man verkleidet sich, um mal nicht man selbst zu sein. Deswegen heißt es ja verkleiden.«

Meine Worte galoppierten nur so dahin. Ich musste Luft holen, bevor ich meine Tirade fortführen konnte. Nate hatte gar nicht die Möglichkeit, etwas einzuwerfen.

»Hast du denn keine Angst, dass du eingebildet rüberkommst, wenn du als du selbst gehst? Na ja, eigentlich kannst du es dir erlauben, als du zu gehen, du siehst ja auch echt gut aus. Vermutlich ist deswegen jede hier verliebt in dich, obwohl du so ein Idiot bist.«

Ehe mich meine lockere Zunge weiter in Schwierigkeiten bringen konnte, unterbrach mich Nate.

»Wie viel hattest du von dem Punsch?«

Ich musste nachdenken. Das Nachdenken fiel mir schwer. Irgendwie wurde mir flau im Magen. Das war sicher die Nervosität oder die Eifersucht auf Li, weil sie keine zwei Minuten gebraucht hatte, um mir Aaron als Begleitung auszuspannen.

»Erde an Alpha.«

»Vielleicht drei oder vier Gläser, wieso?«

Nate grinste hämisch.

»In dem Punsch war Alkohol. Wir sollten einen Augenblick an die frische Luft gehen, vielleicht geht es dir dann besser.«

Erst als Nate mich von der Tanzfläche führte, fiel mir auf, dass wir die ganze Zeit getanzt hatten. Mein Blick schweifte noch ein letztes Mal über die

Tanzfläche und heftete sich an Aaron. Noch immer tanzte er mit Li, einen Tanz nach dem anderen. Er schien mich gar nicht zu bemerken. Falls er es doch tat, gab er sich die größte Mühe, es zu verbergen. Sie lachten und wirbelten herum und mit jeder Drehung zog sich mein Magen ein kleines bisschen mehr zusammen. Vielleicht hatte ich mich geirrt. Vielleicht empfand er doch nicht so für mich wie ich für ihn.

***

Ich folgte Nate die Treppe hinauf in einen langen Gang.

Der Flur führte auf einen überdachten Balkon mit Blick auf das Dorf. Einige Schüler standen hier, unterhielten sich und rauchten Zigarren. Der süßliche Geruch erinnerte mich an meinen Großvater. Grandma hatte ihm früher jedes Jahr zu Weihnachten eine Schachtel Zigarren geschenkt, die er dann das ganze Jahr verteilt an sämtlichen Festivitäten geraucht hatte. Die Erinnerungen an meinen Großvater waren nur vage, da er bereits starb, als ich noch ein Kind war.

Ein Windhauch strich leicht um meine Schultern.

Nate hatte recht, die kühle Luft sorgte für einen klaren Kopf, aber in meinem knappen Kostüm fing ich schnell an zu frieren.

»Du frierst, sollen wir wieder hineingehen?«

»Nein, ist schon gut, einen Augenblick halte ich das aus. Es tut gut.«

»Kann ich dir denn zumindest meine Jacke anbieten?«

»Nein danke, es geht schon.« Es war wirklich zuvorkommend.

Nate stand direkt hinter mir, ich spürte, wie seine warmen Hände sanft über meine kalten Schultern streichelten. Mit einem Ruck zog er mich mit dem Rücken an seine warme Brust. Seine Arme umschlossen meinen gesamten Oberkörper. Mir wurde wärmer.

»Dann eben so, Prinzessin.«

Mein Herz pochte und ich wusste, dass er es spürte.

Reiß dich zusammen, Alpha, sag jetzt bloß keinen Mist!

Das hier lief in eine völlig falsche Richtung.

»Ich bin keine Prinzessin«, sagte ich leise, sodass es außer Nate niemand hören konnte.

»Das werden wir noch sehen. Genau das ist es, was ich mit dir besprechen muss. Aber nicht jetzt und schon gar nicht hier. Ich muss noch einen Brief abwarten, erst dann weiß ich sicher, was damals passiert ist.«

Mir war nicht ganz klar, wovon er sprach.

Er meinte mit Sicherheit das Testergebnis, aber was für einen Brief meinte er?

»Nate, was soll das, was ist hier los?«

Ich löste mich aus seiner wärmenden Umarmung und drehte mich zu ihm um. Er sah mir tief in die Augen. Sein Blick war verzweifelt. Ich sah ihm an, dass er mehr wusste, als er zugab. Viel mehr. Er kannte die Antwort. Er konnte mir die Klarheit verschaffen, die ich so dringend brauchte.

»Es ist nicht so einfach, Alpha. Ich passe auf dich auf, das verspreche ich dir. Aber es ist wichtig, dass du niemandem vertraust, bis wir mehr wissen. Es geht hier um dein Leben!«, flüsterte er mir eindringlich zu.

Ich hatte das Gefühl, dass ich nun noch weniger wusste als vorher. Ich fühlte mich wie eine Figur in einem mir unbekannten Spiel. Er machte sich offensichtlich große Sorgen um mich. Ich wurde aus ihm einfach nicht schlau, er hatte Geheimnisse, die mich betrafen, was vermutlich der Grund für sein Interesse an mir war. Er neigte sich zu mir herunter und flüsterte mir noch etwas ins Ohr.

»Du wirst verfolgt und das nicht erst seit gestern. Es ist mir schon ein paar Mal aufgefallen, aber an dem Abend, als du mit Aaron im Kino warst, hast auch du es bemerkt. Ich weiß noch nicht, wer der Mann war, aber er sah nicht aus, als wäre er zum Plaudern da. Er ist hier, Alpha. Ich habe ihn gesehen, als ich gekommen bin.«

Mein Atem stockte und Panik stieg in mir auf.

»Glaubst du, dass er auch der Einbrecher war?«

Nate nickte ernst.

»Ich habe bis zum Schluss gehofft, dass du zu Hause bleibst, wenn ich dir sage, dass du nicht hierherpasst. Ich habe damit gerechnet, dass er kommt. Das ist die Wahrheit, Alpha.«

Seine Reue war echt, das spürte ich.

»Und du hast nicht darüber nachgedacht, dass es mir in den Sinn kommen könnte, die Party aus Trotz zu besuchen?«

Er sah nicht auf.

»Ich weiß nicht, was ich gedacht habe.«

War das sein Ernst? Er hatte mich beleidigt, um mich zu schützen, dann hatte er mich geküsst und dann hatte er mich ignoriert. Was würde er als Nächstes tun? Mich umbringen, um mir das Leben zu retten? Okay, das war vielleicht etwas theatralisch, aber es beschrieb meine Gefühlswelt ganz gut.

Meine Gedanken wurden von einer sanften Berührung gestört. Nate strich mit seiner warmen Hand meinen Arm entlang. Er legte seine Hand sanft an meine Taille. Unsere Gesichter trennten nur noch wenige Millimeter. Mein Herz pochte. Wollte er mich etwa küssen? Schon wieder? Das konnte ich nicht, nicht, solange meine Gefühle für Aaron im Raum standen. Denn sie waren da und sie waren stärker, als ich angenommen hatte.

Er strich mir eine Haarsträhne aus dem Gesicht und sah mir tief in die Augen. Die Nähe zwischen uns war elektrisierend. Leicht beugte er sich zu mir vor, sodass ich seinen warmen Atem auf meinen Lippen spüren konnte. Gerade als ich mein Selbstbewusstsein so weit hatte ihm zu sagen, dass das hier eine schlechte Idee war, wurde ich von der Seite geschubst und fiel hart auf die Knie.

Ein »Autsch« konnte ich mir nicht verkneifen. Ich spürte, wie das Blut durch die dünne Pumphose sickerte, die ich trug.

»Oh, das tut mir aber leid, ich hatte dich gar nicht gesehen. Aber du bist ja selber schuld, wenn du so im Weg rumstehst. Ich wollte eigentlich nur zu Nate.«

Ich rappelte mich auf und sah Eris, die nur Augen für Nate hatte. Typisch. Dass ich nicht auf dieselbe Art und Weise an ihm interessiert war wie sie, konnte sie nicht wissen. Trotzdem war das meiner Meinung nach kein Grund, zur Dampfwalze zu mutieren.

Sie sah aus wie Marilyn Monroe in *Blondinen bevorzugt.*

»Was möchtest du, Eris?«

Nate verschränkte die Arme und musterte sie mit seinem versteinerten Gesicht.

»Ich wollte euch nicht stören bei dem, was ihr da gerade veranstalten wolltet, aber morgen wirst du mir dafür danken, dass ich dich vor diesem alkoholisierten Unfall bewahrt habe.«

Eris lächelte Nate verführerisch an und nickte abschätzig in meine Richtung. Ihre Worte kränkten mich in meinem Stolz, auch wenn sie traurigerweise vielleicht sogar recht hatte. Natürlich war mir klar, dass sie ihn vor mir bewahren wollte, aber andersherum könnte ich es morgen genauso als Fehler betrachten. Denn hätte ich wirklich Nein gesagt? Ich traute mir jetzt schon selbst nicht mehr, was vermutlich an dem ungewohnt hohen Alkoholgehalt in meinem Blut lag.

»Alpha und ich sind nur Freunde, Eris, aber ich wüsste sowieso nicht, was dich das angeht. Also was möchtest du?«

Eris, die mich die ganze Zeit nicht eines Blickes gewürdigt hatte, lächelte mich jetzt triumphierend an. »Gut, ich wollte dich nur daran erinnern, dass das Orchester gleich von der Schulband abgelöst wird. Wir tanzen schließlich immer den letzten Tanz zusammen. Ich warte an der Bühne auf dich.«

Sie gab Nate einen leichten Kuss auf die Wange und tippelte auf ihren teuren Louboutins davon. Ich sah Nate fragend an. *Nur Freunde* hallte es in meinem Kopf. Er hatte recht, mehr konnten wir nicht sein und das sollten wir auch nicht. Ein leichtes Unwohlsein kam in mir auf. Er legte seine Hand auf meine Schulter und schob mich sanft in Richtung der Tür.

»Wir sollten jetzt wirklich wieder reingehen, du bist eiskalt, Alpha. Und außerdem wollen wir ja nicht den Einstieg der Schulband verpassen.«

Ich hatte das Gefühl, schnell etwas sagen zu müssen, damit die Situation nicht komisch wurde.

»Schulband? Es wird nicht den ganzen Abend Klassik gespielt?«

Nate lachte kurz auf. »Nein, um Mitternacht tauscht das Orchester mit der Schulband. Die darf dann bis zum Ende der Veranstaltung um zwei Uhr modernere Tanzmusik spielen.«

Nate öffnete mir die Tür zum Flur.

»Wer sagt denn heute noch Tanzmusik?«, fragte ich lachend.

»Ich tue das«, antwortete er gelassen.

»Und den letzten Tanz tanzt du mit Eris?«, fügte ich noch hinzu.

Er nickte. »Ja, schon seit einer Ewigkeit. Es ist praktisch Tradition, aber gegen eine Abwechslung hätte ich nichts. Sie hat mich immerhin um einen Kuss gebracht.«

Unweigerlich musste ich an eben denken, nur Freunde.

Ich fühlte mich wie das schmutzige Geheimnis eines Prinzen.

»Nate, das ist keine gute Idee. Wir sollten nur Freunde sein. Du hast jemanden verdient, der tiefe Gefühle für dich hat und das bin leider nicht ich.«

Nates Blick war überrascht und voller Enttäuschung.

»Es ist wegen Aaron, oder?«

»Das auch. Aber solange ich nicht weiß, wer ich wirklich bin, kann ich so was nicht. Wir kennen die Konsequenzen nicht.«

»Aber ihm hast du keine Abfuhr erteilt. Wieso? Weil er niemals König wird? Glaubst du, dadurch wird es einfacher?«

Er war aufgebracht und das konnte ich ihm nicht verübeln. Immerhin hatte ich ihn schon zum zweiten Mal wegen Aaron zurückgewiesen. Und wenn ich ehrlich zu mir war, dann war es Aaron, der das Verlangen in mir schürte. Vielleicht hatte er recht. Mit Aaron zusammen zu sein wäre vermutlich nicht einfacher. Aber meine Gefühle waren nun mal da und sie brannten in meiner Brust.

»Nein, Nate. Ich habe ihm das Gleiche gesagt wie dir. Nur dass es für ihn vermutlich noch schwieriger ist als für dich, weil er die Umstände nicht kennt. Was glaubst du, weshalb er mit Li tanzt? Ja, ich habe Gefühle für ihn und deshalb fühlt es sich falsch an, ihm nichts zu erzählen. Aber es ist vermutlich erst mal besser so.«

Das war die vermutlich klarste Aussage, die ich in den letzten Tagen gemacht hatte. Schnell drehte ich mich um und ging durch die Tür. Nate nickte stumm und folgte mir. Ich sollte besser gehen, bevor ich noch mehr anrichtete.

Als wir den Flur betraten, kam mir ein Schwall warmer Luft entgegen.

Augenblicklich wurde aus meinem Unwohlsein eine betäubende Übelkeit. Alles begann sich zu drehen und mich überkam eine eigenartige Benommenheit. Meine Beine gaben nach, ohne dass ich etwas dagegen tun konnte. Ich sah verschwommen, wie jemand sich über mich beugte. Eine Hand legte sich auf mein Gesicht und jemand sagte etwas, doch ich konnte nichts verstehen. Dann wurde alles schwarz um mich herum.

KAPITEL 15

Grelles Licht strömte durch ein Fenster und blendete mich, sodass ich meine Augen reflexartig zusammenkniff.

»Sie ist wach!«, rief jemand, der sich bei mir im Raum befand.

Wo war ich? Und wie war ich hierhergekommen? Immer wieder versuchte ich meine Augen zu öffnen, doch es war einfach zu hell. Das Licht drang selbst durch meine Augenlider.

»Was ist los, wo bin ich?«, krächzte ich. Meine Stimme war so leise, als wäre sie nicht mehr da. So muss sich die kleine Meerjungfrau gefühlt haben, als die Meerhexe ihr die Stimme nahm. Ich hörte, wie eine Tür rechts von mir ins Schloss fiel.

»Mensch, Junge, zieh doch die Gardinen zu!«

Das war definitiv meine Grandma. Augenblicklich wurde es dunkel im Raum. Vorsichtig öffnete ich meine Augen. Die weißen Flecken verschwanden langsam aus meinem Sichtfeld. Jemand setzte sich auf das Bett, in dem ich lag. Der betörende Duft von edlem Rasierwasser tauchte direkt vor meiner Nase auf. Er war mir bekannt, doch ich konnte ihn nicht zuordnen. Ich spürte, dass der Mann auf meinem Bett sich in meine Richtung lehnte, denn der Rasierwasserduft wurde stärker. Neben mir ging nun ein kleines Licht an, was den Raum gerade genug erhellte, um mich erkennen zu lassen, dass ich zu Hause war. Der junge Mann, der direkt vor mir saß und gerade das Licht angeschaltet hatte, drehte sein Gesicht langsam zu mir.

»Matt, was tust du denn hier?«, flüsterte ich.

Ein sanftes Lächeln bildete sich auf seinen schmalen Lippen. Man konnte ihm seine Erleichterung förmlich ansehen.

»Ich war dran mit Wache halten.«

»Wache halten?« Ich erinnerte mich an nichts. Es war, als hätte man mit einer Abrissbirne ein riesiges Loch in mein Kurzzeitgedächtnis geschlagen. Matt runzelte die Stirn.

»Ja, damit jemand da ist, wenn du aufwachst. Was ist das Letzte, woran du dich erinnerst?«

Ich schloss die Augen und versuchte mich zu konzentrieren. Ich sah Aarons Gesicht. Und Nate. Da war diese Party. Viele Menschen, laute Musik. Ein süßlicher Geruch.

»Aaron war da. Er hat mir etwas zu trinken gebracht. Dann hat er mit Li getanzt. Nate und ich waren auf dem Balkon. Ich glaube, wir wollten tanzen gehen.«

Als ich meine Augen wieder öffnete, kam es mir so vor, als wäre Matt noch näher gekommen. Seine Augen glitten an meinem Oberkörper hinab. Erst jetzt bemerkte ich, dass ich nur mit einem hauchdünnen Trägertop bekleidet war. Seine Blicke waren mir etwas unangenehm, weshalb ich reflexartig die Bettdecke über meine Brust zog. Als Matt es merkte, sah er mir schnell wieder in die Augen.

»Okay. Erinnerst du dich an sonst irgendwas? Hast du vielleicht mit jemandem geredet oder getanzt, den du nicht kanntest? Ist dir die Anwesenheit von jemandem besonders aufgefallen?«

Einzelne Bruchstücke der Party flackerten durch meinen Kopf, ließen sich aber nicht zu einem Gesamtbild vereinen.

»Ich weiß es nicht. Ich erinnere mich nur an zusammenhangslose Bilder.«

Matt sah zu meiner Grandma hinüber, die besorgt an der Zimmertür lehnte.

»So was hatte Dr. Solano erwähnt. Ihr Gedächtnis sollte aber in den nächsten Tagen wiederkommen«, sagte Grandma.

Ich konnte es nicht leiden, wenn man von mir in der dritten Person sprach, obwohl ich anwesend war.

»Kann mir mal jemand sagen, was hier eigentlich los ist?«, sagte ich so laut es mir möglich war.

Beide sahen mich an.

Meine Grandma öffnete die Tür und machte Anstalten hinauszugehen. »Erzähl du es ihr, Matthew, ich muss einen Anruf machen.«

Eilig verließ sie mein Zimmer und ließ die Tür hinter sich ins Schloss fallen. Ihr Verhalten war seltsam, denn sonst war meine Grandma eine sehr behütende Person. Normalerweise hätte sie mich in dieser Situation nicht allein gelassen, sondern mich mit irgendwelchen Suppen ertränkt. Nun waren Matt und ich allein. Ich spürte, dass er sich schwertat einen Anfang zu finden.

»Also, was ist jetzt? Was ist passiert? Am besten fängst du von vorne an.«

Mein Tonfall war etwas zu harsch, aber ich wollte nicht länger im Dunkeln bleiben. Matt nahm meine Hand, wobei mein Blick auf meinen Arm fiel. Ein blauer Fleck lugte unter dem Pflaster hervor, das in meiner Armbeuge klebte.

»Alpha, es ist wichtig, dass du versuchst dich an alles zu erinnern. Wie viel hast du getrunken?«

»Keine Ahnung, vermutlich nicht viel. Ich trinke eigentlich nie viel.«

Matts Blick war sorgenvoll. Für einen Augenblick schwiegen wir beide. Als ich gerade zu einer erneuten Frage ansetzen wollte, passierte etwas, mit dem ich in diesem Moment als Letztes gerechnet hatte. Matt legte seine Hand auf meine Wange und hauchte mir einen unschuldigen Abschiedskuss auf den Mundwinkel. Er stand auf und richtete seinen Blick Richtung Tür.

»Es tut mir leid, Alpha. Ich denke, ich bin mich nicht in der Position, um es dir sagen zu können. Bald wird es dir besser gehen.«

Dann ging er und ließ mich in meinem Zimmer allein zurück. Was war das denn gerade? Eine ganze Weile lag ich nur so da und dachte an gar nichts. Dann schlief ich wieder ein.

Als ich erneut aufwachte, konnte ich nicht genau einschätzen, wie viel Zeit vergangen war. Mein Schädel dröhnte und mein Magen war gereizt. Ich fühlte mich grauenhaft und hatte brennenden Durst. Das leere Glas auf meinem Nachttisch erweckte meine Aufmerksamkeit. Ich lehnte mich hinüber und griff nach dem Wasserglas. Dann stand ich vorsichtig auf. Das

Laufen ging erstaunlich gut, dafür, dass ich meine Beine nicht so richtig spürte. Es fühlte sich ein bisschen so an, wie durch tiefen, feuchten Sand zu waten.

Na ja, zumindest ging es so lange gut, bis ich die Tür öffnete und auf den schmalen Flur trat. Auf dem Flur standen Nate und Rivers. Ich war so überrascht, dass ich die Kontrolle über meine Beine verlor und zusammensackte. Geistesgegenwärtig griff Nate nach meinen Armen, um mich vor einem schmerzhaften Sturz zu bewahren. Ich hielt den Atem an, als er mich wieder auf die Beine zog. Das Wasserglas in meiner Hand hielt ich fest umklammert. Als Nate merkte, dass ich nicht mehr stehen konnte, griff er unter meine Kniekehlen und hob mich hoch. Meine baumelnden Beine fühlten sich schwer an. Er schien allerdings nichts von dieser Schwere zu bemerken, denn er trug mich in mein Bett zurück, als wäre ich ein Federkissen. Sanft strich er mir eine Haarsträhne hinters Ohr. Cosmo setzte sich auf den Stuhl, der neben meiner Kommode stand.

»Ich hole dir etwas Wasser, du bist sicher durstig.«

Nate nahm mir das Glas ab, das ich noch immer in der Hand hielt. »Ich bin sofort wieder da.«

Nachdem er mein Zimmer verlassen hatte, setzte ich mich auf und nahm meinen kleinen Handspiegel aus der obersten Schublade meiner Kommode. Ich sah furchtbar aus. Meine Haut war blass und meine Haare glichen einem Vogelnest. Unter meinen Augen waren klippentiefe Augenringe. Schnell band ich meine Haare zu einem Pferdeschwanz. Gegen meine Augenringe und meine Vampirhaut konnte ich allerdings so schnell nichts machen.

»Na, wie geht es dir?«

Cosmo musterte mich sorgenvoll. Er sah im Gegensatz zu mir wirklich gut aus, zumindest wenn man das verblasste Veilchen unter seinem linken Auge ignorierte.

»Es ging mir schon besser.«

Rivers lachte leise. »Ja, das kann ich mir wahrhaft vorstellen. Hast du eine Ahnung, was passiert ist?«

»Das könnte ich dich genauso fragen.«

Ich zeigte unter mein linkes Auge, was Rivers erneut zum Lachen brachte. »Na gut, eine Antwort für eine Antwort. Ich habe einen drogenschmuggelnden Clown namens Buffalo Bill am Piccadilly Circus verhaftet. Er hatte Kokain statt Konfetti in seinen Heliumballons und wollte die nicht einfach so wieder rausrücken. Jetzt du.«

Ich lachte. Das war doch niemals wahr. »Ein Clown? Wirklich?«

»Du glaubst mir nicht?« Cosmo lehnte sich lässig in den Stuhl und verschränkte seine Arme. Komisch, irgendwie gab mir seine Anwesenheit ein Gefühl von Normalität und das, obwohl momentan überhaupt nichts normal war.

»Nein, ganz und gar nicht.«

»Aber es ist wahr, hier ist der Beweis, dass Buffalo Bill wirklich existiert.«

Er tippte leicht unter sein blutunterlaufenes Auge. Ich konnte sehen, dass er Schmerzen hatte. Er zuckte bei der Berührung kurz zusammen, verlor sein Lächeln jedoch nicht.

»Na gut. Das Letzte, was ich weiß, ist, dass ich von Aaron ein Glas Punsch bekommen habe. Ich glaube, ich hatte doch mehr Punsch, als ich dachte.«

Es war nicht das Letzte, an das ich mich erinnerte. Jedoch wollte ich ihm nicht davon erzählen, dass ich Nate zuvor abgewiesen hatte. Ich fand, dass das eine doch sehr private Angelegenheit war.

»Wieso bist du hier, Rivers? Ich meine, man bekommt doch nicht so viel Besuch, nur weil man betrunken war. Obwohl ich mich freue dich zu sehen.«

Rivers Gesicht wurde ernst. Sein vorher so natürliches Lächeln wirkte nun aufgesetzt, fast schon traurig.

»Weißt du, welches Datum wir haben, van Aerssen?«

Verwirrt über die Frage, welche ich statt einer Antwort erhielt, runzelte ich die Stirn.

»Heute ist der 1. November, schätze ich. Was soll die Frage?«

»Heute ist der 5. November, Alpha. Du warst ziemlich lange ausgeknockt. Alle hier haben sich große Sorgen gemacht. Bis gestern warst du im Krankenhaus. Sie haben dir den Magen ausgepumpt und dein Blut gereinigt. Seit heute Morgen bist du zu Hause, weil die behandelnde Ärztin es sinnvoll fand, dass du zu Hause aufwachst.«

Was war nur passiert?

»Das klingt sehr ernst. Wie konnte das geschehen? Ich habe keine Drogen genommen, ich schwöre es!«

Rivers Ausdruck war nach wie vor ernst. Er nickte gefasst. Ich war froh, dass er es war, der mich aufklärte, und nicht irgendein fremder Arzt.

»Das wissen wir, Alpha. Du wurdest vergiftet und du warst nicht die Einzige.«

»Ich war nicht ...?«

Bevor ich meinen Satz beenden konnte, hörte ich Schritte auf dem Flur.

Als die Tür sich öffnete, schob ich den Spiegel, den meine Hand fest umklammert hielt, zurück in die Schublade. Nate stellte das Wasserglas auf die Kommode und ging zum Fenster. Er öffnete die Vorhänge. Von draußen drang kaum Licht in mein Zimmer. Die Sonne war bereits untergegangen. Er öffnete das Fenster einen Spaltbreit und lehnte sich auf die Fensterbank. Herrlich kühle Luft kam von draußen herein.

»Also, Alpha, da Matt es dir nicht gesagt hat, habe ich nun die zweifelhafte Ehre, dir zu erklären, was vorgefallen ist«, sagte Nate. Er setzte sich zu mir auf die Bettkante.

»Du wurdest vergiftet, Alpha.«

Nate sah mich besorgt an.

Ich wusste, dass es kein Scherz war, und doch musste ich lachen. »Ich weiß, Rivers hat es mir schon erzählt. Aber wieso? Weil ich vielleicht, aber auch nur ganz vielleicht, ein Königreich spalten könnte? Falls ich die bin, für die du mich hältst, versteht sich. Wenn ich es richtig sehe, bin ich ohne das Ergebnis des DNA-Tests wertlos.«

»Das sind harte Worte, Alpha. Du bist doch nicht wertlos. Niemand ist wertlos.«

Cosmo verschränkte die Arme und warf Nate einen vorwurfsvollen Blick zu. Es war fast so, als gäbe er ihm die Schuld daran. Sein Blick war finster und aufmerksam wie ein Löwe in Lauerstellung.

»Du weißt doch, was ich meine. Solange wir nicht mehr wissen, bin ich nicht die Tochter eines Politikers, eines berühmten Designers, eines Baulöwen oder eines Königs.«

»Genau genommen ist ein König ein Politiker oder nicht?«

Nate lächelte zaghaft. Er wollte offenbar den Ernst der Lage nicht außer Acht lassen, die angespannte Situation aber trotzdem entschärfen.

»Aber um es in deinen Worten auszudrücken. Du bist nicht so wertlos, wie du glaubst. Genau genommen bist du sogar äußerst wertvoll. Wir haben das Ergebnis.«

Ich war irritiert, denn wenn er die Antwort längst hatte, warum redete er dann um den heißen Brei herum?

»Und? Ist Gren van Aerssen nun mein Vater?«

Nate griff nach meiner Hand und strich mit seinem Daumen beruhigend über meinen Handrücken.

»Nein, ist er nicht.«

Mir fiel ein Stein vom Herzen. Gren van Aerssen war nicht mein Vater. Die DNA stimmte nicht überein. Himmel, ich hatte schon Angst gehabt, dass ich nie wieder ruhig schlafen würde. Aber ein anderes Gefühl beschlich mich. Aber warum waren sie dann hier?

»Und das Aber? Es gibt doch immer ein Aber?«, fragte ich.

»Eure DNA stimmt nicht gänzlich überein. Aber dafür stimmt deine DNA mit einer anderen zu 99,999% überein.«

Mein Herz raste, als würde ich in den nächsten zwanzig Sekunden einen wahnsinnig großen Lottogewinn überreicht bekommen. Dabei fand ich nur gerade heraus, dass ich normal war und tatsächlich einen Vater hatte. Ich hoffte nur, dass er noch lebte und einen normalen Beruf hatte. Ein Zahnarzt-Dad wäre toll oder ein Tierpfleger. Dann müsste ich Ferkel nie wiedersehen. Das wäre ein Traum.

»Mit wem stimmt meine DNA überein?«

Mit einem leisen Quietschen öffnete sich die angelehnte Tür meines Zimmers.

»Mit König Royland van Aerssen. Du bist die rechtmäßige Thronerbin von Gelaria.«

In der Tür stand meine Grandma. In ihren Händen hielt sie eine kleine Kiste, die bereits etwas ramponiert aussah.

Grandma hatte es die ganze Zeit gewusst.

KAPITEL 16

Ich eine Thronerbin? Das war doch verrückt! Zwar hatte Nate mir diese Möglichkeit längst offenbart, aber glauben konnte ich es einfach nicht. Meine Mum und ich hatten ein gutes Verhältnis. Sie hätte es mir doch erzählt, wenn mein Vater ein König gewesen wäre.

Aber all das war gerade unwichtig, denn in mir brannte eine Frage und ich hatte verdammt Angst vor der Antwort.

»War Mum meine Mutter?«

Nate stand von meiner Bettkante auf und lehnte sich an die Wand, direkt neben den argwöhnischen Cosmo Rivers. Nun setzte sich meine Grandma an die Stelle, an der Nate zuvor gesessen hatte.

»Ja, das war sie.«

Erleichtert atmete ich auf und ein paar Tränen rannen über mein Gesicht. Meine Mum war immer noch meine Mum. Auf Grandmas Lippen lag ein mitfühlendes Lächeln, als sie die kleine Truhe öffnete.

»Weißt du, Alpha, du warst unser Geheimnis. Ich erinnere mich noch genau an den Tag, als deine Mutter zu mir kam und mir erzählte, dass ein junger Prinz im Laden war und sie zu einem Picknick eingeladen hatte. Da war sie so alt wie du jetzt.«

Grandma zog ein besticktes Taschentuch aus ihrer Schürze und wischte sich die Tränen von den Wangen.

»Von da an kam er immer öfter in unseren Laden und sei es nur, um deinem Grandpa beim Tragen der Fässer zu helfen. Er brachte ihr immer, wirklich jedes Mal, eine Blume mit. Sie verliebten sich. Weißt du, sie waren sehr glücklich. Als er dreiundzwanzig wurde, starb der alte König, also musste

Royland seinen Platz einnehmen. Gren war erst achtzehn. Royland hatte überlegt auf den Thron zu verzichten, um deine Mutter heiraten zu können, aber diese Bürde wollte er seinem Bruder nicht auferlegen. Also wurde er König. Die vielen Berater des Parlaments brachten ihn auf den Weg. Er hatte viel zu tun und obwohl sie sich seltener sahen, verging diese Liebe nicht. Sie war zu stark. Also bat er seine Berater um die Erlaubnis, eine Bürgerliche heiraten zu dürfen.«

»Mum?«

Grandma nickte und reichte mir ein kleines ledernes Notizbuch aus der Truhe. Als ich es aufschlug, sah ich, dass alle Seiten mit Unmengen von gepressten Wildblumen vollgeklebt waren. Das Buch quoll geradezu über vor Blumen.

Jede Blume symbolisierte einen Tag voller Glück, ein Geständnis und das Versprechen ewiger Liebe. Sie waren allesamt wunderschön.

Ehrfürchtig strich ich über die Erinnerungen meiner Mutter. Ob sie an dem Tag, als er ihr den Löwenzahn geschenkt hatte, Eis essen waren? Vielleicht sind sie ausgeritten, als er ihr den Mohn vom Pferd aus pflückte. Oder sie saßen einfach auf einer Sommerwiese und er schenkte ihr mit der Pusteblume einhundert Wünsche, während er ihr den einzigen Wunsch erfüllte, den sie hatte: ihn.

»Natürlich waren alle Parlamentsmitglieder dagegen. Er sollte eine für das Land vorteilhafte Ehe schließen. Na gut, alle bis auf einen. Elias Brown. Mr Brown war der Meinung, dass ein glücklicher König seinem Land mehr nütze als ein unglücklicher mit einer vorteilhaften Ehe.

Also half er ihnen. Sie heirateten im Oktober 1999 in der kleinen Dorfkapelle hier in Westby. Es war eine wundervoll romantische Zeremonie. Pastor Rivers hat sie heimlich getraut. Mr Brown fungierte sogar als Trauzeuge, weil Roylands Bruder nicht erschienen war. Deine Mum hat ihren Bauch gut versteckt, sie war ja schon immer sehr schlank gewesen. Nur sie, Royland und Pastor Rivers wussten von dem Kind. Zu diesem Zeitpunkt ahnte nicht einmal ich, dass sie schwanger war. Erst kurz nach der Hochzeit vertraute sie sich mir freudestrahlend an und erzählte mir zum ersten Mal von dir. Sie hatte Angst, dass die anderen Parlamentsmitglieder von dir und der Hochzeit erfuhren, bevor Royland es verkündete. Sie gab mir alle wichtigen Unterlagen, Fotos und Erinnerungen, damit ich sie verwahre, bis die Zeit reif wäre.«

Grandma schluckte, ich sah wie schwer es ihr fiel, darüber zu reden. Denn wir wussten beide, dass diese Geschichte nicht gut ausging.

Sie reichte mir die Heiratsurkunde und meine Geburtsurkunde. Royland war sogar offiziell als mein Vater eingetragen. Wie konnte mir das so lange entgangen sein?

»Am 3. September 1999 kamst du zur Welt und du hast ihr Glück für einen kleinen Augenblick perfekt gemacht. An Weihnachten taufte Pastor Rivers dich und ihr nahmt van Aerssen als Namen an. Weißt du, am dritten Weihnachtstag wollte Royland offiziell verkünden, dass er deine Mutter, die Frau, die er seit einer Ewigkeit liebte, geheiratet hat und du geboren wurdest. Er wollte, dass alle an eurem Glück teilhaben. Doch als er den Saal betrat, wurde er von einem unbekannten Mann erschossen. Deine Mutter packte noch in derselben Nacht ihre Sachen und verschwand mit dir. Sie hatte Angst, dass sie dich finden würden, denn ihr war klar, dass es von Anfang an um den Thron ging.«

Sie reichte mir ein altes Foto. Die Ecken waren umgeknickt und die Ränder waren ein wenig ausgeblichen. Auf dem Bild waren meine Mum, Royland und ich zu sehen. Meine Eltern strahlten in die Kamera, als wären sie die glücklichsten Menschen der Welt. Auch wenn ihr Glück nur kurz andauerte, so hatten sie es doch gefunden.

»Cosmo?«

Cosmo lehnte sich nach vorn und stützte seine Arme auf die Oberschenkel. Sein Blick machte klar, dass er wusste, worauf ich hinauswollte.

»War Pastor Rivers mit dir verwandt?«

Er senkte den Blick und nickte.

Die Geschichte meiner Eltern, ihrer Liebe und ihres Todes bedrückte uns alle. Auch Nate sah mich mitfühlend an. Das Päckchen, das ich zu tragen hatte, wurde mit jedem meiner Atemzüge schwerer. Ich wurde das Gefühl nicht los, dass sich dies nie mehr ändern würde.

»Er war mein Großvater. Ich war als Kind oft hier in Westby. Weißt du, Royland und Gren haben damals oft mit mir Fußball gespielt, da war ich gerade sechs Jahre alt. Royland war der Vernünftigere der beiden. Er ist sehr jung König und Vater geworden und hätte er mehr Zeit gehabt, dann hätte er sicher beide Rollen wunderbar ausgefüllt.«

»Du wusstest, wer ich bin? Als ich im Polizeirevier aufgetaucht bin, hast du meinen Namen gelesen und gewusst, dass er mein Vater ist?«

Cosmos Blick war voller Schuld. Er wusste es und hatte es mir nicht gesagt. Und ich dachte, er wäre einfach so nett zu mir gewesen und nicht, weil er mich für die verschwundene Thronerbin eines toten Landes hielt. Ich war so dumm gewesen.

»Ich habe es vermutet. Nachdem du mir dann vom Tod deiner Mutter erzählt hast, habe ich angefangen ein wenig zu recherchieren. Als ich das Foto deiner Mutter in der Fallakte des Bürobrandes gesehen habe, ist mir das Herz in die Hose gerutscht. In diesem Moment wusste ich, wer du bist.«

Ich merkte, wie Wut in mir aufstieg. Eine verzweifelte Wut, auf alles und jeden. Ich war mein ganzes Leben lang von allen belogen worden, die mir etwas bedeuteten. Grandpa, Grandma und Mum, niemand hatte auch nur einen Ton gesagt. Da war Ferkel vermutlich sogar noch die ehrlichste Haut unter all den Schwindlern in meinem Leben.

Ferkel ... wenn der wüsste, wie nah er an einem Titel dran war, würde er sich in den Arsch beißen.

»Und du bist nicht auf die Idee gekommen, mir das vielleicht mitzuteilen? Ich meine, spätestens als ich dir von dem Verfolger erzählt habe, hätten doch deine geschulten Alarmglocken losgehen müssen, Detective. Aber nein, das reichte ja offenbar nicht. Ich muss erst fast umgebracht werden, damit man mir sagt, was hier eigentlich los ist! Jeder in diesem beschissenen kleinen Raum weiß mehr über mich als ich selbst!«

Erst als ich fertig war, fiel mir auf, dass ich geschrien hatte. Mein Körper zitterte. Ich konnte spüren, wie meine Stärke mich verließ. Ich war müde. Müde von dem Gift, von den Lügen, von allem. Es war einfach alles viel zu viel für mich.

»Deswegen sind wir hier. Damit du erfährst, wer du wirklich bist, was hier läuft und in welcher Gefahr du dich befindest. Denn die Gefahr, in der du schwebst, ist erheblich. Jonathan und ich gehen davon aus, dass diejenigen, die damals das Attentat auf deinen Vater, König Royland, geplant haben, auch jetzt aktiv sind.«

Ich blickte Cosmo an. Seine Aussage war schlüssig, auch wenn es mir einen Schrecken einjagte, Ziel eines jahrzehntealten Komplottes zu sein.

Er fuhr fort: »Und es wird schlimmer. Erst haben sie dich nur beschattet, vermutlich wollten sie wissen, wie viel du selbst weißt. Als sie merkten, dass du keine Ahnung hast, wer du bist und woher du wirklich kommst, haben sie das vermutlich als ihre Chance gesehen. Sie wollten an die Papiere, die deine Grandma versteckt hält. Denn ohne die Papiere bist du keine Bedrohung mehr für sie. Diese Annahme änderte sich vermutlich, als wir den DNA-Test in Auftrag gegeben haben. Ich schätze, dass sie jetzt versuchen werden dich zu beseitigen, bevor jemand von dir erfährt. Deswegen halte ich es für den sichersten Weg, direkt an die Öffentlichkeit zu gehen …«

Nate schnitt Cosmo das Wort ab. Noch immer lehnte er an der Wand, aber mittlerweile war ihm die Anspannung deutlich anzusehen. Über seine muskulösen Oberarme spannte sich der dünne Stoff seines Sweatshirts.

»Das sehe ich anders. Wenn wir es jetzt öffentlich machen, werfen wir sie den Hunden zum Fraß vor. Sie hat sich ja noch nicht einmal entschieden, ob sie sich wirklich anerkennen lassen will. Sie weiß doch noch überhaupt nicht, was dann auf sie zukommt. Sie braucht erst mal einen Überblick. Ich glaube nicht, dass es so einfach ist, ein Land in die Selbständigkeit zurückzuführen, wenn man keine Ahnung von Politik hat.«

Cosmo war nicht begeistert, aber Nate hatte recht. Ich wusste nicht genügend über die Regierungsvorgänge eines Landes. Genau genommen wusste ich fast nichts über das Land, das mein Vater vor achtzehn Jahren regiert hatte. Achtzehn Jahre waren eine lange Zeit.

»Und wie willst du das anstellen, Jonathan? Die Wahlmöglichkeit verlor sie in dem Augenblick, in dem sie vergiftet wurde. Es geht hier um ihr Leben und sich anerkennen zu lassen ist momentan die einzige Möglichkeit, den heimlichen Komplotten ein Ende zu setzen. Wieso hilfst du ihr eigentlich? Ich meine, du bist der Thronfolger von Antira, du müsstest auf der anderen Seite stehen«, fragte Cosmo an Nate gewandt.

Scheiße, das könnte eskalieren.

Cosmo hatte überreagiert. Wenn seine Aussage Nate verletzt hatte, hielt dieser seine Wut jedoch gut zurück. Bis auf seine zu Fäusten geballten Hände ließ er sich nichts anmerken. Da war es wieder, das unermüdliche Pokerface des Prinzen.

Ich wünschte, ich hätte so viel Beherrschung.

Nate war grandios in seinem Job, auch wenn seine Menschlichkeit manchmal darunter litt. Er war als König geboren worden und er wurde wie einer erzogen. Wenn mir jemand helfen konnte, dann er.

»Ich verstehe dein Misstrauen. Mein Vater möchte das Land erhalten, wie es ist. Veränderungen bergen immer ein gewisses Risiko. Sein Ziel ist es wohl, den Frieden so zu erhalten, wie er ist. Ich sehe das aber ein bisschen anders. Die Leute im ehemaligen Gelaria sind unzufrieden. Sie stehen aus irgendeinem Grund immer an letzter Stelle und das sorgt für Unfrieden zwischen ihnen und den Antiranern. Sie hatten vorher ein Parlament, ein Mitbestimmungsrecht, es war keine absolute Monarchie. Das Parlament kann laut der Verfassung nicht ohne König regieren und der König nicht ohne Parlament. In Antira ist das leider nicht so, deswegen sind die Menschen unglücklich. Das möchte ich ändern. Gelaria und Antira haben immer Hand in Hand gelebt. Wir hatten offene Grenzen, die Leute konnten sich immer darauf verlassen, dass die Regierungen alles taten, was die beiden Bevölkerungen stärkte – das können sie seit der Vereinigung nicht mehr. Es hat ihnen ihren Stolz und ihr Heimatgefühl geraubt. Natürlich war es notwendig, beide Länder zu vereinen, damit Gelaria überlebt, aber das ist es jetzt nicht mehr.«

Nate holte kurz Luft und sah dann zu mir. In seinen sonst so schönen Augen blitzte ein Schimmer Traurigkeit auf.

»Alpha ist neu in dieser Welt. Sie sollte sich mit Leuten auseinandersetzen, die etwas von der Politik und vor allem von Gelaria verstehen. Sie kennt dieses Land nicht, sie muss sich erst einmal damit vertraut machen. Es geht hier nicht nur um sie, es geht um das Leben vieler Menschen. Du hast recht, sie hat ihre Wahl verloren, als man sie vergiftete. In diesem Moment verlor sie die Möglichkeit auf ein normales Leben, aber sie könnte fliehen, wenn sie wollte. Auch wenn es nicht meine Wahl für sie wäre, ich würde ihr helfen, denn jeder sollte eine Wahl haben«, sagte Rivers.

Und sei es die zwischen Pest und Cholera, fügte ich in Gedanken hinzu.

Auch wenn er nach wie vor keine Begeisterung ausstrahlte, so schien Rivers den Prinzen doch zu verstehen.

Meine Grandma hatte sich die ganze Zeit über zurückgehalten und nur stumm auf die kleine Truhe gestarrt, die noch immer auf ihrem Schoß stand.

»Deine Mutter wusste, dass es irgendwann so weit sein würde, dass genau dieser Tag kommen würde. Sie hat dir schon, als du noch ganz klein warst, einen Brief für eben diesen Moment geschrieben. Er soll dir bei deiner Entscheidung helfen und ich hoffe inständig, dass er es tut. Eigentlich wollte sie ihn dir erst zu deinem achtzehnten Geburtstag geben, aber ich glaube, jetzt ist der richtige Zeitpunkt.«

Sie zog einen kleinen gelblichen Umschlag aus der Truhe und reichte ihn mir. Er war mit grünem Wachs versiegelt. Im Wachs prangte das Wappen des Königshauses von Gelaria.

Grandma stand auf und stellte die Truhe auf die Kommode neben meinem Bett.

Dann küsste sie mich auf die Stirn. Aus ihren feuchten Augen löste sich eine Träne. In der Tür blieb sie stehen und wandte sich zögerlich an Cosmo und Nate.

»Wir sollten gehen. Das war sehr viel heute. Ich schlage vor, dass Sie beide morgen wiederkommen und wir dann alle gemeinsam besprechen, wie es weitergehen könnte. Wir sollten Alpha jetzt einen Moment Ruhe gönnen.«

Beide nickten zaghaft und verließen dann den Raum, ohne ein weiteres Wort an mich zu richten. Meine Grandma ging als Letzte und schloss die Tür hinter sich.

Nun war ich allein mit mir selbst. Und obwohl ich die letzten Tage größtenteils schlafend verbracht hatte, fühlte ich mich, als hätte mich ein Zug überfahren. Ich war müde, aber ruhelos.

Nur das dämmrige Licht meiner Lampe erhellte den Raum. Ihr Schein erreichte die Ecken des kleinen Zimmers nicht mehr, sodass der Stuhl, auf dem Cosmo gesessen hatte, im Dunkeln lag.

Mein Blick fiel auf den Brief, den ich fest mit meinen Händen umklammerte. Dies war die letzte Nachricht, die ich je von meiner Mum erhalten würde. Vielleicht hatte sie gefürchtet, dass ihr etwas zustoßen könnte. Sie hatte nie etwas gesagt und ich würde gleich erfahren wieso.

Mit zittrigen Fingern brach ich das Wachssiegel und zog vorsichtig das dicke Blatt Papier heraus, das der Umschlag barg. Es fühlte sich rau und unglaublich wertvoll an, wie eine jahrhundertealte Schatzkarte.

Noch bevor ich anfing zu lesen, kamen mir die ersten Tränen. Ich würde nie wieder einen Brief von ihr erhalten.

Liebe Alpha,
nun bist du alt genug, um zu erfahren, wozu du bestimmt bist. Ich habe lange darüber nachgedacht, wie ich es dir erzählen soll.
Es gab viele Momente, in denen ich dir gerne von deinem Vater erzählt hätte, aber gleichzeitig waren die Erinnerungen so schmerzhaft, dass ich es nicht über mich gebracht habe. Und als ob du gespürt hättest, dass dein Vater ein schwieriges Thema für mich ist, hast du nie nach ihm gefragt.
Doch ich muss dir von ihm erzählen. Zum einen, weil es dein Recht ist, es zu wissen, und zum anderen, weil es die glücklichste Zeit in meinem Leben war. Doch wo fange ich an?
Ich weiß, was du jetzt sagen würdest: »Fang einfach am Anfang an, Mum!«
Und das werde ich.
Wir lernten uns in der Bäckerei deines Grandpas kennen und schon bei unserem ersten Treffen lud mich dein Vater zu einem Picknick ein. Was soll ich sagen, einem Prinzen gibt man nicht

einfach einen Korb. Und ehrlich, das wollte ich auch gar nicht. Dein Vater war charmant, zuvorkommend und witzig.
Aus einem Treffen wurden schnell mehr. Und dann kamen die Blumen. Alpha, so viele Blumen, genug, um ein ganzes Buch zu füllen. Jedes Mal, wenn wir uns trafen, schenkte er mir eine andere Blume.
Weißt du, die Blumen waren vielleicht nicht viel wert, aber jede einzelne kam von Herzen. Sie bedeuteten mir die Welt und dann kamst du und hast alles perfekt gemacht.
Ich erinnere mich genau an den Tag, als ich ihm erzählte, dass ich schwanger war. Er hatte einen Zweig Schleierkraut dabei und ließ ihn fallen, um mich in die Arme zu schließen. Ich glaube, ich habe mit meinen Tränen sein Hemd ruiniert. Und an dem Tag deiner Geburt brachte er eine Schneerose mit. Wir waren die glücklichsten Menschen auf der Erde.
Du fragst dich jetzt sicher, warum ich dir das alles schreibe. Alpha, du bist jetzt achtzehn Jahre alt und der Todestag deines Vaters jährt sich bald erneut. Mir war immer bewusst, dass ich es nicht immer geheim halten, dass ich die Verantwortung nicht ewig allein tragen kann. Und jetzt ist der Zeitpunkt gekommen, dass du den Platz einnimmst, den dein Vater und ich uns für dich gewünscht haben.
Dein Vater ist Royland van Aerssen, erst Prinz und dann König von Gelaria. Einem wunderbaren kleinen Land, das du genauso kennen und lieben wirst wie ich. Da bin ich sicher.
Dein Vater wurde vier Monate nach deiner Geburt ermordet, erschossen, kurz bevor er allen von uns erzählen konnte.
Vielleicht ist dir aufgefallen, dass wir öfter umgezogen sind als andere Familien. Ich habe dir immer gesagt, dass es an meinem Job läge, aber der wahre Grund ist nicht so einfach.
Wir werden verfolgt. Ich versuche dir eine möglichst normale Kindheit zu bieten, aber unsere Verfolger holen auf und unsere

Aufenthalte werden immer kürzer, trotzdem findest du schnell Anschluss und lernst Freunde kennen. Ich hoffe, dass das so bleibt, denn du bist deinem Vater sehr ähnlich, weißt du? Du hast seine Augen, seine Nase und sein Lächeln. Vor allem in deinen guten Eigenschaften sah ich ihn immer in dir. Du bist höflich, freundlich, kreativ und noch so viel mehr.
Gestern hat mich deine Lehrerin angerufen und mir erzählt, dass du in der Schule immer dein Pausenbrot mit einem Mädchen teilst, weil es so selten ein eigenes dabeihat. Ich werde dir in Zukunft ein zweites einpacken.
Alpha, unsere Tochter und die wahre Thronerbin von Gelaria. Ich werde dich beschützen, so lange ich kann. Aber der Zeitpunkt wird kommen, an dem du bereit sein musst, Gelaria zu seiner alten Freiheit und Schönheit zu führen. Ich wünschte, es wäre nicht so, aber du bist Gelarias einzige Hoffnung, um den Vertrag mit Antira zu lösen. Ich weiß, das klingt verrückt, aber es ist wahr.
Sei mutig, ehrlich und freundlich. Sie werden dich lieben, so wie ich es tue. Es ist okay, Angst zu haben, du darfst dich nur nicht von ihr lähmen lassen. Denn dann werden sie dich einholen.
Ich werde immer für dich da sein.
Greif nach den Sternen. Es liegt an dir zu entscheiden, wer du sein willst.
Ich liebe dich, Mum

Die letzten Worte ihrer verschnörkelten Handschrift konnte ich kaum lesen, weil meine Tränen alles verschwimmen ließen.

Meine Mum glaubte an mich, was würde sie denken, wenn sie mich jetzt sah?

Ich war nur nach Westby gekommen, weil ich in meine alte Schule eingebrochen war, und ich erinnerte mich nicht an den Namen des Mädchens, dem ich von meinem Brot abgegeben hatte. Vielleicht war ich nicht so geworden, wie sie gehofft hatte, aber sie und Nate hatten recht.

Es gab da draußen eine Menge Menschen, denen es schlechter ging als mir. Ich hatte die Möglichkeit, ihnen zu helfen, genau genommen war ich die Einzige, die das konnte. Was sprach also dagegen, es wenigstens zu versuchen?

Ich würde mich anerkennen lassen. Es war eine große Verantwortung und ich hatte keine Ahnung, was auf mich zukam, aber was hatte ich schon zu verlieren?

Mir gingen die Alternativen aus, denn ich wollte nicht mein Leben lang auf der Flucht vor einem mehr oder weniger unbekannten Gegner sein. Wir hatten alle gesehen, wohin mich das gebracht hatte.

Aber ein Problem würde sich nicht so einfach lösen lassen.

Nate würde mir helfen, so viel war klar. Eine ruhige Spaltung des Landes lag in seinem Interesse.

Aber was war mit Aaron?

Bei dem bloßen Gedanken an ihn wurde mir warm. Ich fragte mich, ob er versucht hatte mich in meiner Abwesenheit zu erreichen. Seit Tagen hatte ich mein Telefon nicht angefasst. Also nahm ich es mir, klappte es auf. Li und Anila hatten versucht mich anzurufen. Ich würde mich bei ihnen melden, sobald ich so weit war. Von Aaron gab es keine Nachricht. Enttäuscht wünschte ich mir, er wäre hier und würde mir sagen, was er dachte. Zugegeben, ich hatte nicht ernstlich damit gerechnet, dass dieser DNA-Test positiv ausgehen könnte. Zwar war diese Möglichkeit die ganze Zeit in meinem Kopf rumgespukt wie ein fieser Poltergeist, aber so richtig darauf konzentriert hatte ich mich bisher nicht. Immerhin hatte ich ihn ja deshalb erst einmal im Unklaren lassen müssen.

Schön und gut, aber die viel wichtigere Frage war: Was sollte ich jetzt tun?

Ich hatte genug Klarheit, um Aaron erklären zu können, was vor sich ging. Aber wie würde er reagieren? Sobald ich in der Öffentlichkeit stand, würde sich einiges ändern.

Nicht nur für mich. Er würde, sollten wir ein Paar werden, genauso in das Sichtfeld der Medien geraten, und ich wusste nicht, wie lieb ihm das zu diesem Zeitpunkt wäre.

Immerhin war der Unfall in der Ski-Hütte kein Jahr her.

Wenn ich es ihm sagen würde, würde er sich von mir abwenden? Weil ich das wurde, was er nie sein würde?

Königin.

Dieses Wort wog schwer auf meiner Zunge. Es hörte sich so wahnsinnig verrückt an. Doch irgendwie glaubte ich nicht, dass ich morgen aufwachen würde und sich all das hier nur als Traum herausstellte.

Vielleicht würde Aaron zu mir stehen, aber konnte ich mir da sicher sein? Ich wusste nicht, wie er zu einer Aufteilung der Länder stand. Immerhin war Antira auch sein Land und auch wenn er selbst nicht König wurde, war er immer noch ein Kingston.

Genau genommen wusste ich nicht einmal, wie stark seine Gefühle für mich waren oder ob er überhaupt Gefühle für mich hatte. Was wäre, wenn der Kuss nur ein Ausrutscher gewesen war und er nie wirklich beabsichtigt hatte, dass mehr daraus werden könnte? Aber falls es kein Fehler war, dann würde er mich nehmen, wie ich war, oder?

Noch bevor ich mir den Kopf weiter darüber zerbrechen konnte, hatte mich meine Müdigkeit eingeholt.

KAPITEL 17

Ich lief eine Allee entlang. Laub fiel von den Bäumen, es war Herbst. Ich kam von der Schule. Ich hatte eine gute Note in Mathe bekommen, Steve Carrey, der heißeste Typ des Jahrgangs, hatte mich um eine Verabredung gebeten und in ein paar Tagen war Halloween. Dieser Tag hätte der beste Tag meines jungen Lebens werden sollen, doch er änderte alles. Ich nahm einen Umweg. An dem kleinen Starbucks in der Church Street machte ich halt und blickte durch das beschlagene Fenster.

Ein dunkelhaariger Junge stand in der Reihe und bestellte gerade. Eine etwas kräftigere junge Dame schob ihm zwei Kaffeebecher und eine Serviette mit ihrer Telefonnummer rüber.

Der Junge verließ den Starbucks und ging die Straße entlang. Ich folgte ihm. Sein Name war Aaron, doch ich erinnerte mich nicht daran, woher ich das wusste.

Als ich den Weg erkannte, den er nahm, rannte ich los. Irgendwas war anders als sonst. Wir kamen dem Büro meiner Mutter immer näher und doch bewegten wir uns nicht von der Stelle. Aaron drehte sich um und stellte sich vor mich. Ich streckte mich und versuchte immer wieder an ihm vorbeizusehen, doch ich erhaschte immer nur Ausschnitte. Ich sah, wie maskierte Einsatzkräfte mühsam eine mit einem weißen Laken bedeckte Trage die Stufen hinuntertrugen. Aaron sah mir in die Augen und sagte immer wieder: »Du musst nicht hinsehen. Sieh nicht hin.« Ich versuchte ihm zu sagen, dass ich nicht anders konnte, doch ich hatte keine Stimme mehr. Er drückte mir seine zwei Becher in die Hand und streichelte mir sanft übers Gesicht. Der süße Duft der heißen Schokolade verschmolz mit dem ekelerregenden Geruch von verbranntem Fleisch. Doch dann passierte etwas ganz Außergewöhnliches. Er nahm mein Gesicht in seine Hände und küsste mich. Ich schloss meine

Augen und saugte die Leidenschaft und die Liebe dieses Kusses in mich auf. Als ich meine Augen wieder öffnete, standen wir in einer Küche. Es war dunkel.

Aaron ging ein paar Schritte zurück.

»Liebst du ihn?«

Ich wollte mit Nein antworten, doch ich war noch immer stumm.

Er fragte noch einmal: »Liebst du ihn?«

Ich wollte den Kopf schütteln, doch ich konnte mich nicht bewegen. Ich war zu Stein erstarrt. Dann ging Aaron und ließ mich versteinert zurück.

Total durchgeschwitzt wachte ich auf. Die Sonne war gerade aufgegangen und die sanfte Morgenröte erhellte mein Zimmer.

Es war totenstill und das behagte mir so gar nicht. Ich brauchte dringend jemanden zum Reden, der nicht Nate war.

Ich hatte seit Tagen nicht geduscht und roch wie ein paarungsbereiter Iltis. Also stahl ich mich schnell unter die Dusche und wusch den Dreck und den Schweiß der letzten Nacht ab. Mittlerweile fühlte ich mich wieder so einigermaßen auf der Höhe. Körperlich hatte ich meine Energie beinahe wieder, ansehen tat man mir das allerdings noch nicht.

Mein Blick blieb an dem Flurspiegel hängen. Meine Haut war fahl und tiefe Augenringe zogen sich wie Gräben um meine Augen. Ich sah eingefallen aus, was vermutlich auch mit der Mangelernährung der letzten Tage zusammenhing. Erst am gestrigen Tag hatte ich wieder etwas Vernünftiges zu mir nehmen können.

Der Lagerkoller holte mich ein und ich hatte keine Lust, weiterhin hier drinnen zu versauern.

Ich beschloss, dass eine rote Sweatshirt-Jacke und eine alte Jeans reichen mussten, ich hatte schließlich nicht vor einen Schönheitswettbewerb zu gewinnen.

Meine Grandma schlief noch, aber das würde sich bald ändern. Ich musste weg sein, bevor sie aufwachte, denn nach den Strapazen der letzten anderthalb Wochen hätte sie mich sicher nicht allein gehen lassen. Sie hatte schon immer einen gewissen Hang zur Überbehütung, obwohl ich zugeben musste, dass sie sich in den letzten Tagen wirklich zurückgehalten hatte.

Wenn sie mich jetzt allerdings erwischen würde, würde sie mich sicher nicht gehen lassen. Aber ich wollte raus, bevor mir die Zimmerdecke auf den Kopf fiel.

Ich musste dringend mit ein paar Leuten reden. Angefangen bei meinen beiden Freundinnen Li und Anila. Dann würde ich zu Aaron gehen und mich meinen inneren Ängsten stellen. Entweder er erwiderte meine Gefühle oder er tat es nicht. So oder so verdienten sie alle die Wahrheit.

Ich stopfte einen meiner Agatha Christie-Romane und die Kostüme in meinen Rucksack, zog meinen warmen Mantel über und schlich mich nach draußen. Erst hatte ich überlegt das Fahrrad zu nehmen, mich aber aufgrund meiner körperlichen Verfassung letztendlich doch dagegen entschieden. Zwar ging es mir eigentlich wieder ganz gut, aber das musste sich ja nicht direkt wieder ändern. Deshalb hatte ich mir vorhin noch kurz den Autoschlüssel für Grandmas Transporter genommen und ging einfach mal davon aus, dass sie nichts dagegen hatte, wenn ich ihn benutzte. Ich hatte ihr zwar eine Nachricht hinterlassen, nahm mir aber vor sie noch mal anzurufen, wenn ich in der Stadt ankam. Falls Grey die Nachricht mit seinem Schwanz vom Küchentisch wischte.

Ich kam mir vor wie ein Geheimagent, was total lächerlich war, weil ich ja eigentlich gar nichts Verbotenes tat.

Als ich die Auffahrt verließ und den Weg Richtung Internat einschlug, kurbelte ich das Fenster herunter und drehte das Radio auf.

Der kalte Fahrtwind wehte durch meine noch feuchten Haare. Ich fühlte mich frei.

Es war irgendwie komisch, denn ich fragte mich, wie oft ich in Zukunft noch einfach alleine irgendwo hingehen konnte, ohne dass überall Fotografen und Journalisten darauf lauerten, dass ich Fehler machte.

Ganz intuitiv fuhr ich zum Westby Internat, ohne zu wissen, welcher Tag heute war oder ob Unterricht stattfand.

Als ich auf den Parkplatz vor dem Schulhof fuhr, fiel mir auf, wie leer er war.

Nur vereinzelt standen Schüler in kleinen Gruppen auf dem Innenhof. Alle trugen Schwarz, was den sonst so wunderschönen Hof des Anwesens trostlos wirken ließ.

Ich zog mein altes Telefon aus dem Rucksack und sah in den Kalender. Heute war Montag und im Internat herrschte Totentanz.

Bei dem Versuch, den Haupteingang zu benutzen, scheiterte ich an verschlossenen Türen. Die Seiteneingänge des Hauptgebäudes waren zwar offen, aber zu sehen war hier niemand, also verließ ich die Schule wieder.

Hatte ich irgendeinen antiranischen Feiertag nicht auf dem Zettel?

Das Mädchenhaus war mein nächster Anlaufpunkt. Ich wollte Li und Anila die Kostüme zurückgeben, die sie mir für Halloween geliehen hatten. Meine Grandma musste sie gewaschen haben, denn sie rochen nach Lavendel. Den Punschfleck hingegen hatte sie offenbar nicht aus dem Schal bekommen.

Ich lief schnellen Schrittes zu dem Zimmer der beiden. Bevor ich klopfte, hielt ich einen Moment inne. Was, wenn Li wieder ausflippen würde, wenn sie mich sah? Andererseits hatte sie sich an Halloween auch einigermaßen unter Kontrolle gehabt.

Ich nahm mich zusammen und klopfte. Es dauerte einen Moment, bis sich die Tür einen Spaltbreit öffnete. Anila sah mich überrascht aus ihren exotischen dunklen Augen an.

»Du meine Güte«, hauchte sie, riss die Tür auf und zog mich ins Zimmer.

Li saß auf dem Bett und blätterte durch eine Zeitschrift, ihre Augen weiteten sich bei meinem Anblick. Sie sprang auf und fiel mir um den Hals.

»O Gott, Alpha, du lebst. Du bist hier, es geht dir gut. Es tut mir so leid.«

Es war nicht so leicht, ihre Worte durch das Schluchzen zu verstehen, aber ich war froh, dass sie offenbar nicht mehr sauer auf mich war.

»Himmel, was ist denn hier los?«

Li brauchte einen Augenblick, um sich von mir zu lösen, und auch Anila sah betroffen aus. Beide waren Schwarz gekleidet, wie die Schüler, die ich draußen gesehen hatte.

»Weißt du es denn nicht?«, fragte Anila zögerlich.

»Was weiß ich nicht?« Ich sah sie verwirrt an. Was lief hier? Meine beiden Freundinnen sahen sich erstaunt an. Hätte ich *Westby Nobilitas*, wüsste ich bestimmt längst Bescheid, aber da ich nur ein altes Klapphandy besaß, war ich vermutlich die Einzige, die das Topthema verpasst hatte. Es war, wie hinterm Mond zu leben.

Li setzte sich zurück auf ihr Bett und bedeutete mir mich zu ihr zu setzen. Anila zog sich einen Stuhl zu uns, auf den sie sich verkehrt herum setzte, damit sie ihre Arme auf der Lehne ablegen konnte.

»Auf der Halloween-Party gab es einen Mordanschlag auf Carolina Wasilow. Sie hatte ziemlich viel getrunken, weshalb nicht direkt aufgefallen ist, dass sie vergiftet wurde. Vermutlich hatte es mit den mafiösen Verbindungen ihrer Familie zu tun. Du hattest vermutlich aus Versehen etwas von dem Gift abbekommen, das für sie bestimmt war.«

Li machte eine kurze Atempause, bevor sie weitererzählte. Keiner von uns mochte Carolina, aber keiner von uns hatte gewollt, dass sie zu Schaden kam.

»Sie ist, kurz nachdem du in Nates Armen umgekippt bist, ebenfalls zusammengebrochen. Sie haben euch direkt ins Krankenhaus gefahren, aber sie ist gestorben, bevor ihr es erreicht hattet. Du bliebst bewusstlos. Jeder hier hat fest damit gerechnet, dass du es auch nicht schaffst.«

In Lis Blick sammelten sich Tränen, die vereinzelt an ihrer Wange herunterliefen. Selbst wenn sie weinte, sah sie aus, als wäre sie ein Model für Papiertaschentücher oder Trostschokolade.

Die Nachricht von Carolinas Tod war ein Schock, aber kein so großer, wie ich erwartet hatte. Immerhin hatte Cosmo bereits etwas in dieser Richtung angedeutet, auch wenn er nichts Genaueres gesagt hatte. Viel heftiger als der Schock überkam mich jedoch ein Gefühl von Schuld. Ich war sicher, dass das ganze Gift für mich bestimmt gewesen war.

Ich wusste zwar noch nicht, wie es möglich war, dass sie auch vergiftet wurde, aber ich würde es herausfinden.

Für den Moment entschied ich meine Freundinnen einzuweihen, wie ich es schon an Halloween vorhatte. Früher oder später würden sie es sowieso erfahren, weshalb also nicht heute?

Jedoch wollte ich ihnen nicht hier davon erzählen. Denn irgendwie hatte ich das eigenartige Gefühl, dass dieses Internat überall Augen und Ohren besaß. Die Wahrscheinlichkeit, belauscht zu werden, war hier nicht gerade klein.

»Alpha, was ist los?«

Anilas Worte rissen mich aus meinen Gedanken.

»Leute, es gibt da etwas, was ich euch sagen muss.«

Anila und Li sahen erst sich und dann mich fragend an. Fast hätte ich gelacht, weil es aussah, als hätten sie diese Geste aus einem alten Teeniefilm. Doch die momentane Situation war einfach zu verquer, um zu lachen.

»Na dann, schieß los. Aber beeile dich, ich muss zu der Cheerleader-Gedenkfeier«, sagte Li, nachdem sie einen erschrockenen Blick auf Anilas eigenartigen Plüschwecker geworfen hatte. Sie stand auf und begann hektisch ihre Westby-Sporttasche zu packen. Unweigerlich begann ich mich zu fragen, wozu man Sportsachen auf einer Gedenkfeier benötigte.

»So einfach ist das nicht. Kommt heute Abend zum Hof meiner Grandma, hier sollte ich euch nicht davon erzählen. Ich möchte nicht gleich die Gerüchteküchen anheizen. Wer weiß schon, wer zuhört.«

Li war gerade dabei, sich die Tasche umzuhängen und den Verschluss ihrer Designerjacke zu schließen, als sie mich ansah. »Wir werden da sein. Es tut mir leid, Alpha.«

Dann öffnete sie die Tür und ging. Mir war klar, dass sich ihre Entschuldigung auf den Streit bezog, aber irgendwie verhielt Li sich eigenartig. Erst war sie kurz vorm Heulen und dann? Dann verschwand sie so einfach mit einer Sporttasche für die Cheerleader-Gedenkfeier. Seltsam. Vielleicht machte ich mir aber auch nur zu viele Sorgen, weil ich nicht gleich wieder einen Streit vom Zaun brechen wollte.

Ich sah zu Anila, die noch immer auf die Stuhllehne gelehnt dasaß. Irgendwas war in den letzten Minuten passiert und ich konnte mir nicht erklären was.

»Hast du eine Ahnung, was mit Li los ist?«

Anilas Blick glich dem eines gequälten Hundes. Sie wusste etwas, war sich aber nicht sicher, wie klug es war, mir davon zu erzählen. Sie runzelte ihre Stirn und warf ihre wunderschönen schwarzen Haare über die Schulter.

»Es ist wegen Aaron.«

Sein Name ließ meine Alarmglocken klingeln. Da war es wieder, dieses kribbelige Gefühl, welches immer auftauchte, wenn ich an ihn dachte.

»Was ist mit Aaron? Geht es ihm gut?«

Anila wich meinem Blick aus. Es fiel ihr sichtlich schwer, mir davon zu erzählen. Ihre Hände strichen immer wieder nervös durch ihre Haare.

»Anila, was ist los?«

Ruhig lehnte ich mich vor. Ich versuchte mir nicht anmerken zu lassen, dass ihr nervöses Verhalten auch mich nervös machte. Es funktionierte nicht besonders gut.

Anila erhob sich von ihrem Stuhl und drehte mir den Rücken zu. Sie ging langsam zu Lis Nachtschrank und öffnete den Buchdeckel des obersten Buches, *Bis du mir vertraust* von Alexandra Stückler-Wede.

Vorsichtig zog sie einen Streifen heraus und gab ihn mir.

Als ich ihn umdrehte, rutschte mir das Herz in die Hose. Denn das, was ich da gerade in der Hand hielt, waren Fotos aus einem Fotoautomaten. Sie zeigten Li und Aaron in ihren Halloween-Kostümen und sehr vertraut. Sie zogen Grimassen, setzten lustige Hüte auf und auf dem letzten Foto küssten sie sich.

Das ist nicht wahr. Das ist nicht real.

Mein Magen verkrampfte sich. Keine vierundzwanzig Stunden zuvor hatte er mich geküsst. Ich dachte wirklich, es wäre etwas Besonderes gewesen.

Ich hatte gedacht, ich wäre gerade dabei gewesen, mich in Aaron zu verlieben, während ich ignorierte, dass ich mein Herz längst an ihn verloren hatte. Dieses Foto versetzte mir einen Stich und zeigte mir, dass ich falschgelegen hatte. Ich hatte geglaubt, er würde vielleicht etwas für mich empfinden, aber so war es offensichtlich nicht. Vermutlich war es sogar meine Schuld. Ich hätte ihm nach dem Kuss sagen können, was ich für ihn empfand, aber das hatte ich nicht getan.

Wenn er bis dahin zwischen zwei Stühlen gesessen hatte, hatte ich ihm diese Entscheidung wohl unbeabsichtigt abgenommen.

All die Gedanken, die ich mir gemacht hatte, kamen mir plötzlich verschwendet vor.

»Ist alles okay, Alpha?«

Anila hatte sich neben mich gesetzt und legte ihre Hand mitfühlend auf meine Schulter. Sie sah mir an, was ich fühlte. Ich war ein offenes Buch, weshalb ich nicht das Bedürfnis verspürte, ihr zu sagen, wie sehr ich ihn mochte. Sie war schließlich nicht blind.

»Ich wusste gar nicht, dass es auf der Halloween-Party eine Fotobox gab«, waren die einzigen Worte, die ich rausbekam, ohne mich wie eine Vollidiotin zu fühlen.

»Es tut mir leid für dich, Alpha. Man sieht, dass du ihn magst. Sehr magst.«

Li war wunderschön, groß und freundlich, wieso sollte er nicht an ihr interessiert sein? Als Mann wäre ich mit Sicherheit auch an ihr interessiert gewesen.

»Und offenbar mag er sie.«

Meine Antwort klang kälter als beabsichtigt, aber sie passte zu meiner Gefühlslage.

»Li ist seit einer Ewigkeit in Aaron verliebt. Durch den Unfall auf der Skihütte hatte sie ein bisschen Abstand bekommen. Aber ich glaube, dass ihre Gefühle sich dadurch nicht vollständig geändert haben. Nur war es vorher so, dass er kein Interesse an ihr gezeigt hat. Bis jetzt. Sie war seit der Party jeden Abend bei ihm.«

Ich schluckte. Kaum war ich weg gewesen, hatten sie sich gefunden, und auch wenn es übertrieben sein mochte, fühlte ich mich wie ein abgebrochener Ast auf einer Schnellstraße.

Ein Hindernis musste eben entfernt werden, bevor die Bahn wieder frei war.

Anila brach das Schweigen, als es unangenehm wurde.

»Du solltest es ihr sagen, Alpha. Sag ihr, dass du dich in Aaron verliebt hast. Sie weiß es vermutlich längst, aber dann würde sie bestimmt nicht mehr mit ihm ausgehen. Ich habe sonst das Gefühl, dass es etwas Ernstes werden könnte.«

»Es ist schon okay. Wir haben uns gerade erst vertragen, ich möchte nicht wegen eines Typen streiten. Es war Aarons Entscheidung. Ich freue mich für sie.«

Anila nickte anerkennend, aber ich fühlte mich mit meiner Antwort furchtbar.

Bei dem Gedanken daran, wie Aaron Li küsste, sie berührte, sie liebte wurde mir ganz anders.

Ich stand auf, öffnete meinen Rucksack und legte die Kostüme auf Lis Bett. Ich schwang ihn mir über die Schulter und ging zur Tür.

»Ich muss los. Wir sehen uns nachher. Um 20 Uhr bei mir.«

Noch bevor Anila etwas darauf antworten konnte, verließ ich das Zimmer. Sie verstand meine Gefühlslage und würde es mir nicht übel nehmen. Denn in diesem Moment konnte ich einfach keinen klaren Kopf bewahren und den würde ich nachher definitiv brauchen.

***

Auf dem Weg zu Grandmas Transporter erntete ich noch ein paar ungläubige Blicke von Mädchen, die wie Witwen gekleidet waren. Sie sahen mich an, als wäre ich die Reinkarnation von Jesus persönlich. Ich würde mich wohl daran gewöhnen müssen, eigenartig angestarrt zu werden.

Ich war immerhin die, die einen Mordanschlag überlebt hatte, im Gegensatz zu Carolina, einem der beliebtesten Mädchen der Schule.

Ziellos fuhr ich eine ganze Zeit umher, bis ich mich auf der Straße nach Wirden wiederfand. Seit einiger Zeit fuhr eine schwarze Limousine langsam hinter mir her. Nach ein paar Abbiegemanövern in versteckten Gassen hatte ich sie abgehängt.

Das Industrieviertel war das Erste, das ich kreuzte. Das *Biăo* musste ganz in der Nähe sein. Ich hätte Aaron nicht mit herbringen dürfen, weil ich jetzt schon meinen Lieblings-Takeaway-Service mit ihm verband.

Wirden war eine kleine Stadt, in der jeder jeden zu kennen schien. Ich zog die Kapuze über meinen Kopf, auch wenn ich wusste, dass mich mein Verfolger auch mit ihr finden würde. Sie gab mir ein Gefühl von Sicherheit.

Es war Montagmittag, alle Läden hatten geöffnet und überall gingen Menschen ein und aus.

Niemand hier wusste, dass sich bald etwas ändern würde.

Ich stellte den Transporter vor der kleinen Bibliothek in der Innenstadt ab, in der ich als Kind oft mit meiner Grandma gewesen war.

In der Bibliothek war es totenstill, niemand außer mir schien hier zu sein. Es sah alles noch genauso aus, wie ich es in Erinnerung hatte, was sich irgendwie tröstlich anfühlte.

Trost war etwas Wertvolles in einem Leben voller Chaos, aber er würde nicht ewig reichen, um sich besser zu fühlen. Deshalb musste ich das Chaos dringend in den Griff bekommen.

Außerdem würde es mich zumindest eine Zeitlang von meinen Gefühlen ablenken.

Ich durchstöberte die historische Abteilung, doch ich fand nicht viel über die Vereinigung von Antira und Gelaria. Ein paar Zeitungsartikel, einen Lexikoneintrag und ein Buch über das Scheitern des Kommunismus, welches die Vereinigung als Beispiel verwendete. Was auch immer das damit zu tun hatte.

Das war dünn und definitiv zu wenig, also machte ich mich auf in die neue Internetecke, die am Eingang der Bibliothek beworben wurde. Recht schnell musste ich jedoch feststellen, dass das Schild unten schon etwas älter war. Diese Computerecke war es jedenfalls. Alles war staubig und als ich den Rechner hochfuhr, erschien das Windows XP-Logo.

Offenbar erfreute sich das Internet hier nicht unbedingt großer Beliebtheit, was ich an der Menge der Updates festmachte, die ich installieren musste.

Ich klickte mich durchs Netz auf der Suche nach Informationen über Gelaria und meinen Vater. Meine Mutter wurde natürlich nirgends erwähnt. Offiziell wusste ja auch keiner von ihr, obwohl ein paar Dorfbewohner, die sie kannten, es mit Sicherheit geahnt hatten.

Über meinen Vater fand ich nicht viel Persönliches, außer dass er gerne Polo, Lacrosse und Fußball gespielt hatte. Ansonsten beschränkten sich die Artikel auf seine Politik. Nur drei Jahre vor seinem Tod war sein Vater an Krebs gestorben und er wurde König. Der jüngste König, den Gelaria je hatte. Auch Antira hatte kurz zuvor einen neuen König bekommen. Den jungen Adalmar Kingston. Nates und Matts Vater. Der Mann, der mit großer Wahrscheinlichkeit hinter mir her war. Der Mann, der versucht hatte mich umzubringen.

Jetzt, wo ich all die Artikel las, wurde ich stutzig und begann zu zweifeln. Adalmar und mein Vater waren Freunde gewesen und arbeiteten an gemeinsamen Projekten. Obwohl Antira im Gegensatz zu Gelaria eine reine Monarchie war, gab es offenbar keine Berührungsängste. Sie trafen sich regelmäßig auch im privaten Rahmen. Es gab viele Fotos von ihnen, auf denen sie lachten und sich in den Armen hielten. Keines davon sah gestellt aus.

Nate war ihm wie aus dem Gesicht geschnitten. Dieser Mann sah nicht aus wie jemand, der junge Mädchen umbringen ließ. Andererseits hatte ich keine Ahnung, wie Menschen aussahen, die so etwas taten.

Was mich auch verblüffte, waren die Karten der alten Ländergrenze. Es hatte nie einen Zaun, eine Mauer oder etwas Ähnliches gegeben. Wirden und das Schloss der antiranischen Königsfamilie lagen direkt an der Grenze zu Gelaria. Westby hingegen hatte ursprünglich sogar zu Gelaria gehört.

Beide Länder hatten eng zusammengearbeitet. Was hatte sich damals geändert?

Nach ein paar Stunden eher erfolglosen Recherchierens und Herumspekulierens warf ich einen Blick auf mein Handy. Ich hatte es heute Morgen einfach in meinen Rucksack geworfen, ohne es noch mal zu checken.

Tatsächlich trudelten einige Nachrichten ein, was vermutlich mit meinem kurzen Auftauchen im Internat und der Gedenkfeier für Carolina zusammenhing. Zumindest schloss ich das aus dem Inhalt.

Viele Nummern kannte ich nicht, aber sie schienen meinen Mitschülern zu gehören. Sie schickten mir Besserungswünsche, Stärke und alles, was man Menschen so schreibt, die man nicht wirklich kennt, aber an deren Schicksal man Anteil haben muss. Es war fast so, als würden sie mich dazu beglückwünschen, dass ich im Gegensatz zu Carolina noch lebte.

Meine Grandma hatte sich nicht gemeldet, was eigenartig war, weil sie nicht wusste, wo ich gerade war. Vermutlich wollte sie mir meinen Freiraum lassen, weil ich im Begriff stand, Hals über Kopf in ein neues Leben geworfen zu werden. Ich schickte ihr eine kurze Nachricht, dass ich mit ihrem Transporter nach Wirden gefahren war und sie sich keine Sorgen zu machen brauchte, auch wenn ihr das wahrscheinlich längst aufgefallen war.

Von Aaron war wieder nichts dabei.

Ein wenig enttäuscht legte ich das alte Klapphandy zur Seite.

Als ich den Computer wieder herunterfuhr, vibrierte das alte Ding. Ich öffnete es und sah Aarons Namen aufleuchten.

Ich rang mit mir, vermutlich war es besser, seine Nachricht nicht zu lesen. Aber im Moment war ich dermaßen unvernünftig, dass ich es tat.

Es tut mir so leid, ich hätte dich nicht allein lassen dürfen. Ich mache mir Sorgen. Bitte ruf mich an.
Dein Aaron

Er hatte sich also Sorgen um mich gemacht. Ich war mir nicht sicher, ob ich ihm glauben konnte. Li hatte er mit keinem Wort erwähnt oder die Tatsache, dass er sie geküsst hatte. Und das »dein« hätte er sich sparen können. Ich spielte ganz sicher kein doppeltes Spiel. Ganz oder gar nicht.

Okay, ich musste einsehen, dass ich sauer und eifersüchtig war und dass die Nachricht es nicht besser gemacht hatte. Ich würde ihm nicht antworten. Erst mal mussten die Gesamtsituation und ich uns beruhigen.

Das Vorhaben, mich ganz auf den heutigen Abend zu konzentrieren, war ab dem Moment gescheitert, als ich es mir vornahm. Ich hatte den Nachmittag damit zugebracht, durch Wirden zu geistern, das Internet nach meinem Vater zu durchforsten und mich über das fremde Land zu informieren, dessen Thronerbin ich irgendwie war.

Herausgefunden hatte ich, abgesehen davon, dass Nates und mein Vater befreundet gewesen waren und der Pfirsich die Landesfrucht von Gelaria war, eigentlich nichts.

Es war deprimierend.

Am späten Nachmittag fuhr ich zurück zum Hof meiner Grandma.

Die Limousine tauchte nicht noch einmal auf.

***

Mit meiner Grandma zusammen bereitete ich das Abendessen vor. Da wir später einige Gäste bekamen, kochte sie ihre berühmte Gyrossuppe.

Ich hingegen war noch nie eine große Köchin gewesen, was ich vermutlich von meiner Mum geerbt hatte. Sie hatte ein freundschaftliches Verhältnis zu sämtlichen Pizzaboten in jeder Stadt, in der wir je gelebt hatten, gepflegt. Und in meiner kleinen Londoner Wohnung hatte es nur eine Mikrowelle gegeben, was meine Ernährung schon ziemlich eingeschränkt hatte.

Ich schnitt das Brot und deckte den Couchtisch, da ich fürchtete, alles andere wäre zu formell. Außerdem boten das Sofa und die Sessel genügend Platz für uns alle. Bei dem Küchentisch war ich mir da nicht so sicher.

Pünktlich um 20 Uhr stand Nate vor der Tür. Pünktlichkeit war die Tugend der Könige oder wie sagte man noch gleich?

Ich hatte ihm im Laufe des Tages eine Nachricht mit der Uhrzeit geschickt, nachdem ich mich einigermaßen von den Bildern von Li und Aaron erholt hatte. Wann Cosmo kommen würde, wusste ich nicht. Ihn hatte ich nicht erreichen können.

Als es das nächste Mal an der Tür klingelte, standen Li und Anila davor.

Sie waren vorher noch nie auf diesem Hof gewesen. Na ja, vermutlich waren sie vorher generell noch nie auf einem Bauernhof gewesen.

Sie traten ein und sahen sich erst mal erstaunt um. Li war es deutlich anzusehen, für wie minimalistisch sie unser Zuhause hielt. Sie musterte alles mit einem kritischen Blick, der manchmal fast schon abschätzig wirkte. Ich nahm es ihr nicht übel. Ich kannte mich in ihrer Welt nicht aus und sie sich nicht in meiner. Falls es Anila genauso ging, verbarg sie es gut. Sie verzog keine Miene. Ihr Blick schweifte zwischen Li und mir hin und her. Ich konnte mir denken, woran sie gerade dachte, wobei mir direkt wieder flau im Magen wurde.

Heute Abend wollte ich meine Zeit jedoch nicht damit verschwenden, an Aaron zu denken und daran, wie er eine andere küsste.

Gänsehaut zog sich über meinen Körper, als ich mich an den fruchtigen Geschmack seiner Lippen erinnerte. Ein Bild, das mein Unterbewusstsein bisher nicht zugelassen hatte, drängte sich in meinen Kopf. Ich stellte mir vor, wie Aaron mich immer näher an sich zog, Haut an Haut, bis wir miteinander verschmolzen.

Gott, ich sollte aufhören daran zu denken, mit Aaron zu schlafen. Nein, ich hätte gar nicht erst damit anfangen sollen!

Das Erklingen meines Namens holte mich zurück in die Realität.

»Alpha? Wohin sollen wir uns setzen?«

Anila und die anderen blickten mich verwundert an.

»Ach so ... Setzt euch einfach um den Couchtisch, auf das Sofa und die Sessel.«

Als alle sich verteilt hatten, kam meine Grandma mit dem riesigen Suppentopf aus der Küche und stellte ihn auf den Tisch, sodass kaum Platz für unsere Teller und das Besteck blieb.

»Tut euch ruhig schon auf, ich sorge noch für etwas Musik«, sagte meine Grandma, während sie zu den lila Kisten unter der Treppe lief und ein paar Schallplatten mit 80er-Jahre-Musik hervorholte. Sie legte ein Album von Roxette auf den alten Plattenspieler, der neben dem kleinen Fernseher stand.

Alle begannen die Suppe zu löffeln.

Kurz bevor ich mit meiner Portion fertig war, klingelte es an der Tür. Das musste Cosmo sein. Ich sprang auf, um die Tür zu öffnen.

Ich hatte recht, es war Cosmo, doch er war nicht allein.

»Hey, Cosmo ... Matt?«

Nates Bruder lachte los. »Überraschung, aber wie wäre es, wenn du uns erst mal hereinbittest?«

»Natürlich, wie unhöflich. Ich will dich natürlich nicht noch einmal im Regen stehen lassen. Kommt rein.«

Matt verstand die Anspielung auf unser erstes Treffen und schmunzelte. In diesem Moment sah er aus wie eine lockige dunkelblonde Version von Nate. Das Lächeln hatten sie beide von ihrem Vater. Ich kannte es aus einem der Zeitungsartikel über meinen Vater.

»Aber es regnet doch gar nicht«, flüsterte Matt.

»Wenn das so ist, kannst du ja auch draußen bleiben«, konterte ich zielsicher und Matt reagierte sofort.

»Das wäre aber nicht besonders freundlich, eure königliche Hoheit. Was soll euer Volk nur denken?«

Erschrocken starrte ich ihn an. Ich hatte nicht damit gerechnet, dass auch er auch schon davon wusste.

»Keine Sorge, Nate hat es mir erzählt, als du umgekippt bist und im Krankenhaus warst. Ich wusste es quasi vor dir und wollte nicht der sein, der es dir mitteilt. Es konnte ja keiner ahnen, dass du gerade in dem Moment aufwachst, in dem ich Wache halte. Entschuldige mein Verhalten, es war unangemessen. Ich war nur so erleichtert, dass du lebst«, sagte er leise, aber bestimmt.

Ich konnte an seiner Stimme hören, dass er es ehrlich meinte. Mir kam der zögerliche Kuss in den Sinn, den er mir gegeben hatte, nachdem ich aufgewacht war. Den hatte ich schon ganz vergessen. Im Nachhinein war nichts Verwerfliches daran. Er war mein Freund und hatte sich gefreut, dass es mir besser ging. Nicht mehr und nicht weniger.

Ich holte noch zwei weitere Teller und füllte sie mit Suppe.

»Quetscht euch dazwischen, hier habt ihr was zu essen.«

Während des Essens schwiegen alle, was die Stimmung etwas unangenehm machte. Entweder schmeckte es allen oder niemand wusste, wie er ein Gespräch beginnen sollte. Ich tippte auf Letzteres, auch wenn ich Punkt eins nicht direkt ausschließen wollte. Meine Grandma war eben eine hervorragende Köchin.

Dennoch herrschte eine seltsame Stimmung. Ungewissheit und Ratlosigkeit lagen in der Luft. Nur Roxette und das Klappern der Löffel auf dem Porzellan waren zu hören.

Als alle aufgegessen hatten, war es meine Grandma, die das Wort als Erste ergriff, während sie die leeren Teller einsammelte.

»So, das hält ja keiner aus. Wir sind alle aus demselben Grund hier, schätze ich. Wir wollen wissen, was los ist, und eine Möglichkeit finden, wie es weitergeht.«

Sie nickte mir zu, als wollte sie mir das Wort übergeben. Dann richteten sich ihre Augen auf meine beiden Freundinnen, die ja noch gar nicht wussten, wer ich wirklich war. Li und Anila sahen mich gespannt an, was den Kloß, der sich gerade in meinem Hals bildete, noch größer werden ließ. Wie sollte ich es ihnen am besten beibringen? Langsam oder auf die harte Tour? Ich entschied mich für die harte Tour.

Was soll's, sie würden es vermutlich sowieso nicht glauben können. Das konnte ja noch nicht mal ich selbst.

»Bevor ich das Wort an Alpha übergebe, setze ich euch darüber in Kenntnis, dass ihr mit niemandem über das sprechen dürft, was ihr gleich erfahren werdet. Wenn jemand der Meinung ist, das nicht zu können, sollte er jetzt gehen«, sagte Nate und sah sich in der Runde um. Niemand regte sich. Dann nickte er mir zu.

»Wir haben vor Kurzem rausgefunden, dass ich die Tochter von Royland van Aerssen bin. Ich schätze, ihr wisst, wer er war. Mein Vater war der König von Gelaria, bis er erschossen wurde. Meine Mutter hat mich all die Jahre vor seinen Mördern versteckt. Aber jetzt scheinen sie mich gefunden zu haben.«

Li und Anila starrten mich erschrocken an.

Vielleicht hätte ich es doch etwas langsamer angehen sollen.

»Aber das ist nicht möglich! König Royland war nie verheiratet und von einem Erben wurde auch nie etwas geschrieben«, bemerkte Anila verwirrt. Es war ihr anzusehen, dass sie es hasste, wenn sie etwas nicht wusste. Das erklärte jedenfalls ihre akribische Mitarbeit in der Schule. Ich war zwar ebenfalls ein großer Freund von Struktur, aber auch da gab es Grenzen.

Dem Bedürfnis, das Chaos in meinem Leben zu beseitigen, musste ich aber definitiv demnächst mal nachgeben.

Matt hatte den wohl unbequemsten Platz von allen ergattert. Er hockte im

Schneidersitz auf dem dicken Teppich und sah nicht so aus, als ob ihm das sonderlich gefiel.

Immer wieder rutschte er hin und her und änderte die Position. Beinahe hätte ich ihm meinen Sofaplatz zwischen Nate und Li angeboten, aber er hätte ihn sowieso abgelehnt. Aus Ritterlichkeit oder so. Diese Unannehmlichkeit hinderte ihn jedoch nicht daran, sich an dem Gespräch zu beteiligen.

»Also eigentlich hält sich das Gerücht eines Erben schon ziemlich lange. Ich meine, dass es sonst wohl kaum in den Unabhängigkeitsvertrag eingeflossen wäre.«

Nate nickte zustimmend und zog ein gefaltetes Blatt Papier aus der Hosentasche seiner dunklen Jeans. Ihn in privaten Klamotten zu sehen erschien mir immer noch eigenartig.

»Er hat recht. Ich habe den Vertrag dabei. Na ja, nicht den echten, sondern eine Kopie.«

Er breitete das Blatt auf dem Couchtisch aus. Es war ein handschriftlicher Vertrag, der offensichtlich von sehr vielen Menschen unterschrieben worden war.

»Dieser Vertrag besagt, dass Gelaria die Unabhängigkeit zurückerhält, wenn sich der volljährige Erbe erhebt. Wann wirst du achtzehn?«

»Bin ich schon. Ich habe am 3. September Geburtstag.«

Nate verzog keine Miene. Sein Gesicht war erstarrt, als wäre er ein Eisprinz. Diesen Gesichtsausdruck hatte ich schon öfter an ihm gesehen. Ich glaube, es war so eine Art Pokerface.

»Gut, dann haben wir einen Monat, um dich darauf vorzubereiten, Königin zu werden. Die Vorweihnachtszeit macht die Menschen sentimental und da dann der Todestag deines Vaters so nahe ist, wäre Anfang Dezember ideal. Wir sollten allerdings schon vorher in der Öffentlichkeit verkünden, dass wir dich gefunden haben. Dann stehst du jedenfalls schon mal im Scheinwerferlicht und es ist nicht mehr so leicht, dich aus dem Weg zu räumen.«

Na klasse, immerhin kann man mich dann nicht mehr einfach heimlich vergiften.

»Warte, warte! Das geht mir hier etwas zu schnell!«, schaltete Li sich ein:

»Also, Alpha, du bist die Thronerbin von Gelaria, einem Land, das es seit deiner Geburt eigentlich nicht mehr gibt? Und du willst es zurückhaben? Und deswegen versuchen Menschen dich zu töten?«

Zögerlich nickte ich. »Ja, das fasst es vermutlich recht gut zusammen, obwohl man definitiv nicht von Wollen sprechen kann. Es ist meine Pflicht, das Land in die Unabhängigkeit zu führen. Der Giftanschlag auf der Party hat deshalb mit sehr großer Wahrscheinlichkeit mir gegolten. Wie es Carolina erwischen konnte, ist mir ein Rätsel. Allgemein frage ich mich, wieso sie es nicht bereits vorher versucht haben. Ich meine, Gelegenheiten gab es vermutlich genug. Nachdem ich mit Aaron im Kino war, beim Einbruch, in der Schule und wer weiß wann sonst noch. Wieso haben sie es erst auf der Party versucht?«

Alle Gesichter in der Runde sahen ratlos aus. Manche mehr als andere. Li und Anila machten immer noch den Eindruck, als würde ich versuchen auf Spanisch mit ihnen zu sprechen. Obwohl das vermutlich nicht einmal ein Problem wäre, denn ich wettete, dass sie mehr als drei Sprachen beherrschten.

»Vielleicht dachten sie, dass du nicht gefährlich für sie bist, wenn du es selbst nicht weißt, und wollten erst mal die Beweise beseitigen«, spekulierte Matt.

»Ja, das habe ich auch angenommen, weshalb ich die Überwachungsbänder der Veranstaltung eingesehen habe, aber es war viel zu voll, um etwas Genaues zu erkennen.

Dass alle kostümiert waren, war auch nicht besonders hilfreich.« Cosmos Worte klangen enttäuscht. Er hatte einen guten Ruf und alle auf dem Revier respektierten den jungen, gut aussehenden Kollegen. Es war klar, dass er diesen Ruf nicht einbüßen wollte.

»Aber ich habe eine Idee für einen Schlachtplan. Wie wäre es, wenn wir Alphas Identität auf einer Pressekonferenz am nächsten Sonntag bekannt geben und verkünden, dass sie an dem Todestag ihres Vaters gekrönt wird, um Gelaria wieder in die Unabhängigkeit zu führen?«, fuhr Cosmo fort.

»Und du glaubst, dass das Volk sie direkt akzeptieren wird? Ich meine, es tut mir leid, Alpha, aber … du hast so gar nichts Königliches an dir«, sagte Li etwas verlegen, doch auch darauf hatte Cosmo eine Antwort.

»Sie vielleicht nicht, aber Mr Brown. Er war der alte Berater von Royland und hat sich für die Ehe von Alphas Eltern engagiert. Das Volk mochte ihn und er hat eingewilligt dich vorzubereiten und an deiner Seite zu stehen. Nate hat ihn heute Morgen kontaktiert. Er wird am Sonntag dafür herkommen.«

Ja, damit hatte Li wohl recht, dann musste ich mich ebenso königlich geben, wie ich nur konnte, und Mr Brown würde mir dabei helfen.

Das klang doch gar nicht so übel, jetzt musste ich nur noch eine Woche am Leben bleiben.

Der Plan war nicht schlecht, auch wenn mir persönlich alles zu schnell ging. Ich meine, wer käme schon damit klar, plötzlich ein Land zu regieren, von dem er nichts wusste. Und das nur vier Wochen, nachdem man versucht hatte ihn umzubringen?

So was passierte doch nur in Büchern.

Wir nahmen uns die Zeit, Anila und Li in alles einzuweihen, auch wenn ich noch immer nicht das Gefühl hatte, dass sie es verstanden. Alle versuchten mir Tipps zu geben, aber mein Kopf war mittlerweile einfach zu voll, um noch irgendetwas aufzunehmen. Außerdem machte sich immer wieder ein Hauch von Eifersucht in meiner Brust bemerkbar. Immer wenn ich Li in die Augen sah, musste ich mir vorstellen, wie Aaron sie ansah, ihr sagte, dass sie schön war, und sie küsste. Ich hätte ihn auch gerne eingeweiht, aber Nate war der Ansicht, dass jetzt schon zu viele davon wussten.

Zugegeben, es war mir ganz recht, so hatte ich wenigstens einen rationalen Grund, Aaron aus dem Weg zu gehen, denn ich fürchtete, dass ich das erst mal tun musste. Sonst würde ich den Verstand verlieren, ihm sagen, dass ich von ihm und Li wusste, in ihn verliebt war, und womöglich sogar anfangen zu heulen.

Das würde sowohl meine Freundschaft mit Li als auch mit Aaron gefährden und zerbrochene Freundschaften konnte ich momentan so gar nicht gebrauchen. Also würde ich abwarten und es ertragen müssen, was zugegeben nicht unbedingt meine Stärke war. Mein Kopf hatte diese überaus nüchterne Entscheidung bereits getroffen, dummerweise ohne mein Herz vorher zu fragen.

»Alpha, bist du noch anwesend?« Nate hockte sich vor mich und sah mir besorgt in die Augen. Ich schätzte, er ahnte, dass ich abgelenkt war und es etwas mit Aaron zu tun hatte.

»Nicht so richtig, es ist spät. Wir sollten alle schlafen gehen, morgen ist Unterricht.«

Meine Grandma schien damit nicht besonders zufrieden zu sein und sagte energisch: »O nein, mein Kind, du wirst diese Woche noch nicht zur Schule gehen, gerade hat jemand versucht dich zu vergiften! Es kommt gar nicht infrage, dass du morgen schon wieder am Unterricht teilnimmst. Dass du dich rausgeschlichen hast, war schon eine Zumutung für deinen Körper. Aber in einem Punkt hast du recht, wir sollten alle in unsere Betten.«

Ich wusste, dass es keinen Sinn hatte, meiner Grandma zu widersprechen. Sie war mindestens so stur wie meine Mum und die hatte mal einen Sitzstreik in meinem Kleiderschrank veranstaltet, weil sie sich mein Lieblingstop leihen wollte.

Alle erhoben sich, packten ihre Sachen und zogen sich an. Als Matt seine Jacke überstreifte, zog er etwas aus der Tasche.

»Ach so, das hätte ich ja beinahe vergessen. Nate und ich haben am Samstag Geburtstag. Wir würden uns freuen, wenn ihr vorbeikommt«, sagte er in die Runde.

Ich zog überrascht die Augenbrauen hoch. »Ich glaube, ich habe nicht die passende Kleidung für eine Feierlichkeit in einem Palast.«

Matt lachte und auch Nate konnte ein Schmunzeln nicht verbergen.

»Es wird eine ganz lockere Party im Sommerhaus, also könnt ihr euch die Abendgarderobe sparen.«

Nachdem jeder eine Einladung bekommen hatte, machten sich alle auf den Heimweg. Nate war der Letzte und bevor er ging, gab er mir das Notizbuch von Gren van Aerssen, meinem Onkel.

»Ich finde, du solltest es haben. Lies es oder lass es, aber vielleicht bekommst du dadurch irgendwann zumindest etwas Klarheit.«

Dann verließ er das Haus, aber nicht, ohne auf dem kurzen Treppenabsatz noch mal kehrtzumachen.

»Ich bin für dich da. Du kannst mich alles fragen. Ich wollte nur, dass du das weißt, und ich würde mich freuen, dich am Samstag zu sehen.«

Und ohne auf eine Antwort zu warten, verschwand er zu seinem Auto.

Das Buch versteckte ich unter den Dielen hinter meinem Bett, dort, wo ich auch die kleine Schatztruhe mit den Erinnerungen an meine Mutter und meinen Vater aufbewahrte.

Niemand außer mir würde es dort finden.

KAPITEL 18

Die nächsten Tage verliefen ziemlich öde. Eigentlich verbrachte ich meine Zeit fast ausschließlich damit zu lesen. Die Geschichte von Gelaria war ziemlich umfangreich, nicht uninteressant, aber Spannenderes konnte ich mir definitiv vorstellen.

Wenn ich keine Lust mehr auf Jahreszahlen hatte, switchte ich einfach zu meinen guten alten Krimis, aber selbst die machten mir nicht so viel Spaß wie sonst.

Vielleicht lag es daran, dass ich mich eingesperrt fühlte, denn ich durfte seit Tagen das Haus nicht allein verlassen. Nate hatte einen seiner liebsten Gorillas undercover vor unserer Haustür postiert. Hector durfte mich von nun an überall hinbegleiten. Zwar sah man ihn fast nie, denn im Undercoversein war er wirklich unschlagbar. Aber ich spürte seine Anwesenheit. Er war wie ein unsichtbarer Verfolger. Ein Schießhund auf der Lauer.

Ein gruseliger Gedanke.

Also verließ ich das Haus nur zu einem Kontrollbesuch beim Arzt, der sichergehen wollte, dass die Vergiftung keine Spätfolgen haben würde. Ich hatte noch versucht Grandma davon zu überzeugen, mit mir in die Stadt zu fahren, damit ich Geburtstagsgeschenke für Nate und Matt besorgen konnte, aber sie ließ mich nicht. Deshalb griff ich, was das anging, notgedrungen aufs Online-Shopping zurück.

Hausaufgaben brachten mir Li oder Anila, sodass ich wenigstens ein paar Stunden beschäftigt war. Aber irgendwann gingen die beiden zurück ins Internat und dann war es nur eine Frage der Zeit, bis ich mit den Hausaufgaben fertig war und mich die Langeweile wieder einholte.

Selbst die Tiere schienen genervt von meiner dauerhaften Anwesenheit zu sein. So viel Pflege hatten sie wohl noch nie bekommen. Erst als ich mich dabei ertappte, darüber nachzudenken, welchem Pferd welcher Nagellack besser stehen würde, hatte ich gemerkt, dass es Zeit wurde, etwas anderes zu tun. Dann arbeitete ich zwischenzeitlich auch an meiner Strafarbeit weiter, aber ohne Aaron war es einfach nicht dasselbe. Mir fehlten sein Wissen, sein Humor und sein Lächeln, aber jedes Mal, wenn ich kurz davor war, ihn anzurufen, hielt ich mich zurück. Dafür hatte ich einfach zu viel zu verlieren. Es war einfach der Wurm drin.

Vermutlich wäre es vernünftiger, mir Gedanken darüber zu machen, was ich am nächsten Tag auf der Pressekonferenz sagen sollte, wenn Nate offiziell bekannt geben würde, dass Gelaria einen Erben hatte. Aber anstatt dies zu tun, dachte ich an Aaron und daran, dass ich ihn heute Abend auf der Party sehen würde. Was sollte ich tun?

Ich hatte weder auf seine Anrufe noch auf seine Nachrichten reagiert. So zu tun, als wäre nichts, fiel damit raus. Aber was sollte ich dann sagen?

Ich meine, »Hey, Aaron, kann sein, dass ich mich irgendwie in dich verliebt habe«, kam vermutlich nicht so gut. Besonders nicht, wenn er sich noch mit Li traf. Denn wenn ich ihm meine Gefühle gestand, würde ich vermutlich Li verletzen oder einen Korb bekommen. Wenn ich es nicht tat, musste ich mir ansehen, wie er mit Li glücklich wurde.

In beiden Fällen wäre ich der Verlierer.

»Das ist inakzeptabel!«, erklang ein wütendes Brüllen von unten und unterbrach meine Gedanken. Mit einer furchtbaren Vermutung öffnete ich die nur leicht angelehnte Tür meines Zimmers.

»O doch, das ist es! Es ist ihre Bestimmung!«, hörte ich meine Grandma kontern. Die Stimme meiner sonst so höflichen Grandma hörte sich wütend und verzerrt an. So kannte ich sie gar nicht. Langsam und leise schlich ich zur Treppe und spähte hinunter.

An dem Garderobenständer hing einer dieser auffällig karierten Burberry-Mäntel und sorgte dafür, dass ich mich augenblicklich mehr als unwohl fühlte.

Scheiße, was wollte der denn hier?

Ich riss mich zusammen und ging so selbstbewusst, wie es in einer bunten Pyjamahose eben möglich war, die Treppe hinunter.

»Ferkel«, sagte ich kühl und beendete so den Streit zwischen meiner Grandma und meinem verhassten Stiefvater, wohl wissend, dass ich gleich einen neuen vom Zaun brechen würde.

Ferkel und Grandma drehten sich zu mir um. Fast wurde mir schlecht, als ich in seine schleimig perfekte Visage blickte. Er trug wie immer einen dieser völlig überteuerten Anzüge, in denen man sich eigentlich alte Professoren vorstellte. Ferkel hatte die Angewohnheit, über seine Verhältnisse zu leben. Na ja, zumindest glaubte ich das, immerhin hatte er meine Mutter aufgrund ihres vermeintlichen Titels geheiratet.

»Da ist sie ja. Unser Sorgenkind.« Ferkels Ton war mehr als sarkastisch.

»Was machst du hier?«

»Ich freue mich auch dich zu sehen. Ich wollte nur mal sehen, wie du dich so machst.« Ferkel setzte ein Lächeln auf, bei dem es mir kalt den Rücken runterlief.

Elender Lügner.

»Was machst du wirklich hier?«

»Ich wurde zu einer Pressekonferenz am Sonntag eingeladen, in der du offenbar eine große Rolle spielen wirst. Das wollte ich mir doch nicht entgehen lassen.«

Ferkel hatte so viel Rückgrat wie eine Schnecke. Zudem war er mindestens genauso schleimig. Was wurde das hier, wollte er jetzt plötzlich Vater sein?

Das konnte er so was von knicken.

»Ich habe dich nicht eingeladen.«

Mein Blick wanderte zu meiner verärgerten Grandma, die nur ihren Kopf schüttelte. Sie musste sich offensichtlich gerade ziemlich zurückhalten, um Ferkel nicht aus dem Haus zu werfen.

»Wenn man von einem Prinzen eingeladen wird, sollte man nicht Nein sagen.« Ferkel grinste hämisch.

Nate, du Idiot.

»Gut, dann sehen wir uns ja morgen.«

Ich ging zur Haustür, öffnete sie und ließ einen schneidigen Windstoß ins Haus. Mit meinem Arm machte ich eine unmissverständliche Bewegung in Richtung Hof.

Ferkel rührte sich nicht, sein Gesichtsausdruck hatte etwas Boshaftes, als er sagte: »Das glaube ich nicht. Diese Pressekonferenz wird nicht nötig sein.«

Was wollte dieser Mistkerl damit sagen?

»Ach so und wie kommst du darauf?«

Meine Stimme klang biestig und zickig. Er hatte es nicht verdient, dass jemand normal mit ihm redete. Ferkel war der einzige Mensch, den ich in meiner Nähe nicht ertragen konnte.

»Weil ich es dir nicht erlaube. Du bist jung, dumm, verantwortungslos und naiv. Du würdest dich damit nur in unnötige Gefahr bringen. Alpha, du bist niemand, der ein Königreich aus dem Nichts wieder erschaffen kann, dafür bist du nicht ernsthaft genug. Niemand würde eine Königin ohne Verstand wollen. Du würdest den Menschen schaden, denn du verstehst weder etwas vom Leben noch von der Politik. Dein Geist ist schrumpelig und klein, das wissen wir beide.«

Meine Hände durchlief ein Zucken, was dafür sorgte, dass ich sie immer wieder zu Fäusten ballte. Das selbstgefällige Grinsen in seinem Gesicht wurde mit jedem seiner Worte breiter. Ich hatte mir mit der Zeit angewöhnt Ferkels Aussagen abzutun und ihnen nicht weiter Beachtung zu schenken. So hielt ich mich im Zaum, aber das ging gerade eindeutig zu weit.

Schrumpeliger Geist, für wen hielt der sich eigentlich?

»Ich verstehe dein Scheißproblem nicht! Jetzt bekommst du doch das, was du immer wolltest. Deshalb hast du meine Mutter doch überhaupt geheiratet!«

Ferkel schnaubte verächtlich. »Was weißt du schon? Du hast doch keine Ahnung, wovon du sprichst. Vermutlich wäre Paris Hilton fähiger ein Land zu regieren als du. Und bevor du mich blamierst, verbiete ich es dir.«

Selbstbewusst machte ich einen Schritt auf ihn zu.

»Weißt du was, du aufgeblasener Arsch kannst darüber nicht entscheiden.

Ich bin achtzehn und kann das ganz alleine entscheiden. Wenn wir es nicht jetzt machen, dann in drei Wochen, wen kümmert das schon? Hast du dir die armen Menschen mal angesehen? Ich werde nicht vor meiner Verantwortung davonlaufen. Ich habe nämlich nichts zu verlieren!«, keifte ich ihm entgegen.

»Aber, aber. So spricht doch keine Königin. Siehst du, Alpha, das ist genau, wovon ich gesprochen habe. Lass es lieber, bevor du dich noch lächerlich machst und ein Land dem Untergang weihst. Du bist eine Schande. Ich werde Einspruch erheben, es sollte besser bleiben, wie es ist.«

Dann riss er den Mantel mit einer schnellen Bewegung vom Garderobenständer. Als die Tür hinter ihm ins Schloss fiel, schwankte der Ständer noch leicht.

Der könnte mir noch richtig Probleme bereiten.

***

Während ich mich für die Geburtstagsparty von Nate und Matt fertig machte, bekam ich den Streit mit Ferkel nicht aus dem Kopf. Er könnte durchaus dafür sorgen, dass man mich nicht ernst nahm oder mich direkt ablehnte. Immerhin wusste er so einiges, was man gegen mich verwenden konnte. Angefangen bei dem Einbruch, wegen dem ich überhaupt nach Westby gekommen war. Vermutlich saß er nun beleidigt in einem teuren Hotelzimmer und ärgerte sich, dass er mich überhaupt hierhergeschickt hatte. Auch wenn ich anfangs nicht besonders begeistert davon gewesen war, hier zur Schule gehen zu müssen, so hatte es sich als das Beste entpuppt, was mir seit Langem passiert war. Ich schätzte, dass es daran lag, dass nicht Westby sich verändert hatte, sondern ich mich.

Ich schminkte mich leicht, kämmte meine welligen schokobraunen Haare und zwängte mich in ein kurzes petrol-grünes T-Shirtkleid. Nicht over the top, ein bisschen lässig, aber angemessen.

Noch immer war meine Haut fahl. Wenn es nach meiner Grandma gegangen wäre, würde ich heute nicht zu dieser Party gehen, weil ich aussah wie eine Wasserleiche.

Wenn ich vernünftig wäre, dann hätte ich wohl auf sie gehört, aber ich war nicht vernünftig. In Zukunft würde ich es lernen müssen, aber heute zählte nur das Hier und Jetzt. Ich würde mich mit meinen Freunden amüsieren, das hatte ich mir fest vorgenommen. Also stellte ich mich vor den Spiegel und übte mein schönstes Lächeln, nur damit ich es mir im Notfall ins Gesicht tackern konnte.

***

Pünktlich um halb neun klingelte es an der Haustür. Cosmo hatte mir zugesagt mich abzuholen und er hielt sein Wort. Es war fast schon rührend, wie sehr er sich um mich kümmerte. Das war der Polizist in ihm. Ob er den wohl jemals ganz abstellte?

Er glaubte an mich, genau wie Nate, und das war gerade das, was mich stärkte. Ich würde Leute brauchen, denen ich vertrauen konnte, denn ich hatte keine Ahnung, was da gerade über mich hereinbrach. Zwar versuchte ich mein Selbstbewusstsein und meinen Verstand zu gebrauchen, aber wenn ich ehrlich war, war ich darin bisher nicht besonders gut gewesen.

KAPITEL 19

Cosmos Leihwagen erinnerte nicht im Geringsten an seinen rostigen alten Transporter. Er war groß, schwarz und roch neu mit einem Hauch von Desinfektionsmittel.

»Schicker Leihwagen, hast du den selbst ausgesucht?«

Cosmo schmunzelte. In den letzten Tagen war er nicht sonderlich gesprächig gewesen, was mir irgendwie Angst einjagte.

»Das ist kein Leihwagen, das ist mein neuer Dienstwagen«, sagte er mit einem leichten Sarkasmus in der Stimme. Natürlich hätte er lieber sein eigenes Auto dabeigehabt.

Moment mal. Dienstwagen?

»Arbeitest du jetzt hier an der Aufklärung eines Falles?«, fragte ich zögerlich, weil ich mir nicht sicher war, ob ich die Antwort wirklich wissen wollte.

»Nein, ich bin der neue Sicherheitschef der königlichen Familie. Nate hat mich eingestellt, damit ich ein Auge auf dich habe. Ich habe momentan allerdings vor allem die Aufgabe, auf ihn selbst aufzupassen. Nach der Trennung der beiden Länder werde ich nach Gelaria gehen und, wenn du mich lässt, auf dich aufpassen.« Seine Worte klangen leicht betrübt, auch wenn sein Tonfall Entschlossenheit signalisierte. Was hatte ihn wohl dazu verleitet?

»Ach und ich habe mich schon gewundert, warum Hector nicht mitkommt. Ich dachte Partys wären einfach nicht sein Ding«, sagte ich etwas scherzhaft. Als Cosmo nicht reagierte, runzelte ich die Stirn.

»Du bist jetzt Nates persönlicher Schießhund?«

Cosmo nickte. »Und heute bin ich auch deiner. Also benimm dich, damit ich mir keine Kugel für dich einfangen muss. Bei dem Gefahrenzuschlag, den die königliche Familie mir zahlt, könnte ich mich noch vor meinem 30. Geburtstag zur Ruhe setzen und meine Zeit mit dem Anmalen von Flaschenschiffchen verschwenden. Eine Alternative dazu wäre das Lesen von zweitklassigen Thrillern, in denen die Polizisten immer Idioten und die Kommissare Alkoholiker sind«, sagte Cosmo sarkastisch.

Er war ein mieser Lügner, aber er würde mir doch sagen, wenn es Grund zur Beunruhigung gäbe, oder?

***

Noch nie zuvor hatte ich ein so nobles Haus gesehen. Das Sommerhaus der Kingstons war riesig und lag direkt an der Steilküste außerhalb von Wirden, eine halbe Stunde entfernt von Westby. Es war eigenartig, wie unterschiedlich diese Orte waren, auch wenn die Distanz zwischen ihnen winzig war. Um Westby herum waren Wald und Wiesen, es strotzte nur so vor grüner Natur.

Bellkort aber war völlig anders. Sobald man Wirden in Richtung Meer verließ, dauerte es keine zehn Minuten, bis man die Küste erreichte und an den steilen Klippen von Bellkort stand. Sowohl Antira als auch das ehemalige Gelaria hatten kaum Strände, weil das Land viel höher lag als der Meeresspiegel. Nur vereinzelt sah man Häuser in dieser Gegend und zumeist waren sie klein.

Das Sommerhaus hingegen wirkte wie eine überdimensionierte Blockhütte. In den Fenstern brannten Gläser mit Kerzen und tauchten die kurze umzäunte Einfahrt in ein gemütliches Licht. Cosmo hatte einen Sicherheitschip, den er nur neben einen Steinpfeiler vor der Auffahrt halten musste, und schon öffnete sich das Tor. Er fuhr zu einem freien Grasfleck, der mit einem Fähnchen mit einem roten Viereck markiert war.

Noch bevor ich nach dessen Bedeutung fragen konnte, beantwortete sich meine Frage von selbst. Ich starrte mit offenem Mund auf die Grasfläche, die sich langsam hob und den Blick auf eine geheime unterirdische Tiefgarage freigab. Vorsichtig fuhr Cosmo die Limousine die Rampe hinunter und parkte neben einem dunkelroten Porsche.

Ich fühlte mich wie in einem Agentenfilm aus den späten Achtzigern. Hier hatte man wahrlich keine Kosten gescheut.

Die Garage war groß, hell und überaus modern. Eine dicke Stahltür, die mich unweigerlich an einen Tresor denken ließ, war der einzig verbleibende Ausgang. Sie musste ins Haus führen.

Cosmo drückte einen golden glänzenden Knopf, der vermutlich so teuer war wie ein Kleinwagen, und machte wieder einen Schritt zurück.

Ich hörte mehrere Schlösser knacken, bevor sich die Tür öffnete. Augenblicklich rutschte mir mein Herz in die Kniekehlen. Noch bevor ich irgendwie reagieren konnte, hatte sich Cosmo an mir vorbei geradewegs ins Haus geschlängelt. Ich stand allerdings immer noch an derselben Stelle wie vor 60 Sekunden und starrte geradeaus.

Auch Aaron, der uns soeben die Tür geöffnet hatte, stand nur so da und begutachtete mich mit diesem »Ich-dachte-sie-wäre-tot«-Blick, den ich schon bei anderen gesehen hatte.

Doch dann rührte er sich, machte einen schnellen Schritt auf mich zu und zog mich in seine Arme. Ich spürte, wie er sein Gesicht in meinen Haaren vergrub und meinen Duft einsog.

»Guter Gott, es geht dir gut«, raunte er erleichtert.

Seine warmen Hände auf meinem Rücken fühlten sich richtig an. Auch ich konnte seinen männlichen Geruch nicht ignorieren. Diese einzigartige Mischung aus Meer und frischer Wäsche benebelte mich.

Bitte lass mich nie wieder los.

Beinahe hätte ich nach dem Namen seines Duschgels gefragt, doch im letzten Augenblick erlangte ich meinen Verstand zurück.

Ich löste mich widerwillig aus seiner behütenden Umarmung. Mein innerer Kampf war noch nicht geschlagen. Nun stand es 1:0 für meinen Verstand.

»Ja, es ging mir schon schlechter«, gab ich mich beiläufig. Eine elende Lügnerin war ich.

In seinem Blick lag Verwirrung. Die plötzliche Distanz zwischen uns fühlte sich mindestens genauso falsch an wie die Umarmung richtig.

Wie lange konnte ich mir das antun?

»Alpha, reiß dich zusammen, denk an Li!«, murmelte ich mir selbst zu, so leise, dass er es nicht verstand.

»Ist wirklich alles in Ordnung? Ich würde gerne mal mit dir reden.« Aaron runzelte die Stirn und sah mich sorgenvoll an. Eine Augenbraue zuckte kaum merklich. War er nervös? Wusste er, dass ich die Fotos gesehen hatte? Wollte er mir von sich und Li erzählen? Ich fürchtete, dass ich das an diesem Abend nicht ertragen würde. Mir fiel nichts Besseres ein, als die Flucht nach vorn anzutreten.

»Ja, alles gut. Ich sollte mal nach Nate und Matt sehen und ihnen ihre Geschenke geben. Sie haben heute Geburtstag.«

Das weiß er doch, du Idiotin, er ist ihr Cousin!

»Ganz sicher?«

Nun verschränkte Aaron die Arme vor seiner Brust, sodass sich seine Muskeln unter dem hellblauen Hemd anspannten.

»Klar. Wieso?«, fragte ich zögerlich. Mir war nicht klar, worauf dieses Gespräch hinauslief.

Aaron lehnte sich nach vorne, sodass sein Atem mein Ohr streifte. »Nenn mich Holmes, aber du hast kein Geschenk in der Hand«, flüsterte er lachend.

Ich konnte spüren, wie mein Gesicht sich innerhalb von Sekunden in eine Tomatenstaude verwandelte. Verdammt. Er hatte recht, ich musste die Geschenke im Auto vergessen haben.

»Tja, also das ist wahr. Ich glaube, ich habe sie im Auto vergessen.«

Schnell drehte ich mich zu dem Luxuswagen, mit dem wir gekommen waren, und stellte fest, dass die Geschenke auf dem Dach lagen. Cosmo musste sie dort hingelegt haben, denn ich konnte mich nicht erinnern es selbst getan zu haben. Andererseits konnte ich in Aarons Gegenwart schon seit Längerem nicht mehr klar denken.

Ich hastete eilig zum Auto und schnappte mir die Geschenke. Aaron hatte sich nicht einen Zentimeter von der Stelle gerührt.

Ich ging an ihm vorbei ins Haus. Dabei drehte ich mich ganz beiläufig zu ihm um.

»Danke für das Aufhalten der Tür.«

Aaron sah mich verärgert an.

»Alpha, ich bitte dich. Das ist doch albern!«

Aber ohne ein weiteres Wort ließ ich ihn stehen, wie bestellt und nicht abgeholt. Ich war ja so eine blöde Kuh.

***

Auf der Suche nach Nate oder Matt lief ich orientierungslos durch das riesige Haus. Es verteilte sich auf drei Etagen, die sehr offen gehalten waren. Im Vergleich zu der Größe des Hauses gab es relativ wenig Schlafzimmer oder allgemein abgeteilte Räume. Die meisten Zimmer gingen ineinander über.

Die Böden waren aus Holz und wurden hin und wieder von dekadenten Teppichen geziert, die so teuer aussahen, dass ich lieber nicht drauftreten wollte.

Auch die Wände waren zu einem Großteil getäfelt oder aus Naturstein. Der ebenfalls steinerne Schornstein wirkte rustikal und zog sich durch alle Etagen.

Unter den Decken hingen Girlanden und Lichterketten, die für eine gemütliche Atmosphäre sorgten. Dieses Haus sah aus, als stammte es aus einem Einrichtungskatalog.

An einem Billardtisch fand ich Matt, wo er mit Billy Furbisch, Aileen und noch ein paar anderen spielte. Es waren viele aus der Schule da, aber die meisten kannte ich nur vom Sehen. Natürlich bemerkte ich das Tuscheln hinter meinem Rücken. Sätze wie: »Warum hat gerade sie überlebt?« oder »Ob sie was mit Carolinas Tod zu tun hat?«, drangen von überall her. Sollten sie sich doch ihre Mäuler zerreißen, ab morgen würde es sowieso kein Halten mehr geben.

»Happy Birthday, Matt«, sagte ich mit einem leichten Singsang in meiner Stimme. Matt schenkte mir ein freudiges Lächeln und drückte Aileen dann seinen Queue in die Hand. Sie musterte mich mit ihrem typischen Er-gehört-mir-Blick.

Kein Wunder, dass sie und Eris Freundinnen waren.

»Hey, danke, Alpha.« Er kam auf mich zu und umarmte mich. Es war eine durch und durch freundschaftliche Umarmung, aber man konnte quasi sehen, wie der Dampf aus Aileens Ohren quoll.

Ich drückte ihm ein längliches Paket in die Hand.

»Ich habe sogar etwas für dich. Mach auf!«, befahl ich ihm lächelnd.

»Wie Sie wünschen, Hoheit!«, neckte er zurück und kassierte dafür einen ordentlichen Hieb in die Seite.

»Nicht so laut, nachher ist keiner mehr überrascht«, flüsterte ich scherzhaft.

»Das wollen wir natürlich nicht«, antwortete er ebenfalls flüsternd und begann das Geschenk aus dem violetten Papier zu befreien.

»Oh, wie originell!« Sein Lachen setzte unweigerlich mit dem Aufspannen des durchsichtigen Regenschirms ein, auf dem die Worte *For rainy days* standen.

Aileen und die anderen sahen uns verwirrt an. Ein Regenschirm schien nicht das passende Geschenk für einen Prinzen zu sein.

»Wirst du es ihnen erklären?«, fragte ich neugierig und deutete mit einer Kopfbewegung in die Richtung seiner Freunde.

»Nein, dieser Insider gehört uns. Nate ist übrigens in seinem Zimmer. Dritte Etage. Letztes Zimmer. Rechter Flur.« Matt zwinkerte mir zu, bevor er wieder zum Billardtisch zurückging.

Also machte ich mich auf den Weg nach oben. Die Treppen waren alt, aber irgendwie rochen sie noch immer nach frisch geschlagenem Holz. Dafür gab es bestimmt extra eine Politur.

Das Treppengeländer zog sich weiter um die Etagen, sodass man von überall nach unten oder oben sehen konnte. Meine Mutter hätte sicher ihren Spaß an so einem Haus gehabt. Sie mochte außergewöhnliche Raumaufteilungen. Keine der Wohnungen, die sie designt hatte, war auch nur ansatzweise gewöhnlich gewesen.

Als ich die Treppe hochkam, sah ich, dass auch diese Etage nur so vor Partygästen wimmelte. Überall standen Schüler aus dem Westby Internat und unterhielten sich, knutschten rum oder was man auf Partys eben so tat. Der linke Flur war sehr kurz und endete an einem offenen Raum, der sich einmal um die ganze Etage erstreckte und nur von einem Geländer umgeben war.

Das wäre mir hier alles viel zu offen.

Nates Zimmer lag ein wenig versteckt am Ende des schmalen rechten Flurs. Um zu seiner Tür zu kommen, musste ich mich an zwei Mitschülern vorbeidrängeln, die vollkommen in ihren Küssen versunken waren.

Ich klopfte gegen die dunkel lackierte Holztür und trat einen Schritt zurück. Als ich keine Reaktion bekam, klopfte ich ein zweites Mal. Als Nate mir danach noch immer nicht aufmachte, spielte ich kurz mit dem Gedanken, die Tür wie ein FBI-Agent aufzutreten, was natürlich vollkommen lächerlich war.

Was für ein idiotischer Einfall, werd erwachsen, Alpha.

Stattdessen öffnete ich die Tür einfach. Sie war nicht verschlossen und ging auf ohne den Hauch eines Quietschens.

»Nate, bist du da?«, fragte ich zögerlich, während ich den fast dunklen Raum betrat. Nur eine nostalgische Wandlampe leuchtete, aber ihr Licht reichte kaum aus, um sich umzusehen.

Eine weitere Tür öffnete sich am anderen Ende des Raumes einen Spaltbreit, aus dem Licht hervordrang.

Daraus ertönte ein gepresstes: »Ja.«

»Okay? Ich komme jetzt rein, nur falls du nackt bist.«

Als ich die Tür zu dem beleuchteten Raum öffnete, stockte mir der Atem.

Ich sah Nate in einem kleinen luxuriösen Badezimmer stehen. Er war oberkörperfrei. Mein Blick fiel auf den großen Spiegel hinter ihm. Erschrocken riss ich die Augen auf. An seinem Rücken klebte Blut. Viel Blut. Himmel!

Nate sah mich an. Sein Blick war kühl, fast schon emotionslos. Er hielt ein weißes Handtuch ins Waschbecken und tränkte es mit Wasser. Dann wrang er es aus und drückte es mir in die Hand.

Etwas geschockt legte ich mein Geschenk für ihn auf den Rand der Badewanne, damit es nicht nass wurde.

»Würdest du bitte? Nur falls es dir nichts ausmacht.« Seine Worte waren heiser, er hatte offenbar geweint. Ich nahm das Tuch und Nate drehte mir seinen Rücken zu. Ich hielt den Atem an, während ich die Wunde an seinem Rücken vorsichtig abtupfte, so als wären die Schmerzen meine eigenen.

Hin und wieder stöhnte Nate leicht auf, ansonsten verstand er es, den Schmerz nicht offen zu zeigen.

Als ich das Blut von seinem Rücken getupft hatte, fiel mir auf, dass die Wunde viel kleiner war, als ich es bei der Menge an Blut erwartet hatte.

Unter seinem linken Schulterblatt waren mehrere kurze Striche eingeritzt, deren Anordnung einer Strichliste glich. Als er in unserer Scheune sein T-Shirt ausgezogen hatte, waren mir diese Verletzungen nicht aufgefallen.

Drei der Schnitte waren alt und die Narben kaum noch zu sehen. Drei weitere waren fast verheilt, konnten aber nicht so alt sein. Einschnitt Nummer sieben jedoch war frisch. Er war tief ins Fleisch geritzt worden und blutete immer wieder nach.

»Was ist passiert, Nate?«

»Es ist alles in Ordnung«, sagte Nate mit einem Tonfall, der vermuten ließ, dass er versuchte es sich selbst einzureden.

»Natürlich, und weil alles in Ordnung ist, spielt jemand mit einem Messer Tic-Tac-Toe auf deinem Rücken. Entweder du bist masochistisch veranlagt oder du steckst in Schwierigkeiten.«

Mir war klar, dass der Prinz von Antira mir keine Rechenschaft schuldig war, aber so einfach würde ich ihn nicht davonkommen lassen.

Nate sah schweigend zu Boden, als würde ich mich dadurch in Luft auflösen.

»Jonathan Kingston, du sagst mir jetzt sofort, was los ist, oder ich gehe augenblicklich zu deinen Eltern und erzähle ihnen von deinem Rücken!«

Meine scheinheilige Drohung löste nur ein sarkastisches Lachen bei ihm aus.

»Ja, mach das ruhig. Dann darfst du live dabei sein, wie der nächste Schnitt hinzugefügt wird.«

Ich schluckte. Wollte er mit seinen Worten andeuten, dass seine Eltern etwas damit zu tun hatten?

»Sie wissen davon?«, fragte ich zögerlich und hoffte dabei inständig, dass er mit einem Nein antworten würde.

»Sie wissen nicht nur davon, sie waren es. Mal mein Vater, mal meine Mutter«, sagte Nate und starrte geradeaus.

»Das ist nicht dein Ernst!«

Ich konnte mir nicht vorstellen, wie eine Mutter oder ein Vater ihrem Kind so etwas antun konnten.

Nates Antwort bestand nur aus einem Nicken. Dann nahm er mir das blutige Handtuch aus den Händen und warf es in den nobel aussehenden Wäschekorb neben der Tür.

»O mein Gott, wieso?«

Das Entsetzen stand mir wohl ins Gesicht geschrieben.

Ohne zu antworten, verließ Nate das Bad. Er öffnete die Tür eines riesigen Wandschranks, der sich so gut an die Wand anpasste, dass er mir vorher nicht aufgefallen war. Er zog ein sauberes Hemd und einen Verbandskasten hervor und schloss die Tür wieder. Es war also nicht das erste Mal.

Natürlich war es das nicht, du hast die Narben doch gesehen.

Ich nahm ihm den Verbandskasten aus der Hand und signalisierte ihm sich zu setzen. Vorsichtig legte ich ihm eine Wundkompresse auf die Wunde. Nate zuckte bei der Berührung zusammen. Obwohl die Wunde langsam aufhörte zu bluten, schien der Schmerz nur schwer erträglich zu sein. Ich umwickelte seinen Oberkörper fest mit einem Verband. Auch dabei konnte Nate den schmerzverzerrten Ausdruck, der sich hin und wieder über sein Gesicht legte, nicht unterdrücken.

»Ich werde es dir erklären, versprochen. Aber nicht heute Abend. Ich hoffe, das ist okay für dich. Heute Abend möchte ich feiern. Morgen ist ein wichtiger Tag. Bist du aufgeregt?«

Typisch Prinz, er weiß, wie er sich aus einer Affäre zieht.

»Ich habe es weder realisiert noch bin ich auf irgendwas vorbereitet. Ich gebe zu, dass ich versucht habe etwas zu recherchieren, aber das hat mich irgendwie noch mehr durcheinandergebracht.«

Nate lächelte leicht, während er sein Hemd vorsichtig überzog. Das Blut drang nicht durch den Verband, was ein gutes Zeichen war.

»Du schaffst das, Alpha. Ich werde da sein, genau wie deine Grandma und deine Freunde. Mr Brown wird auch kommen und sich dir vor der Pressekonferenz vorstellen. Du bist nicht allein, wir werden alle da sein.«

Alle bis auf Aaron.

Mein Magen krampfte sich ein wenig zusammen und doch versuchte ich gute Miene zum bösen Spiel zu machen.

»Wir sollten wohl beide auf andere Gedanken kommen«, sagte ich und ging ins Bad zurück. Ich griff mir das Geschenk vom Wannenrand und drückte es Nate in die Hand.

»Wir sollten feiern. Besonders du. Alles Gute zum Geburtstag, Jonathan Kingston«, neckte ich ihn.

Nate grinste überrascht, als er das bunte Geschenkpapier aufriss.

»Der neue Stephen King. Danke schön, Alpha. Das ist wirklich super. Aber woher wusstest du davon?«

Dass ich ihm an meinem ersten Tag in Westby über die Schulter gelugt hatte, sollte ich ihm wohl besser verschweigen.

»Ich hatte da so ein Gefühl«, antwortete ich mit einem geheimnisvollen Lächeln.

Nate legte das Buch auf den Nachtschrank, der neben dem großen Bett in der Mitte des Zimmers stand. Wir verließen das Zimmer und drängelten uns an dem noch immer knutschenden Paar vorbei.

»Gott, hoffentlich verirren die beiden sich nicht in mein Schlafzimmer«, sagte Nate in einem scherzhaft besorgten Ton.

»Wohnst du hier? Dauerhaft, meine ich«, fragte ich neugierig. Mittlerweile war die Musik lauter geworden, sodass ich meine Stimme etwas erheben musste, damit Nate mich verstand.

»Die meiste Zeit leben Matt und ich tatsächlich hier. Das Internatsleben bekommt uns nicht, dafür sind wir zu oft außerhalb der Sperrzeiten unterwegs.« Nate zwinkerte mir zu und führte mich dann zu einem Tisch mit Getränken und Snacks.

»Keine Bowle?«, fragte ich ironisch.

»Nein, dieses Risiko wollte ich vor morgen nicht noch einmal eingehen.«

Nate nahm eine Flasche mit Brause aus einer Kiste, öffnete sie galant an der Tischkante und füllte sie in ein goldenes Glas für mich.

»Was, trinkt ihr etwa nicht aus Flaschen?«, fragte ich gespielt empört.

»Glaub mir, das ist hier keiner gewohnt.«

Ja, das glaubte ich ihm sofort. Überall standen diese aufgedonnerten Prada-Püppchen, die sich für etwas Besseres hielten, weil sie die Töchter von irgendwem waren.

»Aber diese goldenen Gläser sind doch bestimmt unfassbar teuer. Keine Angst vor Dieben?«

»Der Verdacht würde sofort auf dich fallen, du arme kleine Bauernprinzessin.«

Nate lachte, während er sich ebenfalls einschenkte.

»Kann ich dich für so eine Ausrede eigentlich hinrichten lassen?«, fragte ich scherzend.

»Nein, tut mir leid. Erst mal hast du ein Parlament im Nacken sitzen, ohne das du keine Entscheidung treffen kannst, und zweitens gibt es in Gelaria die Todesstrafe schon seit den Zwanzigern nicht mehr.«

»So ein Mist. Glück gehabt, würde ich sagen. Vielleicht führe ich sie ja wieder ein?«, grinste ich süffisant.

Ja, Nate aus der Reserve zu locken war gar nicht so einfach, aber vielleicht würde er sich im Laufe des Abends etwas entspannen können.

Seine Wunde konnte dabei allerdings ein ernsthaftes Problem werden.

»Na, na. Du wirst ja wohl keine Enttäuschung werden. Ich habe all meine Hoffnung in dich gesetzt.«

Noch bevor ich etwas erwidern konnte, wurde unser Gespräch von einer unserer übermäßig sexy angezogenen Mitschülerinnen gestört. Eris. Zugegeben, in diesem hautengen orangen Kleid sah sie atemberaubend gut aus.

Ja, das Leben war unfair.

»Habe ich gerade das Wort Enttäuschung gehört?«, fragte sie.

Sie schmiss sich Nate in die Arme, der dabei schmerzerfüllt dreinblickte, was sie allerdings nicht zu merken oder zu stören schien. Sie warf ihre voluminösen blonden Haare zurück, bevor sie sich mir zuwandte.

»Natürlich habe ich das. Alpha, du auch hier? Komisch, ich dachte, du hättest dich aus Anstand über den Verlust von Carolina erhängt.«

Wenn Blicke töten könnten, dann wäre ich skalpiert an einem Marterpfahl gebunden und würde verdursten.

Natürlich nahm sie mir Carolinas Tod übel, im Grunde nahm ich ihn mir selbst übel. Ich konnte sie verstehen, sie hatte eine Freundin verloren.

Also würde ich es für heute gut sein lassen und den Rückzug antreten. Noch mehr Stress konnte keiner hier gebrauchen.

»Es tut mir sehr leid, dass du deine Freundin verloren hast, Eris. Wirklich«, sagte ich ohne ein Fünkchen Ironie in meiner Stimme und ließ sie mit Nate allein.

Gut gemacht, Alpha, das war vernünftig.

Ziellos lief ich nun durchs Haus, sprach hier und dort oberflächlich mit ein paar Mitschülern und lief weiter.

Ich hielt Ausschau nach meinen Freundinnen, was sich aber recht schnell als sinnlos entpuppte.

Anila unterhielt sich angeregt mit dem asiatisch aussehenden Jungen, der in Geschichte neben Li saß. Li saß mit ein paar anderen Cheerleadern auf einer der großen Ledercouches, die mich an einen Psychiater erinnerten, und war damit beschäftigt, Selfies zu schießen.

Gott, wie ich Partys hasste.

Als ich wieder auf der dritten Etage ankam, waren Nate und Eris verschwunden. Dafür fiel mein Blick aus dem Fenster. Unten im Garten sah ich mehrere kleine Feuerschalen und Lichterketten. Fast niemand war draußen, das war meine Chance auf etwas Ruhe.

Ich lief eilig die Treppen hinunter und durchquerte die große Glastür, die vom Kaminbereich nach draußen führte. Ein kalter Windhauch blies mir entgegen und sorgte dafür, dass ich mich lebendig fühlte.

Um die Feuerschalen herum waren dicke Baumstämme als Sitzmöglichkeiten verteilt worden und überall lagen dicke flauschige Cashmeredecken.

Zwischen den Bäumen waren Lichterketten gespannt worden, die so schön leuchteten, dass sie den Sternen am Himmel fast schon Konkurrenz machten.

Ich schnappte mir eine der Decken, setzte mich an ein fast erloschenes Feuer am Rand der Klippen und sah auf das tosende Meer.

Wenn ich mal reich bin, möchte ich auch ein Haus direkt an den Klippen.

Das Wasser warf sich unaufhörlich gegen die Felsen und doch hatte es etwas Beruhigendes an sich.

Blau wie das Meerwasser bei Nacht.

Es war wunderschön. Das Sternenlicht spiegelte sich in dem unruhigen Wasser und tauchte es in ein dunkles silbriges Blau. So etwas Schönes hatte ich noch nie zuvor gesehen.

»Ich mag es noch«, sagte eine Stimme hinter mir. Aarons Stimme. Sie klang irgendwie rauer als sonst, so als würde ihn etwas bedrücken. Augenblicklich krabbelte eine Wärme durch meinen Körper.

»Was magst du noch?«, fragte ich ihn ein wenig nervös.

»*Oliver Twist*. Ich habe es noch mal gelesen, wie versprochen«, sagte Aaron, während er, die Hände in seinen Hosentaschen, mit einem verträumten Blick aufs Meer hinausschaute.

Mich überraschte, dass er sich noch an die Details unseres ersten gemeinsamen Abends erinnerte, der ja nun auch schon Monate zurücklag.

»Darf ich mich setzen?« Aarons Worte waren zögerlich. Er wusste, dass etwas im Argen lag, er war schließlich kein Idiot. Selbst ein Blinder war in der Lage zu sehen, dass hier etwas nicht stimmte.

»Klar, ist ja kein Platz besetzt.«

Lässigkeit war nicht mein Ding, besonders nicht, wenn ich mich so fühlte wie jetzt. Das Chaos in meinem Kopf wollte sich einfach nicht vernünftig ordnen lassen.

Aaron setzte sich neben mich auf den Baumstamm und sah mich an. »Wann sagst du mir endlich, was ich Falsches getan habe?«

Tja, was sollte ich jetzt am besten sagen? *Du hast meine Freundin Li auf einer Party geküsst, zu der du mit mir gegangen bist?*

Das kam vermutlich nicht so gut und war außerdem ziemlich unfair. Wir waren trotz des Kusses am Abend zuvor nur als Freunde zusammen hingegangen. Unter anderem, weil ich ihm noch nicht sicher sagen konnte, wer ich war. Jetzt konnte ich es. Ob ich es wollte, war eine andere Geschichte. Immerhin hatte er dann keine vierundzwanzig Stunden später Li geküsst. Wir hatten beide bedeutungslose Fehler gemacht.

Na ja, meiner war für mich bedeutungslos; wie er seinen sah, wusste ich noch nicht. – Falls er Li zu küssen überhaupt als Fehler betrachtete.

»Eigentlich hast du gar nichts Falsches getan«, gab ich zu.

»Und weshalb behandelst du mich dann so?«

Das war eine gute Frage.

Weil ich dumm und eifersüchtig war, Angst hatte und nicht mehr wusste, wohin ich eigentlich gehörte.

Wir würden uns noch ewig im Kreis drehen, wenn wir nicht anfangen würden miteinander zu sprechen.

»In meinem Leben hat sich einiges geändert und ich weiß noch nicht, wie ich damit umgehen soll. Mir schwirrt momentan so viel im Kopf herum. Keine Ahnung. Ich habe das Gefühl, erdrückt zu werden. Das klingt verrückt, oder?«

Aaron sah mich sorgenvoll aus seinen leuchtenden smaragdgrünen Augen an.

»Nein, das klingt nach dem ganz normalen Wahnsinn. Ich glaube, manchmal geht es uns allen so. Li hat schon erwähnt, dass eine Menge auf dich zukommen wird.«

Bei der bloßen Erwähnung ihres Namens verkrampfte ich mich. Es mochte egoistisch klingen, weil sie meine Freundin war, aber ihren Namen aus seinem Mund zu hören, fühlte sich falsch an. Auch wenn ich es nicht wollte, konnte ich die Eifersucht in mir nicht länger verbergen.

»Hat sie das? Wieso fragst du dann? Wenn sie dir doch schon alles erzählt hat«, fragte ich ihn.

Aarons Blick spiegelte eine Mischung aus Empörung und Verwirrung. »Sie hat mir gar nichts erzählt. Was ist nur los mit dir? Wenn ich es nicht besser wüsste, könnte ich fast glauben, dass du eifersüchtig bist.«

Ertappt stand ich auf, schmiss die Decke über den Baumstamm und stellte mich mit verschränkten Armen vor das klägliche Lagerfeuer.

»Bin ich nicht. Es ist deine Sache, mit wem du was hast und mit wem nicht. Das geht mich überhaupt nichts an. Du hast den Ruf des königlichen Playboys, das hätte ich mir vorher denken können«, log ich. Noch bevor ich meine Worte zu Ende gesprochen hatte, bereute ich sie. Mein Ton war krampfhaft, fast hysterisch und meine geballten Fäuste trugen auch nicht sonderlich zur Kaschierung meiner wahren Gefühlslage bei. Ich benahm mich wie ein Kind, dem man seinen Lieblingslolli weggenommen hatte, und das Schlimmste dabei war, dass ich nichts dagegen tun konnte.

»Ich glaube es nicht, du bist wirklich eifersüchtig«, sagte Aaron triumphierend. Ich hörte, wie er hinter mir ebenfalls aufstand. Er stellte sich neben mich und legte mir seine warme Cashmeredecke sanft über die Schultern.

Seine Berührung sorgte dafür, dass mein ganzer Körper kribbelte, als würden sich Hunderte Schmetterlinge auf mir niederlassen.

»Es ist verrückt. Ich dachte, du und Nate, ihr wärt …«

»Nein, sind wir nicht. Wir sind Freunde, nicht mehr«, unterbrach ich ihn.

Aaron legte seinen Kopf in den Nacken und fing herzhaft an zu lachen.

Was war daran so lustig?

»Ich bin ja so ein verdammter Idiot. Du bist nicht in ihn verliebt«, sagte er etwas außer Atem von seinem Lachen. Nun hatte er dieses ganz spezielle arrogante Lächeln auf dem Gesicht. Er legte seine Hände an meine Taille und machte einen Schritt auf mich zu, sodass unsere Körper sich beinahe berührten.

»Alpha van Aerssen, du bist stur, eine Schummlerin, albern und manchmal einfach undurchschaubar. *Eifersüchtig* sollten wir an dieser Stelle nicht vergessen.«

Ich verdrehte die Augen.

»Was für nette Worte, danke, Aaron.«

Aarons Griff wurde etwas fester und sorgte dafür, dass mir warm wurde. »Lass mich ausreden, ich bin gerade Holmes.«

Er zog eine Augenbraue hoch und warf mir ein vielsagendes Lächeln zu.

»Also, wo war ich noch gleich? Ach ja, du bist eifersüchtig. Aber zugleich bist du mutig, selbstsicher, engagiert und wunderschön.«

Aaron machte eine Pause, als müsste er seine nächsten Worte noch einmal gut überdenken.

»Ich habe gar nicht gemerkt, dass es dir schlecht geht. Erst als du schon auf dem Weg ins Krankenhaus warst, habe ich von deinem Zusammenbruch erfahren. Ich bin natürlich gleich zu deiner Großmutter gefahren, um ihr Bescheid zu sagen. Ich war ein bisschen alkoholisiert und ziemlich aufgebracht, weil ich dachte, dass es meine Schuld war. Ich hätte besser auf dich aufpassen müssen, ich hätte es nicht so weit kommen lassen dürfen.«

Seine Stimme klang gepresst und ich glaubte zittrige Bewegungen an meiner Taille zu spüren.

In diesem Moment war er wieder ganz er selbst, der hilfsbereite, sich Sorgen machende Aaron.

»Es war nicht deine Schuld, Aaron, du hättest doch auch nichts tun können.«

Sanft strich ich mit meiner Hand über seine warme Wange. Gänsehaut breitete sich auf meinem ganzen Körper aus. Er war nicht nur der arrogante reiche Playboy, für den ihn alle hielten. Wenn er er selbst war, dann war er zuvorkommend, charmant, aber vor allem verhielt er sich wie ein Löwe, der sich um seine Gefährtin sorgte. Um mich.

Seine Brauen waren nachdenklich zusammengezogen.

»Es gibt immer etwas, das man tun kann. Man muss es nur versuchen«, sagte er mit einem leicht verbitterten Unterton in der Stimme.

»Ich war ein paar Mal bei dir, als du im Krankenhaus warst. Du lagst einfach nur so da. Alle haben in Erwägung gezogen, dass du es nicht schaffen könntest. Ich habe einmal sogar gebetet, damit es dir besser geht. Du kannst dir ja vorstellen, dass ich sonst nicht bete. Du durftest einfach nicht sterben, weil du dann nie erfahren hättest, was du mir bedeutest, welche Gefühle ich für dich hege.«

Bei seinen Worten fing mein Herz gefährlich schnell an zu klopfen.

War das hier etwa gerade das, was ich dachte, was es war?

»Als dein Zustand sich dann besserte, war ich erleichtert und besorgt zugleich. Ich habe gedacht: Was, wenn sie sich nicht an dich erinnert, wenn sie aufwacht?

Ich wollte dich nicht schon verlieren, bevor wir eine richtige Chance hatten. Um mich abzulenken, bin ich in die Schlossbibliothek des königlichen Palastes gefahren. Ich wollte noch ein bisschen recherchieren. Dabei ist mir dieses Buch in die Hände gefallen.«

Aaron griff hinter seinen Rücken und zog ein kleines Taschenbuch aus seiner Hosentasche. Er legte es in meine Hände. Die Ecken des Buches waren abgenutzt und der Einband war leicht vergilbt, aber es war unfassbar.

»*Das geheimnisvolle Verbrechen in Styles*«, las ich ehrfürchtig den Titel des Buches vor. Vorsichtig strich ich über den rauen Leineneinband und schlug den Buchdeckel auf.

»O mein Gott, Aaron, das ist eine Erstausgabe von 1921!«

Aaron schmunzelte.

»Du liebst doch die Agatha Christie-Bücher. Dieses hier stand in einer staubigen Ecke und wurde das letzte Mal vor bestimmt einem halben Jahrhundert in die Hand genommen. Ich dachte mir, dass es bei dir in besseren Händen ist.«

»Ich soll ein Buch behalten, das du aus der privaten Schlossbibliothek des Königs von Antira geklaut hast?«, fragte ich skeptisch. Diese Vorstellung war Wahnsinn. Das Buch musste ein Vermögen wert sein.

»Das ist immer eine Frage der Perspektive. Erst mal gehöre ich zur königlichen Familie, auch wenn es nicht immer so aussehen mag. Ich darf mir jederzeit Bücher ausleihen. Und zweitens schenke ich es dir nicht, ich leihe es dir auf Lebenszeit.«

Ich senkte meinen Blick auf das Buch, damit Aaron nicht sah, dass mir die Röte in die Wangen schoss.

»Und der Rest der königlichen Familie weiß von dieser Leihgabe?«, fragte ich amüsiert.

Aaron kratzte sich am Hinterkopf. »Na ja, also Nate weiß davon, wenn dir das reicht. Ich wollte dir das Buch ins Krankenhaus bringen, doch dort habe ich nur Nate angetroffen, der mir gesagt hat, dass deine Großmutter dich gerade mit nach Hause genommen hat. Natürlich bin ich dann zu dir nach Hause gefahren, aber Nate hat mich immer wieder abgewimmelt. Deshalb dachte ich, dass du Gefühle für ihn hast.«

Nate, du Idiot.

»Nein, ich glaube, Nate hat die Aufpasser-Rolle übernommen, weil er dabei war, als es passiert ist«, versuchte ich Aaron zu beruhigen.

»Ja, das weiß ich jetzt auch. Immerhin hast du dich in mich verliebt«, sagte Aaron mit hochgezogenen Augenbrauen und diesem sprachlos machenden Lächeln, mit dem er absolut jede haben konnte. Ich fühlte, wie seine warme Hand über meine Wange hinunter zu meinem Hals fuhr, um in meinem Nacken zu verweilen. Es war, als würden sich Tausende Funken aufladen und über meine Haut tanzen, während sie darauf warteten, entzündet zu werden.

»Du bist ganz schön arrogant, Aaron Kingston«, hauchte ich leise.

»Man lernt mit sich zu leben«, flüsterte er zurück. Dann küsste er mich. In diesem Moment war alles perfekt. Die Lichterketten über uns leuchteten mit den Sternen um die Wette und ab und zu brachen sich an den Klippen die Wellen. Das ansonsten leise Meeresrauschen wiegte sich im Hintergrund, während es von der knisternden Glut des Lagerfeuers untermalt wurde.

Die Funken auf meiner Haut schienen zu explodieren und sorgten für ein phänomenales Feuerwerk der Gefühle. Aarons Hände wanderten über meinen Körper, um an jeder noch so geeigneten Stelle innezuhalten. Seine Berührungen waren sanft, beinahe vorsichtig, aber ich wollte mehr. Meine Hände strichen über seinen festen Oberkörper bis hin zu seinem unteren Rücken. Seine Muskeln spannten sich unter meinen fordernden Fingern. Er hatte verstanden, denn er wurde wilder. Er wusste, wie man eine Frau um den Verstand brachte, das war keine Frage. Meine Hände flossen durch sein seidiges dunkles Haar wie durch geschmolzene Schokolade. Hitze durchströmte jeden Millimeter meines Körpers und drohte mich von innen zu verbrennen.

Er brachte mich nicht nur um den Verstand, sondern auch aus dem Gleichgewicht.

Meine Beine fühlten sich an wie weiche Butter, sie schmolzen unter mir dahin. Ich sank zu Boden und ich zog ihn mit mir.

Nun lagen wir angelehnt an dem Baumstamm, auf welchem wir zuvor noch gesessen hatten und unsere Küsse wurden immer wieder von kleinen Neckereien unterbrochen.

Mein Innerstes jubelte über den Triumph meines Herzens, mein Verstand hingegen war nicht so begeistert.

»Warte«, sagte ich aus heiterem Himmel und ohne mir vorher darüber klar geworden zu sein, was ich eigentlich hatte sagen wollen.

»Ja, du hast recht, sonst könnte das hier noch eskalieren. Wir sind auf einer Party, alternativ wären meine Mahagoni-Bettpfosten auch nicht so weit entfernt.«

Aaron grinste verschwörerisch.

»Himmel! Du solltest dir mal zuhören. Es sollte lieber Aaronganz heißen«, sagte ich lächelnd, wohl wissend, dass er versuchte mich von dem abzulenken, was ich eigentlich hatte sagen wollen.

»Gar nicht übel. Es gefällt mir, wenn du Worte nach mir benennst«, sagte er und zog dabei eine Augenbraue hoch.

Doch mein Blick wurde ernst.

»Arroganz beiseite, Aaron. Ich muss etwas wissen. Was ist zwischen Li und dir?«, fragte ich vorsichtig. Immerhin hatte ich eine Begabung dafür, wundervolle Augenblicke zu ruinieren. Auf Küsse war ich quasi spezialisiert, was das anging.

Aaron verzog seine Brauen zu einem nachdenklichen Blick.

»Was meinst du?«

»Na ja, ihr trefft euch regelmäßig. Du hast viel Zeit mit ihr verbracht, als es mir nicht gut ging. Sie hat dir schon in der Schule ihr Interesse signalisiert. Ihr habt getanzt an Halloween, als hättet ihr nie etwas anderes getan. Und ihr habt euch geküsst, ich habe die Fotos gesehen, Aaron«. Mit jedem Wort wurde ich leiser.

Aarons Gesichtszüge verharrten in ernster Stille. Er wirkte wie eine dieser Götterstatuen, bis er sich endlich aus seiner Totenstarre befreien konnte. Nervös strich er durch seine ruinierte Frisur.

»Ich habe einen Fehler gemacht und jede Erklärung, die ich dafür vorbringen würde, wäre nicht gut genug. Gott, Alpha, ich war eifersüchtig auf Nate und Li war sauer auf dich. Das war Kompensation und hatte rein gar nichts mit Gefühlen zu tun.«

Seine Worte trieften nur so vor Ehrlichkeit und waren der schlagende Beweis dafür, dass so einiges schiefgelaufen war. Ich hatte ihn mehr verletzt, als ich angenommen hatte.

»Habt ihr miteinander …?«, fragte ich zögerlich. Ich beendete den Satz nicht, denn er musste nicht antworten. Es war eine sehr intime Frage und ging mich eigentlich überhaupt nichts an. Vermutlich hätte ich diese Frage nicht einmal in meinem Kopf formulieren dürfen und doch musste ich es wissen.

Ich musste wissen, wie viel auf dem Spiel stand, für ihn, für Li, für mich.

Als Aaron ein bekennendes Nicken von sich gab, verzog sich mein Magen. Wenn ich ehrlich zu mir war, dann hatte ich mit dieser Antwort schon gerechnet, aber sie zu bekommen war dennoch ein Schock.

Denn ich hatte mich soeben von dem Jungen küssen lassen, der aus Eifersucht mit meiner Freundin geschlafen hatte. Wenn man es so nüchtern betrachtete, war es nicht die beste Basis, um eine Beziehung anzufangen und eine Freundschaft aufrechtzuerhalten. Trotz allem waren meine Gefühle da und sie brannten darauf, entfesselt zu werden.

»Einmal, als du noch im Krankenhaus warst. Ich war kurz vorher bei dir gewesen, bis Nate mich wieder weggeschickt hat. Ich war sauer und wusste einfach nicht, was ich tun sollte. Vor meinem Zimmer wartete Li. Sie hatte geweint, weil sie dachte, dass du stirbst. Es ist einfach passiert.«

Aaron sah aufs Meer hinaus, während er sprach.

»Es ist okay. Du bist mir keine Rechenschaft schuldig«, sagte ich sanft, auch wenn ich den Gedanken kaum ertragen konnte. Wie ferngesteuert legte ich meine Hand unter sein Kinn und drehte sein Gesicht zu mir. Sein Blick traf mich wie ein Blitzschlag und entfachte eine Gänsehaut auf meinem gesamten Körper.

Ich lehnte mich vor, um ihn zu küssen.

Als sich unsere Lippen berührten, hörte ich ein verärgertes Schnauben.

Ich schreckte hoch und sah in das schockierte Gesicht des schönsten Mädchens, das ich kannte. Li. Sie machte auf dem Absatz kehrt und lief zurück in Richtung des Sommerhauses.

»Scheiße!«, fluchte ich und sprang auf.

»Tut mir leid, Aaron, ich sollte mit ihr sprechen.«

Aaron nickte verständnisvoll und machte eine ausladende Geste in Richtung des Hauses.

»Geh und zähme die Katze, bevor sie ihre Krallen ausfährt.«

Ohne mich noch einmal zu ihm umzudrehen, rannte ich Li nach.

»Li! Warte!«, rief ich ihr hinterher, doch sie lief einfach weiter.

So viel zu *Das hatte rein gar nichts mit Gefühlen zu tun.*

Li schob die große Glastür zum Wohnbereich auf und knallte sie mir direkt vor der Nase wieder zu.

Ich öffnete die Tür und ging hinterher. Fast hätte ich Li zwischen den ganzen Gästen aus den Augen verloren.

Wie eine Natter schlängelte ich mich zielsicher durch die Meute und folgte Li auf den Flur zur Haustür. Ich bekam ihre Schulter zu packen und drehte sie zu mir. Tränen rannen über ihr Gesicht und ließen ihre Mascara verlaufen. Ich zog eine Packung Taschentücher aus meiner kleinen Umhängetasche und reichte sie ihr. Sie nahm eins und wollte mir die Packung zurückgeben.

»Behalte sie«, sagte ich, während ich die Hand hob, um ihr eine Strähne hinters Ohr zu streichen, die sich aus ihrem Dutt gelöst hatte.

»Li, es ...«, setzte ich an, doch Li unterbrach mich direkt wieder.

»Nein, Alpha. Entschuldige dich nicht«, sagte sie und tupfte sich die Tränen weg.

»Aber, Li, ich ...«

»Nein. Ich sollte mich entschuldigen. Ich wusste ja, was er für dich empfindet. Ich hätte mir nichts auf unsere gemeinsame Nacht einbilden sollen.«

Völlig überrascht starrte ich sie mit offenem Mund an. Sie war also nicht sauer auf mich?

»Es tut mir trotzdem leid. Es ist immer traurig, wenn die eigenen Gefühle nicht so erwidert werden, wie man es sich wünscht.«

Li schniefte und rang sich zu einem leichten Lächeln durch.

»Er hat mir gesagt, dass er es dir sagen will, wenn du aufwachst. Ich wusste, dass es kommt. Ich dachte, ich wäre vorbereitet.«

»Es tut mir wirklich leid, Li«, sagte ich betroffen. Ob sie es zugab oder nicht, ich hatte ihre Gefühle verletzt.

Aber Li schüttelte nur den Kopf und griff nach meiner Hand.

»Entschuldige dich niemals für deine Gefühle oder dafür, wen du liebst, denn darauf hast du keinen Einfluss. Das Herz ist wie eine Kompassnadel. Es rotiert, bis es jemanden gefunden hat, für den sich das Stehenbleiben lohnt.«

Ich nickte ihr zu und konnte nicht verhindern, dass auch bei mir eine Träne floss. Stumm formte ich mit meinen Lippen das Wort *Danke*. Dann nahm ich sie in den Arm.

Als wir uns aus unserer schwesterlichen Umarmung lösten, lächelte sie mich an.

»Ich glaube, ich fahre jetzt lieber nach Hause, noch einer Heulattacke hält mein Make-up nicht stand«, sagte Li. Wir lachten beide verlegen. Das bisschen verschmierte Wimperntusche entstellte sie nicht. Im Gegenteil. Wieder fiel mir auf, wie schön sie war, als sie da stand, mit ihren langen blonden Haaren und den hellen grauen Augen.

»Ich glaube, ich sollte auch lieber nach Hause fahren. Morgen wird ein harter Tag. Cosmo ist heute mein Privatchauffeur, wir können dich im Internat absetzen«, bot ich ihr an.

»Ja, gerne. Ich werde morgen da sein, das verspreche ich dir.«

***

Erst setzten wir Li im Internat ab und danach fuhr Cosmo mich zu unserem Hof zurück. Natürlich hatte er mitbekommen, was vorgefallen war. Er war

Polizist und die Schüler in Westby waren Schwätzer. Vermutlich fanden Aaron, Li und ich uns direkt bei *Westby Nobilitas* wieder.

Mir wurde bewusst, dass ich ab dem kommenden Tag vermutlich sowieso Thema Nummer eins auf dem Klatsch- und Tratschportal der Schönen und Reichen sein würde.

Zu diesem Zeitpunkt wusste ich noch nicht, wie falsch ich damit liegen würde.

KAPITEL 20

Mein Magen rumorte bereits, als ich in den frühen Morgenstunden von meiner fröhlichen Grandma geweckt wurde. Grey und ich sprühten nicht unbedingt vor Begeisterung. Er hatte die letzten Nächte an meinem Fußende verbracht und sich seitdem von einem Frühaufsteher-Kater in ein Langschläfer-Kätzchen verwandelt.

»Guten Morgen, mein Kind. Die Pflicht ruft. Wir werden um neun Uhr im Schloss erwartet. Jonathan und Matthew haben wohl noch ein bisschen was arrangiert, um dich vorzubereiten.«

Wie kann sie nur frühmorgens so euphorisch sein?

Grandma küsste mich liebevoll auf die Wange.

»Du riechst wie Marie Antoinette ohne Parfüm. Geh dich besser duschen.«

Seufzend steckte ich meinen Kopf zurück unter mein Kissen und murmelte: »Danke, Grandma, ich hab dich auch lieb.«

Da es nun sowieso keinen Sinn mehr hatte, liegen zu bleiben, ging ich ins Bad. Ich duschte so heiß, dass die Fensterscheiben trotz Belüftung beschlugen.

Ich hatte mir kaum Gedanken über mein Aussehen oder mein Outfit gemacht, weil ich zu sehr mit meiner verkorksten Gefühlswelt und der Recherche über Gelaria beschäftigt gewesen war. Was zog man an, wenn man 15 Millionen Menschen verkündete, dass man eine verschollene Prinzessin war? Ich schätzte, dass Google in diesem Fall keine Hilfe bot.

Glücklicherweise hatte ich meine Grandma, die im Gegensatz zu mir einen etwas kühleren Kopf bewahrte. Da die Wappenfarbe des Königshauses von Gelaria rot war, hatte sie mir meine rote Bluse und einen schwarzen Rock rausgelegt. Das Outfit wirkte elegant und passte genau für diesen Anlass.

Was würde ich nur ohne Grandma tun?

Um halb neun hielt eine schwarze Luxuslimousine auf unserem Hof. Cosmos neuer Dienstwagen. Mit etwas Glück bedeutete das, dass Hector uns heute nicht begleitete. Irgendwie jagte mir dieser Hüne jedes Mal einen gewaltigen Schrecken ein. Hector war groß, breit, guckte immer grimmig und war superleise. Manchmal hatte ich versucht zu zählen, wie oft er pro Minute atmete, aber entweder atmete er nicht oder er war auch dabei still. Beeinträchtigte so etwas nicht die Sauerstoffzufuhr zum Gehirn?

***

Mit jedem Kilometer, den wir uns vom Hof entfernten, wuchs meine Nervosität. Ich starrte aus dem Fenster in die Landschaft und dachte nach.

Es gab zwei Möglichkeiten für den heutigen Tag. Entweder würde alles glatt laufen oder ich manövrierte mich mit irgendeiner unangebrachten Bemerkung direkt ins Aus. Die Leute könnten mich unsympathisch finden oder für eine Betrügerin halten. Wenn man mich fragen würde, wäre ich als Bürger eines unterjochten Landes auch erst mal skeptisch. Außerdem hatte ich keine Ahnung, was auf mich oder das Land zukommen würde.

Heute hieß es fressen oder gefressen werden.

Dass Nate und Matt mir halfen, beruhigte mich ein wenig. Allerdings war ich noch immer nicht dazu gekommen, Aaron zu sagen, wer ich eigentlich war. Das Li uns gestern gesehen hatte und weinend weggelaufen war, hatte unsere Zweisamkeit abrupt enden lassen. Aber als Freundin war es meine Pflicht gewesen, sie nicht alleine nach Hause gehen zu lassen. Wie es aussah, würde Aaron wohl aus dem Fernsehen erfahren, wer ich war. Zu diesem Zeitpunkt ging ich nicht davon aus, dass Nate oder Matt ihn zur Pressekonferenz eingeladen hatten. Sie wollten den Rahmen der Eingeweihten nach wie vor möglichst klein halten bis zur offiziellen Verkündung.

Aber das war Aaron gegenüber nicht fair, weshalb ich überlegte ihn ins Schloss zu bestellen, falls er nicht da sein sollte. Ich sollte es ihm vorher sagen. Er war am Abend zuvor so maßlos ehrlich gewesen, er hatte eine Antwort verdient.

»Woran denkst du, mein Kind?«, fragte Grandma. Sie griff nach meiner Hand und drückte sie leicht.

»Ach, ich weiß auch nicht. Der Tag heute könnte in einem ziemlichen Desaster enden. Was ist, wenn sie mich nicht mögen?«, fragte ich.

Ein leicht rosa Lippenstift schimmerte auf ihren Lippen, als sie lächelnd sagte: »Wichtig ist, dass du verstehst, dass dich niemals alle Menschen lieben werden. Aber wenn du ihnen zeigst, wer du wirklich bist, dann wirst du die meisten von ihnen im Sturm erobern.«

***

Bevor wir das goldene Tor der Schlosseinfahrt passierten, hatte ich geglaubt, Westby wäre groß.

Das Schloss der königlichen Familie von Antira war gigantisch, dagegen wirkte Westby wie ein Häuschen und das Sommerhaus der Kingstons wie eine Rumpelkammer.

Das strahlend weiße barocke Gebäude schien wie die Einfahrt kein Ende zu haben. Überall waren große Fenster mit verschnörkelten Rahmen und Büsche von immergrünen Hecken. Am Ende des Kiesweges war eine wunderschöne Brunnenanlage mit weißen Tierfiguren, die vermutlich im Sommer von Blumen umgeben war. Dies ließen die kühlen Temperaturen momentan natürlich nicht zu.

Als wir hielten, öffnete sich eine große hohe Tür und ein kleiner Mann im Anzug eilte heraus und hielt uns die Autotür auf. Was für ein Service.

Ein kalter Wind fuhr durch meine Haare und ließ mich erschauern. Der Abend zuvor war so herrlich mild gewesen, wogegen der Tag heute kühl und trostlos wirkte.

Ob das ein gutes Zeichen ist?, dachte ich, während ich in den grauen, mit Wolken behangenen Himmel sah.

»Guten Tag, mein Name ist Maurice. Mr Jonathan erwartet Sie schon«, sagte der kleine dunkelhaarige Mann mit einem französischen Akzent. Er bedeutete uns zu folgen.

Maurice führte uns durch eine opulente Eingangshalle und mehrere Flure mit glänzenden Böden bis zu einer großen Flügeltür. Hinter der Flügeltür verbarg sich ein Speisezimmer, das Platz für mindestens vierzig Leute bot. An den Wänden hingen verschnörkelte Leuchter und Gemälde in goldenen Rahmen. Auf der langen Tafel standen mehrere weiße Blumenvasen, gefüllt mit leuchtend roten Amaryllen, die einen herrlich frischen Duft verbreiteten.

Nate wartete bereits auf uns. Er trug einen einfachen Pullover und eine schlichte Jeans. Wäre er so auf die Straße gegangen, hätte ihn wohl niemand erkannt.

Als Nate auf uns zukam, gab er die Sicht auf eine weitere Person frei. Ein älterer schlanker Mann mit weißen Locken, einer Brille und einem Vollbart saß als Einziger an der langen Tafel. Er trug einen grauen Anzug und lächelte uns zu. Das war wohl Mr Brown.

»Elias!«, sagte meine Grandma freudig. Sie lief geradewegs an Nate vorbei, was vermutlich sehr unhöflich war.

Nate hingegen lächelte nur und kam zu mir herüber.

»Die zwei haben sich offenbar lange nicht gesehen«, sagte er.

Der ältere Mann stand auf und gab meiner Grandma die Hand.

»Katharina, schön, Sie wiederzusehen. Sie sehen noch genauso bezaubernd aus wie vor achtzehn Jahren.«

»Sie alter Schmeichler. Darf ich Ihnen meine Enkelin vorstellen?«, gab meine Grandma selbstbewusst zurück und deutete mit einer Handbewegung in meine Richtung. Mr Brown kam langsam auf mich zu und streckte auch mir die Hand hin.

»Sie sind also Ms Alpha van Aerssen. Sehr erfreut. Mein Name ist Elias Brown. Ich war einer der engsten Berater Ihres Vaters und hatte die große Ehre, der Trauzeuge Ihrer Eltern zu sein.«

»Ich bin auch sehr erfreut, Sie kennenzulernen, Sir«, sagte ich höflich.

Ich spürte, wie sich eine warme Hand auf meinen Rücken legte. Nate hatte sich zu uns gesellt und ergriff das Wort.

»So, dann darf ich alle an den Tisch bitten, nun, da wir vollzählig sind. Mein Bruder wird später zu uns stoßen, er hat noch etwas zu erledigen.«

Wir setzten uns und wie bestellt betrat Maurice mit einem Servierwagen den Raum. Die feinen Räder quietschten leise unter dem mit Frühstück beladenen Wagen.

Der ist wohl länger nicht verwendet worden.

»Da Sie alle bereits sehr früh hergekommen sind, hat Mr Jonathan die Idee gehabt alle wichtigen Dinge während eines Frühstücks zu besprechen. Sie haben die Möglichkeit, aus drei verschiedenen Teesorten zu wählen, Kaffee, Milch oder Saft zu trinken. Zudem haben wir eine ganz vorzügliche Auswahl an regionalen Käse- und Fleischprodukten sowie an verschiedenen frischen Brotsorten«, zählte Maurice stolz auf. Während er aufdeckte, herrschte eine unangenehme Stille. Wir lächelten uns gegenseitig an und warteten, bis Maurice den Raum verließ.

Dann durchbrach ich die Stille.

»Es ist sehr nett von deinen Eltern, uns die Pressekonferenz hier am Hof machen zu lassen.«

Nates Mundwinkel begann amüsiert zu zucken.

»Oh, meine Eltern wissen nicht von der Konferenz, sie sind seit heute Morgen zu einem Staatsbesuch in Dänemark. Sie hätten diese Zusammenkunft um jeden Preis verhindert. Aber sie sind nicht hier, also können sie nichts weiter tun, als es sich anzusehen.«

Ich schluckte. In Gedanken sah ich bereits einen weiteren blutigen Schnitt auf Nates Rücken.

»Aber riskierst du damit nicht, dass du vielleicht nicht König wirst?«, fragte ich vorsichtig, doch er antwortete nicht. Stattdessen reichte er meiner Grandma den Brotkorb.

»Das Frühstück ist eröffnet. Guten Appetit.«

Nate, Grandma und Mr Brown begannen zu essen. Auch ich lud mir etwas zu essen auf den Teller, obwohl mir beim Gedanken an Nates Rücken der Hunger vergangen war.

»Das war keine Antwort«, versuchte ich es erneut und fing mit meinen Augen Nates Blick ein.

»Womöglich, aber darum geht es hier nicht. Lektion Nummer eins: Wenn man so ist wie wir, dann geht es nicht mehr um uns. Es geht um Schachzüge und wenn wir selbst die Spieler hinter dem Brett sein wollen, dann müssen wir schlauer sein. Schlauer als die Idioten, die denken, uns kontrollieren zu können.«

Ich nickte. Lektion eins war angekommen. *Sei dem Gegner immer einen Schritt voraus.*

»Im Vorfeld der Pressekonferenz gab es kein öffentliches Statement, alle Journalisten und Fernsehsender wurden exklusiv geladen. So stellen wir sicher, dass vor besagtem Termin nichts an die Öffentlichkeit gelangt. Bisher war diese Maßnahme immer zweckmäßig«, erklärte Mr Brown.

»Aber viel wichtiger ist, wie Sie sich der Öffentlichkeit präsentieren. Ich stehe hier als Ihr Untertan, Ms van Aerssen, und frage Sie: Was ist Ihr Begehren?«

Tja, das ist wohl die Jackpot-Frage.

Was sollte ich darauf sagen? Dass ich es satt hatte, verfolgt und fast ermordet zu werden? Dass ich Mitleid mit den Menschen von Gelaria hatte, weil sie einen Teil ihrer Kultur und ihre Eigenständigkeit verloren hatten? Dass ich mich ewig schlecht fühlen würde, wenn ich nicht wenigstens versuchte diesen Menschen zu helfen? Alles davon war wahr, aber nichts hörte sich sonderlich berauschend an.

»Ich weiß es nicht. Ich möchte dem Volk helfen, in die Fußstapfen meines Vaters treten und habe nichts zu verlieren.«

Sowohl Mr Brown als auch Nate zogen ihre Brauen hoch. Mr Brown schnaubte sogar etwas verächtlich.

»Habe ich etwas Falsches gesagt?«

Ich war etwas verunsichert aufgrund ihrer undurchschaubaren Reaktion.

»Sie haben gerade zwei Fehler gemacht«, sagte Mr Brown.

»Du hast es etwas … sagen wir, unglücklich ausgedrückt und du hast dir deine Verunsicherung anmerken lassen. Du bist neu, aber in diesem Stadium darfst du dir keine Fehler erlauben. Der erste Kontakt zählt doppelt«, fügte Nate noch hinzu.

Es war fast schon gruselig, wie gut er und Mr Brown sich gegenseitig ergänzten.

»Okay, und was schlagt ihr vor, wie ich mein Anliegen besser präsentiere?«

»Gib ihnen das Gefühl, nicht allein zu sein. Du hast deinen Vater damals auch verloren. Versuch's noch mal«, sagte Nate, während er ein Brot mit Käse belegte und fein säuberlich mit Messer und Gabel zerteilte. Seine Art zu frühstücken war mir fremd. Ich aß mein Brot immer mit den Händen.

»Okay. Mein Name ist Alpha van Aerssen, ich bin achtzehn Jahre alt und ich bin die Tochter von Royland und Ceres van Aerssen. Ich kann nachvollziehen, wie Sie sich fühlen, denn Sie haben Ihren König und ich meinen Vater verloren. Deshalb ...«

»Stopp, stopp, stopp!«, unterbrach mich Mr Brown. »Das war ja furchtbar! Sie geben keine Kontaktanzeige in einem Schmierblatt auf, Sie stellen sich dem Volk vor, das Sie in die Unabhängigkeit führen wollen. Die Gelarier liebten Ihren Vater. Verhalten Sie sich wie eine liebende Tochter.«

»Mein Name ist Alpha van Aerssen. Vor achtzehn Jahren wurde mein Vater, euer König, erschossen und genau wie ihr habe ich dadurch meine Heimat verloren. Meine Mutter ist damals mit mir geflohen, vor den Männern die ihm, die euch, das angetan haben, damit sie nicht das Einzige zerstören konnten, was von ihm übrig war. Mich. Deshalb bin ich gekommen, um seine Taten zu vollenden und euch das zurückzugeben, was euch gehört. Eure Freiheit«, sagte ich stolz.

Weder Mr Brown noch Nate sagten etwas, aber das Grinsen meiner Grandma verriet mir, dass ich entweder zu sehr übertrieben oder meine Sache gut gemacht hatte.

»Und, was sagt ihr?«

Nate nickte zufrieden.

»Etwas dramatisch, aber viel besser.«

»Ja, darauf können wir aufbauen«, sagte Mr Brown freundlich nickend an meine Grandma gewandt.

***

Stundenlang feilten wir an den Worten, die ich sagen würde, bis mir der Kopf rauchte. Gott sei Dank hatten wir einen Text zusammenstellen können, mit dem jeder hier zufrieden war.

Meine Erlösung war dann allerdings Matt gewesen, der mich zwei Stunden, bevor das Interview begann, hatte holen lassen, damit ich verschiedene Kleider anprobierte. Meine rote Bluse war offenbar nicht ansprechend genug gewesen.

Ja, der erste Eindruck musste perfekt sein.

Es war nicht leicht, diesem Ideal zu entsprechen, wenn man sich doch fühlte, als wäre man der unperfekteste Mensch der Welt.

Ich wusste, jeder sagte, Ecken und Kanten wären liebenswert, aber wer wollte schon mit einem Quadrat kuscheln?

Man steckte mich in ein enges weinrotes Bleistiftkleid mit passendem Blazer, einen mit Blumen verzierten Hut und Pumps, die definitiv bequemer waren, als sie aussahen.

Zwei nette Mädchen mit russischem Akzent glätteten meine gewellten Haare und schminkten mich dezent. Natürlich unter der professionellen Anleitung von Matt, der ein Auge dafür zu haben schien.

Alles in allem sah ich nun zwanzig Jahre älter aus.

Es gab Schlimmeres, redete ich mir ein. Tot in einem Apartment am anderen Ende von London zu liegen, nur so zum Beispiel.

Eine knappe Stunde vor Beginn der Pressekonferenz war ich dann endlich fertig. Ich hatte alles erledigt, bis auf eins. Noch immer hatte ich nicht mit Aaron gesprochen. Aber wie konnte ich das noch ändern?

»Du, Matt, kommt Aaron auch? Ich müsste dringend mit ihm sprechen. Ist er vielleicht schon hier?«, fragte ich hoffnungsvoll.

Matt verzog seine Lippen zu einem Grinsen. Er wusste, dass etwas im Argen lag. Vermutlich wusste es jeder, der auf der Party gewesen war.

»Ja, Aaron ist hier, er ist im Büro seines Vaters. Das ist im Westflügel des Schlosses. Von hier aus musst du eigentlich nur nach links gehen und immer dem Flur folgen, bis du eine Flügeltür aus Holz siehst. Sie ist gut zu erkennen, sie ist nicht weiß, sondern braun. Aber vergeude nicht zu viel Zeit. Sei pünktlich, sonst bringt Nate uns beide um.«

Matt zwinkerte mir zu.

***

Der Flur zum Westflügel schien niemals zu enden und alles sah gleich aus. Überall waren große Gemälde an den Wänden, hier und dort standen gepolsterte Bänke mit barocken Mustern und auf dem polierten Marmorboden lag ein langer roter Teppich, der durchs ganze Schloss zu führen schien.

Es war atemberaubend schön, aber ich hatte keine Zeit, mich genauer umzusehen.

Als die braune Flügeltür in mein Sichtfeld rückte, atmete ich erleichtert auf. Sie war zu meiner Überraschung nicht geschlossen, sondern stand einen Spaltbreit offen. Das war vermutlich ein gutes Zeichen und könnte bedeuten, dass Aaron das Büro gleich wieder verlassen würde. Gerade als ich es betreten wollte, hörte ich eine Stimme und sie gehörte definitiv nicht Aaron.

»Wir sind so kurz davor, werde nicht töricht, Junge!«, schimpfte die Stimme. Sie war männlich und kam mir merkwürdig bekannt vor. Doch woher?

»Ich bin töricht? Du bist viel zu weit gegangen, das war nicht der Plan!«, antwortete Aaron. Offenbar stritt er gerade mit seinem Vater.

Gut, dass ich das Zimmer nicht betreten hatte. Ich nahm mir vor einfach vor der Tür zu warten.

»Der Plan war, dich auf diesen verdammten Thron zu setzen, koste es, was es wolle. Sie ist dabei nur ein Bauernopfer. Du bist der erstgeborene Prinz im Hause Kingston, es ist dein Recht! Also sei gefälligst nicht so feige und nimm es dir!«

Der Ton dieser Stimme war garstig und ihre Worte verunsicherten mich. Was war dort gerade los?

»Nein, ich bin raus, Vater. Das ist es nicht wert. Es ist an der Zeit, dass sich etwas ändert, und Nate ist dafür die richtige Wahl. Ich wollte nie, dass jemand zu Schaden kommt. Ein Mädchen ist tot und das ist deine Schuld! Ich weiß nicht, wie du das geschafft hast, aber ich werde es herausfinden.«

Ich schlug schockiert die Hand vor den Mund, damit ich nicht aufschrie.

War Aarons Vater etwa für den Giftanschlag auf Carolina und mich verantwortlich, weil er seinen Sohn auf dem Thron sehen wollte? Bei dem Gedanken wurde mir ganz übel.

»Pass auf, was du sagst! So redest du nicht mit mir! Du hast dich in diese dumme, naive Göre verliebt, aber das wird vergehen. Sie ist genauso eine Schlampe, wie ihre Mutter es war. Sie ist uns im Weg, also muss sie weg.«

»Also war sie wirklich dein Ziel. Du wolltest sie umbringen. Herrgott, du bist doch krank!«, brüllte Aaron. Seine Stimme überschlug sich und man hörte, wie ihm langsam die Luft wegblieb. Ich presste mich gegen die geschlossene Seite der Flügeltür und versuchte einen Blick nach drinnen zu erhaschen. In meinem Magen breitete sich ein ungutes Gefühl aus. Beinahe wäre ich erstarrt. Sein Vater hatte wirklich versucht mich umzubringen.

»Ich bin nicht krank, ich bin Realist und bevor du dich in deine rosarote Traumwelt flüchtest und zu ihr rennst, denk darüber nach, was du alles getan hast! Du hast sie ausspioniert, dir ihr Vertrauen erschlichen und Informationen gesammelt. Du warst es, der sie benutzt hat, um sie dann wegzuwerfen. Ich verüble dir nicht, dass du deinen Spaß dabei hattest. Die kleine van Aerssen ist durchschnittlich, wenn auch nicht hässlich, aber du erkennst die Grenzen nicht mehr. Glaubst du, sie würde dich lieben, wenn sie wüsste, was für ein Monster du bist?«

Mir blieb die Luft weg. Ich hatte genug gehört.

Benommen taumelte ich rückwärts. Dabei stieß ich versehentlich gegen eines der Dekotischchen, die überall herumstanden, und brachte eine Vase gefährlich zum Schwanken.

Sie kippte und fiel mit einem lauten Krachen zu Boden. Die Scherben des teuren Stücks verteilten sich vor der Bürotür. Jetzt hatte ich mich verraten. Mein Fluchtinstinkt setzte ein.

Lauf!

Ohne nachzudenken, rannte ich los.

Tränen vernebelten meine Sicht.

Es fiel mir wie Schuppen von den Augen. Ich wusste, woher ich diese Stimme kannte. Diese elende kratzige Stimme eines Lügners. Ich war so dumm gewesen. Es hatte die ganze Zeit vor meiner Nase gelegen und doch hatte ich mich von meinen Gefühlen in die Irre führen lassen.

Ferkel war Aarons Vater.

KAPITEL 21

Die große Uhr, die in einen Servierschrank eingearbeitet war, zeigte schon Viertel vor vier an. In fünfzehn Minuten sollte die Pressekonferenz beginnen. Ich musste Nate unbedingt vorher erwischen und ich musste mich verdammt noch mal zusammenreißen!

Das, was ich eben erfahren hatte, änderte nichts an meiner Bekanntgabe. Ich konnte davon ausgehen, dass sie wussten, dass ich an der Tür gelauscht hatte.

Das machte es für mich nur noch gefährlicher.

Wenn ich erst einmal auf dieser bescheuerten Bühne stand, hatte ich gewonnen. Dann war es zu spät für sie, sie konnten nichts mehr tun.

Eilig lief ich durch die Flure im Ostflügel. Hier irgendwo musste sich laut Mr Brown der Konferenzraum befinden.

Ich lief den roten Teppich entlang und spähte hinter so ziemlich jede offene Tür, in der Hoffnung, dass sich nicht weitere so gefährliche und verletzende Wahrheiten dahinter auftaten.

Dieser Mistkerl. Dieser verlogene Mistkerl.

Tränen stiegen mir in die Augen.

Wie hatte ich nur so blind sein können? Ich hatte mich in Aaron verliebt und er hatte mich nur benutzt.

Bei dem bloßen Gedanken daran, was er mir angetan hatte, woran er beteiligt gewesen war, wurde mir übel.

Als ich um eine Ecke bog, sah ich Menschen in Kostümen und Anzügen. Sie hatten Kameras, Notizbücher, Mikrofone und Pässe dabei und wurden von Hector in einen Raum geführt.

Das musste er sein, der Konferenzraum.

Deshalb war Hector heute also nicht bei mir.

Während ich das Nebenzimmer betrat, von dem aus wir in den Konferenzraum gehen würden, wischte ich mir meine Tränen vom Gesicht.

Durch die leicht geöffnete Tür, welche die beiden Räume miteinander verband, konnte man die hektischen Stimmen der Reporter und Journalisten hören, was dafür sorgte, dass mein Puls raste.

Direkt vor der Tür standen Nate und Mr Brown und unterhielten sich angestrengt. Als sie mich entdeckten, wirkten beide erleichtert.

»Alpha, gut, dass Sie da sind. Wir hatten schon Angst, dass Sie es nicht mehr rechtzeitig schaffen. Sie sind ja ganz blass. Ist das die Aufregung?«, fragte Mr Brown.

Ich warf einen Blick in den großen beleuchteten Spiegel, der an der Wand des Raumes lehnte.

Meine Augen waren gerötet, aber mein Make-up war noch vollkommen intakt. Rasch rückte ich meinen Hut gerade und drehte mich wieder zu den beiden zurück.

»Also ich finde, dass du ganz bezaubernd aussiehst. Das ist die Nervosität. Es ist okay, nervös zu sein, lass dich nur nicht davon übermannen«, sagte Nate und drückte mir die Karteikarten in die Hand, die wir heute Morgen erarbeitet hatten.

»Nate, warte, ich bin nicht nervös. Ich muss dir etwas sagen, es ist wichtig. Es …«, stammelte ich hektisch.

»Alles ist gut, Alpha, das hat Zeit bis nach der Konferenz. Du bist in fünf Minuten dran«, unterbrach mich Nate. Dann verließen er und Mr Brown den Raum und betraten die Bühne.

Scheiße und jetzt?

Gerade als ich kurz davor war, einen klaren Gedanken zu fassen, öffnete sich die Tür, durch die auch ich zuvor gekommen war.

Es war Aaron.

»Alpha, bitte hör mir zu«, sagte er und kam langsam auf mich zu.

»Nein! Ich habe genug gehört. Du hast mich benutzt, es war alles eine Lüge und ich naive Kuh bin auch noch darauf reingefallen! Hau ab!«, zischte ich. Wider Erwarten hatte ich keine Angst, sondern platzte vor Wut.

In Aarons Augen lag eine tiefe Trauer. Es tat ihm leid, das war offensichtlich, aber es zählte nicht. Nicht für mich. Nicht in diesem Moment. Nie wieder.

»Wir werden nie die sein, die wir gerne wären, und wir werden auch nie die sein, die wir sein sollten. Aber wir haben die Möglichkeit, selbst zu entscheiden, wer wir sind. Hier und jetzt. Ich habe gedacht, dass ich ein anderer sein könnte. Jemand, der etwas bewirken könnte, aber stattdessen war ich blind und habe wirklich schlimme Dinge getan. Aber das bin nicht ich. Mit dir bin ich der, der ich bin. Es tut mir so leid, Alpha«, sagte Aaron reumütig und machte noch einen Schritt auf mich zu. »Ich weiß, dass ich es nicht wiedergutmachen kann, aber ich werde nicht aufhören es zu versuchen. Mein Herz gehört dir, du kannst damit machen, was du willst.«

Mein Magen verkrampfte sich und Tränen rannen über mein Gesicht. Ein unfassbar starker Schmerz breitete sich von meinem Herzen über meinen ganzen Körper aus. Ich hatte mein Leben, meine Identität und meine Eltern verloren. Und nun hatte ich auch noch mein Herz verloren. Ich hatte es ihm auf einem Silbertablett präsentiert und er hatte mich verraten. Wie konnte ich ihm das je verzeihen?

»Hör auf, ich will das alles nicht hören! Dein Vater ist mein Stiefvater. Und du wusstest davon! Es ist mir egal, was für ein perfides Spiel ihr spielt, aber ihr werdet es in Zukunft allein spielen müssen. Ich habe nicht vor auch nur einem von euch in meinem Leben einen Platz einzuräumen«, blaffte ich ihn an.

»Willst du wissen, wieso ich vor dem Büro war? Ich wollte dir alles erzählen, damit du nicht aus der Presse erfahren musst, dass ich nicht das normale kleine Mädchen bin. Ich dachte, du hättest mir gestern dein Herz vor die Füße gelegt, und ich wollte heute das Gleiche tun. Ich wollte dir sagen, wie viel du mir bedeutest, dass die Gedanken an dich seit Wochen nicht aus meinem Kopf verschwinden und dass ich mich in dich verliebt habe. Aber es waren alles Lügen, ich bin dir keine Antwort schuldig.«

Ich warf noch einen Blick in den Spiegel und wischte die Tränen weg. Ein letztes Mal drehte ich mich zu ihm um und sah, dass auch ihm Tränen über das Gesicht liefen.

»Verschwinde aus meinem Leben«, zischte ich trocken.

»Hass mich, so sehr du willst, aber bitte, Alpha, geh da nicht raus.«

Ich spürte, wie seine Hand sich fest um meinen Oberarm legte, und versuchte mich aus seinem Griff zu lösen. In diesem Moment war ich ihm fast so nah wie am Abend zuvor. Ich spürte seinen zittrigen Atem auf meiner Haut. Aaron roch nach einer Mischung aus Salzwasser und Holz. Für einen Augenblick rief ich mir den gestrigen Abend in Erinnerung. Ich spürte seine Lippen, seine Hände, einfach alles und es zerriss mich. Ich könnte mich dafür verfluchen, wie sehr ich ihn wollte.

Als jedoch mein Verstand wieder die Oberhand gewann, ignorierte ich meine Gefühle und riss mich los.

»Du hast mir überhaupt nichts zu sagen.«

Meine Stimme war so kalt wie Eis.

»Bitte, Alpha, geh da nicht raus. Es ist ...«, setzte er an, doch ich schnitt ihm das Wort mit einer schnellen Handbewegung ab.

»Lass es. Es hat keinen Zweck. Ich werde da jetzt rausgehen und du wirst mich nicht davon abbringen können.«

Nervös wischte er sich durch die dunklen Haare, doch das ignorierte ich.

Mit meinen roten Pumps machte ich einen Schritt in Richtung Zukunft. Sie würde anders verlaufen, als ich es geplant hatte, aber jetzt warf ich jeglichen Ballast ab und betrat die Bühne.

Nate winkte mich zu sich herüber. Offenbar waren Aaron und ich nicht so laut gewesen, wie ich befürchtet hatte, denn hier drinnen schien niemand etwas von unserer Auseinandersetzung gemerkt zu haben.

Ich setzte mein bestes künstliches Lächeln auf und stellte meine Karteikarten auf das Rednerpult, damit sie alle gleich aufeinanderlagen.

Ordnung half in den schwersten Zeiten.

Ich konnte nicht anders, als einen Blick zu Aaron zu werfen. Er lehnte in der Tür und sah mich nicht an. Sein Blick glitt suchend über die Menge.

Schnell drehte ich mich wieder den Journalisten zu und begann mit zittriger Stimme meinen auswendig gelernten Text vorzutragen.

»Guten Tag, meine Damen und Herren. Mein Name ist Alpha van Aerssen. Vor achtzehn Jahren wurde mein Vater, euer König, erschossen und genau ...«

Ein ohrenbetäubender Knall durchschlug meine Worte. Ich spürte, wie mich etwas zu Boden riss und Hektik brach im Saal aus.

Ein stechender Schmerz zog sich durch meinen linken Oberarm und betäubte meine Sinne. Ich wollte schreien, doch ich war wie gelähmt.

Was ist gerade passiert?

Mehrere Schüsse folgten direkt hintereinander. Menschen schrien, aber ich hörte sie kaum.

Ich versuchte mich zu bewegen, doch mein Verstand ließ es nicht zu. Etwas Warmes rann über den Boden und verteilte sich unter mir. Es roch nach Eisen. Blut.

Ich sah mich um. Es war wie im Krieg. In den Ecken kauerten die verängstigten Menschen, die es nicht direkt rausgeschafft hatten. Wo waren die Wachen? Wo war Cosmo?

Nate konnte ich nicht entdecken.

Hoffentlich hatte er es hinausgeschafft.

Zwei starke Hände packten mich von hinten, zogen mich hoch und hielten mich fest.

In diesem Moment sah ich ihn. Ein bewaffneter, in Schwarz gekleideter Mann stand mitten im Raum und zielte auf mich. Ich fixierte seinen am Abzug liegenden Zeigefinger und sah, wie er langsam abdrückte. Es knallte ein Schuss und ich schloss meine Augen. Gleich würde mich der Schmerz für einen Augenblick überrumpeln und dann würde alles vorbei sein.

Doch dieser alles vernichtende Schmerz kam nicht.

Langsam öffnete ich die Augen, aber ich sah nichts. Jemand versperrte mir die Sicht. Aaron. Er krümmte sich nach vorn und stöhnte vor Schmerzen. Dann sackte er zu Boden. Ich riss mich los, wobei ein scharfer Schmerz meinen verletzten Oberarm durchzuckte, und sank neben Aaron auf die Knie. Regungslos lag er da. Seine Augen waren geschlossen. Aus seiner Brust quoll

Blut. Viel Blut. Es färbte sein graues Hemd rot. Ich konnte seinen Atem nicht mehr spüren.

Eine Träne rann über sein Gesicht. Sie war von mir.

Es fiel ein weiterer Schuss.

Dann wurde alles schwarz.

ENDE von Band 1

LIEBE KENNT KEINE GRENZEN

Anja Tatlisu
LOVE WITHOUT LIMITS. REBELLISCHE LIEBE
ISBN 978-3-551-30236-6
Softcover
Auch als E-Book erhältlich

Kurz vor ihrer Zwangsehe verliebt sich Grace in den geheimnisvollen Biker Wyoming, der sie auf ein Leben in Freiheit hoffen lässt. Doch der Einfluss der elitären Vereinigung, die ihr gesamtes Sein kontrolliert, reicht weit über die Stadtgrenzen hinaus.

Laini Otis
STREET LOVE. LIEBE KENNT KEINE GRENZEN (STREET STORIES 1)
ISBN 978-3-551-30102-4
Softcover
Auch als E-Book erhältlich

Als Nika Sky zum ersten Mal begegnet, lebt sie auf der Straße. Skys Job ist es, Jugendlichen eine neue Zukunft zu ermöglichen, aber Nika ist kein Mädchen, das sich einfach so retten lässt. Sie braucht niemanden und schon gar nicht jemanden wie Sky mit seinem faszinierenden Beschützerinstinkt. Nur leider ist es für all die guten Vorsätze schon zu spät …

Joan Darque
HIGHSCHOOL SWEETHEART. IMMER WIEDER ZURÜCK ZU DIR
ISBN 978-3-551-30219-9
Softcover
Auch als E-Book erhältlich

Cassie steht nach sieben Jahren plötzlich wieder vor ihrem Highschool-Schwarm Julian, einem der begehrtesten Junggesellen. Und mit einem Schlag sind all ihre verdrängten Gefühle wieder da: das Herzklopfen, das sein intensiver Blick bei ihr auslöst, aber auch der Schmerz durch seine Zurückweisung. Doch diesmal ist alles anders.

WWW.IMPRESSBOOKS.DE

Impress

Die Macht der Gefühle

Impress
Ein Imprint der CARLSEN Verlag GmbH
Januar 2021

Lektorat: Pia Praska
Umschlagbild: shutterstock.com / © Mari Dein / © Shebeko / © MerveAruta / © oatawa
Umschlaggestaltung: formlabor, Vivien Summer
Satz und Umsetzung: readbox publishing, Dortmund
Druck und Bindung: CPI Books GmbH, Birkach
ISBN 978-3-551-30329-5
Printed in Germany
www.carlsen.de/impress

Alle Bücher im Internet: www.carlsen.de